고스트라이터

고스트라이터

앨러산드라 토레 지음
김진희 옮김

도서출판 미래지향

일러두기

주석은 모두 옮긴이주입니다.

펜을 쥐고 마법을 부릴 용기를 가진
모든 이들에게 이 책을 바칩니다.

프롤로그

내 손을 가볍게 잡아당기는 손길. 나는 응하지 않고 고개를 돌린다. 내 앞머리를 옆으로 가지런히 모으는 자그마한 손가락들과 내 몸에 밀착한 몸의 가벼운 무게에 내 얼굴에는 미소가 떠오른다.

"엄마." 내 볼에 와 닿는 새근거리는 숨결. "엄마아아아."

"엄마 자." 사이먼이 속삭인다. "엄마 안 일어나면 우리끼리 맛있는 초코칩 팬케이크 전부 다 먹을 수 있는데."

나는 낮은 신음을 내뱉으며 내 슬립 셔츠 아래로 들어오고 있는 그의 손을 꽉 붙잡았다. 눈을 뜨고 그의 얼굴을 올려다본다. 잘생긴 얼굴이 밀가루와 초콜릿 범벅이다. "진정해." 내가 경고하며 그의 팔목을 잡아 매트리스 위로 끌어당겼다. 그러고는 이불에서 재빠르게 빠져나와 그의 허리 위로 올라탄다. "괴물을 깨우면 기분이 언짢아진다는 거 알 텐데."

"나도, 나도!" 베서니가 서둘러 내 앞으로 기어 오더니 그의 등 위에 걸터앉아 셔츠를 붙잡고 싱긋 웃으며 나를 돌아본다.

"아……" 내가 의기양양하게 말한다. "괴물의 수호자와 내가 당신을 붙잡았습니다, 팬케이크맨 씨!" 내가 그의 몸 위에서 조금 움직이자 그가 눈짓을 보냈다. 몇 년 전이었다면 아기를 만드는 나체 행위로 이어졌을 법한 눈빛. 나는 그에게 미소 짓고 두 팔로 아이를 감싸 안았다. "베서니 공주님, 팬케이크맨 씨에게 무슨 일을 시켜볼까요?"

"괴물에게 밥을 줘야 돼요!" 아이가 외치며 두 손을 허공으로 쭉 뻗는다.

"그리고…… 설거지도!" 나도 허공으로 두 손을 뻗어 올린다. 그러자 사이먼이 반항의 신음을 내뱉는다. 그러고는 허리를 정신 없이 흔들어 우리 둘을 매트리스 위로 내려놓더니 베서니에게 재빨리 간지럼을 태우고 나에게 진한 키스를 한다.

"와라, 괴물아." 그가 외쳤다. "따라와라, 내 그 거대한 배를 채워주겠다."

나는 따라간다. 그리고 먹는다. 이후 베서니는 그림을 그리고, 나는 글을 쓰려고 리클라이너에 자리를 잡고 있는 동안, 그가 설거지를 한다.

완벽한 아침. 완벽한 남편. 완벽한 딸. 완벽한 거짓말.

1장

나는 죽고 있다. 어떤 이야기의 첫 문장으로 쓰기에 조금 암울한 말이긴 하지만, 나는 이 소식도 반창고를 떼어내는 것과 같은 방식으로 전달해야 한다고 생각한다. 짧고 퉁명스럽게. 잠시 따끔거리다 이내 사라져버리는 통증. 상황 종료. 주치의는 나에게 검사 결과들을 보여주고 혈구계수와 CEA* 수치, 작은 레몬만 한 종양이 보이는 MRI를 언급하며, 이 소식을 전달하는 것에 대해 몹시 조심스러워했다. 짧은 두 문장이면 정리될 이야기를 질질 끌며 말하고 있었다. '말기입니다. 석 달 남았습니다.'

나는 슬퍼야 한다. 감정에 북받쳐 덜덜 떨리는 손가락으로 휴대전화 버튼을 누르고 모든 친구들과 가족들에게 절망적이고 암울한 전화를 걸어야 한다. 하긴, 내겐 친구가 없지. 그리고 가족⋯⋯ 가족도 없다.

이제 내게는 날짜 세는 일만 남았다. 하루하루 외쳐질 어둡고 불길한 구호. 내 육신이 포기를 선언하고 정신이 문을 걸어 잠그기 전까지

---

* carcinoembryonic antigen, 혈액에서 볼 수 있는 당단백을 의미하며, 종양 표지자로 사용된다.

의 일출과 일몰들.

사실 그다지 끔찍한 일은 아니다. 내게는 그렇다. 나는 무언가 이런 일이 일어나기를, 단두대가 떨어지기를, 탈출구가 나타나기를 지난 4년 동안 기다려왔다. 그 책만 아니라면 나는 거의 환호성을 질렀을지 모른다. 그 이야기. 내가 지난 4년 동안 회피해온 그 진실……

나는 작업실로 들어가 조명을 켰다. 앞으로 손을 뻗어 코르크 보드 위를 천천히 스쳐 갔다. 압정으로 고정한 사진들과 폐기된 아이디어가 적힌 종이들, 수많은 불면의 밤에 적은 메모들, 번뜩이는 영감의 불꽃들. 어떤 것들은 사용되지 못했고, 어떤 것들은 전 세계 독자들의 책장 위에 놓여있다.

남편이 이 보드를 만들어주었다. 그의 손이 나무 프레임을 붙잡아 고정시켰고, 코르크를 잘랐고, 그것을 못으로 박았다. 그는 그 작업을 하는 온종일 나를 작업실에 들어오지 못 하게 했다. 들어가려는 내 고집은 자물쇠에 의해 꺾였고, 내 노크 소리는 완전히 무시되었다. 지금 이 의자에 기대고 앉아 두 손을 배 위에 올린 채로 완성품을 바라보던 기억이 난다. 나는 텅 빈 보드를 올려다보며 그 위에 쌓아 올릴 모든 이야기들을 생각했다. 단어들은 이미 제자리를 찾고 싶어 안달하고 있었다. 내가 예상했던 대로 코르크 보드는 내게 없어서는 안 될 물건이 되었다.

나는 셀 수 없이 많이 읽어왔던 보드 위의 메모지 앞에서 멈춰 선다. 다른 것들보다 종이가 더 너덜거리고, 모서리는 스크랩 기사나 다른 사진들로 덮여있지 않도록 유의했다. 이건 어느 소설의 시놉시스다. 현재 메모지에 쓰인 거라곤 단 한 단락이고, 언젠가 책의 뒤표지를 장식할 유의 글일 뿐이다. 나는 지금까지 소설 열다섯 편을 썼지만 이 소설은 나를 겁나게 한다. 내가 알맞은 단어들을 떠올리지 못할까 봐 두렵고, 구성을 제대로 하지 못할까 봐 두렵다. 목표를 너무 높이 잡은 게 아닐까, 타격이 너무 심하지 않을까 두렵고, 그와 동시에 독자들에게 적절한 영향을 끼치지 못할까 봐 두렵다. 모든 것을 털어놓는 것이 두렵고, 그와 동시에 아무도 이해해주지 못할까 봐 두렵다.

이 책은 몇십 년이 지난 후에 내 실력이 더 쌓이고 내 글이 더 단련되고 내 재능이 더 완성되었을 때 쓰려고 계획했던 책이었다. 이 책이 완성될 때까지, 글이 완벽해질 때까지 다른 모든 것들은 제쳐두고, 중요한 단 하나의 것만을 나의 세계에 가두고, 그 밖에는 아무것도 움직이지 못하게 한 채로 수년을 공들여 쓰려고 계획했던 책이었다.

이제 내게는 몇십 년이 없다.

몇 년도 없다.

그 정도의 실력도 없다.

아무 것도 가진 것이 없다.

하지만 이제 그런 것은 중요치 않다. 나는 고정하고 있던 압정을 빼낸 뒤 종이를 말끔한 책상 한가운데로 조심스레 내려놓았다.

석 달. 그동안 받아온 그 어떤 마감보다도 빠듯하다. 대리인에게 미친 듯이 전화 거는 일도 없을 것이고, 시간을 더 달라는 협상도 없을 것이다.

몇 년을 공들여 써야 할 이야기를 단 세 달 만에 써야 한다.

가능하긴 할까?

2장

내가 그를 만났던 그 밤에는 퍼넬 케이크 냄새와 담배 연기가 짙게 배어있었다. 그가 미소 짓는데 내 안의 무언가가 움직였다. 허리가 곧게 펴진다. 심장이 평소보다 아주 조금 더 세게 뛰었다.

그 같은 남자는 나 같은 여자를 좋아하지 않는다. 눈으로 계속 나를 쫓거나 내 이야기에 귀 기울이지 않는다. 내 쪽으로 몸을 기울이거나 나에게 더 많은 걸 원하지 않는다.

그는 다른 모든 사람들과는 다르다. 그는 비웃지 않았다. 그는 물러서지 않았다. 우리의 눈이 마주쳤다. 그의 입꼬리가 올라가고, 나의 세계가 변한다.

첫 번째 챕터를 쓰는데 열이 오른다. 새로 먹는 약들 때문일 수도 있고, 기억들 때문일 수도 있다. 참고 계속 쓰다 보니 더워진다. 우리의 만남과 첫 데이트의 장면을 다 쓸 때쯤 되니 허리 뒷부분에 닿은 셔츠가 축축하고 가슴이 조이는 듯 아프다. 그가 가벼운 미소 한 번으로 우리 엄마를 자기 편으로 만들고, 타코와 멕시코 맥주로 나의 마음을 빼앗았던 밤이었다. 차로 걸어가는 동안 그의 손가락들이 내 손가락들을 감싸 쥐었다. 그가 나를 차에 밀어붙이고 키스했다. 나의 입은 망설였으나 그의 입은 강하고 확신에 차 있었다. 그의 혀가 저돌적으로 들어오는 순간 내 신경은 사르르 녹아 버렸다.

그때 내 나이 겨우 스무 살이었다. 내 소설들 바깥에서는 데이트 한 번 해본 적 없고, 누구에게도 사랑 받아본 적 없고, 남자나 로맨스 같은 것을 신경 써본 적 없는 스무 살.

하지만 그날 밤 이후로 모든 것이 달라졌다. 사이먼은 내 삶으로 파도처럼 밀려 들어와 내 삶을 열정적이고 무모한 것으로 바꾸어 놓았다. 나의 하루는 가슴 떨리는 흥분으로 시작되었고, 나의 밤은 사랑과 미래에 대한 생각들로 끝이 났다. 그의 눈빛과 손길, 나의 글이 아닌 다른 것으로 인해 내가 욕망의 대상이 되는 것에 대한 생각들.

그건 사랑이었다. 그 시작부터. 무모한. 미친. 정신 나간. 사랑.

나는 글을 저장하고 노트북을 덮었다. 속이 메스껍다.

수요일 오후 정확히 2시 24분에 나는 키보드 치던 손을 멈췄다. 노트북은 옆으로 치워두고 책상 위를 정리한 뒤 휴대전화를 가운데로 옮긴다. 서랍에서 새 노트패드를 꺼내고, 펜은 뚜껑을 열어 하얀 종이 위에 올렸다.

그 후 2분 동안 의자에 푹 기대 앉아 양팔을 머리 위로 쭉 뻗어 올린다. 눈을 감은 채 가슴을 활짝 펴고 스트레칭 한다.

정확히 2시 30분, 전화벨이 울렸다. 나는 똑바로 앉아 전화기를 귀에 갖다 댄다. "안녕, 케이트."

"안녕, 헬레나." 케이트 목소리에서 무언가 꺼름한 느낌이 묻어난다. 마치 지금 막 급하게 전화기로 달려와 전화를 건 것 같은 목소리다. 일주일 내내 이 통화를 준비하면서 이 시간을 따로 떼어 놓았어야 했지만, 그런 것 같지 않은 목소리. 가슴 속에서 짜증이 부푼다. 이 전화 통화에서 흔히 있는 일이다. "네 가지 상의할 내용이 있어요."

케이트를 쓸만하게 훈련시키는 데에, 수다며 농담을 정신 없이 늘어놓는 그녀의 성향을 눌러놓는 데에 몇 년의 시간이 걸렸다. 처음에는 케이트도 나의 기대에 부응하지 않으려 애썼지만, 첫 번째 계약금, 첫 번째 베스트셀러, 첫 번째 수수료, 이것들이 그녀를 훨씬 고분고분한 사람으로 만들어 놓았다. 돈이 사람에게 할 수 있는 것, 돈으로 확립할 수 있는 통제의 수준이 놀라울 따름이었다. 돈은 케이트를 내 원숭이로 만들었다. 돈은 사이먼을 내 애완견으로 만들었다. 자기가 어질러 놓은 것들을 정리하지 않고, 자기 영역표시를 하고, 튼튼한 끈으로 매두지 않으면 이빨을 드러내고 당신 아이를 공격할 수도 있는 애완견.

케이트는 해외 오퍼 이야기를 먼저 꺼냈다. 나는 계약서의 계약 조건들을 펜으로 그으며 듣는다. 나는 조건을 수락하고, 우리는 두 번째 이야기로 넘어갔다. 『희망의 페리』 3쇄 소식이다. 굉장하군. 나는 한숨을 내쉬고, 가까스로 세 번째와 네 번째까지 통과해낸다. 케이트가 조용해지고, 나는 어떻게 말을 꺼낼지 고민한다. 가능한 한 작은 반응을 야기할 수 있는 단어들을 고심해서 골랐다.

"지금 잡혀있는 일정들 모두 취소해주면 좋겠어요. 나 은퇴할 거예요." 아침을 먹으며 생각했는데, '은퇴'라는 단어가 지금 이 상황을 가장 잘 표현해줄 말이었다. 케이트에게는 '죽음'과 다름 없는 의미를 지닌 단어다. 두 단어 모두 나의 집필 중지를 의미한다. 두 단어 모두 내가 남아있는 마감 일정을 더 이상 맞출 수 없음을 의미한다.

긴 침묵이 이어졌다. 협곡을 따라 뻗어나가는 것만 같은 기나긴 침묵. 귀에서 전화기를 떼고 연결 상태를 체크하게 만드는 그런 침묵. 마침내 케이트가 대답을 했을 때, 거기에 상상력이라고는 눈곱만큼도 없어서 나는 그녀의 예측 가능성에 한숨을 내쉬고 만다.

케이트

"은퇴요?" 케이트가 멍하니 말했다. 케이트는 지난 10초 대부분의 시간 동안 조금 더 괜찮은 대답을 생각해보려 애썼다. 헬레나가 인정해줄 만한 대답으로. 하지만 그 말은 정말이지…… 기가 막혀서 케이트는 그 말을 반복하는 수 밖에 없었다. 헬레나 로스가 '은퇴'를 한다니 말도 안 된다. 마르카 반틀리가 신간 베스트셀러를 넉 달 마다 쏟아내고 있는데 그럴 수는 없다. 헬레나는 오로지 본인의 라이벌에 대한 경쟁적 앙심 때문에 손가락이 떨어져 나갈 때까지 쓸 사람이다. 게다가 서른 두 살에 은퇴하는 사람이 어디 있는가?

"네." 헬레나가 쏘아 말했다. "사람들이 일을 그만두는 그거 말이에요."

"그 용어는 저도 잘 알고 있어요." 케이트가 책상을 밀어내자 그녀의 사무용 의자가 빙그르르 돌았다. 방 안이 연분홍색과 크림색이 섞이며 흐려졌다. "왜요?" 케이트는 이 질문을 하면서 눈을 질끈 감았다. 그 말을 발화하는 그 순간에도 그게 해서는 안 되는 말이라는 걸 알고 있었기 때문이다. 케이트가 헬레나에 대해 지켜야 할 규칙 4번 항목은

'개인적인 질문을 하지 말 것'이다. 예전에도 몇 번 어겨본 적 있는 규칙. 그 결과는 언제나 참혹했다. 케이트는 헬레나의 신랄한 목소리가 들려오기를, 헬레나의 전화 끊는 소리가 나기를, 새로 수신된 (둘의 대리인 대 고객으로서의 관계와 그 경계에 대한 단호한 책망으로 가득한) 이메일의 무시무시한 도착음이 들려오기를 마음 졸이며 기다렸다.

그런데 헬레나는 그저 한숨만 쉴 뿐이다. 은퇴 발표만큼이나 이상한 무반응이다. "『브로큰』은 출판사에 연락해서 그 작품 제출하지 못할 거라고 말해줘요."

케이트의 눈이 번쩍 뜨였다. 그리고 저 여자의 말을 반복하지 않겠다는 의지를 담아 초인적으로 치아를 앙다물었다. 케이트는 꼿꼿하게 앉아 책상 가까이 몸을 끌어당기고, 달력을 휙 넘겨 손가락으로 날짜를 짚으며 지나갔다. 그러고는 반듯하게 적혀있는 글자에 다다른다. '브로큰 마감.' 지금부터 한 달 조금 넘게 남았다. 지난주에 통화할 때만 해도 헬레나는 80퍼센트 정도 썼었고, 마감일 지키는 것에 대해서도 자신 있어 했다. 함께 13년을 일하면서 헬레나가 마감일을 지키지 못했던 적은 한 손 안에 꼽을 수 있다. 마감 연장을 요청할 때도 일주일 혹은 이 주일을 넘긴 적이 없다. 다른 사람들에게 적용하는 규칙만큼 헬레나 본인에게 적용하는 규칙도 엄격했다.

그런 헬레나가 지금 마감 연장을 요구하지 않고 있다. 그녀는 지금 케이트에게 출판 관련 의무를 내려놓고 싶다고 말하고 있다. 이미 출간 예고된 책이고 사전 마케팅도 진행 중인 데다, 일곱 자리의 계약금 중 절반이 이미 은행에 들어왔다. 게다가 케이트는 받은 수수료를 다 쓴 지도 한참 됐다. 작품의 제출 거부는 출판계에서 거의 없는 일이다. 특히 헬레나 로스에게는 상상도 할 수 없는 일이다.

케이트는 일어섰다. 전투에 대비해 온몸의 근육이 팽팽해진다. "작가님." 케이트가 조심스레 물었다. "무슨 일 있어요?"

"유난 떨지 말아요, 케이트." 헬레나의 목소리는 쌀쌀맞다. 케이트가 헬레나 보다 열 살 위인데, 마치 어른이 아이에게 하듯 이야기한다. "출판사에 전화해서 다른 의무사항들 모두 마무리 지어요. 못하겠으면 다른 대리인으로 찾아볼게요."

다른 무언가가 있다. 케이트는 그것이 다가오고 있음을 느낄 수 있다. 『브로큰』 계약 파기 뉴스보다 더 무시무시한 무언가. 해안을 향해 고요히 다가오는 거대한 해일. 대비 따윈 소용 없고 그녀의 발은 그 자리에 꼼짝없이 묶여있다. 눈에 빤히 보이는 참사. 케이트는 마른침을 삼키고 몸을 기울여 책상 모서리에 기댔다. 그녀의 손가락이 목에 걸린 두 줄의 진주 목걸이를 세게 잡아 당겼다. 손을 더 들어 올려 입술을 잡아 뜯고 싶은 것을 참는다. "할 수 있어요." 어쩌면 케이트가 틀렸는지도 모른다. 또 다른 무언가는 없다. 거물 고객의 은퇴와 출간 계약 파기 사이의 어딘가쯤에서 유혈의 참사가 마무리 될 것이다.

"다른 이야기도 있어요." 케이트가 절대 듣고 싶지 않았던 한 마디가 기어이 나오고야 만다. 케이트는 고개를 떨구고 숨을 내뱉었다. 그것이 무엇이든 그녀는 대처할 수 있다. 그 정도로 강해지지 않고서는 헬레나와의 13년에서 살아남을 수는 없었을 것이다. 저 여자는 까다롭기 이루 다 말할 수 없는 빌어먹을 예측불가 레킹볼*이다.

"나 새 책을 쓸 거예요. 편집은 트리샤 프리전이 맡아주면 좋겠어요."

---

* 철거할 건물을 부수기 위해 크레인에 매달고 휘두르는 쇳덩이.

당연히 그러시겠지. 트리샤 프리전은 요즘 출판계에서 가장 핫한 스타 에디터다. 원하는 책이 있으면 그 책을 맡아 일을 한다. 그녀가 출판하는 모든 것들이 황금으로 변신한다. 베스트셀러 1위, 연이은 중쇄 행진, 폭발적인 해외 반응. 하지만 그 에디터는 헬레나 로스의 신작은 맡지 않을 것이다. 프리전은 소설 자체를 자주 하지 않는 데다 로맨스 소설은 더욱 그녀의 취향이 아니다. 그녀가 최근에 맡았던 작품도 O. J. 심슨의 인터뷰집이었고, 완벽하게 포장되어 베스트셀러 리스트에 올라있다. 헬레나가 이걸 알아야 한다. 헬레나는 이걸 알아야만 한다.

"『브로큰』은 그만두고, 그리고 은퇴를 하고, 그리고 새 책을 써서 트리샤 프리전에게 맡기고 싶다는 거예요?" 변수가 빠져있는 형편 없는 수학 문제다.

"네."

케이트는 이 불가능한 문제를 어떤 식으로 타개해나가야 할지 머리를 굴려보았다. "시놉시스는 있어요?"

"시놉시스 없어요."

다행이다. 그래도 몇 주는 벌 수 있을 것이다. "시놉시스 완성하는 데 얼마나 걸릴 것 같아요?"

"시놉시스는 안 낼 거예요."

케이트가 한숨을 쉬었다. 다른 사람이 그런 말을 했다면 케이트는 그냥 말로만 그러는 거라고, 지금 이 대화 전부가 장난이고 책장 뒤에 몰래카메라가 한 대 숨어 있고 사무실에서 동료들이 큭큭 웃고 있을 거라고 생각했을 것이다. 하지만 헬레나는 자신의 소설 바깥에서는 농담 같은 것을 할 줄 모르는 사람이다. 시간을 낭비하는 그 어떤 것도 하지 않는 사람이다. 헬레나가 무지하게 중요하지 않은 일에 (케이트가 시계를 본다) 24분씩이나 쓸 리가 없다. "시놉시스도 없이 제안서를 보낼 수는 없어요. 알잖아요. 재키에게라면 어떻게든 해볼 텐데 트리샤 프리전은 안 돼요. 그리고 그 에디터는 로맨스물은 안 받아요."

"트리샤 프리전이 뭘 좋아하는지는 나도 알아요, 케이트." 이 말이 채찍이 되어 날아왔다. 케이트의 얼굴 위에 붉은 피로 '자격 없음'이라는 글자를 남기는 채찍. 위대하신 헬레나 로스의 원고를 투고할 자격 없음. 요즘 가장 핫한 로맨스 스타작가의 대리인이 될 자격 없음. 개인적인 질문을 하거나, 수요일 오후 2시 30분 외에 전화를 걸거나, 헬레나의 소설에 대한 의견을 낼 자격 없음. 입 닥치고 순종하는 것 외에는 아무것도 할 자격 없음.

"그러면 내가 이 책에 대해 아는 것 하나 없이 이 책을 어떻게 제안했으면 좋겠는지 설명해주세요." 케이트는 자신이 가진 가장 착한 목소리로 말했다. 헬레나를 대하기 가장 어려울 때를 대비해 아껴둔 목소리다. 만일 전남편에게 이런 목소리로 말했다면 그가 그녀 곁에 조금 더 오래 머물렀을지도 모른다.

"지금 당장 제안을 하라는 게 아니에요. 몇 달 후, 내가…… 은퇴하고 나서요." 헬레나가 '은퇴'를 말하는데, 자신 조차 그 단어에 아직 익숙해지지 못한 것처럼 무언가 어색한 데가 있다.

'몇 달 후에. 내가 은퇴하고 나서.' 몇 달은 너무 빠르다. 너무 갑작스럽다. 거대한 해일이 점점 가까워진다. 불길한 예감도 커져만 간다. "그때까지 얼마나 쓸 수 있을 것 같아요? 내가 판권 협상을 할 때 원고 중 얼마나 보여줄 수 있죠?"

"전부 다요." 헬레나는 이제 통화를 끝내려는 목소리로 말했다. 말하기 지쳤다는 듯이, 정신이 다른 데 팔린 것처럼. "이제 가봐야 해요."

전화를 끊어서는 안 된다. 지금은 안 된다. 이제 막 케이트에게 산더미 같은 일을 던져줬는데. 지금은 안 된다. "잠깐만요." 케이트가 다급하게 말했다. 아직 묻지 못한 질문들을 전부 떠올려본다. "다음 주 수요일에 다시 얘기해요?" 막대한 질문 낭비다. 수요일마다 하는 전화 통화는 너무나 규칙적이어서 케이트는 그 날짜로 배란일도 계산할 수 있을 정도인데.

"수요일이요?" 헬레나가 힘없이 말했다. "네, 아마도."

딸까닥 전화 끊기는 소리가 난다. 케이트의 우려는 이제 완전한 공포가 되어 부풀어 오른다.

3장

방문객에 대한 나의 규칙은 간단하다. 16사이즈 폰트로 한 줄 한 줄 깔끔하게 인쇄해 문 정중앙에, 보지 않을래야 않을 수 없는 곳에 떡하니 붙여 두었다. 늘 그렇듯이 첫 번째 규칙이 가장 중요하다.

1. 벨을 누르지 말 것.
2. 진입로에 차를 대지 말 것.
3. 상품 판촉원은 돌아갈 것.
4. 종교나 정치 목적으로 온 사람은 조용히 홍보자료를 매트 아래에 두고 갈 것.
5. 사교를 목적으로 왔다면 그냥 돌아갈 것.
6. 사업이나 법적 목적으로 찾아왔다면 나의 대리인이나 변호사에게 연락할 것.
7. 택배 배달원은 사인 받지 말고 택배만 두고 가셔도 됩니다.

나는 핍홀을 통해 문밖을 내다본 뒤 문을 빼꼼히 열고 벨을 누른 사람을 노려보았다. 내가 붙여놓은 안내문을 무시할 정도로 무식한

젊은 여자다. 아마 지금 거의 두 시간 째 길가에서 빽빽 소리 지르고 있는 애들의 보모일 것이다. 나는 3년 전 이곳 컬드색* 부지를 모조리 구입하면서 이 거대한 원형 공간에 대한 독점적 사용을 보장받으리라 생각했었는데, 오산이었다. 주택소유주협회에 민원도 넣어봤지만 완강한 거절만 되돌아올 뿐이었다.

"헬레나 팍스 씨세요?"

"네?" 남편 성이 붙은, 거의 사용된 적 없는 내 이름을 듣고 나는 소스라치게 놀랐다.

"저는 샬럿 블랜튼 이라고 합니다. 몇 가지 여쭤보고 싶은 게 있습니다."

'몇 가지 여쭤보고 싶은 게 있습니다.' 그 경찰관, 그의 음울한 눈빛, 대기 중에 감도는 10월의 냄새. '몇 가지만 여쭤보겠습니다.' 그 장의사, 그의 가느다란 손가락들, 그 손가락들로 진열된 관을 두드리던 소리.

나는 계속 문 뒤에 선 채로 여자가 침을 꼴깍 삼킬 때 꿀렁 움직이는 목을 쳐다보았다. 여자는 두 손으로 종이 한 뭉치를 감싸 쥐고 있었다.

"헬레나 팍스 씨 맞으세요?" 여자의 확신이 옅어지고, 나는 그 불안해하는 모습을 즐겼다. 어쩌면 나의 팬인지도 모른다. 내 과거 출판이력과 결혼증명서를 찾아 다닌 독자겠지. 전에도 이런 적이 몇 번 있

---

* cul-de-sac, '막다른 길'을 의미하는 프랑스어로, 주택가의 막다른 길에 여러 저택들이 빙 둘러 마주보도록 설계된 곳을 일컫는다. 주로 교외에서 많이 볼 수 있으며 차량의 불필요한 통행이 없어 비교적 조용하고 안전하다는 장점이 있다.

었다. 가장 최근에는 경찰을 불러야 했다. 그런데 지금 이 여자, 깡마른 어깨가 도드라지게 튀어나온 이 여자 정도는 나 혼자서도 처리할 수 있을 것 같다.

"방문객에 관심 없어요." 긁는 목소리가 나왔다. 나는 목을 가다듬는다.

"정말 잠깐이면 돼요."

"아니요." 내가 문을 닫으려는데 여자가 손바닥을 문에 탁 갖다 댄다. 정말이지 당장 저 규칙 리스트에 '방문객은 문에 손을 대지 않습니다'를 추가해야겠다. 그런데 이 어린 여자는 내가 떡 하니 붙여놓은 리스트는 건너 뛰고 벨을 누른 걸 보아하니 허락 같은 것에는 관심이 전혀 없는 인간이 분명해 보인다.

"부탁드려요." 여자가 말했다. "선생님 남편에 대한 얘기예요."

내 남편. 그 단어가 다른 사람 입을 통해 나오는 게 싫다. 그에 대한 모든 것을 고려해 볼 때 그 단어는 너무 평범하고 너무 약하다. 문손잡이를 잡은 내 손가락에 힘이 들어간다. 나는 경찰에게 모두 진술 했고, 그들 질문 수백 개에 답했다. 나는 이미 시험을 통과했다. 그런데 지금 이 알지도 못하는 여자와 그 과정을 다시 반복하라니. 관심 없다. 특히, 거리의 아이들 웃음소리가 계속해서 내 신경을 긁고 있는 오늘 같은 날에는 더더욱.

나는 말없이 여자 눈을 피하며 문을 닫았다. 그러고는 추가 잠금장치를 휙 돌려 문을 잠갔다. 여자를 문밖에 두고 잠그는 딸깍 소리가 꽤 만족스럽다.

나는 뒤돌아 서둘러 계단으로 향했다. 어서 여기에서 탈출해 내 작업실로 갈 생각이다. 문을 닫고 음악 소리를 높여 저 여자의 방해하는 소음을 잠기게 할 수 있는 곳.

여자가 노크를 한다. 똑-똑-똑. 그 소리가 내 정신을 찔러댔다. 계단을 뛰어 올라가는데 호흡이 가빠진다. 근육이 경직된다. 허약해진 몸 상태가 여실히 드러나고 있다.

그날 이후 4년이 넘었다. 저 여자는 도대체 어디에서 실밥이 풀린 걸 발견한 걸까?

4장

담당 종양전문의는 나에게 열네 가지 약을 처방했다. 나의 몸이 겪을 가능성이 있는 모든 증상들을 완화해줄 약이 담긴 주황색 알약 통이 산더미였다. 하지만 그중에는 내가 최근에 싸우고 있는 엉덩이 통증을 치료해줄 약은 없었다.

마르카 반틀리. 세계적인 베스트셀러 작가. 문란하고 재수 없는 여자. 나는 숨을 깊이 들이쉬고 그녀가 최근에 보낸 이메일을 노려본다.

헬레나에게,

방금 전 불쾌하게도 『북소리』를 읽고 말았습니다. 오늘날 이 시대에 성공적인 문학이라 불리는 것들이 참 흥미로워요. 「퍼블리셔스 위클리」에 실린 당신 책 리뷰에 대해서는 매우 유감스럽게 생각합니다. 물론 저도 그 소설에 대한 그들의 견해를 이해하긴 하지만요. 새 소설 출간을 축하합니다!

마르카.

나쁜 년. 새 책 나온 지 두 달이 넘었으니 이번 메일은 다른 때보다 조금 늦은 셈이다. 혼음파티에 쏘다니고 흥청망청 쇼핑이나 해대느라 독서 같은 건 할 시간이 없으셨겠지. 최근 인터뷰를 한 잡지에서 마르카는 자신의 책 더미 위에 알몸을 쭉 뻗고 누운 채, 금발 머리를 치렁치렁 늘어뜨리고 있었다. 작가치고 몸에 군살도 없고 얼굴에 그늘도 없고 카메라를 지긋이 올려다보는 눈빛은 나른하고 유혹적이기까지 했다. 역겨웠다. 너무도 역겨워서 나는 당장 「뉴요커」에 전화해서 정기구독을 해지했다. 작가는 성적 대상이 되어서는 안 된다. 우리는 우리의 글과 우리의 이야기와 독자들 마음에 남기는 자국으로 평가 받아야 하는 사람들이다. 그런데 마르카의 책들에는 그런 것이 전혀 없었다. 감정적 공명보다는 성적 자극에 더 초점을 맞췄다. 나는 바나나의 껍질을 벗긴 뒤 과육을 씹었다. 반격의 답장을 쓰는데 손가락들이 조금 끈적거린다.

반틀리 씨께,
저는 최근작의 제목이 『소방관의 호스』인 사람의 비판은 받지 않을 겁니다. 본인은 본인의 저질 외설물에 집중하시고, 진짜 작가들은 평화 속에서 일하도록 내버려두세요.
헬레나 로스.

하. 짧고 치명적이다. 나는 메일을 전송하고 미소 지었다. 그러고는 수신함으로 들어가서 마우스를 빠르게 움직이며 다른 이메일들을 훑었다. 온통 쓸모없는 것들. 나는 몇몇 광고 메일들을 차단했다. 그런 뒤 시간 낭비 하고 있는 나를 꾸짖는다. 나에게 고작 세 달이 남아있는데 지금 이메일 수신함이나 정리하고 있다고? 멍청하긴.

나는 남은 바나나를 입에 물고 껍질을 쓰레기통 방향으로 던진 뒤 하얀 비닐봉지에 안착하는 모습을 본다. 오늘 아침에 시작된 두통이 점점 심해지고 있다. 관자놀이를 바이스로 조이는 것 같다. 나는 메일함이 곯도록 잠시 내버려두고 위층 내 책상에 있는 진통제를 가지러 가기 위해 일어섰다. 바나나 정도면 약 때문에 빈 속이 상하지 않을 것이다. 나는 계단을 올랐다. 그런데 2층에 도착할 때쯤 바닥이 빙빙 돌았다. 잠시 난간을 붙잡고 모든 초점이 다시 돌아오기를 기다렸다. 앉아 있어야 할 것 같다.

최근 들어 눈앞이 아찔해지는 증상이 빈번해지고 있다. 현기증과 몽롱함도 마찬가지인데 그 둘은 서로 합세해 내 생산성을 완전히 망쳐놓았다. 또 한 번 눈앞이 아찔해지더니 손이 뇌의 말을 듣지 않고 힘이 풀려 버린다. 나는 난간을 다시 꽉 잡으려 애쓰면서 마지막 남은 몇 계단을 서둘러 비틀비틀 올랐다. 하지만 모든 것이 흑백 만화경과 매끄럽게 윤기 나는 계단으로 변해 버린다.

무릎이 꺾인다.

5장

케이트

케이트는 맨해튼 아파트의 문을 열고 들어서면서 단화를 벗었다. 스위치를 눌러 어두운 집 안에 조명이 탁 켜지기까지의 그 짧은 시간 동안 공포가 그녀를 엄습했다. 이혼한 지 2년이 지났지만 혼자 사는 것의 으스스함, 누군가 저기 어디에 숨어서 기다리고 있을 것 같은 느낌에는 도통 익숙해지지 않는다.

케이트는 수프 통조림을 따 걸쭉한 내용물을 작은 냄비에 쏟아붓고 불을 켰다. 그녀의 정신은 온통 헬레나에게 팔려있다. 케이트는 헬레나가 다시 정신을 차리고 그녀에게 전화해주길 바라며 출판사에 전화하는 일을 미루었다.

물론 헬레나는 전화하지 않았다. 헬레나는 어떤 결정을 앞에 두고 미적거리거나 생각을 바꾸는 타입이 아니다. 헬레나가 『브로큰』을 취소하라고 명령한 순간 이미 끝난 것이다. 게임 끝. 사형 집행장으로 걸어 들어가는 책.

늘 이렇게 힘들었던 것은 아니었다. 첫 소설 때의 헬레나는 함께 일하기 즐겁다 할만한 사람이었다. 당연히 그때는 나이도 어렸다. 커다란 눈과 진지한 얼굴을 한 열아홉 살짜리 아기. 자신의 글로 뉴욕을 깜짝 놀라게 하겠다는 목적 하나만을 가지고 코네티컷에서 차를 몰고 온 소녀. 케이트는 친구의 부탁으로 헬레나를 브루클린의 한 커피숍에서 만났다. 케이트는 이 소심한 흑갈색 머리 백인 소녀가 자신의 소설을 설명하며 머핀을 깨작거리는 모습을 바라보았다. '두 번째 로맨스'라. 케이트의 사무실에 산더미처럼 쌓여있는 원고들의 절반과 다를 게 없어 보였다. 집중력이 점점 떨어져 버린 케이트는 옆 테이블에서 점점 끓어오르고 있던 말다툼을 엿듣다가 문득 이 소녀가 조용해졌다는 것을 깨달았다. 케이트는 손목시계를 몰래 훔쳐보며 원고의 첫 장을 휙 넘겼다.

첫 줄을 읽었다.

첫 단락.

첫 챕터.

이후 온 미국인들이 그랬듯 케이트 또한 그 글을 게걸스레 읽었다. 이토록 평범하고 창백한 생명체가, 약간 큰 귀와 큰 눈을 가진 이 생명체가 마법을 부리고 있었다. 케이트는 4페이지에서 마지못해 멈추고는 눈을 들어 헬레나를 바라보았다. "학생이 이걸 썼다고?"

헬레나는 고개를 끄덕이고는 글이 마음에 드는지 물었다.

"응." 이 대답은 너무 약한 것이었다. 케이트는 흥분을 억누르려 애쓰며, 거의 경건하다 할 정도의 마음으로 원고 위를 손으로 쓸어 내렸다. "나머지를 읽어봐야 할 것 같아. 오늘 밤에."

소녀가 자신의 가방에서 CD 하나를 꺼내 테이블 너머 케이트에게로 쓱 내밀었다. "다른 대리인 다섯 분들께도 드렸어요." 헬레나는 마치 케이트에게 부담 갖지 말라는 듯, 억지로 마음에 드는 척 할 필요 없다는 듯, 그렇게 호의를 베풀 듯 이야기했다. 그러나 그 말은 오히려 정반대의 효과를 가져왔다. 그 순수한 정보는 케이트에게 위협이었으며, 시시각각 흘러가는 시간은 이 소녀의 휴대전화가 울릴 가능성, 케이트가 다른 사람에게 기회를 빼앗길 가능성을 의미했다.

"그래." 케이트가 희미하게 웃으며 원고를 소녀에게 도로 건네주는데 손가락이 원고에서 도무지 떨어지려 하지 않았다. 그것은 가슴 깊숙한 곳에서 느껴지는 상실감이었다. 반면 CD는 그저 공허하게 느껴질 뿐이었다. 이미 케이트의 마음 깊숙한 곳에 자국을 남긴 글에 비하면 그 CD 케이스는 한없이 가볍게만 느껴졌다.

케이트는 파일을 열기 전부터 자신이 이 소설을 원하고 있다는 사실을 알았다. 그녀는 주방 조리대에서 먹다 남은 중국 음식과 뜨거운 차 한잔을 앞에 두고, 마우스로 화면을 천천히 스크롤 하면서 원고를 읽었다. 원고를 모두 읽고 파일을 밤 10시쯤 상사에게 전송했다. 10시 15분에 헬레나에게 전화를 걸어 음성메시지를 남겼고, 바로 이메일 하나를 보냈다. 원래 받는 것보다 5퍼센트를 낮춘 10퍼센트의 수수료를 약속하는 메일이었다. 케이트의 일자리를 위태롭게 할만한 제안이 었지만, 이번만큼은 위험을 무릅쓸 가치가 있었다. 또 케이트는 이 소설이 입찰에서 여섯 자리 계약금을 받게 될 수 있으리라고 보장했다. 이 또한 케이트가 원한다고 얻어낼 수 없는, 이전에 받아본 적 없는 어마어마한 금액이었다. 하지만 그녀는 지금까지는 헬레나의 작품 같은 것은 맡아본 적이 없었다. 헬레나의 책은 케이트를 부자로 만들어 줄 수 있을 것 같았다. 그 모든 것들(빠듯하게 내고 있는 집세, 짙어져만 가는 실직 가능성, 삐걱거리는 결혼 생활)을 해결해 줄 수 있을 것 같았다.

자신의 음울한 아파트에서 헬레나에게 함께 일을 해보자고 어쭙잖게 간청하는 메일을 보낼 때만 해도…… 케이트는 헬레나가 얼마나 까다로운 고객이 될지 알지 못했었다. 헬레나의 반짝이는 소설을 손에 쥐고 있으면서도 그 창조자와 함께 찾아올 두통 같은 것들은 전혀 생각하지 못했었다.

그리고 그 두통은 점점 심해져 왔다. 물론 헬레나도 일부러 그렇게 행동하는 것은 아니다. 그저 본인이 원하는 것에 대해 상당히 까다로운 편이고, 요 몇 년 새 기벽이 점점 심해졌고, 부탁하던 것들이 요구로 변해왔을 뿐이다. 오래 전 커피숍에서 만났던 그 상냥한 소녀는 이제 완전히 사라져 버렸다. 케이트와 출판사들을 피하면서 그 누구와 어떤 소통도 하지 않으려고 한다. 그 대신 새로운 헬레나가 등장했다. 함께 대화하는 것이 지뢰밭처럼 느껴지는 사람. 그녀를 기쁘게 하는 것? 보통 힘든 일이 아니다.

케이트는 정말 아주 가끔씩 헬레나를 만났던 것을 후회한다. 그러나 대부분의 나날에는 그저 헬레나에 대해 궁금할 뿐이다. 모든 천재는 약간 미친 사람이라고들 한다. 어쩌면 헬레나의 미친 성향이 조금 늦게 발현된 것일지도 모른다.

케이트는 서랍을 열고 기다란 나무 숟가락을 꺼냈다. 그러고는 조리대에 기대 수프를 휘휘 저었다. 내일 케이트는 결정할 것이다. 출판사에 전화해 (혹은 이메일을 보내) 헬레나의 결정에 대해 알릴 것이다. 이메일로 충분하겠지? 간결하고 프로페셔널하게. 정보가 더 많으면 좋을 텐데. 핑계가 될만한 걸로.

케이트는 출판사에 진실을 말할 수가 없다. 헬레나가 새 소설을 쓰기 위해 『브로큰』을 포기한다고. 그런데 새 소설을 당신들 경쟁사 중한 곳에 보내고 싶어 한다고. 완전히 끝장내겠다는 것이다. 이 이야기는 여름 캠프장의 들끓는 이(lice)들처럼 출판계 전체로 퍼져나갈 것이다. 그리고 이번 주가 채 가기도 전에 모두의 머리는 헬레나에 대한 부정적 생각으로 감염될 것이다. 헬레나는 이제 자신의 소설을 절대 판매하지 못할 것이다. 물론 그것이 중요한 것은 아니다. 그녀는 이제 은퇴할 거니까.

이 생각에 이르자 케이트는 웃음이 터져 나왔다. 냉장고 문을 열어 모스카토 한 병을 꺼내 조리대 구석에 놓았다. 케이트의 끝장난 커리어에 축배를 들기 위해서는 보드카가 더 적절한 선택일 것이다. 하지만 로드가 떠났을 때 그녀는 보드카들을 모두 내다 버렸다. 보드카, 버번, 아파트 구석구석에서 발견한 작은 병들 모두 내다 버렸다. 알고 보니 남편은 심한 알코올중독이었다. 남편이 떠나기 전까지 케이트도 몰랐던 사실이었다.

참으로 우스운 일이다. 우리 곁에 있던 사람이 떠나고 나서야 그 사람에 대해 알게 되는 것들이라니. 우리의 정신이 모든 단서에 대한 변명을 멈추고 나서야 그 사람에 대해 알게 되는 것들이라니. 상담사는 그 단서들(그의 바람기, 술주정, 거짓말들)이 남편의 구조 요청 신호였다고 말했다. "남편은 거기에 서서 자신의 행동을 통해 당신에게 비명을 지르고 있었던 겁니다." 상담사가 설명했다. "남편은 도움을 간청하고 있었던 거예요."

헛소리였다. 남편은 캡틴 모르간*에게 도움을 청하고 있었다. 케이트가 아니라.

---

* 럼주의 일종.

이름 뒤에 온갖 화려한 직함과 이력을 달고 다니는 그 상담사라는 여자, 다 안다는 웃음과 거들먹거리는 말투로 일관하던 그 여자는 진짜 사람, 진짜 문제, 진짜 관계에 대해서는 쥐뿔도 아는 게 없었다.

케이트는 헬레나를 생각한다. 그녀의 무뚝뚝한 말투, 전화 통화로 케이트를 찔러대는 가시로 뒤덮인 태도. 헬레나는 술을 마시며 문제들을 훌훌 털어냈을까. 아니, 애초에 그녀에게 문제랄 게 있기나 할까? 아마 없을 것이다. 헬레나 같은 사람에게 문제가 얼마나 있겠어? 헬레나는 그 모든 능력과 돈을 가지고 빈둥거리며 시간을 보내는 사람일 것이다. 이 망할 여자는 서른둘에 은퇴를 하고, 카리브해에서 햇볕을 쬐고 이른 아침 남편과 사랑을 나누고 아기들과 포동포동 살을 찌우며 여생을 보낼 것이다.

케이트는 불을 끄고 숟가락으로 냄비 가장자리를 톡톡 두드렸다. 케이트는 상상해보려 한다. 헬레나가 방 한가운데서 비명 지르는 모습을. 누군가에게 도움을 요청하는 모습을.

아마 그런 일은 절대 일어나지 않을 것이다. 그 여자는 그러느니 그냥 죽고 말 사람이다.

6장

"네 책 이야기 해줘." 우리가 함께 걷는데 그의 팔이 내 어깨를 스쳤다. 나는 그가 손을 뻗어올까 봐, 땀이 흥건한 우리의 손바닥들이 불편하게 포개질까 두려워 두 손을 주머니에 집어넣었다.

내가 그를 흘긋 쳐다보았다. 바람이 불어 그의 머리카락이 가볍게 들썩이고, 네온사인 불빛이 그의 얼굴을 장밋빛으로 물들인다. "로맨스 소설이야. 알지? 남자가 여자를 만나는 거."

그가 싱긋 웃었다. 나는 그의 입꼬리가 올라가는 모양이, 나를 바라볼 때면 빛나는 그의 두 눈이 좋다. "단순한 거네?"

나는 어깨를 으쓱했다. 내 입꼬리가 아주 조금 올라간다. "사랑은 아주 단순한 거야, 사이먼."

바보 같은 말이었다. 하지만 당시에 내가 꿈꾸고 갈망하고 글을 쓰는 유일한 것이 사랑이었다. 그때는 미처 알지 못했다. 사랑이 얼마나 잔혹한 괴물로 변할 수 있는지를.

집에 쥐가 한 마리 있다. 나는 바닥에 배를 깔고 누운 뒤 팔을 뻗어 치즈 한 조각을 소파 아래로 쑥 밀어 넣었다. 그 조그만 발들이 바닥 위를 잽싸게 달리는 소리가 들릴 때는 숨을 꾹 참는다.

베서니가 있었으면 좋았을 텐데. 우리 엄마가 아이를 카시트에 태우고 여기로 데려올 수만 있다면, 예전에 그랬던 것처럼 노크도 하지 않고 문을 열고 걸어 들어올 수만 있다면 얼마나 좋을까. 베서니는 눈을 커다랗게 뜨고 그 자그마한 팔꿈치를 바닥에 댄 채로 내 옆에 함께 엎드려 꿈틀댈 것이다. 아마 손으로 입을 가리고 키득거리겠지. 턱을 바닥에 댄 채로 가죽 소파 아래를 오래도록 쳐다볼 것이다. 나는 아이에게 쥐의 꼬리는 몸의 길이만큼 자랄 수 있다고, 하루에 밥을 열다섯 번에서 스무 번씩 먹는다고 말해줄 수 있을 것이다.

나는 손톱 끝으로 치즈를 멀리 밀어 넣고 손을 꺼냈다. 그러고는 그 작은 생명체가 나타나는지 보려고 기다렸다. 쥐에게 가족이 있을지도 모른다. 핑크색 새끼 대여섯 마리가 들어있는 작은 둥지가 어딘가에 있을 것이다. 폐지와 굴러다니는 실을 한데 뭉쳐놓은 곳에 콕콕 박혀 있겠지. 새끼들은 밥 달라고 아주 작은 입들을 크게 벌리고 있을 것이다. 이 치즈 조각이 쥐 식구들의 저녁 식사가 될 수 있을 것이다. 내가 어제 두고 간 빵 한 덩이와 잘 어울리겠다.

어쩌면 샬럿 어쩌고 하는 여자를 들어오라고 했어야 했나 싶다. 어제 나타났던 그 어린 여자, 질문으로 무장한 채 내 하루를 망치러 왔던 여자. 어쩌면 그 여자의 방문은 그저 사이먼의 죽음 이후 경찰의 사후 관리, 4년 주기의 방문 확인 같은 관례 절차였는지 모른다. 상황에 대한 강도 높은 조사가 아니라. 아니면 사이먼 이야기는 핑계고 그 여자는 내 잃어버린 여동생일지도 모른다. 대화를 나누었다면 아기 때 소방서에 유기됐던 일, 아동보호시설에서 유년 시절을 보내고 마침내 입양됐던 일을 알게 되었을 지 모른다. 어쩌면 아랍의 어느 부유한 왕가에서 그녀를 입양해 공주로 키우다가 이제 시집 보내려고 하는 중인지 모른다. 동생은 더 행복한 삶, 자유의 삶, 언니가 있는 삶을 찾아 도망치고 싶었고, 내 도움이 필요했는지도 모른다.

하. 허점투성이의 끔찍한 줄거리다. 제일 중요한 허점은 우리 엄마는 아이를 내다 버릴 사람이 절대 아니라는 것이다. 엄마는 오히려 둘째를 데려올 사람이다. 특히 샬럿 같이 우아한 이목구비와 금발 머리를 가진 아이라면 더더욱. 그 여자, 아기였을 때 분명 예뻤을 것이다. 공갈 젖꼭지를 거부하거나 유치원에서 밥을 더 달라고 보채는 아이는 분명 아니었을 것이다.

나는 머리를 돌려 귀를 바닥에 댔다. 그런 뒤 가느다랗게 떨리는 수염이 보이기를, 자그마한 코를 내밀기를, 음식을 향해 주저하는 발걸음을 내딛기를 기다리며 하얀 덩어리를 바라보았다.

나는 애완동물을 키워본 적이 없다. 엄마는 침, 각질, 오줌, 똥 같은 것에 질겁하며 그 가능성을 항상 뭉개 버렸었다.

나는 바닥에서 자세를 바꿔 누운 뒤 눈을 감았다. 머리가 깨질 것 같은 두통이, 눈을 뜰 수 없을 정도의 통증이 머리를 쑤셔댄다.

나는 노트북에서 물러났다. 서랍 모서리를 더듬는 손가락이 떨린다. 서랍을 열었다. 약병의 뚜껑을 열고 진통제 두 알을 꺼낸 뒤 입 안으로 털어 넣었다. 두통이 또 시작됐다. 통증 때문에 눈앞에 반점이 어른거린다. 오늘 아침 병원에 다녀왔다. 내 증상들을 모두 이야기 했더니 의사는 앞으로 악화될 일만 남았다고 단언했다. 그는 항암 화학요

법을 권하며 다른 약 처방전을 써주겠다고 했다. 나는 화학요법은 패스했고 새 약들은 받아들였다.

컴퓨터 화면 아래쪽을 보았다. 1,700 단어. 한 챕터를 간신히 채울 분량인데 손가락 움직임이 점점 느려진다. 문장이 멈춰서고, 잘 아는 쉬운 단어들 앞에서 내 정신이 자꾸 발을 헛디딘다. 지금껏 책 열다섯 권을 썼지만 이렇게 머릿속이 새하얘진 적은 없었다. 이건 마치 운전 중에 극심한 눈보라가 불어 닥쳐 차를 길가에 잠시 세우는 것 외에는 방법이 없는 것과 같다. 나는 의자를 뒤로 빼고 깊숙이 눌러앉은 뒤 양말 신은 두 발을 책상 위로 휙 올렸다.

세 달 남았다. 의사가 그렇게 말했다. 3개월이 남았고, 3백 페이지는 수월하게 넘을 써야 할 책이 있다. 나는 눈을 감고 셈을 해본다. 40일 간 초고를 쓰고, 40일 간 퇴고를 하고, 남은 열흘은 병가로 자유롭게 보내는 것. 그러려면 하루에 여덟 페이지, 그러니까 2천 단어를 써야 한다. 스트레스가 올라간다. 석 달 중 열흘 휴가는 말도 안 되는 스케줄이다. 그리고 하루에 2천 단어는 너무 벅차다. 특히나 책 한 권 쓰는데 보통 1년씩 걸리는 나 같은 사람에게는.

이번 글은 평범한 원고가 아닐 것이다. 누구보다도 나와 가장 닮은 여자의 이야기다. 내가 신었던 신발을 신고, 내가 밟았던 길을 걷고, 내가 했던 결정을 하고, 내가 지었던 죄를 짓는 여자. 내가 그녀의 이야기를 쓰고 나면, 그녀는 실제가 되어 세상에 공개될 것이다. 편집이라는 것은 없다는 듯 모든 것이 날것으로 세상 사람들에게 공개될 것이다. 사람들은 지저분한 손가락으로, 매니큐어를 칠한 손톱으로, 태블릿을, 종이책을 빠르게 휘리리릭 넘겨볼 것이다. 그리고 이야기의 끝에 다다를 수록 궁금증에 다음으로 넘어가려 할 것이다. 하지만 그 여자는 거기까지다. 그 이야기는 거기까지다.

나는 이런 생각들로 두려워진다. 사람들이 읽어주길 바라며 책으로 출간된, 진실과 인생을 담은 무수히 많은 단어들. 그렇지만 아무도 그 책을 읽지 않을 가능성이 작게나마 존재한다. 혹은 사람들이 그녀의 글을 읽고 온갖 비판을 할 가능성, 평론가들이 손으로는 바쁘게 리뷰를 써내면서 입으로는 그녀의 동기와 약점과 행동에 대해, 그녀가 그런 운명을 받아 마땅한지에 대해 이러쿵저러쿵 떠들어댈 가능성이 있다.

어느 쪽이 더 나쁜지 모르겠다. 사람들이 그녀를 싫어하는 것, 아니면 그녀를 읽지 않는 것. 어쩌면 그녀의 책은 반짝이는 99센트 스티커가 붙은 채 커다란 떨이 가판대 안으로 쏟아져 들어갈 수도 있다.

그녀에게 그렇게 할 수는 없다. 나에게 그렇게 할 수는 없다.

그것이 내가 지금까지 기다린 이유일지도 모르겠다. 대학살을 내 눈으로 직접 목도하지 않아도 되니까. 경찰과 결론과 비판으로부터 자유로울 수 있으니까.

하루에 2천 단어. 이미 줄어들기 시작하는 석 달이라는 시간. 복부가 뒤틀린다. 나는 입을 열고 숨을 깊이 들이마셨다. 공황발작 증상이 심해지고, 몸이 갑자기 뜨거워지고, 이 작업실이 숨막히고, 컴퓨터 화면의 빛이 너무 밝게 느껴진다.

나는 못한다. 방법이 없다. 시간이 없다. 내 삶 전체를 통틀어 가장 중요한 소설이 될 작품에 쏟아부을 시간이 충분치 않다.

나는 하마터면 전화기로 손을 뻗어 케이트의 번호를 누르고 도움을 요청할 뻔했다.

그 대신 나는 몸을 앞으로 숙여 바닥으로 쓰러졌다. 그러고는 책상 아래에 있는 플라스틱 쓰레기통을 잡아채 그 안에 토악질을 했다.

7장

사이먼을 만났던 여름, 나는 제니퍼를 잃었다. 그건 마치 내 심장에 구멍이 하나 열리고 그곳으로 그가 곧장 걸어들어온 것과 같았다. 제니퍼의 손이 머물렀던 곳에 그의 손이 머물렀고, 제니퍼의 미소를 그의 미소가 대신했다. 물론 그들은 달랐다. 제니퍼는 열한 살이었고, 사이먼은 스물두 살이었으니까. 제니퍼는 달아났다……

나는 마지막 줄을 지웠다. 그리고 곧 단락 전체를 지워 버린다. 거짓말. 이건 일반적인 소설과 다르다는 것을 잊고 있었다. 소설의 허구적 자유가 없다는 것, 단서를 줄 수 없다는 것, 내가 가보지 않은 길로 독자를 이끌 수 없다는 것을 잊고 있었다.

제니퍼라는 사람은 없다. 만약 제니퍼라는 사람이 있었다면 나는 지금 다른 삶을 살고 있을 것이다. 내게 친구라는 것이 있었다면, 설령 그것이 열한 살짜리 꼬마였다 해도 사이먼이 내 전부가 되지는 않았을 것이다.

스무 살의 내 곁에 있는 친구를 그려보려 애쓴다. 오로지 읽고 쓰는 것에만 집중하고, 노트나 컴퓨터 앞에서 온종일을 보내고, 소설 속 인물과 낯선 도시의 생각에 사로잡혀 있는 여학생으로. 우리 고등학교 여학생들은 전부 외계의 존재 같았고 남학생들은 전부 음흉한 악당들 같았다. 친구로는 작가가 무난한 선택이었을 수 있겠다. 아니면 사서라든지. 물론 그 누구도 나와 인사 한번 나눈 적 없었지만.

나는 우리의 7년 전쟁의 상대 마르카 반틀리를 생각하고 얼굴을 찌푸렸다. 작가는 좋은 선택이 아닐 수도 있겠다. 물론 대부분의 작가들이 쓰레기 외설물을 쓰는 가슴 빵빵한 슈퍼모델은 아니긴 하지만.

내 시선이 책상 옆에 쌓여있는 책탑으로 향한다. 내가 쓴 모든 소설이 한 권 빼고 거기에 다 있다. 하나 빠진 것은 『푸른 심장』이다. 내가 쓴 최악의 소설. 어릴 때 심장이식을 받은 한 소녀에 대한 이야기였다. 수술 때문에 혹은 타고난 성격 때문에 사랑을 할 수 없는 소녀. 비평가들은 그 책을 무척 좋아했고 독자들도 열광적으로 책을 샀다. 출간 첫해에 백만 부가 팔렸다. 그때 마르카 반틀리가 나에게 진실을 담은 신랄한 이메일을 보내왔다. 내 책이 끔찍하다는, 밋밋하고 지루하며, 인물들의 로맨스가 설득력이 없다는 내용이었다.

그 여자 말이 맞았다.

나는 거기에 현명하게 대처하지 못했다. 메일을 읽은 뒤 노트북을 주방 조리대 바깥으로 밀어 버렸다. 집으로 돌아온 사이먼을 반긴 것은 주방 바닥에 흩어져있는 노트북 액정화면 조각들, 그리고 집 전체에 쩌렁쩌렁 울리고 있는 펑크뮤직이었다. 그 여자의 말을 덮어버리기 위한 나의 시도였으나 실패였다.

나는 그 여자의 이메일에 절대 답장하지 않았다. 무슨 말을 해야 할지 몰랐다. 내 입장은 빈약했고, 그런 상황에 놓인 것도 처음이었다.

나는 커다란 수면제 알약으로 그 문제를 해결했고, 샤르도네 그리고 남편을 향한 적의로 그 대미를 장식했다. 그 이메일이 마르카와 나 사이의 라이벌 관계를 시작한 불씨였다. 불쏘시개는 매주 새롭게 공개되는 베스트셀러 순위, 그리고 「퍼블리셔스 위클리」 구독자라면 누구나 쉽게 알 수 있는 인쇄 부수와 매출액을 두고 벌이는 우리의 계속되는 경쟁이었다. 그 이메일은 이후에 올 많은 메일들의 시작에 불과했다. 그 여자는 내 신간 소설이 나올 때마다 메일을 하나씩 보내왔고, 남에게 지기 싫어하는 내 본성은 그 여자와 똑같이 쪼잔하게 굴고 싶은 것을 참지 못했다. 결국 우리는 적대감의 수위를 점점 높여가며 가시 돋친 말들을 주고받기 시작했다.

나는 마르카 반틀리의 생각은 중요하지 않다고 스스로에게 늘 말했다. 그 여자는 쓰레기를 쓰며, 자신이 토해내는 외설적인 오물과 지적인 능력을 구별할 줄 모른다고 나 자신을 설득했다. 하지만 솔직히 말해서 그녀의 문장 자체는 쓰레기가 아니다. 오히려, 엉덩이 때리기, 수갑 채우기, 시끄러운 오르가슴 같은 것들을 모두 빼고 보면…… 사실 문장 자체는 꽤 좋은 편에 속했다. 내 마음에 들지 않는 것, 그리고 내가 이메일에서 그녀에게 절대 고백할 수 없는 것은 그 여자가 자신의 그런 문장을 외설물에 낭비하고 있다는 사실이었다. 나도 섹스에 관해 쓴다. 내 소설 대부분에 섹스 신이 상당히 많이 등장하는 편이다. 그 여자도 섹스 신을 쓰는 동시에 좋은 소설을 쓸 수 있다. 그것이 그 여자에 대해 내가 화나는 부분이다. 도톰한 입술과 끊임없는 매스컴 노출 보다도 훨씬 더 많이 나를 화나게 한다. 그 여자는 자신의 재능을 낭비하고 있다. 우리에게 더 많은 것을 줄 수 있는데도 말이다.

아니, 어쩌면 그녀에게는 독자들에게 줄 것이 아무것도 없는지도 모른다. 그 여자의 축복은 이야기를 '창조'하는 능력에 있는 게 아니라, 이야기를 말하는 능력인지도 모른다. 그 둘 사이엔 상당한 차이가 있다. 그 여자가 쓸데없는 것들을 쓰고 있는 것은 어쩌면 더 좋은 이야기를 가지고 있지 않기 때문일지 모른다. 별안간 그 여자에 대한 동정심이 차오른다. 그리고 나는 즉시 그것이 나의 교만에서 비롯된 감정임을 깨달았다. 그럼에도, 내가 아주 오랜 시간 품어온 증오가 바스러지고, 나의 적을 이해함으로써 얻게 되는 평화가 나에게 찾아온다. 어쩌면 그 여자가 그런 악성 이메일들을 보내오는 것은 그 때문일지도 모른다. 불안과 질투와 좌절에 고통 받는 불쌍한 여자.

꽤 그럴 듯하다. 나는 그 가능성을 붙들고, 긍정적 시나리오를 실제 나무 모양으로 머릿속에서 그려본다. 땅속으로 파고드는 뿌리와 하늘 높이 뻗은 나뭇가지도 달아준다. 10년 만에 처음으로 하는 것이다. 내가 친구 하나 없는 책벌레였던 시절, 걱정이 되었던 정신과 의사인 엄마가 가르쳐준 방법이다. 엄마가 포기를 선언하기 전까지 마이크로스웨이드 소파에서 열 번 넘게 이어졌던 고통스러운 상담. 나는 그 상담에서 긴장을 완화하기 위해 걱정들을 상상의 상자 안에 구분해 넣는 법을 배웠다. 또한 지금 하고 있는 이 바보 같은 나무 그림 그리기도 배웠고, 아는 척을 있는 대로 하면서 상대를 지루하게 만드는 법도 배웠다.

한편 엄마가 알게 된 것은 자신이 나와 내 '특이함'을 떠맡게 되었다는 사실이었다. 아빠의 유전자 탓으로 돌렸을 것이 분명한 나의 특이함. 아빠가 무언가를 배우고 읽는 것을 좋아했다면? SAT 만점을 집요하게 추구하고, 순전히 경쟁적 앙심 때문에 소설 구상하기를 좋아했다면? 그랬다면 맞다. 그렇다면 나와 아빠는 사실상 쌍둥이와 다름 없다. 하지만 나는 아빠의 그런 것들에 대해서 알 수 없었다. 아빠는 엄마가 임신 사실을 알린 지 2주 만에 떠났다. 주방 조리대 위에 결혼반지와 함께 이혼 서류와 쪽지 하나를 남겼다. '당신에 대한 내 사랑이 부족해.' 나는 아주 냉정하고 감정적으로 거리를 두는 사람이다. 하지만 나의 그 차가운 마음 조차도 그 사람의 행동이 잘못됐다는 것 정도는 알 수 있다.

나는 마르카에 관한 행복의 나무를 톱밥제조기에 밀어 넣고 포기한다. 원고는 제쳐두고 두 발을 딛고 일어섰다. 먹을 것을 찾기 위해, 그리고 머리를 식히기 위해 아래층으로 향했다.

1,700 단어를 썼다. 78,000 단어 정도가 남았다.

불가능하다.

8장

달리고 있다. 축축한 잔디가 내 다리를 간질인다. 내가 숨을 가쁘게 쉬며 그의 이름을 내뱉고 그의 손을 잡아당겼다. 그가 웃으며 돌아보고 속도를 줄여 걷는다. 그가 감싸고 있던 내 손을 꽉 쥐더니 자기 쪽으로 나를 잡아당겼다. 내 어깨가 쿵쾅거리는 그의 가슴에 부딪쳤다. 달빛 냄새, 야생화 냄새와 섞인 오드콜로뉴의 향이 난다. 낯선 충돌. 내 감각들이 팔딱인다. 내 고개가 위를 향하고 그의 입이 나의 입을 향해 내려왔다. 페퍼민트와 소금 맛이 난다. 그의 혀는 단단하고 자신감에 차 있다. 그의 손이 미끄러져 내 셔츠 안으로 들어왔다.

"사이먼……." 내 스포츠브라 안으로 들어오는 그의 손가락들에 나는 숨을 멈췄다. 그의 손바닥이 내 가슴에 닿는 순간 내 심장은 미친 듯이 고동쳤다. 그의 키스가 격렬해진다.

나는 한숨을 쉬고 뒤로 기대어 앉았다. 이 장면으로부터, 기억들로부터 거리를 둘 필요가 있다. 심장이 쿵쿵대고 숨이 막혀온다. 고통스럽다. 그런데 이게 암 때문인지 과거의 고통 때문인지 모르겠다.

이 세상에 풋사랑처럼 위험한 것도 없다. 스스로 마음을 보호하는 법을 알기 전, 중요한 많은 것들이 꾸밈없이 드러나는 시기에 찾아오는 사랑. 영혼을 좀먹고 심장을 산산조각 내기에 완벽한 환경. 이때의 사랑은 가장 밝게 타오르고, 가장 세게 강타하며, 가장 깊은 곳까지 건드린다. 고등학생 때 연인이었던 커플들이 20년이나 지난 후 페이스북에서 서로 욕을 주고받는 것도 그 때문이다. 순진하고 순수한 두 영혼 사이에서는 무슨 일이든 일어날 수 있다. 소울메이트가 되거나 비극으로 끝나거나. 때로는 둘 다도 가능하다.

사이먼이 내 인생에 처음 등장했을 때도 나의 모든 것들이 있는 그대로 드러나 있던 때였다. 그의 존재는 내 삶을 관통하는 눈부시게 빛나는 별똥별이었고, 나는 전등 빛을 향해 달려드는 반딧불이 만큼 맹목적으로 그를 쫓았다.

나는 자리에서 일어섰다. 무릎이 삐걱거리고 허리가 비명을 내지른다. 문을 향해 몇 걸음 걸어가니 그제서야 몸이 정상적으로 움직였다. 나는 작업실 문을 열고 텅 빈 복도로 발을 내디뎠다. 집 한 바퀴, 약 한 알, 낮잠 한숨 그리고 작업 재개. 몇 년간 몸에 들인 습관이다. 암에 걸리기 전에는 진통제가 아닌 우울증 약을 먹긴 했었지만.

복도를 따라 걷는다. 예전보다 걸음이 느려졌고 호흡은 더 가쁘다. 베서니가 여기 복도를 신나게 내달리곤 했었다. 우리 침실에서 자기 방으로, 미디어룸에서 자기 방으로, 손님방에서 계단 꼭대기까지. 아이가 달려가지 않았던 유일한 방이 내 작업실이다. 그 공간은 '출입 금지'였고 그 규칙에는 예외가 없었으며, 언제든 어겼다가는 즉각적인 처벌이 뒤따랐다. 나는 두 눈을 복도 바닥에 고정시키고 아이의 이미지를 머리 밖으로 밀어내려 애썼다.

집안을 한 바퀴 돌 때는 보통 2층 전체를 돌았었다. 한 손에는 물에 적신 천을, 다른 손에는 클로록스 병을 들고 다니며 문손잡이, 전등 스위치 같은 곳을 닦았다. 주말이면 클로록스 대신 윈덱스를 들고 다니며 집안 창문을 모두 닦곤 했다. 모든 방에 들어가 간단히 청소를 했고, 글을 쓰다 막힐 때면 온 집안에 반짝반짝 광이 났었다. 집안을 한 바퀴 도는 방식이 바뀐 것은 4년 전이었다. 이제는 미디어룸과 마스터 베드룸에 들르지 않는다. 이제는 청소용품을 들고 다니지 않고, 창문은 아예 피해 다닌다.

우리 집도 나처럼 망가져가는 중이다.

나는 천천히 1층으로 향했다. 조심스레 발을 내딛고, 손으로 계단의 나무 난간을 꽉 붙잡았다. 내 일정표에 발 헛디딤이나 부상을 위한 여분의 시간은 없다. 나는 마지막 계단까지 내려간 뒤 주저 앉아 숨을 깊이 들이마신다. 기력을 모두 써 버렸다.

이 자리에서는 양쪽의 거실이 모두 보인다. 돈 많은 사람들이 불편한 가구들을 두기 좋아하는 웅장한 공간이다. 사이먼과 베서니가 이곳에 살 때, 그 중 왼쪽 거실은 편안하게 쉬는 공간이었다. 아이의 장난감으로 가득했고, 내가 앉아서 책을 읽곤 했던 편안한 의자와 사이먼이 어릴 때 가지고 놀았던 오래된 소방차 장난감이 있었다. 오른쪽 거실에는 사이먼이 온라인몰에서 발견해 주문한 다이닝룸 가구세트가 놓여있었다. 배송비만 해도 어마어마한 돈이 들었었는데, 한 때 클린트 이스트우드의 소유였던 것이다. 우리의 맥맨션*이 아니라 콜로

---

* McMansion, 대량생산 하듯이 획일적인 디자인으로 건축된 미국의 저택들을 비하하여 일컫는 말.

라도의 어느 사냥 오두막에 있어야 할 것 같은 가구였다.

지금은 양쪽 거실 모두 텅 비어있다. 전면 커튼은 전부 닫혀있고 방 안에 아무 것도 없는데, 어쩐지 예전보다 더 작게 느껴진다. 내 눈은 텅 빈 현관을 거쳐 중앙거실로 천천히 옮겨갔다. 텔레비전 앞에 소파 하나만이 고적하게 놓여있다. 크레이그리스트에서 산 소파 그리고 인 터넷 특가로 구매한 텔레비전이다. 둘 다 모든 것들을 팔아 치운 뒤 몇 주 지나지 않아 구매한 것이다. 내 광기가 더 악화될 가능성을 깨달았 을 때, 그리고 그 광기의 연료가 따분함이라는 사실을 깨달았을 때 사 들인 것이었다.

소설로는 충분치 않다. 때로는 정신 사납게 웅웅대는 텔레비전 소 리가 필요하다. 거기에서 보여지는 피상적인 주부들의 짧은 도피, 만 신창이가 된 인간관계 같은 것들이 필요하다. 사이먼과 나만 그런 것 이 아니라고, 문제는 누구에게나 있다고 나를 확신시켜줄 수 있는 것 이 필요하다.

우리의 문제가 간단한 것이었다면, 부부관계 회복 캠프로 해결될 수 있는 것이었다면, 혹은 로맨틱한 여행 같은 것으로 좋아질 수 있는 것이었다면 얼마나 좋았을까.

나는 눈을 감고 일어서기 위한 힘을 끌어모으려 안간힘을 쓴다. 10 미터에서 12미터쯤 떨어져있는 주방으로 가기 위해서. 어쩌면 음식이 도움이 될 수도 있다. 음식과 진통제. 그러고 나면 글을 조금 더 쓸 수 있을 지도 모른다.

9장

케이트

케이트가 인상적인 현관문으로부터 뒤로 물러섰다. 초인종 위에 '벨을 울리지 마시오!'라고 쓴 신경질적인 메시지가 붙어있는 것을 보아하니 헬레나 로스의 집이 확실해 보인다. 그 작은 쪽지로는 성이 차지 않았는지 문 정중앙에 줄줄이 리스트가 붙어있다. 감히 여기까지 찾아온 모든 사람들에게 적용되는 규칙 리스트다. 케이트는 불안한 마음 한편에, 이 리스트가 자신이 받았던 규칙 리스트만큼이나 길고 터무니없다는 사실을 깨닫고는 기분이 좋아졌다.

이 리스트를 읽는 사람은 이 집에 어떤 괴물이 살고 있다고 생각할 것이다. 어린아이들을 잡아 먹고, 누가 농담을 하면 정색하는 괴물이 살고 있을 거라고 생각할 것이다. 이 리스트를 쓴 가느다란 손가락들이, 하늘을 날 듯이 사랑에 미치도록 빠지는 에바와 마이크 커플을 탄생시킨 손가락이라는 사실은 꿈에도 모를 것이다. 헬레나의 내면에는 유머 감각과 경이로움이 있다. 문제는 그것이 사람과 소통할 때는 숨어있다가 소설에서만 드러나기를 선택한다는 것이다.

셀 수없이 많은 밤 케이트는 와인을 홀짝이며 헬레나의 인생을 생각했다. 그리고 헬레나의 규칙이 모든 곳에 적용되는 것인지 아니면 자신과 소통할 때만 적용되는 것인지 궁금했다. 케이트는 헬레나에게 커다란 집이 있고, 책을 좋아하는 아가들이 있고, 사랑스러운 남편이 있는 모습을 그려왔다. 헬레나가 글을 쓸 때 간지럼 태우고 그녀를 침실로 이끌어 사랑을 나누는 남편. 그것이야 말로 헬레나 로스가 쓰는 이야기들을 탄생시키는 세계. 그녀에게 왜 그런 것들이 없겠는가? 헬레나가 매력이 없는 사람도 아니고, 안경 쓴 얼굴은 귀엽기까지 했다. 그리고 헬레나는 재미있다. 그녀에게는 건조하면서도 색다른 유머 감각이 있다. 그녀의 소설을 읽어보면 누구나 그걸 발견할 수 있다. 헬레나는 가장 어두운 장면을 쓰면서도 유머 한 스푼을 넣을 줄 아는 작가다. 그렇게 함으로써 독자의 심장이 멈추지 않을 정도의 생기를 불어넣을 줄 아는 작가다.

케이트의 노크에 답이 돌아오지 않았다. 그녀는 포치*에서 내려가 집 전체를 바라본다. 구름 덮인 하늘로 뻗어있는 웅장한 저택이다. 두 개 층으로 이루어진 저택이 언덕 위에서 주변 집들을 내려다보고 있다. 컬드색의 맨 끝을 점령하고 있는데 이웃 부지에는 아무 것도 없이 풀만 무성하다. 이웃의 키 큰 풀들이 힐탑웨이 112번지의 깔끔하고 완벽한 토지경계선과 맞닿아 있다. 헬레나의 집 앞뜰은 짧고 뻣뻣한 어두운 색 잔디로 덮여있다. 잔디의 경계가 진입로와 정교하게 만나고, 앞문 계단으로 이어지는 돌길은 눈이 시릴 정도로 새하얗다. 저택의

---

* 주택이나 건물의 출입구 쪽에 위치해 지붕 따위로 그 공간이 덮여진 야외를 말한다. 현대에 와서는 가든 형태를 취하기도 하지만, 일반적으로 낮은 계단을 올라 정문까지 사이에 있는, 우리나라에서 흔히 부르는 덱(deck)의 형태이다.

어두운 회색 벽돌을 포함해 이곳 어디에도 색깔이랄 것이 없다. 대부분의 것들이 거무칙칙한 회색빛을 내뿜는다. 그 어두운 빛깔이 창가 화단의 하얀 꽃들 때문에 더욱 도드라진다. 창문마다 커튼이 닫혀있어 안을 들여다볼 수 없다. 커튼들 모두 가장자리가 일자로 곧게 떨어져 어떤 식으로든 고정되어 있다. 집 안은 분명 칠흑같이 어두울 것이다. 지금 케이트의 팔 위에서 노니는 이 따뜻한 햇빛이 저 집 안으로는 한 줌도 들어가지 못할 것이다.

이 집은 케이트가 와인을 마시며 상상 속에서 그렸던 세계가 아니다. 이 집은 훨씬 삭막하고 칙칙하다. 헬레나의 어둡고 딱딱한 모습과 잘 어울린다. 규칙을 만들고 대리인들을 쏘아붙이는 헬레나, 케이트가 무서워하는 헬레나. 케이트는 보안 카메라를 올려다보았다. 포치 천장 구석에서 케이트를 내려다보고 있다. 케이트는 머뭇머뭇 한 손을 들고 흔들어보았다.

어쩌면 헬레나 남편이 집에 있을 수도 있다. 사이먼. 그게 헬레나 남편 이름이었다. 그와 이야기해 보면 좋을 것이다. 헬레나의 은퇴에 대해서도 쓸만한 이야기를 해줄 수 있을 것이다. 케이트는 사이먼을 딱 한 번 만나봤다. 십 년 전 헬레나의 처음이자 마지막 책 사인회에서였다. 멋진 남자였다. 무척 싹싹하고, 헬레나의 유난에도 단련이 된 듯 보였다. 케이트는 한 번 더 손을 흔들고는 곧 포기한다.

바보 같은 짓이다. 헬레나는 케이트의 갑작스런 방문을 괜찮아할 사람이 아니다. 케이트는 돌아가야 한다. 렌트까지 해서 몰고 온 캠리로 돌아가서, 다시 세 시간을 달려 도시로 돌아가야 한다. 이런 끔찍한 일은 애초에 일어난 적 없다는 듯 행동해야 한다. 하지만…… 케이트는 잠시 멈췄다. 대리인의 삶에는 자신의 작가들을 위해 자신을 불살

라야 하는 순간들이 있다. 그리고 헬레나의 조기 은퇴 선언은 분명히 그런 순간에 해당한다. 자신의 차 옆에 멈춰 선 채로 이 층짜리 빅토리아풍 저택을 바라보았다.

집이 슬퍼 보인다. 이 저택의 다른 삶을 갈망하며 울부짖는 소리가 케이트에게 들리는 것만 같았다. 그런 생각에 잠시 빠져있던 케이트는 차 문을 열려다 말고 순간 멈추었다.

방금 죽음 그 자체를 목격한 것 같았다.

저 여자, 거의 뼈 밖에 남아있지 않다. 가죽이 앙상한 뼈들을 둘러싸고 있다. 검은 두 눈은 움푹 파여 있고, 혈색 없는 입술은 다 갈라져 있다. 헬레나는 경사진 진입로를 오르려고 애쓰면서 조심조심 힘겹게 걷는다. 머리카락은 지저분하고 축축해 보이고, 입은 화가 난 듯 꽉 다물고 있다. 아니, 화가 아니다. 고통이다. 케이트는 헬레나의 어깨가 굽어진 모양에서, 눈썹을 찡그린 모양에서, 자꾸 멈춰 서는 모습에서 그것을 알아보았다.

그녀의 뒤에 커다란 관목 하나가 우편함을 가리고 있었다. 헬레나 손에 들린 우편함에서 꺼낸 봉투들만이 그녀의 정체에 대한 단서를 제공하고 있다.

"당신 지금 여기서 뭐 하는 거예요?" 또박또박 말하는 헬레나의 그 건방진 말투만으로는 그녀의 몸 상태를 절대 추측할 수 없을 것이다. 헬레나의 목소리를 듣고 케이트는 그녀의 작가를 알아본다. 외모는 몰라보게 달라졌지만.

둘이 마지막으로 만난 이후 7년 만이다. 다른 고객이었다면 케이트를 안아줬을 것이다. 아니면 웃어 보이기라도 했을 것이다. 하지만 헬레나로 말하자면 이 정도의 인사도 따뜻한 편이라고 할 수 있다.

"이야기 나누고 싶었어요." 케이트가 어깨를 펴고 자세를 바로 잡으며 말했다. "은퇴에 대한 얘기요."

"나를 직접 봤으니 이제 답이 됐어요?" 헬레나가 무미건조하게 물었다.

그 질문을 들으니 알 것 같다. 그 끔찍하리만치 간단한 단서가 모든 퍼즐을 완성한다. 심장이 쿵 내려앉는 그 찰나의 순간, 그녀는 모든 것을 이해했다.

헬레나 로스는 은퇴하는 것이 아니다. 그녀는 죽어가고 있다.

10장

케이트가 보이는 반응들이 재미있다. 후덕한 양 볼은 옅은 색으로 상기되고, 눈이 커지고, 턱이 경직된다. 마치 누구에게 한 대 얻어맞기를 기다리기라도 하는 듯한 모습이다. 나는 관찰자로서 이 모습을 지켜보았다. 앞으로 쓸 책을 위해 나의 뇌 속 작가 영역이 그 표식들을 신중하게 목록화한다. 물론 책을 더 쓸 일은 없겠지만, 이건 자동 반사 같은 것이다. 하지만 현실이라는 고통은 곧 찾아오고야 만다. '나는 더 이상 책을 쓰지 못할 것이다.'

케이트가 마른침을 삼켰다. 7년 동안 케이트도 나이가 들었다. 얼굴 살이 처진 곳이 많아졌고 빨갛게 칠한 입술 주변으로 주름이 자글자글하다. 살이 조금 쪘고 검은색 정장 바지의 허벅지가 약간 낀다. 내 기억 보다 턱이 더 후덕해졌다. 몇 년 전 보내온 이메일에서 케이트는 이혼할 거라는 이야기를 한 적이 있었다. 케이트의 부부관계도 나와 같았는지 모른다. 비밀을 지닌 채 벌이는 체스 매치. 권력을 두고 벌이는 파워게임. 어쩌면 케이트 이마에 깊게 파인 주름과 눈 아래 처진 살들은 케이트 전남편의 책임인지도 모른다.

하지만 지금, 촉촉해지고 있는 저 두 눈, 벌린 입으로 들이마시는 숨, 갑자기 흘러내리는 눈물은 케이트 전남편의 책임은 아니겠지. 내 커리어를 진두지휘하고, 내 소설을 위해 싸우고, 뉴욕의 고약한 출판 사들과 정면으로 맞서야 하는 나의 대리인이 지금 울고 있다. 그녀에 대한 나의 생각에서 바람이 쭉 빠진다. 나는 그녀가 입술을 적시고 나를 향해 조심스레 한 걸음 내딛는 모습을 바라보았다.

"무슨 일이 있었던 거예요, 헬레나?"

나에게 무슨 일이 있었냐고? 나에게는 써야 할 시간이 턱없이 모자란 이야기가 있다. 나에게는 죽음의 냄새를 풍기는 썰렁한 집이 있다. 나에겐 친구가 없고, 가족이 없고, 도움을 청할 누구도 없다. 나는 죽어가고 있고, 그것은 아주 오랜만에 내게 일어난 최고의 일이다.

나는 어깨를 으쓱했다. "종양이 생겼어요. 온 몸으로 다 퍼졌고요. 의사가 세 달 남았다고 하네요."

케이트가 휘청였다. 기절하지는 않았으면 좋겠다. 지금 내 몸 하나 건사해 집 안으로 들어가기도 힘든 마당에 쓰러진 케이트까지 데리고 들어갈 수는 없다. 나는 한숨을 내쉰다. "집에 들어올래요?"

케이트는 고개를 끄덕이고는 손가락으로 속눈썹 아래를 빠르게 비벼 닦았다. "네. 그러면 정말 좋겠어요."

나는 동그란 식탁 앞에 앉았다. 그날 이후 집에서 살아남은 몇 안되는 물건 중 하나다. 케이트에게 마실 것을 권할 힘이 없다. 그녀도 달라고 하지 않았다. 그녀는 남은 의자 하나에 걸터앉아 커다란 핸드백을 무릎 위에 올려둔 채 나를 제외한 모든 곳을 둘러보고 있다.

"언제 이사 왔어요?" 그녀가 밝은 녹색 가죽 가방의 모서리를 움켜쥐며 물었다.

"한 10년쯤 전에요." 내가 웃는다. "가구를 그렇게 좋아하진 않아서요." 텅 빈 집을 설명하기에 가장 간단한 설명이다. 한때는 값비싼 물건과 인생, 소음과 냄새로 가득 들어찼던 집이지만. 이제 나는 집 울리는 소리를 듣는 것이 좋다. 1층의 썰렁한 느낌, 아무 것도 가리는 것이 없는 벽, 드넓은 공간에서 잊힌 듯 보이는 쓸쓸한 물건들. 생기가 남아있는 유일한 방은 내 작업실과 베서니 방이다. 미디어룸과 마스터베드룸 상태도 똑같다. 물론 두 곳 모두 안 들어간 지도 꽤 된 것 같다. 이 집은 뉴런던 중에서도 노른자 땅 140평을 차지하고 있다. 그런데 이 집에 있는 물건들을 모두 모아도 여기 주방에 전부 넣을 수 있다. 이 삭막하고 실용적인 공간, 지금은 낯선 두 사람과 그들의 불편한 대화로 가득 차있는 공간에 말이다.

"사이먼은 어디 갔어요?" 케이트가 자세를 고쳐 앉고는 자신의 어깨 너머를 쳐다보았다. 마치 내 죽은 남편이 갑자기 나타나기라도 할 것처럼.

"죽었어요." 케이트는 거기서 더 질문을 할 만큼 어리석지 않다. 그리고 나는 그녀가 베서니를 만난 적이 없다는 것, 내가 임신한 사실을 몰랐던 것이 다행이라고 생각했다. 나는 많은 것을 감당할 수 있지만, 아이의 이름이 언급되는 것은 내 심장에 칼을 꽂는 것과 같다. 아이의 부재를 설명하는 것은 그 칼을 나의 배에 깊숙이 찔러 넣는 것과 같다.

"아." 케이트가 얼굴을 찌푸렸다. 그녀의 왼손 손가락들이 허벅지 위에 느슨하게 풀려 나온 실밥을 잡아당기고 있다. "항암 치료 같은 거 갈 때는 누가 데려다줘요?"

나는 항암 화학요법은 물론 방사선 치료도 받지 않고 있다. 그리고 다른 '것들'도. 하지만 지금 나 자신에 대한 책임감을 설명하는 데 10분이나 쓰고 싶은 기분이 아니다. 그래서 그 이야기는 안 하기로 한다.

"직접 운전해요. 택시를 부르거나."

그 말에 케이트의 눈이 커졌다. 케이트에게는 아마 친구가 많을 것이다. 다들 흔쾌히 그녀를 차에 태워 도시의 교통 정체와 싸우며 병원에 데리고 가줄 것이다. 그리고 케이트가 온갖 서식을 작성하고 질문에 대답하고 채혈을 하고 슬픈 대화를 나누는 동안 참을성 있게 기다려줄 것이다. 물론 그것들을 나 혼자 하는 것이 싫다는 건 아니다. 나에게는 나를 즐겁게 해주는 책이 한 권 있었다. 마르카 반틀리의 신작. 유감스러운 선택이긴 하지만 나의 라이벌에 대한 경쟁적 욕망을 물리칠 수 없었다.

"내가 여기에 있어 줄 수 있어요." 케이트가 제안한다. "어디 갈 때 운전해서 데려다주고, 아니면." 그녀가 주변을 둘러보며 말했다. "뭐, 집안일 같은 것도 도와주고요."

"아니요." 나는 그보다 더 최악의 것을 생각할 수 없다. 그녀와의 대화만으로도 나는 초주검이 될 것이다. 쉴 새 없이 수다를 떨고 끊임없이 무엇을 권할 것이고, 나를 가엾어하는 얼굴로 바라보겠지……. 그건 지옥이다. 내가 지금 겪고 있는 지옥, 나 혼자 기본적인 것들을 해결하기 위해 낑낑거리고 쥐에게도 무시당하는 지금의 지옥보다 더한 지옥일 것이다.

"언제 알게 됐어요?"

"열흘 전쯤이요. 한동안 살이 계속 빠졌어요. 기력도……." 나는 이 말을 마무리하고 싶은 기분이 아니다. 기력 상실이 가장 짜증 나는 일이긴 했지만 나빠진 것은 기력만이 아니었다. 두통, 코피, 평형감각 상실, 실신도 있었다. 감정 기복도 심했던 것 같다. 물론 다른 사람과 같이 있지 않을 때는 알아차리기 힘든 부분이긴 하지만. "의사 말로는 종양이 생긴 지 1년쯤 됐다네요."

"오, 헬레나." 케이트가 테이블 너머로 손을 뻗어왔다. 나는 테이블 아래로 손을 내려 감추고 허벅지 사이에서 주먹을 꽉 쥔다. 그러고는 바로 후회한다. 케이트의 얼굴이 상처로 일그러지고 두 눈은 자신의 손을 향했다. 다시 회복되기까지 어색한 시간이 고통스레 이어졌다. 그녀가 허리를 곧게 펴더니 핸드백을 열고 폴더와 펜을 꺼낸다. "『브로큰』 계약 파기 관련 서류들 가져왔어요. 계약금도 당연히 반납해야 할 거예요."

내가 전화로 했던 이야기들이 케이트 내면에 어떤 경보 같은 것을 울렸고, 그래서 그녀가 이렇게 계약서를 출력해 세 시간을 달려 뉴런던까지 와서 직접 전해주고 있는 것이리라. 내게 기력이 있었다면 지금 이 상황을 규칙 위반으로 느꼈을 것이다. 그 대신 나는 그저 잠을 자고 싶을 뿐이다.

가방에서 노트 하나도 같이 나온다. 나는 펜을 보자 정신이 확 든다. 조건반사 같은 반응이다. "내 도움을 원하지 않는 거 나도 이해해요." 케이트가 이야기를 시작했다. "그래도 작가님에게 정말 필요한 것들을 이야기 해봐요, 우리." 그녀가 덥수룩하게 자란 눈썹을 나를 향해 치켜올렸다. "가정부? 요리사? 오!" 그녀가 머리를 숙이고 쓰기 시작한다. 케이트가 반듯하고 큼직한 글씨로 '운전기사'라고 적는다.

1년 전이었다면 나는 케이트에게 남의 집에 불쑥 찾아와서 내 삶을 장악하려 하다니 대체 뭐 하는 짓이냐고 따졌을 것이다. 1년 전이었다면 케이트는 여기 식탁에 앉지도 못했을 것이다. 나는 그녀에게 당장 우리 집 잔디에서 나가라고, 도시로 돌아가라고 한 뒤에, 이메일을 하나 보냈을 것이다. 해고하겠다고 은근히 위협하면서 그녀의 잘못을 일목요연하게 정리해서 보냈을 것이다.

1년 전의 나는 누구의 도움도 필요하지 않았다. 지금의 나는 도움의 손길을 외면할 입장이 아니다. 물론 자존심이 상하긴 하지만 꿀꺽 삼켜 버린다.

"자 그러면." 케이트가 들뜬 목소리로 말했다. 마치 이 상황이 어떤 수업의 프로젝트이고 그녀가 우리 팀의 조장이라도 된 것 같다. "병원에 데려다주고 약을 타다 주고 해줄 사람을 찾아볼 수 있을 거예요. 그리고 가사 도우미와 요리사도. 괜찮죠?"

나는 생각에 잠기며 아랫입술을 잡아당긴다. 사이먼은 늘 '가사 매니저'를 두고 싶어 했다. 집안일 정리를 해주고, 조경 관리를 맡아주고, 전구를 갈아주고, 우리가 필요로 하는 모든 것들을 챙겨줄 사람. 나는 그 말이 나올 때마다 반대했었다. 모르는 사람이 내 서랍을 열고 내 물건을 정리하고 우리의 삶 한가운데로 불쑥 들어오는 것은 생각만 해도 끔찍했다.

"사생활 구역을 지정하면 되지." 사이먼은 넓은 가슴 위로 팔짱을 끼고 턱을 앞으로 쭉 빼며 주장했다. "그 여자, 당신 작업실에는 들어가지 않을 거야. 미디어룸에도. 그리고……" 사이먼은 주방도 논의 대상이 될지도 모른다는 듯 둘러봤다. "당신이 안 된다고 하는 모든 곳에 그 여자는 절대 들어가지 않을 거야."

여자. 항상 여자였다. 그래서 내가 가사 매니저라는 것을 거부했는지도 모르겠다. 우리 집에 여자는 필요하지 않았다. 내가 하는 방식에 훈수를 두고, 나의 결혼이나 육아 혹은 개인적인 기벽에 대해 이러쿵

저러쿵 판단할 여자는 필요 없었다.

"집에 누가 오는 건 원하지 않아요." 나는 입술에서 손을 떼고 케이트를 올려다보았다. 전투에 대비해 근육들이 팽팽해진다.

"그래요." 케이트가 웃으며 말했다. 나는 극도로 활기찬 사람들 옆에 있는 것이 얼마나 짜증 나는 일인지 다시 한번 상기한다. "식사 배달 같은 걸로 찾아볼게요. 음식만 놓고 갈 사람으로." 케이트가 바닥을 응시한다. 나는 그녀가 내 건강이 악화된 이후로 쌓이기 시작한 먼지 뭉치를 발견하고 청소를 입에 올리지 않을까 걱정한다. 그녀의 펜이 움직였다. 케이트의 시선이 노트 위로 돌아간다. 그녀가 노트에 '식사 배달'이라고 쓰고는 나를 다시 바라보았다. "혹시 간병인 필요해요?"

"아니요." 나는 갑자기 배가 고파졌다. 방금 했던 음식 이야기 때문임이 분명하다. 신선한 음식, 집에서 만든 음식을 생각하자 위장이 꿈틀거린다. 지난 몇 달간 시중에 나와 있는 갖가지 조리 식품들을 깨작이며 식사를 해결해왔다. 하지만 지금은 음식 이야기를 할 수 없다. 그래 봤자 케이트의 성가신 간섭을 부채질 하고, 그녀의 오지랖 넓은 행동을 정당화 하고, 지금 작성하는 데 여념이 없는 이 바보 같은 리스트에 힘을 실어줄 뿐이다. 나는 식사 배달이 디저트도 가져다주는지 궁금해진다. 딸기 쇼트케이크가 먹고 싶어 죽을 것 같다. 아니면 프렌치토스트.

"다른 건요?" 케이트가 나를 쳐다보았다. 나는 그녀가 간신히 감추고 있는 미소에서 지금 이것을 즐기고 있다는 걸 알 수 있다. 내 고통이나 병을 즐긴다는 건 아니다. 그녀가 즐기고 있는 것은 자신의 행동이다. 나를 도울 수 있는 능력, 무언가 할 수 있는 능력을 즐기고 있는 것이다.

　나 스스로도 아직 완전히 직면하지 못한 나의 필요, 나의 공포를 고백하게 만든 것도 바로 그것을 이해한 덕분인지도 모르겠다.

　"대필 작가를 찾아주면 좋겠어요."

11장

케이트

대필 작가. 케이트는 입을 꾹 다물고 있으려고 혀를 치아에 대고 지긋이 누른다. 헬레나 로스가 고려할 거라고 조금도 생각해보지 못했던 그 단어의 개념을 명확히 해달라고 묻고 싶은 것을 참기 위해서다. 다른 사람에게 식사 준비 시키는 것 정도의 자존심 손상에는 비할 것이 못 된다. 대필 작가는 그보다 천 배쯤은 더 개인적이고 사생활 침해적인 것이다. 아예 불가능한 일이라는 것은 말할 것도 없다. 다른 사람이 자신의 원고를 만지고 자신의 글을 대신 쓰는데 헬레나 로스가 괜찮을 리 만무하다. 케이트는 조심스레 펜을 내려놓고 두 손을 자신의 무릎 위로 미끄러뜨렸다. 알겠다는 상냥한 표정을 지으면서.

"대필 작가를 구하고 싶다고요." 케이트가 헬레나의 말을 반복한다. "새로 쓸 책을 위해서요?" 케이트가 이곳으로 달려온 이유는 그 책을 쓰지 않도록 설득하기 위해서였다. 만나서 얼굴 보고 이야기 하는 것이 전화로 하는 것 보다는 나을 것 같았다.

"네. 내가 쓰면 시간이 부족할 것 같거든요. 대필 작가는 더 빠르겠죠." 헬레나의 시선이 식탁 위, 나무 상판 위에 길게 그어진 금에 머물러있다. 가느다란 금은 테이블 가운데를 따라 길게 이어지다 왼쪽으로 빠져나간다.

"트리샤 프리전에게 맡겨달라는 그 책 말이죠?"

"네."

글쎄, 헬레나는 그 가능성에 대한 생각은 일찌감치 접는 것이 좋을 것이다. 그것은 헬레나 로스가 무명이었을 때만큼 어려운 일이다. 대필 작가가 쓰고 헬레나 이름을 달고 나오는 소설이라니…… 그건 독이다. 특히 프리전 같은 사람에게는. 케이트는 유작의 가치 같은 건 생각하지 않으려 애쓴다. 실제로 그것을 고려하기엔 너무 이르기도 하고.

질문 열댓 개가 혀 위에서 경쟁을 벌인다.

이 책이 왜 그리 중요한 것인지? 왜 굳이 책을 쓰려는 것인지? 왜 삶의 마지막 석 달을 신나고 재미있는 일들을 하면서, 그토록 고귀하신 손가락 하나만 까딱해 버킷리스트를 지워가면서 보내지 않으려는 것인지? 책을 좀 짧게 쓰면 안되는 것인지? 대필 작가에게 어떤 방식의 보상이 이루어질 것인지?

케이트는 그 중 가장 시급한 질문을 고른다. "혹시 생각하고 있는 사람 있어요?"

헬레나

케이트 로단트와 일한 이래로 말문이 막힌 것은 이번이 처음이다. 일단 대필 작가 이야기를 끄집어낸 것은 그 자체로도 어마어마한 성과인 듯 보였다. 하지만 그 대필 작가가 누가 될지를 생각하다가…… 나의 정신이 우뚝 멈춰 섰다.

대리모를 조사했던 일이 떠오른다. 나를 위한 것이 아니고 내 소설 속 캐릭터들을 위한 것이었다. 보스턴에 사는 한 여성과 전화로 20분간 통화를 했다. 다른 여성들의 아기 셋을 출산한 여자였는데 시종일관 사이코패스 같은 무심한 말투로 자신의 경험을 이야기 했다. 당시의 나는 태아를 진심으로 걱정하는 여자는 직접 아이를 낳게 될 대리모일 것이라고 가정했다. 하지만 대리모가 대신 낳은 아기에게 감정적 애착을 형성하게 될 여자보다 그 대리모가 더 낫다고 생각하는지 결정을 내리지 못했었다.

그때의 나는 그 이야기를 포기했었다. 지금 내가 케이트와 대화를 그만하고 싶은 것과 같은 이유에서였다. 생각하는 것만으로도 몹시 힘들었고, 위험이 컸고, 선택하는 것도 끔찍했기 때문이었다.

지금 내게 필요한 사람은 기술을 갖춘 사람, 나의 글 스타일을 아는 사람, 재능이 있는 사람이다. 자신의 이야기를 할 필요는 없지만 나의 이야기를 받아들일 수 있는 사람. 내 이야기에 감정적으로 얽매이지 않을 사람. 자신의 감정을 모두 내려놓고 쓸 수 있는 사람이다.

정답에 도달하기까지 필요 이상으로 오랜 시간이 소요된다. 정답은 나의 뇌 언저리에서 서성이다가 불쑥 들어온다.

나에게 필요한 사람이 누구인지 알았다.

그 여자에게 부탁하느니 차라리 죽는 편이 낫겠다.

12장

케이트

"마르카 반틀리요."

케이트는 헬레나의 얼굴을 살폈다. 얼굴에서 장난의 기색은 찾아볼 수 없다. 지금 한 말은 농담이 분명한데 말이다. 케이트가 헬레나가 앓는 병이나 텅 빈 이상한 집에 대해서는 몰랐을지라도 확실하게 아는 것 한 가지는 있다. 헬레나는 마르카 반틀리를 그 누구보다 '증오'한다는 것. 예전에 회사 내의 다른 대리인 한 명이 아주 사소한 부차적인 계약과 관련해서 마르카의 일을 맡아서 한 적이 있었는데, 헬레나는 그 일로 케이트를 해고하겠다고 위협했었다. 둘과 관련된 그 어떤 것 사이에 사소한 연계라도 있어서는 안 된다고 핏대를 세웠었다. 랜덤하우스에서 헬레나에게 훨씬 높은 금액을 제시했는데도 아직까지 '아세트사'와 일하고 있는 것도 그 때문이었다. 마르카는 랜덤하우스 외에도 그 어떤 업체와도 같이 일했는데……. 헬레나는 일곱 자리 금액의 계약서를 갈기갈기 찢은 뒤, 그 찢어진 계약서를 자신의 심정을 정확히 표현하는 한 장의 카드와 함께 케이트에게 보냈었다. 카드에는 모두 지옥에나 가라는 말과 함께 느낌표, 느낌표, 느낌표가 쓰여 있었다.

케이트는 펜을 집어 들었다. "왜 마르카 반틀리예요?" 케이트는 노트를 내려다보고 포커페이스를 유지하려 안간힘을 쓰면서 그 이름을 신중하게 적는다. 마르카는 하지 않을 것이다. 그 여자는 출판계의 스타 중의 스타이다. 신간 스케줄이 내년을 넘어서까지 빽빽이 잡혀있는 여자다. 게다가 두 작가의 라이벌 관계는 모르는 사람이 없다. 차라리 다스베이더에게 루크 스카이워커의 화분에 물을 주라고 하는 편이 나을 것이다.

케이트가 그 대답을 들을만한 가치가 있는 사람인지 결정하려는 듯 헬레나가 케이트를 물끄러미 쳐다본다. "모르겠어요." 헬레나가 마침내 느릿하게 말했다.

헬레나에 대해 제한적인 정보를 가진 케이트가 보기에도 그건 거짓말이다. 케이트는 수많은 비밀 속에 스며있는 일상적 무관심을 알아본다. "정말 할 거예요?"

케이트는 헬레나가 두 손을 꽉 쥐고 고개를 돌리는 모습을 바라본다. 헬레나의 시선은 창문을 향했다. 블라인드가 닫혀있어 볼 것이 아무것도 없다.

"네." 헬레나의 입술에 힘이 들어갔다. "그 여자의 대리인에게 전화해서 협의를 해줘요."

헬레나

케이트는 이해하지 못하고 있다. 그녀가 휴대전화를 쥔 모습, 뻣뻣하게 굳은 어깨, 마치 자신을 멈춰주기를 바라는 듯 나를 계속 흘깃거리는 두 눈을 보면 알 수 있다. 케이트는 나에게 정말이냐고 세 번을 물었고, 나는 되물을 필요가 없다는 사실을 그녀에게 분명히 했다.

사이먼은 질문하기를 참 좋아했다. 무언가 한 번 듣는 걸로 만족한 적이 없었다. 어떤 대답에 대해 끊임없이 스스로를 안심시키고 싶어 했다. 집을 샀을 때는 그것이 확실한 결정인지 일곱 번을 물었다. 괜찮은 동네겠지? 가격은 괜찮은 거겠지? 더 큰 집이어야 했나? 아니면 이 집도 너무 큰 건가? 나는 집이 마음에 든다고, 괜찮을 거라고 그를 안심시켰지만, 그럼에도 그는 걱정을 멈추지 않았다. 조바심을 내고 나를 성가시게 했다.

잔금을 치르고 집 계약이 완료된 날이 떠오른다. 주방으로 걸어 들어가며 이제 모두 끝났다고 생각했었다. 남편의 친구들과 도시의 소음으로부터 멀리 떨어진 이곳 새로운 동네에서 이제 남편은 진정될 거라고, 이제 우리 가족은 이곳에 자리 잡고 행복해질 거라고, 남편의 질문들도 모두 마침내 멈출 거라고, 그때의 나는 싱싱한 백합 향기를 맡으며 확신했었다.

여자는 자신의 첫 집 장만을 축하할 수 있어야 한다. 그런데 나는 고요함을 원했던 기억밖에 없다.

"마르카의 대리인에게 전화할게요." 케이트가 의자에서 일어나 주방 조리대 앞에 서서 나에게 말한다. 휴대전화를 꺼낸 뒤 엄지손가락으로 무언가 누르려고 포즈를 취하고 있다. 나는 케이트가 더 이상 시간을 지체하면 저 손가락을 잘라내 그 손가락으로 내가 버튼을 눌러버릴 거라고 신께 맹세한다.

"그러면 빨리 하기나 해요." 나는 규칙을 새로 만들 때가 되었다는 생각이 들었다. 지금 케이트가 고집을 너무 부리고 있는 것 같다. 내 규칙들이 고약해 보일 수도 있겠지만 지금 이 상황이 바로 규칙의 존재 이유를 여실히 보여주고 있다고 본다. 새 규칙의 1번은 이런 내용일 것이다. '무언가 하겠다는 말을 하려거든 그 입 닥치고 그냥 할 것.'

케이트가 목을 가다듬었다. 나는 그녀의 손가락들을 노려본다. 그녀가 번호 누르는 모습을 보자 가슴을 조이고 있던 긴장이 풀어졌다.

13장

케이트

아무도 전화를 받지 않는다. 케이트는 손가락으로 조리대의 화강암 상판을 두드리며 입에서 휴대전화를 뗀 뒤 헬레나를 쳐다보았다. "음성 메시지요."

"메시지 남겨요." 헬레나는 차가 담긴 세라믹 머그잔 위로 몸을 웅크린 채 케이트 쪽으로 웅얼거리며 명령했다. 헬레나의 기분은 어떤 뚜렷한 자극 없이도 수시로 변하는 것 같다. 아니면 케이트가 아직 파악하지 못한 미세한 원인들로 인해 촉발되는 것일 수도. 그 모습을 보고 있자니 케이트는 자신의 고모 생각이 났다. 고모는 조현병을 앓고 있었는데, 쿠키를 구워주고 난 뒤 한 순간 돌변해 쿠키를 빼앗고, 독극물과 정부의 음모에 대해 중얼거리며 쿠키를 쓰레기통에 쑤셔 넣던 사람이었다. 헬레나의 증상은 그보다는 가볍다. 변화도 미세하고, 감정 기복은 기분이 약간 좋은 상태에서 짜증 나고 우울한 상태로 변화하는 정도이다. 새 책과 마르카 반틀리에 대한 헬레나의 집착은 케이트가 보기에 조금 뜬금없어 보인다. 『브로큰』은 마감 몇 주 전에 그만두고, 죽기 전 몇 달을 새 책을 쓰면서, 그것도 마르카 반틀리가 대필

하는 책을 쓰면서 보내겠다고? 도무지 말이 안 된다. 헬레나 로스에게는 정신과 의사나 더 강한 약 처방전, 아니면 타히티섬으로의 휴가 같은 것이 필요할지 몰라도 대필 작가는 필요하지 않다.

메시지를 남기라는 한껏 들뜬 목소리의 안내 멘트가 끝난다. 녹음신호가 울리고 케이트는 메시지를 남겼다. 먼저 자신이 누구인지 소개하고 나서 자신에게 회신 달라는 말을 횡설수설 주절거렸다. 론 필라는 10년 넘게 마르카를 맡고 있는 대리인이다. 마르카 말고도 그에게는 성공한 작가들이 열댓 명은 더 있다. 그는 케이트가 꿈꾸고 선망해온 대리인이다. 물론 그 꿈은 몇 년 전 그녀의 빨간 곱슬머리에 흰머리가 보이기 시작할 때쯤 죽어 버렸다. 론은 케이트가 누구인지도 모를 것이다. 아마 그녀에게 전화를 주지도 않을 것이다. 케이트는 전화를 끊고 자신을 뚫어져라 쳐다보고 있는 헬레나를 바라보았다.

"끔찍한 메시지예요." 헬레나가 가만히 말한다. "음성메시지 처음 남겨봐요?"

케이트는 천천히 심호흡을 했다. "네, 그 사람한테는요."

"그 사람이 무서워요?"

케이트는 자기도 모르게 웃음이 난다. 궁금해하는 헬레나의 목소리가 너무도…… 진지하다. 다른 상황에서였다면 케이트는 헬레나가 미래에 쓸 어느 소설의 소심한 여성 캐릭터가 되었을 수도 있다. "네." 케이트는 인정한다. "그 남자 우리 업계에서는 엄청 유명한 사람이에요."

"당신은 아니고요?" 이번에도 헬레나의 질문에 담긴 순수함이 너무나 진지하다. 대리인에게 성공한 작가가 단 한 명뿐이라는 사실이 얼마나 안타까운 일인지 헬레나는 전혀 모르고 있는 것 같다.

케이트는 입을 꽉 다문다. 조금이라도 웃어 보이는 데 실패한다. "아니죠."

이 대답은 헬레나를 당황시키지 않았다. 늘 그렇듯 헬레나의 관심은 다시 본인에게로 돌아간다. "그 사람이 전화 하는 데 얼마나 걸릴 것 같아요?"

"모르겠어요."

헬레나가 손목시계를 보았다. 두툼한 분홍색 줄이 달린 미녀와 야수 시계다. "당신이 오기 직전에 수면제를 하나 먹었어요. 괜찮다면 나는 두어 시간 자야 할 것 같아요."

"저는 지금 할 일이 있는데." 케이트가 제안했다. "작가님 괜찮으시면 노트북 가져와서 여기서 일하고 있을게요."

헬레나의 눈이 식탁으로 향했다가 케이트에게 돌아왔다. 마치 다른 시나리오(케이트를 차로 가 있으라고 한다거나, 더 나쁜 경우 도시로 돌려보내는 일)를 생각하고 있는 것처럼. "그래요." 헬레나가 힘없이 말했다. "나는 소파에 누울게요."

헬레나가 식탁에서 일어서는데 그 움직임이 너무 둔하다. 케이트는 헬레나에게 도움을 주고 싶은 욕망을 꾹 눌러 참고, 헬레나가 느릿느릿 주방을 빠져나가 중앙거실로 들어가는 모습, 소파에 쓰러지다시피 누워 몸 위로 담요를 끌어올리는 모습을 그 자리에서 묵묵히 바라보았다. "두 시간 뒤에 깨워줘요." 헬레나가 중얼거렸다. "부탁할게요."

'부탁할게요?' 헬레나가 전에도 그런 말을 한 적이 있던가? 이런 버전의 헬레나를 보는 것이 참으로 어색하다. 그동안 이메일과 매주 전화 통화로 경험한 여자와는 달라도 너무 다르다. 7년 전 둘이 마지막으로 만났을 때(케이트 사무실에서의 30분) 헬레나의 몸은 보기 좋게 살이 올라있었고, 유머도 건조하면서 날카로웠고, 지시를 내릴 때의 태도에는 우월함이 배어있었다. 헬레나는 언제나 사생활이 중요한 사람이었고, 삶의 세세한 부분을 절대 공유하지 않는 사람이었다. 케이트는 자신의 자유로운 상상 속에서 헬레나의 삶에 색채를 부여했다. 그녀가 가진 부, 가족 그리고 개. 타닥타닥 타오르는 벽난로 옆에서 책 읽으며 보내는 밤들, 플러시러그 위를 기어 다니는 포동포동한 아기의 모습 같은 것들을 그렸었다. 케이트는 헬레나의 짜증과 엄격한 소통방식의 원인이 자신의 능력 부족에 있다고 늘 생각했다. 당연히 헬레나는 모든 사람에게 그러지는 않을 것이었다. 당연히…….

지금 헬레나는 소파에 가만히 누워있다. 담요가 그녀의 야윈 몸을 삼켜 버렸고, 집 안은 으스스할 정도로 조용하다. 케이트는 문득 쓰디쓴 진실을 깨달았다. 어쩌면 헬레나에게는 짜증 낼 사람이 아예 옆에 없는지도 모른다. 그녀 곁에는 정말 아무도 없는지도 모른다.

휴대전화 충전기를 찾던 케이트는 2층까지 올라갔다. 첫 번째 침실에 들어가 전등 스위치를 누르자 아무것도 없는 방에 빛이 한가득 들어차고, 새하얀 벽과 소나무 바닥, 천천히 돌아가는 천장 팬이 모습을 드러낸다. 케이트는 불을 끄고 복도를 따라 더 걸어갔다. 썰렁한 집에 그녀의 발자국 소리가 불길하게 울려 퍼진다. 공포영화의 도입부로 안성맞춤이다.

다음 방도 침실이고, 이곳도 하얗고 비어있다. 케이트는 더 걸어갔다. 다음 방은 문이 잠겨있다. 침실이 모두 비어있다는 사실에 으스스해진다. 헬레나는 방을 다 쓰지도 않을 거면서 왜 이렇게 큰 집을 산 걸까? 이 모든 방들을 낭비하고 있다는 것이 말이 안 된다. 모든 방에 아름다운 예술작품과 가구, 도톰한 러그와 크리스털 샹들리에를 채워 넣을 재력이 있는데 말이다. 케이트는 침실인지 옷방인지 궁금해 하면서 잠긴 문에 귀를 대본다.

1층은 텅 빈 쇼룸 같았다. 중앙거실에는 겨우 소파 하나와 텔레비전만 있었고, 주방에는 식탁 하나에 의자 두 개가 전부였다. 그 외에 다른 공간들(다이닝룸, 양쪽 거실, 현관, 침실) 모두가 텅 비어있었다. 2층에 있는 마스터베드룸은 지금까지 살펴본 방들 중 가구가 있는 유일한 방이었다. 킹사이즈 침대는 잘 정돈되어 있었고, 케이트는 베개들을 톡톡 두드려 부풀려주거나 이불을 잡아당겨 펴주고 싶은 충동을 꾹 참아야 했다. 창문 앞에서 한참 서 있었지만 커튼도 건드리지 않았다. 근처 꽃집에서 꽃을 조금 사다가 헬레나 침대 협탁에 놓으면 방에 어느 정도 생기를 줄 수 있을 것 같다. 아닐 수도 있고.

케이트에 대한 헬레나의 인내심이 점점 고갈되고 있는 것 같다. 다른 때였다면 헬레나는 케이트에게 이미 집에 돌아가라고 하고도 남았을 것이다. 헬레나는 그저 본인의 편의를 위해 아직까지 그 선택을 하지 않았을 가능성이 높다.

복도 끝방 문 앞에 이르렀다. 케이트는 그 앞에서 멈춰 섰다. 문에 종이 하나가 붙어 있다. 그 유명한 헬레나 로스의 리스트 중 하나 인가?

그런데 이 리스트는 다르다. 색연필로 적은 것이다. 글씨가 큼직하고 삐뚤빼뚤하다. 리스트를 읽는데 케이트의 심장이 조여온다. 쥐어짜는 것 같다.

베서니 방의 규칙

1. 남자애 출입 금지

2. 신발 벗고 들어오기

3. 음악이 나오면 춤 추기

4. 내 작품에 손대지 말기

5. 엉덩이 때리지 말기

6. 쿠키 가져오기

7. 불 끄지 말기

한 사람을 이해하는 데 때로는 찰나의 시간이면 충분하다.

공기 중에 감도는 상실의 기운……. 그녀의 아이는 상상 속의 캐릭터가 아니었다. 케이트가 머릿속에서 그려본 적 있는 헬레나의 삶……. 나는 언젠가 이렇게 리스트를 만드는 아이를 머릿속에서 그려보기도 했었다. 엉덩이 맞는 걸 싫어하고 쿠키를 몹시 좋아하는 아이. 케이트는 이 방의 문을 열어보지 않고도, 그 리스트만 보아도 알 수 있다. 방에 아무도 없다는 것을. 케이트는 긴 시간 마음의 준비를 한 뒤 손잡이를 돌려 문을 열었다.

옅은 녹색 벽.『강요된 사랑』의 등장인물 에바의 방 색깔이다. 금색과 분홍색 로프가 침대 위 천장에 매달려 있고, 침대에는 베개와 동물 솜인형들이 잘 정돈되어 있었다. 창문 옆에는 책상이 하나 있고, 그 위에는 그림들과 색깔 별로 가지런히 정리된 색연필이 놓여있다. 방의 오른쪽 벽에는 절반쯤 그리다 만 그림과 그 가까이에 그림 도구들이 놓여있다. 바닥엔 인형 하나가 덩그러니 앉아있다.

케이트의 가슴을 가장 아프게 하는 것은 바닥 한가운데 놓여 있었다. 러그 위에 펼쳐진 침낭. 침낭은 구겨진 채 열려있고, 베개는 움푹 들어가 있었다. 마스터베드룸에 있던 사용하지 않는 빳빳한 침대와는 완전히 다른 모습이다. 이 침낭은 자주 사용된 것이 틀림 없다. 불면의 밤과 눈물의 냄새를 풍긴다. 케이트의 목이 메어 왔다. 눈을 깜빡인다. 평정심을 잃기 전에 방에서 나가기 위해 돌아섰다.

케이트는 집을 더는 둘러보지 않았다.

이제는 그럴 수가 없다.

14장

집에서 표백제 냄새가 난다. 케이트가 수술용 장갑에 분무기와 페이퍼타월로 무장하고 1층 구석구석을 돌아다녔다. 케이트는 좋은 룸메이트였을 것 같다. 냉장고 사용 규칙과 정리 정돈 규칙들에 대한 나의 요구를 이해해줬을 것 같다. 사이먼은 나의 걱정을 항상 비웃었다. 나의 면역력 수치와 브루클린의 걱정스러운 대기질 지수에 대해서도 그랬었다. 내가 했던 조사의 결과는 봉투에 두툼하게 담겼다. 끔찍한 통계 자료들이 봉투 밖까지 불룩 튀어나와 고무줄 3개로 묶어야 했다. 그것이 우리가 뉴런던으로 이사 온 이유였다. 해안을 따라 북쪽으로 올라가다 보면 나오는, 범죄율이 비교적 낮고 공기 질이 깨끗한 자그마한 도시. 내가 어린 시절을 보낸 곳이다. 도서관에 다니고 뒤뜰 해먹에서 책을 읽으며 조용한 오후를 보내던 시간들. 나른한 마을에서 보냈던 시간의 기억이 이곳으로 돌아가자는 생각을 받아들이게 했다. 엄마도 우리 집에서 2마일 정도 떨어진 곳에 집을 사서 따라왔다. 아기를 돌봐주겠다는 엄마의 제안에 사이먼은 두 팔 벌려 환영했고 나는 겁을 냈다.

케이트가 내 노트북을 닦는다. 키보드에 특히 주의를 기울였다. 자판의 표면 위로 표백성분이 든 물티슈가 지나간다. 닦은 후에는 경건한 태도로 노트북을 내 쪽으로 돌리고는 식탁 정 중앙으로 옮겨 놓는다. 케이트의 손목시계에서 알람이 울리자 스윽 돌아서더니 캐비닛으로 손을 뻗어 약병 하나를 꺼내 뚜껑을 연 뒤 알약 하나를 꺼낸다. 그걸 나에게 내밀었다.

"간호사 되겠다는 생각 해본 적 있어요?" 나는 조심히 팔을 뻗어 약을 받으며, 짜증 반 고마움 반 섞인 목소리로 물었다. 처방 받은 대로 식후 정확히 시간을 맞춰 약을 먹는 것이 증상 완화에 도움이 될 것이다. 벌써 몸 상태도 한결 나아졌고 한숨 자고 일어나니 회복된 느낌이다. 두통도 거의 느끼질 못할 정도로 줄어들었다.

"웃지 말아요." 케이트가 말한다. "그런 적 있어요."

"정말요?" 나는 손을 뻗어 버튼을 눌러 노트북의 전원을 켰다.

"넵." 케이트의 기운찬 대답이 나를 웃게 한다. 좀 전에 케이트가 마르카의 대리인에게 음성메시지를 하나 더 남기는 동안 내가 텔레비전 채널을 돌리면서 케이트에게 어느 채널을 보고 싶냐고 물었었다. 그랬더니 케이트가 4번 규칙을 읊었다. 몇 년 전 불만에 가득 차 있던 어느 날, 나는 케이트에게 본인의 개인적인 이야기를 나에게 하지 말라고 썼었다. 당시에는 그 규칙이 내 생산성 강화를 위한 납득할 만한 요구처럼 보였었다. 지금 보니 정말 재수 없다. 최근 들어 내가 만든 모든 규칙들이 아주 재수 없게 느껴진다. 그리고 극도의 통제라고 느껴진다. 그건 사이먼이 가장 많이 하던 불평이었기에 더 짜증 난다. 물론 그때의 나는 그의 불평 따위는 생각해볼 것도 없이 늘 무시했었다.

노트북이 켜지고 나는 이메일을 열었다. 샬럿 블랜튼에게 온 메일이 하나 있다. 그 이름이 누구였는지 생각하는 데 시간이 걸렸다. 샬럿. 벨을 누르고 남편에 대한 질문을 하던 침입자. 죽을 운명의 무거운 손가락이 그 여자의 메일을 클릭한다. 메일이 열리자마자 오래 전 잃어버린 자매에 대한 판타지가 창밖으로 훨훨 날아가 버린다. 내용은 짧고 곧장 본론으로 들어간다. 그 점은 높이 산다. 그 밖의 모든 것들은 마음에 들지 않았다.

> 헬레나 씨께,
> 저는 뉴욕포스트의 기자이고, 현재 선생님 남편에 대한 기사를 쓰고 있습니다. 선생님께 여쭤볼 질문이 있고, 또 알려드릴 것도 있습니다. 전화 주세요.
> 뉴욕포스트 탐사보도 기자,
> 샬럿 블랜튼.

나는 지난 4년 동안 이런 일이 일어나기를 기다려왔다. 느슨해진 실밥 하나를 누군가가 잡아당겨 주기를, 한 번의 가벼운 잡아당김으로 많은 것들이 풀려 나오기를, 우리의 비밀이 온 세상에 드러날 때까지 모든 것이 풀려버리기를 바라고 바라왔다. 나의 이야기는 미디어계를 발칵 뒤집어놓을 수 있을 것이다. 올해 최대의 이슈가 될 수 있을 것이고, 나의 시한부 삶에 힘입어 그 화제성은 더욱 크게 증폭될 것이다. 신문 기사의 헤드라인들이 벌써부터 눈에 선하다. 신문은 불티나듯 팔려나가고, 집 앞 컬드색 공간은 방송국 밴과 마이크들로 발 디딜 틈이 없을 것이다.

그 일을 이 여자에게 하도록 할 수는 없다. 마침내 나 자신을 위해 모든 이야기를 할 준비가 되었는데, 그 이야기를 샬럿 블랜튼에게 뺏

길 수는 없다.

나는 신중히 그녀의 이메일을 끌어다가 스팸 폴더에 넣고 수신 거부해 버린다. 그렇게 끝. 케이트의 전화가 울렸다. 케이트가 전화를 받고 그녀의 눈이 나의 눈과 마주쳤다.

"론 필라예요."

"안 돼요." 나는 방금 먹은 약 때문에, 혹은 방금 케이트의 짙은 빨간색 입술 사이에서 튀어나온 말 때문에 메스꺼움을 느끼며 손가락으로 이마를 지긋이 눌렀다. "말도 안 돼요." 사업 제안 때문에 내가 마르카 반틀리에게 손을 뻗은 것과 그녀를 직접 만나 얼굴을 보고 이야기 하는 것은 완전히 다른 이야기다. 그런데 지금 그 여자가 직접 만나기를 원하고 있다.

"엄밀히 말하면 협상에서 우리가 우위에 있는 건 아니에요." 케이트가 소파에 앉아 조심스레 말한다. 그 전화 통화 후 우리는 2층으로 올라왔다. 내 달력과 파일들이 필요했고 그놈의 주방에서 벗어나고 싶었기 때문이다. 케이트는 똑같은 블라우스를 계속 입고 있는데, 그 모습이 내가 우편함으로 걸어 나가 케이트를 발견한 날과 현재가 같은 날이라는 사실을 상기시켜 주었다.

한 일주일은 지난 것 같다. 케이트의 존재는 이미 낯선 사람에서…… 친구까지는 아니더라도 그 사이 어디쯤으로 변해있었다. 30분 전 케이트는 화장실이 어디냐고 묻지도 않고 곧장 화장실로 걸어 들어갔다. 내가 자는 동안 집 안을 돌아다닌 것이 틀림 없다. 텅 빈 방들, 사람이 사는 곳인지 아닌지 알 수 없는 흔적들을 발견했을 것이다.

미디어룸도 열어봤을까? 그랬을 것 같다. 베서니 방도 당연히 봤겠지. 내 잠자리가 거기에 있는데. 케이트의 변한 눈빛, 부드러워진 말투, 훨씬 조심스러워진 태도를 보아하니 케이트는 자신이 알고 있다고 생각하는 것 같다. 어쩌면 내가 일어나기 전에 남편 성이 붙은 내 이름을 인터넷에서 검색해봤을 수도 있다. 케이트는 전부를 알고 있을 수도 있고, 전부 안다고 생각하는 것일 수도 있다.

케이트의 눈이 내 시선을 따라 자신의 블라우스로 내려가더니 의식적으로 옷매무새를 가다듬는다. "그 사람 말로는 마르카가 여기로 올 거래요. 작가님이 직접 갈 필요는 없을 거예요."

"아니요." 내가 쏘아 말했다. 마르카의 침해에 대한 짜증만큼 케이트의 참견에 대한 짜증 수치도 오르는 중이다. "내가 개요 전부를 작성해서 보내줄 거고, 그러면 이메일로도 충분히 소통을 할 수 있어요." 무엇이든 해야 한다. 빌어먹을 마르카 반틀리의 세상 높은 스틸레토 힐이 우리 집 바닥 위를 또각또각 걷는 소리, 나의 빈 집과 나의 운동복 바지와 나의 떡진 머리를 훑어보는 눈, 자신의 섹시한 입술을 톡톡 두드리는 흠잡을 데 없는 손톱, 히죽히죽 만면으로 번져나가는 그 여자의 재수 없는 미소를 막기 위해서는 무엇이든 해야 한다. 까짓 것, 다 집어치우라지.

"마르카는 아직 아무것도 동의하지 않았어요. 그냥 이야기를 나누고 싶대요."

마르카는 이야기를 나누고 싶은 것이 아니다. 갖가지 질문을 해대면서 내 영혼을 층층이 벗겨보고 싶은 것이다. 모욕을 주고받으며 보낸 세월이 근 10년인데 내가 왜 이 이야기를 쓰는 데 자신을 선택한 것인지 확실히 알고 싶은 것이다. 말도 안 되게 짧은 집필 기간과 집필 동기에 대해 알고 싶은 것이다. 그 이야기에 대해, 그리고 그 이야기가 왜 그렇게 중요한지에 대해 알고 싶은 것이다. 갑자기 숨 쉬는 게 힘들어지고 공황감이 내 심장을 조여왔다. "안 돼요." 나는 간신히 말했다. "그렇게는 못 해요."

"그 여자가 무서워요?" 오, 이런 쓰디쓴 반전이라니. 내가 아까 케이트에게 했던 질문이 이토록 쉽게 다시 내 얼굴로 던져진다. 내가 했던 것과 마찬가지로 듣는 사람을 교묘히 조종하는 말이다. 지금 케이트가 저 말을 왜 하는지 알면서도 내 허리가 곧게 펴진다.

"당연히 아니죠." 내가 쏘아 말했다. "그 여자는 내 시간을 내줄만한 가치가 있는 여자가 아닐 뿐이에요." 나는 의자를 빙그르르 돌려 코르크 보드 위로 시선을 옮겼다. 그리고 보드 위의 그 낡은 종이 위에 머문다. 보드 중앙에 눈에 잘 띄게 붙어있는 책 소개 글. 케이트도 자세히 보면 저 종이가 보일 텐데. 그녀도 충분히 생각해본다면 무슨 상황인지 분명 알아차릴 수 있을 텐데.

"그냥 다른 작가로 구할 수도 있어요." 케이트가 제안했다. "어쩌면 베라 윌슨이나 케네디…"

"싫어요." 내가 말했다. 나의 시선은 그 종이의 도입부에 머물러 있다. '거짓말을 많이 하면 진실을 말했을 때 아무도 그 말을 믿어주지 않게 된다.'

"꼭 마르카일 필요는 없잖아요." 케이트가 집요하다. "내가 한 번…"

"싫어요." 내가 다시 말한다. 목소리가 커진다. 베라 윌슨이든 케네디 블레이크든 크리스티나 헨들레이크든…… 모두다 똑같다. 종이 위의 글자들. 다들 잘 쓰는 작가이고, 글의 기교에 있어서도 흠 잡을 데

없다. 하지만 그들의 글에는 생명이 없다. 내가 쓰려는 이야기는⋯⋯ 나의 마지막 이야기에는⋯⋯ 생명이 있어야 한다. 영혼을 필요로 한다. 강렬한 글이어야만 하는데, 솔직히 나 조차도 제대로 할 수 있을지 모르겠다. 나는 차선책을 선택해야만 하고, 내가 잘 이끌면 아마 마르카가 적응할 수 있을 것이다. 철저히 관리하고 방향을 잘 유도해 주면 마르카는 시간 내에 해낼 수 있을 것이다. 그 여자는 빠르게 쓰는 작가이고, 난 그녀의 스타일을 잘 안다. 내가 개요를 쓰면, 그 여자는 필사적으로 쓸 것이고, 그러면 내가 세밀하게 수정하면 될 것이다. 그 여자가 길을 잃으면 내가 올바른 길로 안내하는 것이다. 그렇게 될 수 있다. 그렇게 되어야만 한다.

"헬레나?" 케이트가 무슨 말을 하고 있었다. 그녀의 말 마지막 몇 문장이 내 엉킨 생각의 타래 안에서 길을 잃는다. 내가 눈썹을 치켜올리며 그녀를 바라본다. "마르카 쪽 사람들한테 취소 연락 할까요?"

"아니요." 내가 불만스레 말했다. "내가 먼저 이메일을 보내볼게요."

거짓말을 많이 하면 진실을 말했을 때 아무도 그 말을 믿어주지 않게 된다. 마음에 드는 도입부다. 다만 나는 그 말이 언제나 진실은 아니기를 바랄 뿐이다.

마르카에게 아름답게 공들여 쓴 나의 이메일, 그 어떤 모욕이나 비속어도 쓰지 않으려고 노력한 나의 정성스런 이메일은 답장을 받지 못했다. 나는 분노에 휩싸인다. 하루 꼬박을 꾹 참았으나 결국 무너졌다.

나는 케이트에게 마르카 대리인에게 전화해서 대면 미팅에 동의할 것을 지시했다. 그 작가와 근 10년을 싸우며 보냈다. 그런데 지금 나는 마감일 압박에 못 이겨 항복하고 만 것이다.

그 여자가 왜 굳이 여기로 오려고 하는지 모르겠다. 더 최악인 것은 마르카가 내 조건에 동의하지 않을 거라는 케이트의 굳은 확신이 느껴진다는 것이다. 물론 나도 생각조차 하기 싫은 일리 있는 가능성이다. 젠장, 만약 여섯 달 전에 마르카가 나에게 비슷한 요청을 해왔다면 나는 그 여자를 실컷 비웃어줬을 것이다. 그 여자의 부탁을 거절하는 데서 오는 비뚤어진 희열을 맛보았을 것이고, 그녀가 자세를 낮추었을 때, 그녀를 공격하기 위해 아주 상스러운 말로 가득한 이메일을 보냈을 것이다. 그런 면에서 나는 이 지구상에서 가장 나쁜 년이었을 것이다.

직접 얼굴 보고 이야기하자는 그 여자의 요구를 내가 처음에 거절했던 것도 이런 이유가 컸다. 그 여자가 굳이 여기까지 오는 이유 중 가장 그럴듯한 시나리오는 단지 내 면전에 대고 무안을 주기 위해서라는 것이다. 그 볼록한 입술을 말아 올리고 나의 책 집필 제안을, 나의 집필 스케줄을, 나의 삶을 비웃을 것이다. 나의 비대칭 이목구비와 지저분한 머리칼에 대해 판단할 것이다. 인기 많은 7학년 여학생처럼 굴 것이다. 딱 이번만 참아줄 것이다.

나에게는 그녀가 필요하다.

그렇지만 그녀가 두렵기도 하다.

미팅이 24시간도 남지 않았다. 나는 메스꺼움을 느끼고 비틀거리며 의자를 찾았다.

15장

그가 우리 엄마를 만났을 때의 모습은 마치 뜨거운 토스트 위에 올려놓은 버터 같았다. 두 영혼의 융합. 수월한 동맹. 나는 단지 관중에 불과했다. 그의 농담에 웃음을 터뜨리는 엄마의 모습, 엄마를 위해 문을 잡아주는 그의 모습, 엄마의 일을 칭찬하는 그의 모습에 나는 배신감을 느꼈다.

엄마가 딱딱한 태도로 못마땅해할 거라고, 판단하는 눈으로 쳐다볼 거라고, 정신분석을 하려 들 거라고 그에게 마음의 준비를 단단히 시켰다. 그 둘이 잘 맞을 거라고, 엄마가 나에게 환한 웃음을 보낼 거라고, 둘이서 편을 먹을 거라고 나 자신은 전혀 예상하지 못했다.

나중엔 전쟁이 될 것이었다. 하지만 그 시원한 일요일 오후에 난 그저 짜증이 날 뿐이었다. 나는…

현관 벨이 울린다. 키보드 위에서 손가락이 멎었다. 노트북 화면에 쓰다 만 단락이 남아있다. 혹시 내가 시간 가는 줄 모르고 있었던 것인지, 마르카가 벌써 온 것인지 잠깐 걱정에 휩싸여 시계를 봤다. 하지만 아직 3시 45분이다. 약속 시간까지 15분이 남았다. 마르카가 약속 시간 보다 일찍 나타나는 사람이라는 그림이 그려지지 않는다. 오히려 보란 듯이 늦게 올 거라고 생각하고 있었다.

벨이 한 번 더 울리고, 나는 책상에서 일어나 작업 중인 파일을 저장하고 현관으로 향했다. 문득, 세 번째 벨이 울리기 전까지는 현관문까지 가야겠다는 생각이 들어 가능한 한 빠르게 걸어갔다.

현관문 앞에 다다라 문을 홱 열어젖히고 거기에 서 있는 한 남자를 맞닥뜨렸다. 마르카의 대리인 론 필라일 거라는 생각은 즉시 폐기된다. 불그스레한 얼굴과 흐트러진 머리, 구겨진 옷을 보아하니 대리인은 아니다. 뉴욕에서 온 사람은 더더욱 아니다. 카키색 셔츠에는 쓸데없이 많은 주머니가 달려있고 물고기 한 마리가 가슴 부분에 박음질되어 있는데, 그 안에 품위 같은 것이 감춰져 있을 것 같지는 않다. 편안하게 서서 한 손은 주머니에 꼽아 넣은 채로 인사를 하는 모습을 보니 무엇을 팔러 온 사람도 아니다. 나는 남자의 움직이는 손을 본다. 손바닥에 굳은 살이 박혀있고 피부는 갈라져있다. 왼손 약지에는 금반지가 끼워져 있다. 아마 자세히 보면 손톱 아래에 때도 끼어있을 것이다. 케이트가 찾은 운전기사가 내일 오기로 했는데 하루 일찍 나타난 것이 아니기를 바란다. 이런 남자가 운전하는 차를 타고 다닐 수는 없는 노릇이다.

"헬레나?" 천천히 내 이름을 내뱉는 목소리는 저음의 남성적인 목소리다. 내 책에서 백 번쯤 묘사해본 목소리. 울타리 기둥에 밀어붙인 연약한 여인을 황홀하게 하는 거친 목소리. 나는 홀리지 않을 것이다. 나는 마르카 반틀리와 그 무리가 도착하기 전에 이 남자를 즉시 포치 밖으로 뺑 차 버릴 것이다. 나는 남자가 타고 온 차를 보았다. 흰색 포드 트럭이 진입로 한가운데 떡하니 서 있다.

"안내문을 붙여놨는데요." 내가 안내문을 두드렸다. "벨을 누르지 말라고. 진입로에 차를 세우지 말라고. 그리고 뭘 팔러 오지도 말라고요."

"아." 남자가 웃었다. "나는 또 내가 온다고 해서 붙여놓은 건 줄 알았소."

나는 남자의 대답이 이해가 되지 않아 그를 멍하니 쳐다보았다. 설상가상 남자가 아직도 안 가고 여기에 있다. 내 보물 같은 시간이 째깍째깍 가고 있는데, '가세요'라고 적힌 매트 위에 부츠를 신고 서 있다. 얼른 정신을 차려야 한다. 나에게는 이런 방해꾼에게 쓸 시간이 없다. "가주셔야겠어요."

"내가 조금 일찍 왔소." 남자는 계속 웃는다. 뭔가를 재미있어하는 눈치인데, 너무 재미있는 사적인 농담이라 말해주기는 싫은 모양이다. "4시까지 트럭에서 기다리다 오길 바라시오?"

'내가 조금 일찍 왔소. 4시까지 트럭에서 기다리다 오길 바라시오?' 이 말을 이해하는 데 시간이 걸렸다. 나는 여러 가능성들을 꼽아보며 눈을 깜빡였다. 시간을 벌어보려 일단 아무 질문이나 던진다. "진입로에 있는 저 트럭이요?"

남자가 킥킥 웃었다. 이 말이 그렇게 재미있다니 나는 기쁘기 그지없다.

"그렇소."

"혹시 론 필라 씨세요?" 론 필라일 리가 없다. 론 필라가 울타리 난간에 앉아 책 계약 협상을 한 뒤 소몰이를 하러 가는 게 아니라면 그럴 리가 없다.

"아 그 멍청이?" 남자가 웃음을 터뜨렸다. "아니오." 그의 입이 뭘 물고 있는 것처럼 씰룩거린다.

그럼 이 남자는 론 필라를 아는 사람이라는 거다. 그게 아니면 미친 사람이고, 지금 작정하고 나를 자신과 비슷한 정신 상태로 몰아가는 중인 것이다. 진실이 어느 쪽이든, 이런 알아맞히기 게임은 한물간 지오래다. "제가 그렇게 한가한 사람이 아니거든요." 내가 날카롭게 말했다. 나의 사교적 예의가 차츰 고갈되는 중이다. "누군지 말 하세요. 아니면 당장 내 포치에서 꺼지시고."

"미안하오." 남자가 말했다. 그런데 목소리에 진지한 기색은 조금도 찾아볼 수 없다. 남자가 나의 사적 공간 안으로 한 손을 쑥 내민다. 까칠한 수염에 둘러싸인 미소가 그의 거친 얼굴 만면으로 퍼진다. "마크 포춘이라고 하오. 마르카 반틀리로 더 잘 알려져 있지요."

마르카 반틀리.

마크 포춘이라고 하오. 마르카 반틀리로 더 잘 알려져 있지요.

늦은 오후가 되면서 대기에 땅거미의 기운이 감돌기 시작한다. 열기는 누그러졌고, 가볍게 부는 바람에서 희미한 인동초 냄새가 난다. 남자의 눈이 재미있어 하고 있다. 다 안다는 그의 눈빛이 내 심장을 예리한 칼로 긁는다.

"마르카 반틀리 아니잖아요." 이 말은 퍽 자신 있게 튀어나왔다. 나는 남자가 내민 손을 무시하고 나의 자세를 공고히 하기 위해 몸 앞으로 팔짱을 낀다. 이 남자는 미친 사람이다. 마르카의 이메일을 해킹해 약속 시간 보다 일찍 난입해서는 지금 내 삶으로 기어들어 오려고 기를 쓰고 있다. 이야기를 골라도 참 거지 같은 걸로 골랐다. 마르카의 얼굴은 출판 쪽에 있는 사람이 아니더라도 누구나 잘 알고 있다. 책 광고란 광고에는 죄다 그 완벽한 금발 머리로 도배를 해놨으니까. 이 농부 같은 작자는…… 전혀 그럴듯하지도 않다.

만약에.

만약에…….

만약에 내가 틀린 게 아니라면 말이다. 남자의 웃음엔 지적 오만함이 있다. 나는 그것을 알아보았다. 다른 사람들 모르게 자신이 어떤 카드를 쥐고 있다는 사실을 그는 아는 것이다. 나도 그런 것을 느낄 때가 있다. 독자를 속이는 장면을 쓸 때, 종국에는 모두 무너져 내릴 인물의 특징과 숨은 메시지를 독자들 모르게 켜켜이 쌓아 올릴 때 나도 그런 느낌을 받는다. 남자가 지금 재미있어 하는 것도 바로 그런 것이다. 남자가 알고 있는 건 뭘까? 어쩌면 모든 것을 알고 있을 수도 있다.

갑자기 내가 작게 느껴졌다. 바보 같다. 화가 난다.

나는 나에게 남은 유일한 길을 택하기로 한다. 나는 뒷걸음쳤다. 남자의 눈이 나를 따라온다. 숱 많은 두 눈썹이 치켜 올라간다. 나는 문을 닫았다.

문이 조금 세게 닫힌 감이 없지 않아 있다. 그래도 조금은 괴팍하게 닫아줄 필요가 있다. 판유리에 진동이 오고 벽이 흔들릴 정도로 세게 닫아야만 한다. 내가 성질이 더러워서가 아니다. 단지 문을 제대로 꽉 닫기 위해서다. 그렇게 해야 저 사람의 질문이나 문을 붙잡는 손, 좁은 문틈으로 속삭이는 말들을 차단할 수 있다. 어쨌든 나는 문을 닫고 그 망상증 환자를 문밖에 내버려두었다. 마르카가 처리하라지. 혹시라도 정말로 (나는 손목시계를 본다) 그 여자가 나타난다면.

주방으로 가며 나는 마음을 다잡으려 애썼다. 고요한 집이 나를 안정시킨다. 내가 현관 벨 소리를 싫어하는 이유가 있다. 장례식 이후 이웃들과 착한 사람 병에 걸린 사람들이 음식과 꽃을 계속해서 날라오면서 벨은 쉴새 없이 울려댔다. 집에서는 꽃 냄새와 캐서롤 냄새가 섞여 역겨운 냄새가 진동했고, 벨이 한 번 울릴 때마다 매번 새로운 침입자들이 물결치듯 흘러 들어왔다. 한 번은 내가 현관 벨을 뜯어내 버린 적이 있다. 손에 가위를 쥐고 미친 듯이 전선을 잘라냈는데, 그 모습을 어느 페덱스 직원이 놀란 눈으로 지켜보고 있었다. 이틀 후 나는 벨을 다시 고쳐놓았다. 전선이 너덜너덜 매달려있다는 사실, 우리 집의 한 부분이 불완전 하다는 사실에, 밤에 잠이 오지 않았다. 또한 너덜너덜 매달려있는 전선은 그것을 고쳐줄 남편이 나에게 없다는 사실, 환영의 벨 소리를 참고 들을 자제력이 없다는 사실을 눈에 보이게 상기시켰기 때문이다. 그래서 나는 현관 벨은 원래대로 고쳐놓은 뒤에 안내문을 붙였다. 처음에 안내문은 단 한 가지 항목, 단 하나의 규칙으로 시작되었다.

벨을 누르지 말 것.

이 하나의 규칙은 둘이 되었고, 그러다가 넷이 되었고, 결국 여덟이 되었다. 규칙들은 나의 정신상태를 온전하게 지키기 위한 요청 이상의 역할을 했다. 그것은 방문객의 지적 능력을 측정하는 역할도 했다. 방문객의 문해력 그리고 단순하고 정중한 요청을 따를 능력이 있는지를 테스트 하는 것이었다.

지금 포치에 있는 저 멍청이는 이미 진입로에 차를 주차해 놓았다. 원 아웃.

현관 벨을 눌렀다. 두 번이나. 투 아웃.

자신의 정체를 속이는 것에 대한 규칙은 없지만, 리스트에 수월하게 한자리 꿰찰 수 있을 것이다.

나는 멀리 냉장고까지 걸어갔다. 그때 남자가 다시 벨을 눌렀다. 아까의 그 정중한 벨 소리가 아니다. 이번에는 시끄럽고 집요하게 계속해서 잇따라 누르고 있다. 내 정신은 이 공격을 감당할 수 없다. 나의 발이 현관으로 돌진하고 손이 문을 벌컥 열어젖혔다. 나는 완전히 이성을 잃는다.

아까는 짜증이 났었다면 지금은? 이 남자 죽여 버릴 거다.

16장

마크

분노가 사람이라면 그것은 헬레나 로스다. 그리고 그녀에게 무기가 있었다면 그의 다음 단계는 죽음이다. 헬레나가 폭력적으로 문을 열어젖힌다. 콧구멍이 벌름거리고 눈에서 불이 이글거린다. 헬레나가 작은 주먹을 뻗어 그의 팔목을 내리쳐 현관 벨을 더는 못 누르게 했다. "그만 해요. 그만, 그만, 그만, 그만!" 이 말들은 구호처럼 외쳐지고, 그녀의 호흡이 점점 가빠졌다. 비쩍 마른 가슴이 긴소매 면티셔츠 안에서 고통스레 들썩였다.

이토록 작은 몸에서 이토록 어마어마한 분노라니. 그는 사실 더 나이 많은 여자를 예상했었다. 자신과 비슷한 연배에 머리가 하얗게 세고 가는 테 안경을 쓴 여자를. 어깨는 지나치게 뒤로 빼고, 어디에서도 본 적 없는 고루한 스타일의 팬티를 입을 것 같은 여자를. 그런데 거식증에 걸린 듯 이 앙상한 팔꿈치며 귀 하며…… 나이도 기껏해야 서른 조금 넘었을 것 같다. 이토록 작은 것이 거의 10년에 달하는 시간 동안 그를 야단쳐온 사람이라 생각하니…… 그는 고개를 뒤로 젖히고 크게 웃음을 터뜨리고 싶어진다.

웃음을 터뜨리는 것은 아무래도 현명한 행동은 아닐 듯싶다. 그녀에게 유머 감각이 그리 많아 보이지 않는다. 그가 기껏해야 미소 정도 지었을 뿐인데도 그때마다 눈을 가늘게 뜨고 그를 쳐다봤다. "내가 마르카 반틀리예요." 그는 헬레나가 문을 닫기 전에 서둘러 말했다. 진지한 목소리다. "론 필라에게 전화해서 물어봐요." 그가 낡은 명함 하나를 내밀었다. 지금 그의 수중에 있는 것 중에 손쉽게 사용할 수 있는 유일한 증거다. 그 명함은 8년 전 그가 론과 모르는 사이였을 때, 또한 거절당한 원고가 산더미처럼 쌓여있는 일개 가난한 작가였을 때 받은 것이다. 소설의 경매 같은 것도 없었고, 「퍼블리셔스 위클리」에서 리뷰도 써주지 않았고 여섯 자리 계약금도 없던 시절이다. 업계 최고 대리인의 관심을 얻기 위해 물불 가리지 않았었다. 그와의 첫 연락은 가히 기념할만한 순간이었고, 그때 받은 명함은 그가 몹시도 갈망했던 것이었다.

헬레나가 똑바로 섰다. 한 손은 여전히 벨을 지키고 있고, 시선은 그들 사이에 있는 명함을 향해 떨어졌다. 그녀의 커다란 눈이 다시 그의 얼굴로 올라오더니 가늘어진다. 찡그린 두 눈 속 동공에서 불이 뿜어져 나온다. 질투와 앙심으로 가득한 그 모든 악성 이메일을 써 보낸 발톱에 퍽 잘 어울리는 표정이다.

그녀의 손이 명함을 휙 낚아챘다. 그의 손에서 추억의 조각이 갑자기 사라진다. 그녀의 손에 붙잡힌 피해자. 헬레나의 시선이 명함과 그의 얼굴을 번갈아 의심스레 쏘아본다. "여기에서 기다려요." 그녀가 뒤로 물러섰다가 문설주를 붙잡고 잠시 멈추고는, 그를 봤다가 현관 벨을 봤다가 다시 그를 쳐다본다.

그는 천진하게 두 손을 올리면서 그녀로부터, 그리고 그녀를 화나게 하는 걸로 보이는 작은 버튼으로부터 뒤로 물러섰다. 세상에. 그동안 그녀를 화나게 하기 위해 세심하게 고른 단어들로 써댔던 그 모든 이메일들을 생각하니 어처구니가 없다. 이렇게 현관 벨 한 번 딩동 누르면 될 일이었는데.

헬레나가 코웃음 치더니 그를 포치에 혼자 남겨둔 채 문을 닫았다. 5분 만에 두 번째다. 이런 재미있는 여자를 봤나.

그는 뒤로 돌아 포치 난간으로 걸음을 옮긴다. 깔끔하게 떨어지는 안뜰 경계를 둘러본다. 그의 멤피스 농장의 거친 땅과 극명한 대조를 이룬다. 지금 집 안에서 어떤 대화가 오가고 있을지 상상해본다. 론 필라에 대한 헬레나의 심문. 론은 욕하고 싶은 걸 꾹 참고 입에 발린 말을 하면서 잘 처신할 것이다. 헬레나는…… 헬레나가 어떻게 하고 있을지 누가 알겠는가. 지금까지는 예의 있게 행동하자는 그의 계획이 약간 길을 잃은 상태다.

딸깍, 자물쇠 소리가 났다. 그가 포치 난간에서 뒤돌아 선다. 헬레나가 집 전화기를 손에 쥔 채 문가에 서 있다. 긴 침묵이 이어진다. 헬레나의 시선이 그의 위에서 표류한다. 한결 새로워진 불신의 눈으로 그를 살펴보고 있다. 그는 아무 말도 하지 않았다. 기다림의 싸움이 천천히 진행되었다.

"남자라고 말을 했었어야죠." 마침내 헬레나가 입을 열었다. 그런데 마치 그가 부정한 배우자나 바람 피운 남자친구라도 되는 듯 목소리가 구슬프다.

"아는 사람이 거의 없는 비밀이오." 그가 두 손을 앞 주머니에 꼽아 넣고는, 자신이 이렇게 체격이 크고 키가 크며, 우락부락하지 않았다면 좋았겠다는 생각을 살면서 처음으로 해본다. 헬레나의 손 하나가 문틀을 붙잡는데, 거기에 서 있기 위해서는 그곳을 붙잡아야 하는 것 같은 모습이다. 그녀의 눈 속에서 타오르는 불길과는 완전히 상반되는 병약한 모습이다.

헬레나가 그의 말을 곰곰이 생각하는가 싶더니 고개를 끄덕였다. "그건 나도 존중해줄 수 있어요. 하지만 나를 갖고 노는 건 존중 못해요." 그녀가 엄한 표정을 지었다. 그는 헬레나의 미래의 아이들이 가엾어진다. 이 표정 하며, 비정한 목소리 하며…… 저항하기 두려운 기세다. "나 골탕 먹일 생각 말아요."

"안 그러겠소." 이것은 그가 지켜야 하는 약속이다. 그녀의 태도가 장자리로 스며있는 상처는…… 그에게도 익숙한 감정이다. 거기에서 그는 자신의 딸이 남자를 두고 처음 흘린 눈물, 스탠퍼드에서 떨어졌을 때 방에 틀어박혀 있던 모습을 본다. (바로 지난주에) 친구에게 무시당하고 갈라지던 딸의 목소리가 들린다. 오로지 순수한 재미를 위해, 헬레나 로스에게 굴욕감을 주고 싶어하는 그의 미성숙한 욕심에서 야기된 상처. "그럼 우리 이제 시작해도 되겠소?"

그녀의 겉모습에 작은 균열이 생겼다. 좁은 어깨에 긴장이 풀리고 전화기를 감싸 쥔 손가락에 힘이 풀린다. 입술이 벌어지고 그 사이로 한숨이 새어 나온다. 헬레나가 그의 눈을 바라보며 고개를 끄덕였다. "좋아요." 그녀가 돌아서서 문을 잡고 그가 들어갈 수 있게 기다려준다.

그가 숨을 깊이 들이쉬고 문턱을 넘어 집 안으로 들어간다. 그가 여기에 온 이유는 헬레나 로스를 직접 만나 거절하기 위해서였다. 그러나 지금 그는 이미 자신이 흔들리고 있음을 느낄 수 있다.

17장

나는 로맨스 소설 계 금발의 요부 마르카가 이 쭈글쭈글하고 나이 든 상남자라는 사실에서 헤어나지 못한다. 지금 내 앞에서 테이블을 툭툭 치고 있는 상처 나고 갈라진 저 손가락들, 짧은 손톱에 마디마디 털이 나 있는 저 손가락들이 『처녀의 기쁨』을 쓴 손가락이라는 것이다. 내 영혼을 읽을 수 있다는 듯 나를 뚫어지게 응시하고 있는 저 두 눈, 옅은 푸른색의 칼날 같은 저 촉촉한 두 눈이 『선생님의 애완동물』의 가제본을 검토한 눈이라는 것이다. 하얗게 센 숱 많은 머리카락 아래에는 내가 읽은 최고의 작품과 최악의 작품들을 쓴 정신이 자리하고 있다. 남자라니. 그 사실을 알았더라면 그에게 이곳으로 오라고 하는 일은 절대 없었을 것이다. 남자는 이 이야기를 도울 수 없다. 남자는 절대 이해할 수 없다. 결코 이해하지 않을 것이다.

우리는 주방에 있다. 나는 의자에 앉았다. 여기에 내가 앉아있으면 맞은편에 사이먼이 커피를 앞에 두고 구부정하게 앉아있곤 했었다. 그리고 아침의 활기로 가득한 베서니가 한 손에 장난감 한두 개를 들고 우리를 지나 정신없이 뛰어다니곤 했었다. 바로 이 자리에 앉아, 내 삶이 얼마나 아름다운지를 생각하며 경이감에 젖어 들었던 기억이 난다. 그리고 그 모든 일이 일어난 후, 바로 이 의자에 앉아 자살을 계획했던 기억이 떠오른다.

"헬레나?" 그의 목소리가 말도 못하게 다정하다. 내가 싫어하는 여자, 그러니까 내가 싫어하는 사람의 것일 리 없는 목소리. 자신의 재능을 쓰레기에 낭비하고 나에게 그토록 추잡한 이메일들을 보낸 사람. 나는 그를 올려다보고 눈을 깜빡였다. 눈앞이 흐려진다. 젠장. 나 지금 우는 건가? 나는 두 눈을 비비고 정신을 차린다. 그는 자신이 왜 여기에 와있는지 알고 싶어 하고 있다. 최소한 그 정도는 나도 감당할 수 있다.

나는 목을 가다듬고 외운 대본을 읽기 시작했다. 세 번 연습한 것이다. 연습 할수록 경직된 것이 풀리고 점점 신뢰할 만하게 들렸다. 그 모든 연습은 지금 내 앞에 있는 이 미국은퇴자협회 덩치가 아니라 어떤 여신을 염두에 두고 이루어졌다. "출간하고 싶은 이야기가 하나 있어요. 그런데 그걸 쓸 시간이 없어요. 나는 그쪽보다 쓰는 속도가 훨씬 느려요……. 보통 책 한 권 내는 데 1년이 걸리거든요. 이 이야기가 나의 다른 소설들보다 약간 복잡하다는 걸 감안하면 훨씬 더 오래 걸릴 거예요. 이 책의 대부분을 써줄 사람을 고용하려고 알아보고 있어요. 그 사람이 쓴 다음 내가 고쳐 쓰는 식으로 진행할 거예요. 각 챕터의 개요가 그때마다 제공이 될 거고, 대필 작가, 그러니까 그쪽은 초고를 써주면 돼요." 나는 식탁의 낡은 오크나무 표면에 시선을 둔다. 그가 나를 골똘히 쳐다보았다. 이마에 주름이 깊게 패고 거대한 손 하나가 입을 문지르고 있다.

"길이는요?"

나는 어깨를 으쓱했다. "모르겠어요. 아마도 8만 단어."

"내 보통 작품들 보다 길군요."

"이건 그쪽의 보통 작품들과 달라요. 에로물이 아니라고요."

나는 그가 이제 무슨 질문을 할지 안다. 사실, 그 질문이 마르카의 입에서 나올 것이 두려웠다. 위로 치켜 올라가는 완벽한 눈썹과 그 말을 할 때 비쭉 튀어나오는 새빨간 입술을 상상했었다. 하지만, 이 남자의 입에서 나오는 목소리나 표정은 다르다. 자갈 소리처럼 걸걸한 목소리로 물었다.

"그런데 왜 나요?"

"정말 인정하기 싫지만……" 나는 마른침을 삼켰다. 내 손이 테이블 아래에서 주먹을 움켜쥔다. "우리의 글 스타일이 비슷해요. 내가 대대적인 고쳐쓰기를 하지 않아도 되겠죠. 그 말도 안 되는 플롯에도 불구하고 당신 작품에는 심장이 있어요. 동기를 쓸 줄 알고, 어려운 시나리오를 쓸 줄 아는 거예요. 내 생각에는, 내가 이야기의 방향만 제대로 잡아주면 그쪽은 점차 익숙해 질 수 있을 것 같아요. 점점 나아질 수 있을 거예요."

그에게서 짧은 웃음이 튀어나왔다. 그의 몸이 앞으로 기우는데 눈은 나를 보고 있다. "싫소."

나는 어깨를 쫙 펴고 기다렸다. 엉덩이 뼈가 나무 의자 속을 파고드는 것 같다.

"나는 멘토를 찾고 있는 게 아니오. 특히 우리 딸아이만큼 어린 멘토라니. 내 하찮은 쓰레기 스토리들을 쓰면서도 나는 지금 완벽히 행복하게 살고 있소." 그가 테이블에서 몸을 밀어 일어섰다. 이렇게 될 수는 없다. 그가 지금 가서는 안 된다.

"잠깐." 나는 손을 뻗어 그의 팔목을 확 붙잡았다. 계획에 없었던 이 갑작스런 동작이 내 가슴에 날카로운 통증을 일으켰다. 숨쉬기가 힘들어진다. 고통으로 얼굴이 잠시 일그러졌다. 나는 다시 정신을 차렸다. "앉아요." 그의 시선이 자신의 팔목을 감싸 쥔 내 손으로 떨어졌다. 나는 그의 팔목을 놔준다. "부탁이에요." 나는 덧붙였다. 그런데 그가 나를 유심히 보는 것이 마음에 들지 않는다. 그의 시선이 내 얼굴과 몸을 찬찬히 훑는다. 나는 전투에 대비해 옷을 여러 겹 껴입었다. 화장을 하고 머리도 빗었다. 그의 날카롭고 더욱 비판적인 판단에 비추어 나의 대비가 충분치 못한 것은 아닐지 두렵다.

"아픈 거요?" 그가 아직 그대로 서 있다. 두 손바닥을 식탁 위에 납작하게 대고 단단한 두 팔로 강인한 어깨를 지탱하고 있다. 구부리고 선 그의 자세에 나는 주눅이 들었다. 그래도 나는 내 자리로 되돌아 간다. 설령 그 자리가 나를 약자의 위치에 둔다 해도 일단 그로부터 거리를 둘 필요가 있다.

"네." 그 이상 말할 필요는 없어야 한다. 예의라는 게 있는 사람이라면 거기에서 멈출 것이다.

"어떻게 아픈 거요?"

"세 달 남았어요. 더 짧을 수도 있고요." 마르카에게 이 이야기를 할 계획은 없었다. 케이트는 이미 알고 있으니 그녀를 제외한 사람들에게 더 이상 말할 생각은 없다. 그런데 어쩐 일인지 이 남자에게 내가 말하고 있다. 그 이유 중 하나는 절박함인 것 같다. 방금 그의 입에서 튀어나온 거절, 공포에 떨고 있는 내 가슴 속 심장. 또 다른 이유는 그의 눈 속에 무언가가 있기 때문인 것 같다. 슬픔의 기색. 고통. 나는 그것들을 알아본다. 그에 대해 아무것도 아는 게 없지만, 나에게는 그가 필요하다는 걸 알게 된다. 설령 그가 남자일지라도. 어쩌면 그는 이해할

지도 모른다.

그가 마침내 자리에 앉았다. 그가 앉자 무거운 원목 의자의 허리 부분이 삐걱거린다. 이 남자, 사이먼보다 덩치가 훨씬 크다. 저 의자에 앉아본 사람 중 가장 큰 사람이다. 그의 시선이 냉장고 쪽을 향했다. 그 후 길게 이어지는 침묵. 그가 다시 나를 보았다. "사람들은 늘 의사들이 말한 것보다 오래 살아요."

나는 얼굴을 찌푸렸다. "나는 '그런 사람'이 아니에요." 나도 그런 사람들을 안다. 가족과 자녀가 있는 사람들, 단순히 그 외엔 방법이 없다는 이유로 더 살아야만 하는 사람들. 그런 사람들은 침을 맞고 해독 주스를 마시고 명상을 한다. 그들의 쾌유를 위한 기도가 수천 번 올려진다. 그런 사람들은 스트레스를 감당하며, 터무니없이 낮은 확률을 자신의 것으로 만들기 위해 모든 것을, 말 그대로 모든 것을 쏟아붓는다. 하지만, 죽음을 향한 여정은 사람마다 다르다. 그런 사람들과 나 사이에는 셀 수 없이 많은 차이가 있다.

"혹시 출판사 계약 때문에 그러는 거요? 선급금을 받았는데 돌려줄 수 없어서?" 그가 썰렁한 주방을 둘러본다. 썰렁한 현관과 다이닝룸도 본 것이 틀림 없다. "젠장. 병원비 때문에 가구를 팔고 있었던 거요? 내가…"

"아니요." 내가 쏘아 말했다. "출판사 문제는 아니에요."

"그러니까 그냥 책 문제라는 거군요." 그가 그 개념을 이해하려고 애쓰고 있는 듯 천천히 말했다.

"내 책들은 그쪽 책들하고는 달라요." 나는 자세를 고쳐 앉았다. 가능한 한 좋게 말하려고 머리를 굴렸다. "내 책들은 그냥 책들이 아니에요. 인물들도 나에게 특별하고, 그들의 삶은 생생히 살아 숨 쉰다고요. 이번에 쓸 이야기는 특히나 내가 죽기 전에 써야 해요. 나에겐 중요한 거예요."

"죽음이라는 카드를 꺼내서 내가 한 배에 올라타길 기대하는 거라면 어림도 없소."

"돈은 드릴 거예요." 내가 액수를 말했다. 그의 관심을 끄는 액수다. 그의 눈썹이 올라간다. 나도 랜덤하우스에서 그에게 얼마를 주는지는 정확히 모른다. 다만 케이트가 나에게 알아봐 준 금액이 있으니 거기에 맞춰 말한 것이다. "그런데 내가 대필을 해줬으면 좋겠다는 거요? 공동 저자가 아니고?" 그 둘은 완전히 다르다. 대필자에 대해 말하자면, 독자는 그의 이름은 절대 알 수 없고 내 이름만이 책 표지에 올라가게 된다.

"정확해요." 이 미팅을 준비할 때 나는 마르카 반틀리를 염두에 뒀었다. 스포트라이트 받기를 좋아한다고 확신할 수 있는 여자. 나는 협상에서 이 부분을 걱정했었다. 그 여자가 표지에 금색으로 자기 이름을 넣어주길 원할 거라고 생각했었다. 그런데 이 남자는 어떻게 반응할지 모르겠다. 지금껏 계속해서 금발의 바비인형 뒤에 숨어 몰래 책을 내왔고, 본명과 정체 모두 비밀에 부쳐졌다. 대필 작업과 그것이 다를까?

그가 한 손으로 머리카락을 문질렀다. 손가락으로 두피를 긁는다. 결국 머리카락이 온통 흐트러지고 만다. 자신의 외모에 눈곱만큼의 관심도 없는 남자. 나는 저 머리를 갈라 두개골을 한 번 열어보고 싶다. 그의 생각을 먹고 그의 동기를 맛보고 싶다. 이런 남자가 왜 그런 외설물을 쓰는 걸까? 왜 이 미팅에 온다고 했을까? 애초에 나에게 이메일을 보냈던 이유는 뭘까? 그리고 바로 지금 그는 무슨 생각을 하는 걸까?

그가 손을 머리에서 떼고 나를 뚫어져라 쳐다본다. "꼭 해야 하는 이야기가 뭔지 들어봅시다."

"할 거예요?" 이 말이 너무도 간절하고 다급하게 튀어나와 버린다. 나는 마음을 가다듬으려, 표정을 진정시키려 애쓰고 있다.

"그럴지도 모르지요. 먼저 무슨 이야기인지 알아야겠소."

나는 아직 그에게 이야기 할 준비가 되지 않았다. 아직 쓸만한 개요 하나 쓰지 못하고 있다. 펜은 하얀 종이 위에 멈춰 섰고, 시간은 촉박한데 내 정신이 생산 불능 상태다. 내 정신 조차 감당하지 못하는 이야기로 어떻게 그를 설득할 수 있을까?

"가족에 대한 이야기예요." 나는 이야기를 잠깐 멈춘다. 냉장고 위에 보이지 않게 숨겨둔 술병의 마개를 따고 한 잔 마시고 싶다. 아이와 남편 그리고 모든 걸 끝내버리는 것에 대해 생각하게 해주는 술. 나는 일어서지 않았다. 서랍 맨 아래 칸에 홀로 놓여있는 작은 잔을 쥐지 않았다. 마셔야 한다. 마셔서는 안 된다. 그가 나를 보고 있다. 벌써 한 문장의 시간을 흘러보냈다. 나는 두 손을 꽉 맞잡고 깍지 낀 채 무릎 위에 둔다. "가족 이야기이지만 책의 시작은 그전부터예요. 사랑 이야기요. 남자가 여자를 만나고, 둘이 사랑에 빠지는 거요."

"그러고 나서요?"

나는 손을 비틀었다. 관절이 구부러진다. 어쩌면 부러뜨릴 수도 있을 것 같다. 그러면 이 고통스러운 대화에서 벗어날 수 있을 것이다. 몇 시간쯤 시간을 벌고 동정심 점수를 조금 더 딸 수 있을 것이다. "둘이 결혼해서 아이를 하나 낳아요." 나는 숨을 쉬었다. 그다음 말이 음조의 변화 없이 다소 빠르고 단조롭게 발화된다. "비극이에요. 결국 아내는 그 둘을 잃고 말아요."

그가 눈을 깜빡였다. "잃는다니? 정확히 말해주시오."

'아니요, 싫습니다.'

"아직 모든 디테일들을 정확히 말할 수 있는 단계가 아니에요."

그의 동공이 움직이지 않는다. 나는 나에게 집중되어 있는 그 두 개의 동공이 어쩐지 불편해진다. "무슨…"

"그게 이야기의 뼈대예요. 빈 곳들은 나중에 채워드릴게요. 아직 작업 중인 단계예요." 대답이 조금 쏘아붙이듯 나와 버렸다. 나는 그 날카로운 말투를 잡아챘다. 그래, 이렇게라면 할 수 있다. 퉁명스럽게, 무뚝뚝하게. 이렇게 하면 내 손가락들이 부러지지도 않고 눈물이 차오르지도 않을 것이다.

"그것 참……" 그의 눈이 마침내 움직였다. 어떤 단어를 찾고 있는 것처럼 시선이 천천히 쓸고 지나간다. 마침내 그의 입에서 나온 말은 이 세상 모든 유의어 사전을 적잖이 실망시킬 말이었다. "슬프군요."

"아, 네." 나는 꼿꼿이 앉는다. 이제 이 대화가 끝을 향해 가고 있음이 느껴진다. 끝을 암시하는 낮게 깔린 배경음이 점점 커진다. "슬픈 이야기라는 건 나도 알아요."

"뭔가 빠져있소." 그가 뒤로 기대며 가슴 위로 팔짱을 꼈다. "그 외에 뭐가 있소?" 그가 나를 의심하는 듯 눈을 가늘게 떴다.

"그게 전부예요." 나는 거짓말을 그렇게 많이 하는 편은 아니지만……

"책이 잘 되지 않을 거요."

"상관 없어요." 이 책은 내가 조바심 내지 않을 첫 번째 책이 될 것이다. 결과에서 자유로울 수 있는, 나의 신간이 베스트셀러 몇 위에 올랐는지 토할 것 같이 궁금해하며 전화기 옆에서 초조하게 기다릴 필요가 없는 첫 번째 책이 될 것이다. 나는 이 책이 다섯 부 팔렸는지 오백만 부 팔렸는지 절대 알지 못할 것이다. 독자들, 아니, 심지어는 편집자 조차 이 책을 좋아할지 싫어할지 나는 절대 알지 못할 것이다.

그가 조금 힘들어하고 있다. 몸을 앞으로 수그린 채 한 손으로 다른 손을 감싸 쥐고 식탁 위를 바라보고 있다. 그러고는 눈을 들어 나를 보았다. 그가 말을 하는데, 내가 가장 듣고 싶지 않았던 질문이다. "죽기 전 마지막 몇 달을 정말로 글을 쓰며 보내고 싶소?"

"네." 이건 약쟁이에게 약 한 번 더 하겠냐고 묻는 것과 같다. 배고픈 아이에게 케이크 더 줄까 묻는 것과 다름 없다. 내 생애 마지막 남은 시간 동안 세계를 창조하는 일보다 더 하고 싶은 일은 없다. 그리고 이 특별한 책에 더 깊숙이 뛰어드는 일보다 더 두려운 것은 없다.

하지만 해야만 한다. 이 책을 쓰지 못한 채, 이 진실들을 내 뼈 사이 사이에 묻어둔 채로 죽을 수는 없다. 책이 나와야 한다. 누군가는 진실을 알아야만 한다.

"설마 진심은 아니시겠지." 그의 두 손이 떨어지고 손가락을 쫙 폈다가 다시 만난다. 손가락들이 결혼반지를 에워싸고 그것을 빙그르르 돌린다.

사이먼은 반지를 끼고 다니지 않았다. 그걸 발견했던 수백 번 중에 한 번은 물어봤어야 했다. 침대 협탁 서랍에서 그의 반지를 꺼낸 뒤, 반지가 없어진 걸 그가 언제 알아채는지 봤어야 했다. 그가 죽은 뒤 나는 내 반지를 어느 노숙자 여인에게 주었다. 내가 반지를 여자의 컵 안으로 떨어뜨렸는데 그 여자 눈에는 미동도 없었다. 가끔은 궁금하다. 컵 안의 돈을 쏟아낸 뒤 다이아몬드를 발견했을 때 그 여자는 무슨 생각을 했을지. 그걸 전당포에 맡길 때 많은 질문을 받지는 않았을지, 경찰이 찾아오지는 않았을지.

"여행을 가요. 늘 꿈꿔왔던 것들을 하란 말이오. 해변에 앉아 우산 모형이 꽂힌 음료도 마시고. 매일 마사지도 받고 책도 읽고. 이탈리아 사람 하나 고용해서 발에 로션도 바르게 하고 지쳐 쓰러질 때까지 섹스도 하고요."

나는 그 말에 웃어야 한다. "이탈리아 남자에 이상한 흥미가 있나 봐요?"

"말 돌리지 마시오."

"농담 아니에요. 『이탈리아 종마』. 그다음엔 베니스를 배경으로 한 난잡한 중편소설. 그 소설에서는 남자 둘이서…"

"지금 나한테 하는 얘기라곤 당신이 내 책들에 얼마나 집착하는지 뿐이오." 그가 끼어들었다.

나는 코웃음 쳤다. 화제가 바뀌니 기분이 좋아진다. 그의 입꼬리가 올라갔다. 분위기가 약간 가벼워진다. "우리 계약 하는 건가요, 포춘 씨?"

"백만 달러?" 그가 눈썹을 치켜올리더니 시선을 돌린다. "하룻밤은 생각해봐야겠소."

"생각할 게 뭐 있어요?" 그를 잃을 수는 없다. 지금은 안 된다. 지금 이 미팅을 하는 데만 한 시간을 낭비하고 있고, 준비한 시간까지 치면 몇 시간은 더 걸렸다. 게다가 어떤 면에선 내가 그를 좋아하고 있는 것도 같다. 거친 외모와 차분한 태도. 물론 나의 규칙을 무시하긴 했지만, 그리고 내 소설에 관심이 있어 보이지도 않지만. 내가 좋아하지 않는 사람이 많다는 사실을 생각했을 때 이것은 놀라운 일이다. 사실 나는 그 누구도 좋아하지 않는다. 나는 계약서를 앞으로 쓱 내밀었다. 케이트가 준비한 열아홉 페이지의 계약서. 그 중 아홉 페이지는 나의 '요청'에 대한 것이다. 케이트는 나의 '규칙'을 그렇게 불렀다. 사실 요청이라고 쓰면 각 항목들이 마치 협의 가능한 것처럼 보이게 된다. 절대 협의 불가인데도 말이다.

"여기 계약서예요. 두어 달 안에 뚝딱 해주기만 하면 백만 달러를 받게 되는 거예요. 더 빨리 쓰면 그것보다 훨씬 일찍 빠져나갈 수도 있고요." 내가 웃어 보이는데 그가 내 웃음을 받아주지 않았다. 그가 계약서를 가까이 잡아당겼다. 가벼워졌던 공기는 이미 온데간데없이 사라졌다.

"생각해보겠소." 그가 일어섰다. 나는 그 계약서가 그를 따라가는 모습을, 반 접혀서 뒷주머니에 꼽히는 모습을 바라보았다. 저토록 중요한 것을 넣기에는 너무 끔찍한 곳이다. 그는 생각해보지 않을 것이다. 아마 계약서를 읽지도 않을 것이다. 나는 그를 잃었다. 그런데 그 이유를 잘 모르겠다.

"150만 달러." 나는 애처롭고 절박하다. 이제서야 그 사실을 깨달았다. 그를 따라갔다. 나는 머리카락 몇 가닥을 귀 뒤로 넘긴다. 그가 돌아보았다. 그의 눈이 나의 눈과 마주쳤다. 그의 어깨가 조금 처져있다. 나의 비굴한 협상으로 그의 콧대가 높아질 거라 생각했다면 오산이었다. 그가 손을 뻗어 내 어깨에 한 손을 올렸다. 그 무게가 묵직하다. 어깨를 붙잡는 그의 손은 나를 조금도 안심시키지 못했다. 오히려 내 안의 공포의 불길에 기름을 쏟아부었다.

"돈 문제가 아니오, 헬레나." 그가 내 어깨를 놓더니 씨익 웃었다. 입은 웃는데 눈은 그러지 못했다. 문을 향하는 그의 발걸음이 느리다.

"그러면 뭔데요?" 내가 의자를 붙잡고 서서 그의 뒤에 대고 외쳤다.

그가 멈춰 섰다. 하지만 돌아보지는 않았다. "아직 안 한다고는 안 했소."

"그건 내 질문에 대한 대답이 아닌데요."

그가 돌아섰다. 오후의 햇살이 그의 얼굴에 부딪치고, 시들어가는 피부가 빛을 받아 분홍빛을 띠었다. "나에게 딸이 있소." 그가 천천히 말했다. "아이 이름은 매기이고, 열아홉 살이오."

"좋으시겠네요." 내 딸의 이름은 베서니예요. 3주 전에 케이크에 초 열 개를 꽂았어야 했는데. 나는 꼿꼿이 섰다. 의자에서 손을 뗐는데 아직 서 있다. "그게 내 책과 무슨 상관이죠?"

"나라면 우리 딸이 인생의 마지막 몇 달을 썰렁한 집에 틀어박혀 나 같은 사람이랑 글이나 쓰고 있게 하지 않을 거요."

"그건 그쪽이 결정할 문제가 아니에요." 나는 앞으로 한 발 내디뎠다. 갑자기 이 남자가 마음에 들지 않는다. "정말이지 그쪽이 상관할 문제가 전혀 아니라고요."

"이 계약서에 내 이름도 있으니 이건 내 일이오." 그가 계약서를 들어 올렸다. 문득 내가 저기에 짧고 간단한 요청 하나를 더 썼으면 좋았겠다는 생각이 든다. '멍청하게 굴지 말 것.'

나는 그에게 반격하려고 입을 열었다. 그런데 내 입에서 갑자기 진실이 쏟아져 나왔다. "책은 내 남편과 딸에 대한 거예요. 둘 다 죽었어요. 나는 죽어가고 있고요. 그쪽이 앞으로 세 달 동안의 내 계획을 마음에 들어 하지 않는다는 건 나도 유감이에요. 하지만 나에게는 이게 중요해요. 그들의 이야기…… 나에게 중요한 건 이거 하나뿐이라고요." 나는 고개를 돌렸다. 우리가 앉았던 식탁을 바라보며 눈물이 터져 나오는 걸 막기 위해 이를 악물었다. 그를 쳐다보면 내가 무너져내릴 것 같다. 한 마디라도 더 했다간 목놓아 울게 될 것만 같다.

그가 나를 향해 걸어온다. 친절은 내가 원하는 바가 아니다. 나는 그럴 수 없다…….

나는 그럴 수 없다.

18장

마크

헬레나가 무너지고 있다. 뻣뻣하게 서 있는 그녀의 자세에서, 꽉 다문 입에서, 바들바들 떨리는 몸에서 그는 그것을 볼 수 있다. 그녀에게서 뿜어져 나오는 처절한 고통에서 그것을 느낄 수 있다. 죽음이라는 그녀의 운명보다도 훨씬 깊고 강력한 고통이다. 헬레나가 자신의 병에 대한 이야기를 할 때는 감정이랄게 전혀 느껴지지 않았었다. 그런데 그 일이 언제, 어떻게 일어났는지는 몰라도 지금 그녀는 슬픔에 잠식되고 있다.

슬픔이라면 그에겐 나름대로 꽤나 조예가 깊은 분야다. 이런 사람은 안정시킬 수 있는 방법이 거의 없다고 봐야 한다. 엘렌에 대한 이야기를 들은 후 입을 너무 세게 틀어막는 바람에 그의 입가에 새파란 멍이 남았던 그때, 그는 헬레나였다. 병원 복도 한가운데서 잡역부가 그의 어깨를 두드리며 다 지나갈 거라고 했을 때, 잡역부를 벽으로 밀치고 그의 가슴에서 목놓아 울다가 그러고는 아무 이유 없이 그를 때리고 또 때리려 했던 그때, 그 역시 헬레나였다.

마크가 그녀 가까이 다가섰다. 헬레나가 움찔했다. 그녀가 눈을 깜빡이자 눈물이 흘러내렸다. 그는 그녀를 안아주고 싶었다. 그녀를 위해 울어주고 싶었다. 하지만 그는 그녀를 알지 못한다. 그게 문제다.

"멈춰요." 그녀가 한쪽 손을 들어 올렸다. 그는 멈추고 바라본다. 헬레나가 눈을 감고 자신을 추스르는 모습, 모든 감정을 삼키는 모습을 바라본다. 그렇게 감정을 삼키는 것이 건강에 좋을 리 없다. 그렇지만 만일 예전의 그가 감정을 더 많이 삼키고 술을 조금 덜 마셨더라면 지금의 그는 다른 삶을 살고 있었을 것이다. 후회도 훨씬 적었을 것이다. "나 괜찮아요."

거짓말이다. 들어보면 안다. 하지만 고개를 돌려 그와 눈을 마주치고 턱을 치켜든 헬레나는 방금 전보다 훨씬 강해져 있다. "괜찮아요." 그녀가 다시 말했다. 마치 스스로를 확신시키고 싶어하는 것 같았다.

둘 사이에 침묵이 이어졌다. 그는 이곳 복도에 있기가 갑자기 거북해진다. 그가 손을 뒤로 뻗어 주머니에 있는 계약서를 만졌다. 그 안에 있는 조항들은 이제 중요치 않다. 이제 모든 것은 그녀의 고백에 달려 있다.

"도와줄 거예요?" 그녀의 말에는 감정이 전혀 없다. 희망의 끈을 놓아 버린 여인의 목소리다.

"모르겠소." 그에게 생각할 시간이 필요하다. 신선한 공기를 마시고 햇빛을 쬐고 싶다. 이 불행한 집에서 나가고 싶다. 술을 진탕 마시고 누군가와 실컷 싸우고 종마에 올라타 숨이 턱 끝에 차오를 때까지 전속력으로 달리고 싶다. 그는 살고 싶다. 그리고 이 어린 여자를, 그녀 생애 마지막 소원을, 이 끔찍하게 현실적인 책을 모두 잊어버리고 포기하고 싶다. 그때 그는 자신의 딸을 떠올렸다. 혹시라도 아이가 이런 상황에 놓이게 되고 도움을 필요로 할 때…… 그는 거기에 있을까?

그가 있지 않는다면 누가 있어 줄까? 아이 생의 마지막 몇 달을 함께 보내줄 사람은 누구일까? 아이 인생에서 가장 중요한 일을 도와줄 사람은 누구일까?

그렇게 생각하니 그에게는 선택의 여지가 없었다.

헬레나

"좋소." 그가 뒷주머니에서 무언가를 꺼냈다. 계약서다. 천천히 걸어가더니 벽 위에 계약서를 쫙 펼친다. 나는 보고 있다. 눈물에 목이 메여온다. 오늘 상태는 최악이다. 지난 몇 년 동안 한 번도 울지 않았었는데 지금 눈물이 분수처럼 차오르고 있다. 그가 계약서를 마지막 페이지로 휙 넘기더니 벽에 종이를 잡아두고 다른 손을 셔츠 주머니에 넣었다.

"할 거예요?" 그가 펜을 꺼내는데 심장이 멎을 것만 같다. 그가 마르카 반틀리를 찍찍 긋고 자신의 진짜 이름을 썼다. 다닥다닥 붙은 글씨체가 엉망이다. 휘갈겨 쓰는 사인은 더욱 볼만하다. "계약서에 내용이 많아요." 내가 말했다. "읽어봐야 할 것…"

"상관 없소." 그가 입으로 펜 뚜껑을 닫더니 셔츠 주머니에 다시 집어넣었다. 그러고는 계약서를 나에게 내밀었다. "금액의 절반을 선불로 받고 싶소."

"좋아요." 나는 계약서를 내려다보았다. 첫 안도감이 밀려왔다. "그런데 금액이 잘못 됐어요. 계약서에는 아직…"

"금액을 높여준 건 정말 고마웠소만, 나는 당신 상황을 이용하고 싶지 않아요." 그가 문으로 향했다. "백만 달러면 충분하고도 남아요."

그가 문을 열어젖혔다. 나는 그를 따라가 잡으려고 손을 뻗었다. 무언가 말해야 한다. 계약서 이야기 말고 다른 것을 말해야 한다.

"고마워요." 내가 이 말을 마지막으로 해본 게 언제인지 모르겠다. 그 사실을 이제서야 깨달았다. 너무나도 단순한 한마디, 하지만 나에게는 전부를 의미하는 그 한 마디의 말이 지금 상황에서는 충분치 않아 보인다.

나를 내려다보는 그의 눈빛이 멍하다. 그의 눈이 나와 이어지지 않는다. 이유는 나도 모르겠다. "됐소. 난 지금 가봐야 해요……. 할 일이 있소."

'난 지금 가봐야 해요……. 할 일이 있소.' 이 말을 끝으로 그의 무거운 부츠가 둔탁한 소리를 내며 포치를 지나 계단 아래로 황급히 내려갔다. 1분 후 그의 차가 움직이기 시작하더니 도로로 달려 나갔다.

생각해 보면 사람들이 나를 이상하다고 생각하는 것도 이상한 일은 아닌 것 같다.

19장

언젠가 결혼은 파사드*라는 말을 들은 적이 있다. 그때는 그 말에 담긴 지혜를 흘려들었었다. 가장 큰 이유는 그 말을 한 사람이 쉰두 살 먹은 부부 스와핑 실행가였기 때문이었다. 그는 일부일처제는 자기 파괴적 개념이고, 괜찮은 난교파티에 한 번 가는 것이 모든 문제의 해답이라 믿는 사람이었다.

그런데 그 능글맞은 인간 말이 맞았다. 난교파티가 맞는다는 것이 아니다. 물론 그것을 직접 실행에 옮겨본 것은 아니지만. 결혼은 파사드다. 사이먼과 나……. 우리의 파사드는 일찍이 시작되었고 점점 커져갔다. 점점 깊고 어두워졌다. 비밀과 거짓의 구덩이였다.

나는 남편을 사랑했다. 하지만 그가 점점 싫어졌다.

프롤로그 : 헬레나 로스.

나는 정리가 되지 않은 채로 글을 쓴 적이 없었다. 그런데 마르카,

---

* facade, 건물의 정면이라는 의미로, 사람의 겉모습 즉, 허울을 비유적으로 일컫는다.

아니 마크의 계약서를 스캔하는 동안 이 프롤로그가 머릿속에 떠올랐다. 나는 급하게 손으로 적어 내려갔다. 생각이 떠내려가 버리기 전에 기계의 윙윙거리는 소리를 들으며 나의 펜이 노트패드 위를 열심히 긁어댄다. 모든 페이지가 완료되자 나는 계약서를 스테이플러로 찍은 뒤 코르크 보드에 새 압정핀으로 붙여뒀다. 마크의 휘갈겨 쓴 글씨를 보는데 안도감이 밀려든다. 마크 포춘. 그는 아직 한 단어도 쓰지 않았지만 나는 벌써부터 안도감을 느낀다. 암 진단 이후 나를 쭉 짓누르고 있던 압박이 풀리는 기분이다.

프롤로그를 다시 읽어보았다. 잘 썼다. 독자의 흥미를 불러일으키는 동시에 혼란을 줄 것이다. 마지막 줄을 톡톡 두드리다 손가락이 옆으로 갔다. 노트북 키보드를 부드럽게 쓸고 지나가다 버튼을 누르자 화면이 살아난다. 어떤 익숙한 설렘이 느껴진다. 원고 파일을 클릭한다. 설렘이 부풀어 오른다.

무언가 먹어야 한다. 그러고 나서 약을 먹어야지. 하지만 그 전에 먼저 한 단락을 쓸 것이다. 두 단락이 될지도 모르겠다.

떠오르는 장면들을 다 쓰고 나니 다음날 새벽 5시가 되어가고 있었다. 마크가 떠난 후 12시간이 지났다. 나는 음악을 끄고 파일을 저장했다. 문 앞에서 스트레칭을 한 뒤 작업실 소파 위로 쓰러져 베개 하나를 끌어안았다.

무려 4천 단어를 썼다. 아마 한동안 이만큼은 못 쓸 것이다. 사이먼의 초반 구애 장면을 끝냈다. 희망적인 톤으로 썼다. 이것을 마크가 앞으로 몇 달간 강화시키다가 결국 모두 무너뜨릴 것이다.

나는 횃불을 넘겨주기가 두렵다. 나의 비밀들을 드러내고 그에게 모든 것을 말하는 것이 두렵다.

마지막 소설에서 내가 어떻게 비칠지를 생각하면 무섭기도 하다.

나는 두려움에 떤다. 하지만 다른 한편으로는 해방감에 거의 아찔함이 느껴지기도 한다.

이제 곧…… 나의 마지막 이야기가 세상에 나올 것이다. 그리고 모두가 진실을 알게 될 것이다.

20장

노크 소리가 들린 것은 그로부터 다섯 시간이 지나서였다. 방문객이 오기에는 너무 이른 시간이다. 나는 계단을 거의 기어가다시피 내려가 문을 열었다. 눈도 제대로 뜨지 못하고 마크 포춘의 얼굴을 올려다본다.

그래도 그는 최소 벨 대신 노크는 했다. 남자들도 훈련 가능하다는 확실한 증거다. 나는 진입로가 보일 정도까지 몸을 앞으로 내밀었다. 게다가 길가에 주차를 해놨다. 2점 획득. 하지만 노크든 주차든 좀 더 생각해봐야겠다. 내가 도장을 찍은 후 그에게 이메일로 보낸 계약서 사본에는, 그는 본인 집에서 일해야 한다고 분명하게 명시되어있기 때문이다. 나에게서 멀리 떨어져서 일하라고 말이다. 나는 혼자 일하고, 그도 혼자 쓰고, 그러면 모두가 행복하다는 것이다. 나는 그의 손에 들린 가죽 더플백을 내려다 보고는 한쪽 눈썹을 치켜올렸다.

"좋은 아침." 그는 내가 처음에 만났던 그 쾌활한 남자로 되돌아왔다. 그의 미소에는 보는 즉시 나를 짜증 나게 하는 태평스러운 친근감이 묻어있다.

"지금 여기에서 뭐 하는 거예요?" 나는 잠들기 전에 그에게 원고를 메일로 보냈었다. 그는 지금 자기 책상에 앉아있어야 한다. 거기에 앉아 내 원고를 읽고, 개요를 더 달라고 이메일로 나를 재촉하고 있어야 한다.

"첨부파일을 잊었잖소." 나는 그를 멍하니 바라보았다. "당신이 보낸 이메일에." 그가 설명한다. "첨부파일이 없었소."

"아." 그러고도 남을 가능성이 있다. 밤샘 작업 때문에 정신이 몽롱했었다. 그리고 첨부파일을 누락하는 것도 자주 있는 일이다. 하지만 첨부파일의 누락이 여기 내 포치에 서 있는 그의 존재를 설명해주지는 않는다. 그것도 토요일 아침 10시에. "다시 발송해드릴게요."

"그냥 직접 와서 읽어보면 되겠다고 생각했소." 그가 웃었다. 나는 바로 대답하지 못했다. 피드백에 대한 갈망과 방문객 없는 자유로운 아침 사이에서 갈등한다.

피드백이 이긴다. 나는 뒤로 물러서 문을 활짝 열고 그에게 들어오라고 손짓했다.

책을 쓰는 것 자체는 그리 어려운 일이 아니다. 글을 쓰는 것은 쉽다. 정말 어려운 것은 글에 생명을 불어넣는 일이다. 내가 마르카를 선택한 이유는 그녀(그)의 글이 약동하는 느낌이었기 때문이다. 그녀의 글에는 생명이 있고 감정이 있다. 내가 마르카를 선택한 이유는 그녀의 인물들 속에서 나 자신을 보았기 때문이며, 내가 그들의 감정을 느낄 수 있었기 때문이다.

그녀의 글을 쓰고 그녀의 인물을 탄생시킨 남자가 방금 전 자기 몸을 박박 긁었다. 마크는 내 작품의 첫 번째 챕터를 읽는 중이다. 나의 빌어먹을 러브스토리가 한창 진행되는 부분이다. 그가 손을 아래로 뻗더니 바지 앞을 움켜쥐었다. 저건 생각을 하고 하는 행동이 아니다. 그는 저 역겨운 행동을 하루에도 열 번씩은 습관적으로 할 것이다. 이 것이 내가 남자를 피하는 이유다. 이것이 내가 대체적으로 사람들을 피하는 이유다. 우리는 역겹고 지저분한 종족이다. 얼굴에 대변을 덕지덕지 바르고 비가 오게 해달라고 춤을 추던 시대로부터 불과 몇 세기밖에 지나지 않았다.

"왜 그러시오?" 그가 나를 쳐다보았다. 눈썹이 치켜 올라가고 콧등에 플라스틱 테 안경이 내려와 걸쳐진다.

나는 입이 일그러지지 않도록 입술을 깨물었다. "아무것도 아니에요."

그가 다시 페이지로 돌아갔다. 엄지손가락에 침을 묻혀 다음 페이지로 넘겼다.

그가 내 작품을 읽는다는 생각에 나는 초조해졌다. 나는 누군가가 나의 미완성 원고를 본다는 것이 부담스러웠다. 예전에 한 번은 작업실에 들어갔는데 사이먼이 내 컴퓨터 위로 몸을 수그리고 마우스로 스크롤 하며 내 원고를 읽고 있었다. 나는 그를 쏘아붙였다. 우리가 처음으로 크게 싸운 날이었다. 나는 소리를 질렀고 그는 냉소했다. 네 시간하고도 백 방울의 눈물이 지난 후에 우리는 마침내 합의를 보았다. 서로의 물건에 절대, 무슨 일이 있어도 절대 손대지 말 것. 나는 그의 월드 오브 워크래프트 전용 컴퓨터에 간섭하지 않았고, 그는 사전 허가 없이는 내 작업실에 들어가지 않았다.

마크가 원고를 읽는 동안 나는 그의 표정을 자세히 살피며 긴장한다. "좋은데요."

어마어마한 칭찬은 아니지만 그래도 내 뻣뻣하게 굳은 어깨가 풀리는 느낌은 든다.

"글 전체적인 톤을 잡을 수 있을 정도로 써준 것 같소. 그리고 인물들도 제대로 파악된 것 같고." 그가 한 손으로 허리 아래를 붙잡으며 일어섰다. 나는 그가 정확히 몇 살일지 궁금해졌다. 쉰 살? 나에게 수작을 걸지 않으리라는 강한 확신이 들만큼은 나이를 먹은 것 같다. 내가 살면서 그런 일을 자주 겪었다는 것은 아니다. 대부분의 남자들은 결국엔 나를 싫어했다. 마크는 아직 그 벼랑 끝에 몰리진 않았지만, 그 또한 결국엔 도달하게 될 상황이다.

"내 어디가 좋아?" 내가 사이먼 등에 대고 속삭였다. 나는 손으로 그의 피부 위 점들을 연결하며 어루만졌다.

"너의 모든 걸 사랑해." 그의 목소리가 텔레비전 소리에 묻혀 거의 들리지 않았다. 소리를 끄고 이 질문을 백 번도 넘게 하고 싶었다.

"내 기벽들도?" 나는 질문 하기 전에 잠시 주저했다. 우리가 만나온 1년 동안 그가 아직 나의 기벽들을 알아차리지 못했을지도 모른다는 걱정이 조금 든 것이다. 그걸 알아채면, 어쩌면 그는 도망가 버릴지도 몰랐다.

그 질문에 그가 몸을 돌렸다. 그리고 나를 쳐다봤다. "내가 가장 사랑하는 게 너의 기벽들이야. 헬레나 너는 내가 만나본 사람 중에 가장 특별한 여자야. 처음 너에게 끌린 것도 그것 때문이었고."

"내 슈퍼모델 같은 외모에 끌린 줄 알았는데."

"그것도 맞고." 그가 몸을 앞으로 기울였다. 그의 팔이 미끄러지며 내 허리를 감쌌다. 이불 한 장을 사이에 두고 그가 나를 가까이 끌어당겨 입을 맞췄다. 우리는 마치 고치마냥 이불 속에서 하나로 합쳐졌다.

"배고파 죽겠소." 마크가 말했다. 그 말이 나를 현실로 휙 잡아 당긴다. 사이먼의 기억이 이 늙은 남자로 대체된다. "점심 같이 먹으러 가도 괜찮겠소?"

'괜찮겠소.' 이 얼마나 듣기 좋은 말인지. 그것은 베서니가 절대 배우지 못했던 간단한 규칙이었다. 아이는 해도 괜찮냐고, 해도 되냐고 묻지 않고 늘 하겠다고 말했다. 이거 할래요. 저거 할래요. 내가 백 번은 바로잡아 줬지만 베서니는 본보기를 통해 배우는 아이였고 사이먼은 그야말로 최악의 본보기였다.

"헬레나?" 마크가 일어서 있었다. 기대에 찬 눈으로 나를 바라보았다. 그가 여기에 온 이상 우리는 어느 정도 진도를 나가야 한다. 개요도 써야 하고, 고쳐쓰기 작업도 해야 한다. 그리고 나서는 그를 트럭으로 밀어 넣은 뒤 공항으로 가라고 채근까지 해야 한다.

그런데 불행히도 그 순간 내 배 속에서 꼬르륵 소리가 났다. 나는 배를 내려다 보고 마크의 제안을 머릿속에서 굴려보았다. "좋아요." 나는 허락했다. "대신 빠르게 먹을 수 있는 걸로요."

차는 출고된 지 얼마 안 된 듯 보인다. 그런데 차에서 벌써 수컷 냄새가 진동한다. 남자와 이렇게 가까이 있어 본 지 정말 오래되었다. 케이트가 아닌 다른 사람과 이렇게 오래 시간을 함께 보낸 것도 마찬가지다. 케이트는 나의 한계를 안다. 나의 분노 버튼들을 누르지 않고 자신의 위치도 안다. 하지만 이 남자는 다르다. 이 남자는 불도저가 될 것이다. 내 살아있는 몸 위를 천천히 고르게 다진 뒤에 후진까지 해서 작업을 완료할 것이다.

"뭐 먹고 싶소?" 마크가 트럭을 출발시켰다. 차가 갑자기 흔들려 나는 문손잡이를 붙잡고 다른 손으로는 안전벨트를 꽉 잡았다. 그는 내 쪽은 쳐다보지 않았다. 그의 눈은 도로 위에 있고 목소리는 차분하다.

"태국 요리요." 쉬운 대답이었다. 지난 몇 년 간 무지하게 먹고 싶었던 음식이다. '그 사건' 이후, 나는 집에서만 밥을 먹고 있다. 사람들의 '접근'을 피할 가장 쉬운 방법이다. 여기서 접근이라 함은 동정심에 취해 느릿느릿 다가오는 낯선 사람의 발걸음, 악수나 포옹을 하기 위해 뻗어오는 손, 사이먼 팍스 씨의 과부에게 무언가 꼭 한 마디라도 해주고 싶은 사람들의 저항할 수 없는 욕망을 의미한다. 4년 정도 지났으면 지역민들도 이제 잊을 때가 되지 않았나 싶겠지만, 그들은 결코 잊지 않았다. 그것이 바로 작은 마을과 오지랖 넓은 이들의 문제다. 비극적인 것은 무엇이든 그들의 역사책에 오래도록 남는다. 나는 좀이 쑤셔 손을 앞으로 뻗어 사물함을 열었다. 차량 렌탈 계약서를 발견해 꺼내보았다.

"마크 포춘." 좌석에 편하게 기대며 내가 말했다. 한쪽 발은 허벅지 밑으로 집어넣었다. "포르노 배우 이름 같아요."

"헬레나 로스는 도서관 사서 이름 같소."

"어……." 내 목소리가 점점 작아졌다. 생각해보면 내 삶은 오로지 책과 후회들로만 이루어져 있다. "그럴 듯하네요." 나는 계속해서 읽었다. "그래서 포춘 씨, 당신은 멤피스 출신이군요." 나는 계약 일자를 보았다. 어제 날짜가 적혀있다. 그가 롱아일랜드 해협 끝 쪽에 자리한 이 작은 타운에서 하룻밤을 묵었다. 군인과 대학생들 밖에 살지 않는 곳, 소수의 지역민들이래야 고래잡이 후손들과 오지랖 넓은 가족들이 전부인 이곳에서.

"옙. 거기에서 태어나고 자랐소." 우리 동네를 빠져나가는 곳에서 차가 멈췄다. "우회전 좌회전?"

"좌회전이요. 멤피스는 어떤 곳이에요?"

"좋은 곳이죠. 변두리에 내 목장도 하나 있소. 우리 딸이 올미스에 갔는데 거기랑 가깝소."

그의 딸. 나는 그 고통스런 사실을 상기하며 자세를 고쳐 앉았다. "신입생이에요?"

"옙." 그가 고개를 돌려 나를 보았다. 입꼬리가 씁쓸하게 올라간다. "아이가 떠나고부터 집이 좀 썰렁해요."

나의 불운이 이어진다. 1년 전이었다면 아마 그의 따분한 나날들이 흔히 십대들에게 일어나는 극적인 사건들과 졸업 무도회 의상 준비들로 인해 정신없는 나날들로 대체 되었을 것이다. 그랬다면 그는 분명 여기에 오래 머물지 못했을 것이다. 식사와 대화, 그밖에 시간을 낭비하는 사건들로 나의 나날을 빨아먹으며 계속 머물지는 않았을 것이다. 그가 손을 뻗어 라디오를 탁 켰다. 스피커에서 컨트리송이 감미롭게 흘러나왔다. 나는 다시 계약서를 본다.

"이게 하루에 80달러라고요?" 도로 턱 때문에 계약서가 거칠게 흔들렸다. "저기서 다시 좌회전이요. 보험은 들었어야죠."

"보험은 다 바가지요." 그는 걱정되지도 않는 것 같다. 한 손으로 핸들을 잡고 나와 눈을 마주쳤다. 현재의 높은 속도를 생각하면 정말 쓸데없는 행동이다.

나는 다시 계약서를 살폈다. '렌탈 기간' 항목에 나의 시선이 다다랐을 때 배가 뒤틀리듯 아파왔다. "한 달짜리 계약서잖아요." 나는 계약서를 아무렇게나 밀쳐놓았다.

"좀 지내다 가게 될 줄 알았소." 전방에 차량 정체 구간이 나왔다. 그가 가속페달에서 발을 뗀다. 그의 차분한 태도가 나를 점점 짜증 나게 하고 있다.

"그쪽이 여기서 지내다 가지 않았으면 좋겠는데요." 나는 진심이다. 그런데도 별일 아니라는 듯한 말투로 나와 버렸다. 마치 내가 지금 다시 생각해보고 있다는 듯이. 그게 아닌데. 나는 썰렁한 내 집을 다시 돌려받고 싶다. 나의 규칙과 내 주변 환경의 모든 것에 대한 완전한 통제를 원한다. 2주 전 시한부 삶이 선고 되고 난 후 나에게서 사라져 버린 무언가를 원한다. 마크가 글을 쓰기 시작하면 나는 그의 펜에 휘둘리게 될 것이다. 그에게 나의 이야기를 할 수 있을까? 그에게 나의 마음을 주고 온 마음을 다해 그를 신뢰할 수 있을까?

빨간 불에 차를 세우고 도로를 바라보던 그의 눈이 나를 향했다. "방해하지 않겠소. 그냥 매일 약간의 시간만 할애해 주면 돼요. 그러면 우리가 이 일을 해낼 수 있소. 하루에 두 시간, 당신이 원하는 때로. 한 달 뒤면 원고는 출판사로 갈 수 있게 될 거요."

책 한 권 전체를 한 달 만에 쓴다니. 그가 그렇게 할 수 있다고? 그 정도의 시간 만으로 내 가슴 속의 모든 것을 털어낼 수 있다는 점에서 그 말은 천국처럼 들렸다. 한편, 모르는 사람과 그렇게나 짧은 시간 안에 그 모든 고통을 겪어야 한다는 점에서는 그 말은 지옥처럼 들리기도 했다.

나는 그의 눈을 피했다. 그리고 안전벨트 위쪽을 잡아당겼다. 가슴이 갑자기 조여오는 느낌이다. "나는 다른 사람과 함께 일을 잘 하는 사람이 아니에요. 게다가……" 나는 주저했다. 우리 사이의 그 불편한 이야기를 꺼내야 할지 확신이 서지 않았다. "그쪽과 내가 예전에 잘 지냈던 것도 아니잖아요."

"이메일들을 말하는 거군요." 그는 우리의 과거 이야기를 스스럼없이 했다. 그게 마치 사소한 일이라는 듯이, 친구 사이에 있었던 귀여운 말다툼이라도 되는 듯이.

"네."

"그 일은 우리가 극복한 거라 생각했소."

그는 극복했나? 몇 년에 이르는 그 모든 시간들, 그 모든 악의적인 말들……. 그것들이 그에게는 아무 것도 아니었나? 어쩌면 중요한 것은 그는 이미 진실을 알고 싸움을 시작했다는 것이다. 몇 년에 이르는 그 모든 시간 동안 그는 자신이 마르카 반틀리가 아니라는 사실을 알고 있었다. 베스트셀러 순위에서 나를 당황하게 만드는 사람, 나보다 더 많은 부수가 팔리는 사람이 그 화려하고 짜증 나는 슈퍼모델이 아니라는 사실을 알고 있었던 것이다. 그는 알았다. 그리고 은행으로 가면서 큰 소리로 웃어댔겠지. 그리고 나와 내가 퍼부은 그 모든 못된 말들이 재미있다고 생각했겠지. 나는 당혹감에 얼굴이 화끈거린다. 내가 이토록 바보처럼 느껴진 적이 없었다. "차 세워요."

"뭐요?" 그가 나를 흘끗 바라보았다. 발은 가속페달에서 움직이지 않았다. 트럭은 지금 나를 죽일 게 분명한 속도로 질주 중이다. "무슨 말 하는 거요?"

"그쪽이랑 같이 차 타고 싶지 않아요." 그리고 글도 함께 쓰기 싫다. 내가 어떻게 그럴 수 있겠는가? 그에 대해 알고 있던 모든 것이 가짜다. "당신은 거짓말쟁이예요."

"거짓말쟁이?" 마침내 그가 속도를 줄이고 도로 옆 갓길에 트럭을 멈춰 세웠다. 가드레일에 너무 가까워서 거의 닿을 지경이다. 나는 손을 뻗어 문손잡이를 더듬다가 문을 살짝 열어보았지만 가드레일에 막혀 열 수가 없었다. 폐소공포증이 심해지는 느낌이었다. 나는 안전실을 떠올렸다. 문이 잠긴 강철의 공간에 꼼짝없이 갇힌 나. "헬레나."

나는 그를 돌아보았다. "나 갇혔어요. 차를 빼서 공간을 만들어줘요."

"여기 고속도로 갓길이오. 여기를 걸어가게 할 순 없소."

나는 눈을 감고 숨을 골랐다. 광대한 초원과 바람, 탁 트인 곳을 떠올리려 애썼다. "그럼 앞으로 가요. 운전해요. 당장."

나는 그대로 눈을 감고 있었지만 트럭이 덜커덩 앞으로 나아가는 것을 느낄 수 있었다. 안전벨트를 느슨하게 당기자 조금 편안해졌다. 나는 긴장을 푼다. 손을 뻗어 창문 버튼을 눌렀다. 불쑥 들어오는 신선한 공기가 반갑다.

"내가 어떻게 거짓말쟁이요?"

그는 바보가 아니면 둔한 거다. 나는 양쪽 모두에 내기를 걸 수 있다. "그쪽은 남자잖아요."

"그래요." 그가 고개를 돌려 나를 보았다. 한 손은 핸들 위에 편안하게 놓여있다. 나는 초조하게 도로를 내려다보았다. "그런데 그게 신경 쓰이는 거요?"

나는 자세를 고쳐 앉았다. 아직 제대로 생각해본 적 없는 것인데 어떻게 설명해야 할지 머릿속을 굴려보았다. 어떤 점에서 보면 나는 마크가 저렇게 생겼다는 것에 행복해 해야 한다. 그것도 어마어마하게 행복해야 한다. 예전의 나는 마르카의 그 완벽함, 그 도톰한 입술과 성적 매력에 겁을 먹었었다. 거기에다 그녀의 글과 책 판매량, 팬들까지 더하면……. 그건 불공평했다. 그런 것들이 나를 열받게 했다. 우리를 대등하지 않은 위치에 놓았다. 그리고 거기에서 패자는 늘 나였다. 이제 그 위협 요소는 사라졌다. 경쟁심은 희석되었고 그녀에 대한 나의 환상도 깨끗이 지워졌다.

그렇지만 나는 적어도 그녀와 싸우는 법은 알고 있었다. 남자와는, '그'와는 모든 것이 다르다. 그녀가 잽을 한 번 넣을 거라고 생각되는 순간에 마크는 미소를 짓는다. 그녀가 비웃을 거라 생각되는 순간에 그는 킬킬거리고 웃는다. 다정한 그의 눈빛에는 연민과 이해가 묻어 있다. 그녀에게 있으리라고 상상하지 못했던 면들이다.

지금 이 싸움에서 나는 어디에 서야 할지조차 모르겠다. 나는 마른침을 삼켰다. "나에게 진실을 말했어야죠."

"그건 나도 미안해요." 그가 한숨을 쉬며 진지한 목소리로 말했다. 카우보이 전략이 틀림없다. 땅 위에서 말을 질질 끌며 감정적 먼지를 일으키는 수법. "아무에게도 말할 수 없었소. 우리 아이와 대리인. 알고 있는 사람은 그 둘뿐이었소." 그가 몸을 앞으로 기울여 에어컨을 줄였다. "음, 그리고 이제 당신까지."

"케이트도요." 내가 가만히 말했다. 내 분노에 서서히 금이 간다. 나야말로 누구보다도 비밀을 이해하는 사람이다. 나는 한 사람이, 진실에 대한 단 한 번의 속삭임이, 어떻게 제국을 무너뜨리고 삶을 파괴하고 괴물을 드러낼 수 있는지를 잘 아는 사람이다.

내가 괴물이었던 날이 있었다. 그리고 이 남자…… 마크는 얼마 후면 그 진실을 짊어져야 할 것이다. 그 비밀을 품고 무덤까지 가야 할 것이다.

어쩌면 그가 이 파사드를 그토록 오래 유지해왔다는 것은 나쁜 일이 아닐지도 모른다. 이 남자는 입을 다물고 있을 줄 아는 사람이다. 앞으로 몇 달간은 그것이 나에게 유용한 도구가 될 것이다.

나는 차창 밖을 내다보았다. 내 안의 분노가 차츰 사그라들었다.

"그리 나쁘지만은 않을 거요." 그가 방향지시등을 켜고 차 두 대 사이의 공간으로 들어갔다. "나는 글 쓰는 동안은 말이 줄어요. 이것보다야 나을 수 밖에 없을 거요." 그가 차 안의 허공에 대고 몸짓을 했다. 나도 모르게 웃음이 난다. '이것. 대명사로써 정반대인 두 사람 사이의 어색한 언쟁을 뜻함?'

그가 우회전을 했다. 나는 조깅하던 사람이 멈추는 걸 보았다. 제자리에서 뛰고 있다가 차창을 통해 나와 눈이 마주쳤다. "당신이 글 쓰는 모습이 상상이 안 돼요." 내가 고백했다. 이 남자가 노트북 위로 몸을 웅크리고 독수리 타법으로 키보드를 쪼아댈 것을 생각만 해도 재미있다. 한 문장을 쓸 때마다 더블스페이스를 하고, 작업물 저장하는 것도 잊어버릴 것만 같다.

"아주 남자다운 노력이 필요한 일이오. 앓는 소리도 많이 내고 근육도 많이 쓰고."

내가 웃음을 터뜨렸다. 웃음소리가 갑자기 튀어나와 나는 소리가 못 빠져나가게 한 손으로 입을 막았다. "이 일을 진지하게 받아들이지 않는 것 같아요."

"이 책은 어두운 책인 것 같소, 헬레나. 가끔은 재미있는 일로 긴장을 풀어줄 필요가 있을 거요."

난 고개를 돌려 그를 보았다. 그의 눈빛이 부드럽다. 다정함이 느껴진다. 그가 이 일을 할 수 있다고 생각한다는 것이, 나의 가슴 아픈 이야기를 소화해 소설 하나를 창작할 수 있다고 생각한다는 것이 귀엽

게 마저 느껴진다. 하지만 지금 그가 알고 있는 것은 내가 가족을 잃었다는 것이 전부다. 어떻게 잃었는지는 아직 모른다.

그 모든 것들 중에서 가장 많이 뒤틀린 부분이 다름 아닌 그 '어떻게'인데 말이다.

21장

우리는 결국 타코벨 드라이브스루로 들어갔다. 태국음식점은 문을 닫고, 찰루파를 먹고 싶다는 욕망이 갑작스레 고개를 든 것이다. 폭풍우가 다가오고 있다. 그것을 예고라도 하듯 대기에는 번개가 번쩍이고, 어스름이라 해도 될 정도로 하늘 빛이 어두웠다. 우리는 비구름과 레이싱을 하며 집으로 되돌아갔다. 가속페달에 놓인 그의 발에 무게가 실린다. 나는 구름을 바라보았다. 그가 테이크아웃 봉투로 손을 뻗었다.

"타코 하나만 줘요."

나는 봉투를 꽉 쥐었다. "차에서는 안 돼요." 나에게 들고 다니는 규칙 노트가 있었다면 차량 내 취식과 대화를 금지했을 것이다. 80년대 음악만 틀어야 하며 방향제는 어떤 종류도 사용 불가라고 했을 것이다. 그리고 차 안의 온도와 습도에 대한 절대적 통제권을 요구했을 것이다.

"나도 성인 남자요. 방금 내가 내 돈 주고 산 타코 하나를 내 트럭에서 먹고 싶을 때는 먹을 수 있는 거요." 그가 손을 흔들어댔다. 나는 얼굴을 찌푸리며 봉투에 손을 넣어 그가 주문한 타코 여섯 개 중 하나의 포장을 벗겼다. 여섯 개. 누가 타코를 여섯 개씩이나 사나?

"여기요." 나는 그의 손에 타코를 쥐여주고 딴 데를 보았다. 그의 입이 단단한 토르티야를 깨물며 내는 바사삭 소리에 내 눈이 잠시 질끈 감겼다. 온갖 곳에 치즈 조각과 양상추 쪼가리들이 떨어질 것이다. 그의 손이 더러운 걸레가 되어 핸들과 기어봉과 차 문을 문지를 것이다. 만일 그가 손을 제대로 닦지 않고 내 집 안으로 들어갈 생각이라면 다시 생각해보는 게 좋을 것이다.

내가 알려주지도 않았는데 그가 방향지시등을 켜고 방향을 틀었다. 그의 방향감각은 나보다 훨씬 좋다. 나는 늘 길을 잃곤 했었다. 한번은 뉴욕 미팅에 차를 몰고 갔었는데 도착한 곳은 프린스턴이었다. 집중력 부족의 문제였다. 내 정신이 당시 작업 중이던 작품 속을 헤매고 있었고, 결국 나도 모르게 수 마일 동안 방향을 틀어야 할 지점에서 틀지 못하고 지나쳐 버렸던 것이다. 요즘이야 네비게이션 어플리케이션이 많이 발전했기 때문에, 앞으로 취해야 할 행동을 끊임없이 상기시켜 주고, 운전자는 목적지까지의 여정에서 자신이 어디쯤 와있는지도 알기 쉽다. 하지만 '예전'에 나에게 있었던 거라고는 지도와 그 여백에 휘갈겨 쓴 방향 표시들뿐이었다. 어디든 내가 제시간에 도착할 가능성은 희박했다. 운전은 늘 사이먼이 했다. 그의 손이 때때로 핸들에서 떨어져 나와 나의 무릎 위에 놓이곤 했다. 그의 손바닥 무게가 나를 편안하게 했다. 그는 내가 그의 손을 치울지도 모른다는 듯 수줍은 미소를 지었다.

"결혼 했어요?" 사이먼의 눈과 나의 무릎 위에서 구부러진 그의 손가락. 떠오르는 내 기억들을 떨쳐내기 위해 나는 공허한 질문을 던졌다.

"지금은 아니요."

나는 바로 알아차렸다. 뚝 끊겨 버린 그의 말, 굳어 버린 어깨. 나는 과거를 생각하고 싶지 않고, 그는 현재를 이야기하고 싶지 않다. 그에게 참으로 안 된 것은, 그는 나의 머리를 열어볼 수 없는데 나의 질문에는 대답해야 한다는 것이다. "그럼?"

"예전에 했었어요. 아내가 먼저 세상을 떠났소."

나는 그의 눈에서 보았던 표정, 그의 미소 언저리를 껴안고 있던 슬픔이 갑자기 이해가 되었다. 내가 그에게 동질감을 느꼈던 것도 이상한 일이 아니었다. 우리 둘 다 누군가를 잃었고, 그의 상처도 나의 것만큼 아물지 않은 것이다. "어떻게 돌아가셨어요?"

"암이었소."

이런, 하필. 나는 한숨을 쉬었다. "참 위로가 되네요."

"미안해요. 워낙 흔한 병이잖소."

"좀 더 창의적으로 말할 수 있었잖아요." 나는 용기를 내 그를 흘끗 쳐다보았다. "사파리에 갔다가 코끼리들에게 깔렸다든지요."

"좋아요. 식인종 무리 짓이었소. 식인종이 습격해서 아내를 맛있게 먹었고, 나는 목숨만 부지해 간신히 탈출한 거요."

"아 세상에……." 나는 웃음을 삼키려 애썼다. "부인이 돌아가신 게 옛날 옛적 고대 시대라고 말해줘요. 안 그러면 너무 끔찍하고 야만적이니까요."

"3년 전이었소. 그런데 어쨌든 이런 대화는 끔찍하고 야만적인 쪽으로 흘러가기 마련 인 것 같은데……." 그가 타코를 마저 다 먹더니 포장지를 동그랗게 구겨 차 바닥으로 휙 던졌다. 차 안에 쓰레기 버리는 것에 대한 규칙이 필요할 거란 생각을 해본 적은 없지만 그 규칙도 확실히 필요해 보인다.

"부인 일은 유감이에요."

"고맙소."

침묵이 흘렀다. 차 앞 유리에 첫 번째 빗방울이 부딪쳤다. 나는 그 모습을 바라보았다. 두 번째 빗방울, 그러더니 수많은 빗방울들이 매끈한 유리 표면 위에 흐린 점들을 찍었다. 그가 손을 뻗어 와이퍼를 켰다.

"개요 더 쓴 거 있소?" 빗소리 때문에 그는 목소리를 더 높여야 했다. 나는 그에게 고개를 돌렸다.

"아니요. 오늘 오후에 쓰려고요."

"많이는 필요 없소. 다음 내용의 개념 정도만 잡아주면 돼요."

"개요를 미리 써서 일해본 적 있어요?"

"아니요." 그가 멋쩍은 듯 웃었다. 무슨 고백이라도 하듯이. 그의 책 아무거나 골라 앞의 다섯 챕터만 읽어봐도 나는 그 사실을 알 수 있었는데. 그의 글에는 개요를 통해 구축할 수 있는 체계적인 구조가 결여되어 있었다. 간결하게 써야 할 곳에서 그의 글은 방황했다. 마치 어떤 길로 가려다가 예상치 못하게 경로를 바꾼 것처럼 때로 글의 플롯의 가닥들이 덜렁덜렁 매달려 있었다.

물론 그에게 이것에 대해 이야기 한 적이 있다. 수많은 이메일에서 그의 엉성한 글에 대해 비난했었다. 그러나 그의 작품에는 아무런 변화도 나타나지 않았다. 나의 비판은 무시당했고 그는 자신이 원래 가던 길을 집요하고 고집스레 밟고 또 밟았다. 다음 책, 또 그다음 책도. 귀 먹은 디제이가 튼 부러진 레코드판 같았다.

"개요를 먼저 쓰고 글 쓰는 법을 배워야 할 거예요." 그가 내 규칙들 전부를 무시한대도 이것만큼은 협의 불가다. 내가 제시하는 길을 그가 제대로 따라오지 못한다면 책을 제대로 쓸 수 없게 된다.

"잘 하겠소." 차는 이제 우리 동네로 접어든다. 내가 알고 지내던 사람들, 베서니가 어울려 놀던 아이들의 집을 지나고 있다. 그가 진입로로 방향을 틀었다.

22장

그를 만나기 전까지, 그가 내 삶에 녹아들기 전까지 나는 내가 외롭다는 사실을 깨닫지 못했었다. 그가 내 삶에 너무도 완전하게 녹아든 나머지 더 이상 헬레나와 사이먼은 존재하지 않았다. 오직 '우리'만이 존재할 뿐이었다.

그리고 '우리'에 익숙해지고 나자 나는 다시는 혼자 있고 싶지 않았다.

비가 주방 창문을 때리며 우리 사이의 침묵을 메웠다. 먹는 데 20분이 걸렸다. 글 쓸 준비를 하고 체계를 세우는 데 10분을 더 썼다. 그로부터 두 시간이 지난 지금, 빗소리도 우리의 손도 한시도 쉬지 않는다. 나는 한 챕터의 개요를 쓰고 시작하는 첫 단락을 써서 마크에게 건넸다. 그는 종이를 받아 몇 번인가 반복해 읽었다. 그러고는 쓰기 시작했다. 내가 맞았다. 그는 빠르다. 글도 빠르게 쓰지만 컴퓨터를 이용한 작업 속도 또한 무척 빠르다. 나는 그가 닭이 모이를 쪼듯 타자를 칠 거라고 생각했었다. 그런데 놀랍게도 그의 기량은 1분에 100단어를 타이핑하는 수준에 이른다. 그가 타이핑하는 소리를 듣기만 해도 내 손가락들이 아파온다.

우리는 아직 로맨틱한 세계에 머물러 있다. 마크는 첫 네 개의 챕터가 끝난 곳, 사이먼과 함께한 처음 1년이 끝난 지점으로 뛰어들었다. 내가 사이먼 앞에서 킬킬 웃어대던 행복한 소녀였던 시절, 꽃처럼 단순한 것에 의해 나의 순결이 산산이 부서졌던 시절. 그때의 나는 너무 어렸고 사랑과 구애에 대해 너무 미숙했다. 사이먼이 나를 데리고 극장에 가면 내가 먹을 팝콘은 내가 샀다. 사이먼 때문에 내 문장들은 혼란스러웠고, 나는 그의 말에 사로잡혔다. 그의 손이 내 셔츠 위로 올라올 때 나는 그러도록 했다. 그가 내 손을 자신의 바지 지퍼 위에 갖다 댈 때 나는 가만히 순종했다.

나는 불가능할 정도로 빠르게 사랑에 빠져 버렸다. 우리가 알게 된지 몇 달도 되지 않았을 때였다. 사이먼이 술을 잔뜩 마시고 술주정 부릴 때 나는 그가 귀여워 보였다. 사이먼이 어두운 공원에서 나를 나무로 밀어붙일 때 나는 그가 섹시하다고 생각했다. 나는 그에게 나의 책 이야기를 했고 그는 내 이야기를 들어주었다. 나는 그를 위해 식사를 차렸고 그가 먹는 모습을 보며 환하게 웃었다.

사이먼이 늘 나빴던 것도 아니고 내가 늘 순진했던 것도 아니다. 그 멍청함 사이사이에 달콤한 풋사랑의 순간들도 조금은 있었다. 거짓말과 비밀들 와중에도 (특히 초반에) 우리는 서로를 진심으로 사랑했다. 최소한 나는 그를 진심으로 사랑했다. 지독하게. 맹목적으로. 바보같이.

"사이먼이 당신을 사랑하지 않았다고 생각하시오?" 마크가 물었다. 난 고개를 돌려 그를 바라보았다. 마크가 여기에 있다는 사실을 거의 잊고 있었다. 와인 때문에 내 정신과 입이 따로 논다. 내 앞에 있는 병의 술은 이제 절반만 남았다. 몇 년 동안 술을 먹지 않았다. 술이 내 목구멍을 얼마나 나약하게 만드는지 잊고 있었다. 술을 마시면 내 마음이 얼마나 많이 열리는지를 잊고 있었다. 술을 끊었던 것은 술을 마셨을 때 너무 많은 것이 느껴졌기 때문이었다. 술을 끊었던 이유는 한 잔 마신 후 내가 무슨 말을 하게 될지, 나도 모르게 무슨 이야기가 흘러나올지 걱정되었기 때문이었다. 친구도 없고 같이 술 마실 사람도 없고, 하물며 이상한 글이나 써서 더럽혀질 소셜미디어 계정도 하나 없는 여자가 하기에는 바보 같은 걱정이긴 했다.

"사이먼이 당신을 사랑하지 않았다고 생각하시오?" 나는 그렇게 글을 쓴 것 같지는 않았지만, 마크가 그 질문을 왜 했는지는 이해한다. 나는 우리가 함께한 시간 중 절반은 사이먼이 나를 사랑하지 않았다고 확신한다. 그는 우리의 큰 집과 결혼했던 것이라고, 자신의 말을 숭배하고 자신의 잘못을 못 보고 지나치는 외로운 소녀와 결혼했던 것이라고 생각한다. 하지만 나는 그가 나를 사랑했었다고도 생각한다. 초반에는 내가 그에게 빠졌던 것만큼 그도 나에게 깊이 빠졌었다고 생각한다. 나는 이것을 마크에게 이야기했다. 그가 고개를 끄덕였다. 그 말에 놀라지 않았다는 듯이, 나의 비쩍 마른 몸과 신랄한 말속에 무언가 마음에 드는 것이 있다는 듯이 고개를 끄덕였다.

"장면이 하나 필요하오." 그가 와인 병을 들고 내 잔을 채우며 말했다. "둘 사이에 좋았던 순간으로. 행복했던 기억. 여기 바로 전에 넣을 거요. 약혼 전 이야기로."

나는 의자 뒤로 푹 기대 앉아 무릎을 가슴으로 끌어당겼다. 두 손으로는 와인 잔을 감쌌다. 와인은 희미한 햇빛 색깔이다. 나는 눈을 감고 한 장면을 떠올려보려 노력했다. 행복했던 순간, 우리가 사랑에 빠졌던 순간, 무모하고 열정적이었던 순간, 우리가 앞뒤 분간 못했던 순간으로.

나는 한 장면을 떠올리지 못한다. 백 개의 장면을 떠올린다.

한밤중. 전등이 밝게 빛을 비추고 있었고, 사이먼은 급수탑 사다리를 꽉 붙잡았다. 허리춤에는 스프레이가 하나 꽂혀있었다. 그가 한 발을 들어 올리더니 주저하며 나를 바라보았다. 불빛 아래 그의 얼굴에서 두려움이 일렁였다. 사이먼은 사오 미터쯤 올라간 뒤 급수탑에 밝은 오렌지색 페인트로 우리 이름의 이니셜을 썼다. 그러고 나서 이니셜 주변으로 하트 하나를 비뚤비뚤 그렸다. 사다리에서 내려온 그는 숨을 헐떡였고 겨드랑이는 땀에 젖어있었다. 사이먼이 자신이 올라간 짧은 거리를 올려다보고 실망한 표정을 지었다. 나는 그에게 아름답다고 말했다. 그가 나에게 키스했다. 그의 입술이 떨리고 있었다.

나는 잔을 비우고 눈을 깜빡였다. 눈가가 젖어있다.

우리의 처음. 사이먼의 침대 시트에서는 햄버거 냄새와 땀 냄새가 났다. 선풍기를 켜자 주변의 소음들이 선풍기의 윙윙거리는 소리에 거의 잠겨 버렸다. 나는 긴장했고 우리 둘 다 취해있었다. 우리는 나의 출판 계약을 축하하기 위해 바에서 저녁 시간을 보냈었다. 나는 애플티니를 너무 많이 마셔서 머리가 빙빙 돌았다. 사이먼은 콘돔을 가지고 있지 않았고 우리는 그것에 대해 이야기 했다. 꼬인 혀로 주고받는 우리의 대화에는 논리랄 게 전혀 없었고 그 와중에 계속해서 서로의 몸을 만지고 있었다. 우리의 대화가 어떤 결론에 도달하기도 전에 그 행위는 시작되었고 끝이 났다. 그가 나를 자신의 가슴으로 끌어당겨 사랑한다고 말했다. 나는 눈을 감고 내 마지막 생리 날짜와 배란일을 계산해보았다.

마크가 내 쪽으로 냅킨 한 장을 밀어 놓는다. 나는 냅킨을 받아들고 그 위의 분홍색 사과 패턴을 내려다보았다. 그 경쾌하게 반복되는 패턴 사이사이에 초록색 이파리가 끼어있다. 케이트가 산 것이 분명했다.

"침대까지 데려다주겠소."

그는 이제 일어서있다. 그는 두 손으로 내가 일어설 때 부축해 주었다. 주방은 어둡고 오후의 빛도 전부 자취를 감추었다. 지금이 몇 시지? 오븐을 쳐다보는데 숫자들이 흐릿하다. 눈물 때문이거나 취기 때문일 것이다.

"혼자 갈 수 있어요." 나는 그에게서 떨어졌다. 그러고는 바로 혼자서는 못 가겠다는 생각이 들었다. "농담이에요." 내가 손을 뻗자 그가 내 팔을 잡았다. 가늘었던 사이먼의 손가락에 비해 마크의 손가락은 굵다. 사이먼 팔에 난 털은 부드러웠었는데 마크의 털은 거칠다. 키도 마크가 사이먼보다 최소 10센티미터는 더 크다. "내 방은 계단 올라가면 있어요." 일단 우리의 옛 침실에 누워야겠다. 기둥 4개 달린 뻣뻣한 침대. '그 날' 이후 한 번도 잔 적 없는 침대. 마크가 나가고 나면 방을 옮겨야지. 체면 상 몇 분 동안은 거기에 누워있어야겠다.

나는 방 입구에서 그에게 잘 자라고 말한 뒤, 한동안 들어가지 않았던 공간으로 들어섰다. 이불을 잡아당기고 반은 기어서, 반은 넘어지듯 침대로 들어갔다. 시트에서 아직도 사이먼의 오드콜로뉴 냄새가 난다. 그를 내 입으로 끌어올릴 때 내 쇄골을 스치던 그의 입술 느낌이 아직도 생생하다. 이 침대뿐이 아니다. 그에 대한 기억은 내가 저항하는 것만큼 존재한다. 샤워를 하며 나는 때로 그의 키스를 떠올린다. 차에 타면 나는 그가 손을 뻗어와 내 손을 감싸 쥐던 것, 엄지손가락으로 내 손등을 어루만지던 것, 틈틈이 불쑥불쑥 내 손을 꽉 쥐던 것을 기억한다. 우리가 얼마나 많이 웃었었는지 기억한다. 우리만 아는 농담들. 내가 웃긴 이야기를 했을 때 그가 나를 보며 얼마나 환하게 웃곤 했는지. 내 책이 난생처음 베스트셀러에 올랐을 때 우리는 싸구려 와인을 따고 라면을 끓여 모닥불처럼 가운데 두고 아파트 바닥에 앉았었다. 그날 밤 우리는 침대에 나란히 붙어 앉아 노트북으로 많은 집들을 구경했었다. "어느 집이든 다 살 수 있어." 그가 말했다. 우리는 우리가 살 수 있을 거라 감히 생각해본 적 없는 집들을 구경했고, 믿기지 않는 삶을 상상하며 흥분했다. 우리는 알고 있었다. 이것이 우리의 새로운 삶이라는 것을, 그리고 베스트셀러는 앞으로 계속해서 나올 것이라는 것을. 나는 앞으로는 모든 것이 완벽하리라 생각했었다.

나는 눈을 감는다. 그러지 않으려고 하는데도 자꾸 잠 속으로 빨려 들어간다. 나의 온 영혼을 다해 사이먼을 증오한다. 그리고 나의 남은 육체 전부를 다해 그를 사랑한다. 그러나 둘 다 그리 중요하지는 않다. 그는 죽었으므로. 그리고 내가 그를 죽였으므로.

23장

내 최악의 새 친구는 어쩐 일인지 병원에까지 나를 따라왔다.

"헬레나 로스? 그 헬레나 로스세요?" 간호사가 내 팔목 인식표를 보더니 나를 올려다보았다. 관심이 있다는 듯 피어싱한 눈썹이 위로 집혀 올라간다. 도저히 내 책들을 읽었을 것 같지 않아 보였다. 동그란 모양의 자석 위에는 털이 많은 '여자친구'와 함께 찍은 그녀의 사진이 붙어 있다. 반드시 남녀 커플이 맺어지는 몹시도 보수적인 내 로맨스 소설을 이 어린 간호사가 읽고 있다면 즉시 읽는 책의 반경을 넓혀줄 필요가 있어 보인다.

"아니요. 아니에요. 그런데 그런 질문 많이 받아요." 내가 손을 빼려고 하는데 그녀가 내 손을 꽉 잡고 놔주지 않았다. 그녀의 손가락 두 개가 내 팔목 안쪽을 눌렀다.

"잠시만요 환자분. 맥박을 재야 해요."

거짓말 덕에 차분해진 내 맥박은 아마 정상일 것이다. 나는 거짓말을 잘하는 편이다. 그래서 글이 그토록 자연스럽게 써지는 건지 모른다. 등장인물의 목소리인 척 위장한 수많은 거짓말들. 페이지마다 흩뿌려진 내 삶의 단편들. 무슨 이야기를 하고 싶든 소설은 그것을 위한 최고의 위장 전략이다.

"아주 좋은 장소에 주차를 해놓았소." 마크가 어디선가 나타났다. 마치 나를 짜증 나게 하는 일 외에 또 다른 어떤 것을 성취한 것처럼 얼굴에 한가득 미소를 머금고 있었다. 아직도 나는 저 남자가 왜 여기에 있는지 모르겠다. 우리는 토요일 내내 글을 썼고 일요일도 거의 글을 쓰며 보냈다. 그리고 일요일 저녁, 우리에게 꼭 필요한 혼자만의 시간으로 주말을 마무리 했다. 그런데 오늘 아침, 그가 거기에 (우리 집 포치에) 있었고, 자신이 나를 병원에 데려가야겠다고 고집을 있는 대로 부렸다. 택시를 불렀고 그걸 타면 되는데.

"잘하셨어요." 나는 간호사가 내 팔목을 내려놓고 혈압측정기로 손을 뻗는 모습을 바라보았다.

"여기 시설이 아주 좋소. 항암치료 구역에 작은 벽장도 있고, 엘렌이 있던 곳보다 훨씬 좋아요."

엘렌. 그 말을 할 때는 그의 목소리가 부드러워진다. 나는 질투심을 느끼고 그를 쏘아붙였다. "여기 시설이 얼마나 좋은지는 하나도 안 궁금하거든요."

그의 콧구멍이 벌름거렸다. 나는 그의 모습을 흥미롭게 바라보았다. 마크는 사이먼보다 미세한 반응들을 더 많이 보인다. 벌름거리는 콧구멍처럼. 나는 늘 그것이 책에나 나오는 것이라고 생각했다. 우리 삶에서는 실제로 볼 수는 없는 문학적인 표현 중 하나라고 생각했다. 예를 들어 황홀해 까무러치는 여주인공이나 분노에 차서 마구 흔들어대는 주먹 같은 것들. 나는 그의 반박을 기대하고 있는데 그는 아무 말이 없다. 그래서 나는 그가 아주 조금 더 좋아졌다.

"정상이네요!" 간호사가 활기차게 말했다. 그게 어떻게 가능한지 모르겠다. 하지만 고양이 그림이 그려진 보라색 간호사복을 입은 이 여자에게 뭐라고 할 수는 없는 노릇이다. "의사 선생님께 데려다드릴게요."

이 의사는 나에게 사망선고를 했던 의사와는 다른 사람이다. 이 사람은 종양전문의이고, 내 삶의 남은 시간 동안 바스러져가는 나의 몸을 처치해줄 것이다. 의사는 밑도 끝도 없이 앞으로의 몇 달에 대해, 그리고 내 몸이 거기에 어떻게 반응할 것인지에 대해 설명했다. 그동안 나는 벽에 걸린 그의 하버드 학위증을 응시했다. 이 의사는 처방전을 열정적으로 작성하는 타입이다. 다섯 가지 처방전을 작성하더니 종이들을 착착 모아 나에게 건넸다. 총상을 치유할 수 있을 정도로 많은 약들을 받게 해줄 처방전. 나는 최근에 먹었던 약들도 괜찮았다고 의사에게 말했다. 그러나 그는 신경 쓰지 않는 눈치다. 피부가 창백하고 귓속에 털이 과하게 많이 난 이 의사, 목소리가 차갑고 단조로워 몇 분 안에 누구든 잠재울 준비가 된 이 의사는 나와 눈을 마주치지 않았고 웃지도 않았다. 하버드에 공감 수업이 있었다면 그는 낙제였을 것이다.

아마 우리는 앞으로 잘 지낼 수 있을 것이다.

두 시간 후 집에 들어선 뒤 나는 어떤 모르는 사람을 마주했다. 앞치마를 맨 땅딸막한 여자인데 나와 눈도 안 마주치고 발을 질질 끌며 지나갔다. 케이트가 찾아낸 요리사다. 나는 무슨 말을 하려다가 꾹 참았다. 나는 마크가 여자와 무언가 이야기를 주고받는 소리를 들으며 일광욕실에 있는 리클라이너에 앉아 뒤로 기울였다. 마크가 경비

견 임무를 완수하고 방으로 들어오길래 나는 돌아보았다. 그가 거대한 가죽 더플백을 바닥에 내려놓았다. "여기에 머무를 필요 없어요." 나는 이 말을 세 번째 하고 있다. '여기에 있지 않아 줬으면 좋겠어요.' 이 수정된 멘트가 내 혀끝에서 나올 태세를 취한다. 그때 그가 주방으로 갔다. 허기에 그 말이 쏙 들어간다. 그가 냉장고를 열고 요리가 담긴 용기를 꺼내는 모습을 흥미롭게 지켜보았다.

"데비래요, 요리사 이름이. 음식을 여기에 뒀다더군요."

그의 뒤로 열려있는 냉장고가 보였다. 완벽하게 정렬되어 있던 물병과 체리콕이 이제는 옆으로 한데 치워져 있고 그 자리를 어마어마하게 많은 타파웨어 용기들이 차지하고 있었다. 삼대가 모인 대식구가 추수감사절 저녁 식사를 세 번 하고도 남을 양이다. 나는 마크의 손에 들린 용기를 보았다. 전자레인지를 열고 용기를 집어넣었다. "그게 뭐예요?"

"라자냐요." 그가 버튼을 누르자 전자기파의 위잉 소리가 조용한 집안을 가득 채웠다. "음식에 독이 들었는지 확인 해줄 사람이 필요할 것 같아서 말이오. 혹시 데비가 당신 소설 하나를 읽고 복수를 하고 싶어하는 걸 수도 있잖소."

"하." 심드렁하게 말하면서도 나도 모르게 웃음이 나왔다. "기사도 정신이 무척 뛰어나시네요."

"카우보이는 다들 그렇게 하죠." 그가 허공에 대고 킁킁거렸다. 냄새가 얼마나 좋은지 나는 화가 날 지경이었다. 요리사를 더 일찍 구했어야 했는지도 모르겠다. 이 요리가 맛까지 좋으면…… 내가 지난 4년간 먹는 즐거움을 놓치고 살았던 거라면…… 지금 나에게 이 실수를 일깨워준 케이트에게 무척 화가 날 것 같다.

마크가 나를 흘끗 보며 말했다. "배고프시오?"

나는 고개를 갸우뚱 했다. 노크 소리를 들은 것이다. 막 무슨 이야기를 하려고 할 때면 꼭 이런 일이 일어나게 마련이다. 이제 나의 삶은 고독의 삶에서 도떼기시장의 삶으로 변해 버렸다. 마크가 허리를 꼿꼿이 세우고 걸어갔다. 나를 보호하겠다는 듯 보란 듯이 성큼성큼 걸어가는 그의 모습에 내 입이 씰룩거렸다. 문이 끼익 열리는 소리가 들렸다. 소곤대는 소리, 사과하는 여자의 목소리 그리고 나를 향해 경쾌하게 걸어오는 투박한 발소리가 들렸다. 기린 한 무리가 있어도 이것보다는 조용하겠다. 그리고 나는 밝은 분홍색 클로그 신발과 물방울 무늬 양말을 보기도 전에 누가 왔는지 안다. 나는 끙 하고 신음 소리를 냈다.

"헬레나!" 케이트는 깜짝 놀란 것처럼 나를 불렀다. 마치 우리가 어느 생필품 점에서 우연히 마주쳤다는 듯이. 여기가 맨해튼에서 세 시간 떨어진 우리 집이 아니라는 듯이. "잘 지냈어요?"

"정말로 다시 올 필요 없다니까요." 나는 이 말을 이미 했었다. 매번 이메일을 보낼 때마다, 그리고 오늘 아침 전화 통화에서도 오지 말라고 이야기 했었다. "오지 말라고 했잖아요."

케이트가 내 말은 완전히 무시하며 일광욕실 안으로 들어왔다. "알아요. 작가님은 내가 안 왔으면 좋겠다고 생각했겠죠. 그런데 나 여기에서 자고 갈 생각은 없어요. 약속해요." 그녀가 미소를 지으며 마크를 돌아보았다. "저는 케이트라고 해요. 헬레나 작가님의 대리인이에요."

"만나서 반갑소, 부인. 마크 포춘이오." 그가 손을 내밀자 케이트의 얼굴이 빨개졌다. 난리 났다. 우리 집에서 소개팅 모임을 하게 되다니

기쁘기 그지없다. 내 속이 암 때문에 메스꺼운 게 아니었으면 이 모임이 나를 메스껍게 했을 것이다. 내가 목을 가다듬자 둘이 동시에 나를 향해 돌아섰다. "여기에서 자고 갈 것도 아닌데 왜 온 거예요?"

"음…… 오늘 아침에 뉴욕에서 출발했을 때는 포춘 씨가 여기에 계실 거라고 생각지 못했어요." 그녀가 마크를 보고 활짝 웃었다. "그리고 저는 작가님 옆에 있어 줄 사람이 필요하다고 생각했어요."

아, 그러셔. 나 때문이라고. 대단한 동료애 납셨다. 나는 아무 말도 하지 않았다. 침묵이 흘렀다.

어색한 공기가 이어지고 있을 때 전자레인지가 띵 울렸다. 그러자 그녀의 얼굴이 밝아졌다. "음식 소리 같은데요. 제가 가서 가져올게요."

마크가 그녀를 따라 주방으로 들어갔다. 나는 리클라이너에 머리를 편안히 기대고 몸에 힘을 쭉 뺀다. 이 방, 일광욕실에 있는 유일한 물건. 이 커다랗고 쿠션감 빵빵한 의자는 레이지보이 특가상품이다. 여기에서 글도 자주 쓰고, 또 그만큼 많이 잠들기도 한다. 글을 쓰는 행위에는 무언가 진정시키는 면이 있다. 나를 다른 세계로 유혹하는 약, 하지만 멈추는 것을 잊어 때로는 나를 잠의 세계로까지 끌고 들어가버리는 약 같은 것이다.

나는 담요를 발로 걷어차고 뒤뜰을 내다보았다. 유리창들이 많이 더러워졌다. 창문 바깥쪽에는 꽃가루와 먼지가 덕지덕지 묻어있고, 바닥에는 죽은 벌레와 잎사귀들이 여기저기 흩어져있었다. 예전에는 내가 여름마다 청소를 했었다. 수영복을 입고 70년대 음악을 튼 뒤, 세제 푼 물이 담긴 커다란 양동이와 스펀지를 가져다 놓고 창문을 하나하나 깨끗이 닦았었다. 베서니가 돕겠다고 그 자그마한 손으로 커다란 스펀지를 쥐고 나와 함께 닦곤 했었다. 팔을 뻗어봤자 유리 아래쪽까지 밖에 닿지 않았지만. 그러다가 도마뱀이나 거미가 나타나면, 아니면 사이먼이 부르면 아이는 바로 달려가 버리곤 했었다.

그가 나를 끌어당겨 얼굴에서 속눈썹을 떼주곤 하던 키스의 맛을 기억한다. 한 번은 저기 파티오에서 지글거리는 석쇠를 뒤에 둔 채 함께 춤을 춘 적도 있었다. 베서니는 우리 옆에서 노래를 불렀다. 나를 내려다 보는 그의 눈빛이 참 따스했다.

그 순간, 로드 스튜어트의 노래가 나오는 동안, 우리 사이에 말다툼이나 경쟁 같은 것은 없었다. 우리 엄마도 없었고 규칙도 없었다. 오직 사랑 노래와 천천히 흔들리는 엉덩이, 공기 중의 숯 냄새만 있었을 뿐이다.

그 순간 나는 우리 모두 잘될 거라고 맹세할 수 있었다.

그로부터 세 달 뒤에 그가 죽었다.

24장

마크

헬레나는 일광욕실에서 나와 소파로 갔다. 그리고 얼마 후 거기에서 잠이 들었다. 소파 옆 바닥에 반쯤 먹다 만 아이스크림 통이 놓여있다. 텔레비전은 켜져 있고 지금 바닷가 저택에 사는 주부들이 서로 말다툼 중이다. 마크는 볼륨을 줄이고 담요를 그녀 몸 위로 끌어당겨 주었다. 얼굴은 편안해 보인다. 그녀는 무척 어려 보였다. 매기보다 기껏해야 몇 살도 안 많아 보인다. 실제로는 적어도 10살은 많겠지만. 그는 아이스크림 앞에서 멈췄다가 그냥 두고 가기로 한다. 아까도 치우려고 했다가 그녀의 격렬한 반대에 부딪쳤었다.

그는 주방으로 들어갔다. 케이트에게 빈 잔 하나를 건넸다. 케이트가 잔을 받아 세제 푼 물에 담갔다. "작가님 자요?" 그녀가 물었다.

"네. 병원에서 준 항메스꺼움제가 상당히 독해요. 헬레나가 오늘 밤에 일어나지 않는대도 놀랍지 않을 거요." 그가 케이트 옆으로 걸어가 빈 서랍을 열었다. 그리고 다른 곳도 열어본다. "혹시 핸드타월 어디 있는지 아시오?"

"여기요." 케이트가 핸드타월을 하나 건네주었다. "이 집에는 물건

들이 전부 딱 하나씩만 있는 것 같아요. 여기 서랍도 거의 다 비어있어
요."

"그게, 소설로 보자면 이 집의 주요 테마인 것 같소." 그가 삭막한
주방을 훑어보며 말했다. "책이 잘 안 팔리나 보죠?" 그의 농담에 그
녀가 웃어서 그는 기분이 좋다.

"하." 케이트가 그에게 건조시킬 접시를 건넸다. "제 생각에 작가님
은 그냥 저장강박증의 정반대일 뿐이에요."

'그녀 생각에.' 헬레나 로스에 대한 호기심이 더 커졌다. "그러니까
당신도 헬레나를 잘 알지 못한다는 거군요." 슬픈 깨달음이다. 이곳까
지 찾아올 정도로 그녀를 걱정하는 단 두 명의 사람이 모두 그녀에 대
해 잘 모른다.

"네. 작가님은 자기 공간을 중시하는 사람이에요." 그녀가 싱크대
배수구 뚜껑을 잡아당겼다. 그러고는 마크를 재미있다는 눈으로 쳐다
보았다. "당신이 여기 있는 걸 보고 제가 조금 놀란 이유가 그거예요."

"내가 좀 무턱대고 밀고 들어온 감이 없지 않아 있소. 헬레나에게
도움이 필요해 보였거든요."

"그러시군요." 그 한마디의 말에 의심이 잔뜩 묻어있다. 그녀가 그
를 향해 돌아서더니 풍만한 가슴 앞으로 두 팔을 접었다. "헬레나는
같이 일하기 쉬운 사람이 아니에요."

"알고 있소. 책에 있어서 만큼은 나도 최선을 다하는 중이오." 그는
정말 최선의 노력을 기울이고 있다. 그가 예전에 기울여본 그 어떤 노
력보다도 더 큰 노력을 그들의 책에 쏟아붓고 있다. 그 첫 번째 이유는
헬레나가 이 일에 얼마나 진지한지를 그도 알기 때문이다. 두 번째 이
유는 이 전설적인 인물을 기쁘게 해주고 싶다는 그의 위태로운 욕망

때문이다. 지금 한쪽 팔을 소파 밖으로 늘어뜨린 채 코를 골며 자고 있는 전설적인 인물. 지금까지 그가 쓴 모든 책을 읽었지만 아직 제대로 된 피드백은 한 줄도 주지 않은 전설적인 인물. 그는 잘 해야만 한다. 감정선을 잘 따라가야 한다. 안 그랬다가는 헬레나가 채찍질을 할 것이고, 그는 그 유명한 헬레나 로스의 지옥을 맛보게 될 테니까.

"작가님이 당신 마음에 상처를 줄 거예요. 하지만 그게 작가님의 진심은 아니에요." 그녀가 말을 멈췄다. 마크는 그녀가 자신을 판단하는 눈으로 보고 있다는 느낌을 받았다. "제 생각엔 작가님이 당신을 필요로 하는 것 같아요. 당신의 글, 그 이상의 것이요. 그녀는 이 상황을 버텨내도록 도와줄 누군가가 필요한 것 같아요."

"내 아내가." 그가 말을 멈추고 잠시 마음을 가다듬는다. "사실 예전에 이런 일을 겪어봤었소. 그래서…"

"아니요." 케이트가 고개를 저었다. "그 말이 아니에요. 그 책이요. 작가님에게 필요한 건 그 책을 도와줄 사람이에요. 작가님이 집중하고 있는 것도 바로 그 책이고요. 죽음?" 그녀가 마크의 눈을 보았다. "작가님에게 죽음은 일종의 부작용 같은 거예요."

25장

어렸을 때 내가 사랑하는 것은 오직 나 하나뿐이었다. 심지어 그 사랑 조차 혼란과 자기비판이 가미된 것이었다. 성인이 된 후 나는 부자연스러운 방식으로 사랑하는 법을 배웠다. 나와 사이먼의 관계는 나의 첫 스키 강습과 닮아있었다. 처음에는 천천히 갈 것. 안전로프를 붙잡고 턱 끝까지 차오르는 숨을 몰아쉬며 결국엔 넘어지기를 기다릴 것. 그리고 마침내 굴러떨어지기를 기다릴 것.

그러나 진짜 위험은 내가 사이먼을 믿기 시작한 후에 시작되었다. 언덕은 훨씬 높아져서 이제는 산맥과 다를 바 없었다. 예전에는 무릎 깨지는 정도의 위험을 각오했었다면 이제는 훨씬 더 치명적인 무언가를 각오해야 했다.

나는 소파에서 깨어났다. 그 글이 내 머릿속에서 메아리 친다. 나는 마크가 최근에 쓴 글을 가져다가 그 여백에 문장들을 적었다. 거실은 어둡고 텔레비전만 켜져 있다. 소파에서 다음 챕터의 도입부를 다 썼다. 나는 종이들을 옆에 놓았다. 일어서서 비틀거리며 주방으로 가는

데 온몸이 두드려 맞은 듯 아팠다. 전자레인지 위 조명이 켜져 있었다. 조리대 위에는 약병들이 완벽하게 줄지어 놓여 있고, 그 앞에 쪽지가 하나 있었다.

'깨워주시오.'

누구 글씨인지는 몰라도 일단 케이트 글씨는 아니다. 남자가 쓴 못난 글씨이고 '깨워주세요'가 아니다. 계단으로 돌아서는데 마크의 발이 보였다. 맨발 두 개가 내 리클라이너 끝으로 튀어나와 있다. 나직이 코 고는 소리가 들린다. 나는 일광욕실로 터벅터벅 걸어 들어가 그를 찬찬히 훑어보았다. 입은 벌어져 있고 얼굴은 추레하다. 남자들은 잠자는 모습이 참 못났다. 마크도 전형적인 남자다. 두 번째 코 고는 소리는 첫 번째보다 크게 나왔다. 숨을 힘겹게 들이쉬느라 얼굴이 씰룩거렸다.

그는 여기에서 잘 필요가 없었다. 나에게는 혼자서도 완벽하게 잘 능력이 있다. 아까 케이트가 왔다 간 것을 생각하면 아마 설거지도 다 되어있을 것이고 쓰레기도 밖에 내놨을 것이고 화장실 청소도 되어있을 것이다. 마크는 자기 호텔에서 자야 한다. 저 더플백이 우리 집 바닥이 아니라 다른 곳에 놓여있어야 한다.

얘기가 나온 김에…… 나는 그 가방을 보았다. 리클라이너 옆에 축 늘어져있다. 나는 시원한 타일 바닥에 앉아 가방을 잡아당겼다. 그를 잠시 올려다본 후 지퍼를 열었다.

가방에 든 물건들은 정말 볼 게 하나도 없다. 속옷과 셔츠가 든 잡동사니 가방이다. 가방 안에 바지는 없길래 그가 입고 있는, 리클라이너 끝으로 튀어나와 있는 청바지를 보았다. 세면도구 파우치를 보고 약간 안심한다. 칫솔과 면도기가 들어있다. 우리 집에 침입은 했지만 욕실까지 몰래 들어간 것은 아니었다. 포르노 잡지나 술병, 꿍쳐놓은 마약 같은 게 없어서 조금 실망스럽다. 책이나 여권 안에 숨겨둔 반듯하게 접은 사진이나 연애편지도 없었다. 그러다가 지갑을 발견했다. 두툼한 가죽 지갑을 조심스레 꺼냈다. 현금이 무척 많았다. 천 달러도 넘어 보인다. 마크 포춘 이름이 적힌 운전면허증. 생년월일을 보니 나이는 50대 초반, 키는 183cm, 몸무게는 93kg. 장기기증 서약도 했다. 호감 점수 1점 획득. 오토바이 면허도 있다. 나는 다른 카드들도 한 장씩 휙휙 뽑아서 읽어보았다. 자동차협회 카드. 그리고⋯

"뭐 하는 거요?"

나는 바닥에 앉은 채로 그를 올려다보았다. 그가 리클라이너를 천천히 세웠다. "지갑 구경하는 중이에요." 나는 검은색 아멕스 카드를 들어 올렸다. "이 카드 받으려면 1년에 수십만 달러는 써야 한다고 알고 있는데."

"내 재정 상태가 걱정됐소?"

"세상에. 연세가 꽤 많으시네요." 내가 미국은퇴자협회 카드를 뽑아 보인다. "코딱지만큼 할인 받겠다고 굳이 당신의 성적 매력을 포기할 필요가 있어요?"

"그게 내 성적 매력을 결정하는 요소요? 은퇴자협회 카드가?" 그가 리클라이너에서 천천히 일어섰다. 그가 일어서는데 사지에서 진짜로 삐그덕대는 소리가 난다.

"어쩔 수 없어요." 나는 지갑을 반대쪽으로 휙 뒤집었다. 디스커버 카드. 아직도 이런 걸 쓰나? 총기 휴대 면허. 이제라도 알게 되어 다행이다. 뉴올리언스 카지노 플레이어 카드를 넘겨본다. "여자친구는 있어요?"

"아니요." 그가 발을 질질 끌다시피 하며 주방으로 들어갔다. 나는 그의 발바닥이 깨끗한지 궁금해졌다. "뭐 좀 먹겠소?"

나는 지갑을 내려놓고 그 질문을 고민해보았다. 허기가 메스꺼움에 대한 두려움과 싸우고 있다. 약을 먹어서 머리가 약간 멍했다. "토스트 조금요." 그가 주방 더 깊숙이 들어갔다. 캐비닛 열리는 소리가 들렸다. "고마워요." 내가 어깨 너머로 쳐다보고 외쳤다. 그의 움직임이 느리고 조심스럽다. 아직 잠이 덜 깬 사람 같다.

"천만에요." 그는 토스터를 발견하고, 나는 다시 그의 지갑으로 돌아왔다. 보험 카드를 보다가 마지막 아이템으로 넘어갔다. 코팅된 여자아이 사진인데 나이는 열셋 혹은 열넷 정도로 보인다.

"이 사진 딸이에요?" 사진을 뒤집어보며 내가 물었다. 뒷면에는 깔끔한 분홍색 필기체로 '사랑해요, 매기가'라는 글자가 적혀있다.

딱 그 나이 때 소녀답다. 사진에 뭐라고 써야 할지 아이는 아주 오래 고민했을 것이다.

"옙. 그 애가 내 딸이오. 오래된 사진이에요. 잼 좋아해요?"

"아니요."

"잘됐소." 그가 냉장고 문을 닫았다. "잼이 없어요."

"딸이랑 친해요?" 나는 다시 사진을 지갑 안쪽 주머니에 밀어 넣은 뒤 지갑을 닫아 가방 안으로 떨어뜨렸다. 그러고는 일어서는데 방이 기운다. 나는 리클라이너를 붙잡고 괜찮아질 때까지 잠시 기다렸다.

"친해요." 그가 바삭한 토스트 위에 버터를 펴 발랐다. 그러고는 나를 흘끗 보았다. "앉아있어요. 물 좀 가져다주겠소. 물은 가능한 한 많이 마시는 게 좋아요. 화학 성분을 배출해서 몸을 정화하는 데 도움이 돼요."

"그런데 아이가 올미스에 있다고 했죠." 예전 대화를 상기하며 내가 말했다. 이 남자의 딸을 상상해본다. 지금은 어떻게 생겼을지, 어떻게 행동할지. "무슨 소 이름 같네요."

그가 고개를 가로저었다. 그의 입꼬리가 한껏 올라가고 셔츠가 팽팽하게 늘어났다. 얼굴에는 이틀 치의 수염이 거뭇거뭇 자라있다. 그래도 나는 그의 얼굴에서 몇십 년 전에는 지니고 있었을 매력을 알아볼 수 있다. "올미스는 미시시피 대학교의 애칭이오." 그가 돌아서서 냉장고로 걸어가더니 차가운 물 한 잔을 따랐다. "그런데 가구는 왜 이렇게 없는 거요?"

나는 유리컵을 받으며 어깨를 으쓱 했다. "미니멀리스트예요."

"그러시겠지요."

빈정대는 말투가 나를 찔렀다. 갑자기 짜증이 밀려온다. "혼자 남게 됐을 때 가구 대부분을 치워 버렸어요." 나는 토스트를 한입 베어 물었다.

"이 집을 팔고 좀 더 작은 집으로 이사 갈 수도 있었을 텐데."

"옙." 나는 물을 한 모금 마셨다. 강력한 메스꺼움이 느껴진다. 집을 팔라는 제안을 많이 받았었다. 장례식 직후 부동산업자들이 광고 전단과 시장리포트를 수차례 보내왔다. 전부 통계치만 크게 떠벌렸고 낙인에 대한 이야기는 아무것도 없었다. 나는 사람이 죽은 집의 집값에 대해 찾아봤었다. 알고 보니 굳이 밝혀야 하는 사실은 아니었다. 피 튀긴 자국들을 감출 수도 있고 지하실 감옥을 숨길 수도 있고 오븐으로 사람 장기를 요리할 수도 있지만 그런 것들을 누구에게도 말할 필요는 없었다. 하지만 이 작은 타운에서는 모두가 알고 있었다. 모두가 그 크고 썰렁한 집에 사는 이상한 과부에 대해 알고 있었다. 모든 것이

결딴난 그 날에 대해 알고 있었다.

마크는 알고 있는 것 같지 않았다. 신문 기사와 부고에는 모두 내 남편 성이 붙은 이름인 헬레나 팍스가 사용되었다. 나는 구글에 내 결혼 전 이름과 베서니 이름, 내 결혼 전 이름과 사이먼 이름, 내 결혼 전 이름과 '사망'을 함께 검색해봤지만 아무것도 나오지 않았다. 나는 안전하다.

그런데 마크는 아닌 것 같다. 어젯밤 구글에 마크 포춘을 검색해봤는데, 비극적인 매장물 하나가 모습을 드러냈다. 그는 사별한 아내에 대해 나에게 말했었다. 하지만 그 나머지 이야기, 음주운전, 파산, 알코올중독 치료…… 이런 것들은 언급한 적이 한 번도 없었다. 그래도 괜찮다. 나에게는 나의 비밀이 있고 그에게는 그의 비밀이 있는 것이니. 중요한 것은 이 책의 완성이다.

"이 집은 남편이랑 같이 산 거요?"

나는 구토가 나오기 직전에 다급하게 싱크대로 향했다. 이제 막 다 삼켰는데 곧바로 토악질을 한다. 목으로 나오는 토스트가 거칠고 따갑다. 그 맛이 내 꽉 다문 입을 자극해 나는 한 번 더 구역질을 했다. 티끌 하나 없이 깨끗했던 싱크대에 토사물이 흩뿌려진다.

마크가 물병 하나를 내밀었다. 나는 물병을 받아 입안을 헹구어 뱉어냈다. 한 손으로 행주를 움켜쥐었다. 싱크대를 씻어내야 한다. 음식물쓰레기 처리기도 작동시켰다. 마크의 손이 내 팔을 가볍게 잡았지만 그를 쳐다볼 힘이 없다. "내가 치우겠소. 침대로 갑시다."

나의 옛 침대에서 또다시 밤을 보낼 수는 없다. 나는 결국 그에게 베서니 방을 보여주게 될 것이다. 누더기가 된 내 심장의 잔재들. 일단 나는 싱크대에서 몸을 일으켰다. "나는 소파에서 잘게요. 호텔로 가세요.”

"나는 리클라이너도 좋아요. 너무 피곤해서 운전하기도 힘들고. 물론 당신이 괜찮다면.”

괜찮지 않다. 나는 혼자 있고 싶다. 그가 건네는 얼음물, 걱정하는 얼굴, 끊임없는 보살핌은 필요 없다. 내 집과 내 프라이버시를 되돌려 받고 싶다. 나의 행복한 자리, 베서니 방 침낭에 들어가 아이 물건에 둘러싸여 눕고 싶다. "마음대로 하세요.” 내가 중얼거리고 그를 지나 거실로 천천히 걸어갔다.

켜져 있는 텔레비전 빛을 받아 소파가 여러 빛깔로 깜빡거렸다. 나는 담요를 잡아 올리고 엎드려 누웠다. 베개는 볼 밑으로 집어넣는다. 눈이 감긴다. 잠들기 전 마지막으로 기억나는 것은 그가 나에게 약을 많이 갖다줬다는 것이다.

26장

전화벨 소리에 잠을 깼다. 시끄럽고 집요하게 울리는 사이렌 소리 같다. 나는 소파에서 몸을 웅크리고 베개를 얼굴 위에 덮은 뒤 소리가 그칠 때까지 기다렸다. 그러다가 문득 마크가 생각났고, 딸깍 하는 문 소리와 함께 그가 집 안을 돌아다니는 소리, 그의 몸무게에 바닥의 나무판자들이 삐걱대는 소리가 들려왔다. 썰렁한 집 안에 그의 발걸음 소리가 울려 퍼졌다. 나는 베개를 던져버리고 고개를 들었다. "전화 받지 말아요!" 그리고 나는 소파에서 굴러떨어졌다. 손가락 끝으로 방바닥을 짚고 일어섰다. 약에 취한 발걸음이 갈피를 못 잡았다. 어둑한 거실에서 주방으로 걸어가는데 집이 기운다. "전화 받지 말…" 난 그의 가슴에 부딪친다. 내 손이 그의 플란넬 셔츠에 감겼다. 나는 놀라서 그의 얼굴을 올려다보았다.

"안 받겠소." 그가 나를 부축하고 의자가 없나 둘러보는데 주변에 아무것도 없다. 내 팔을 잡은 그의 손에 힘이 들어가는 게 느껴졌다. "소파로 다시 갑시다."

"아니요." 나는 정신을 차리고 똑바로 섰다. 그의 가슴에서 물러났다. "괜찮아요." 전화벨 소리가 멈췄다. 복도에 놓인 전화기에서 삐 기계이음이 흘러나오고 우리는 둘 다 조용해진다. 텔레마케터의 자동 음성메시지가 흘러나오는 걸 듣고 나는 안도의 숨을 내뱉었다. 샬럿 블랜튼의 꿈을 꾸고 있었다. 그 여자의 방문과 이메일……. 그다음은 전화가 틀림 없었다.

"배고프시오?" 마크의 목소리는 포근했다. 마치 전화기를 향한 나의 광란의 질주가 별일 아니라는 듯이.

"그런 것 같아요." 나는 주방으로 갔다. 프라이팬에 스크램블드에 그가 들어있다. "직접 한 거예요?"

"그렇소. 먹을 만 해요."

먹을 만 한 정도가 아니라 무척 먹음직스럽다. 맛있어 보인다. 나는 찬장에서 종이 접시 하나를 꺼내 숟가락으로 음식을 조금 담았다.

"더 먹어도 돼요. 나는 벌써 먹었소."

"이거면 돼요."

"커피?"

"네, 고마워요." 자리에 앉는데 옆에 있는 깨끗한 종이에 인쇄된 원고들이 눈에 들어왔다. "새로 쓴 거예요?" 처음에 나는 그의 글을 읽기를 주저했었다. 그가 타이핑 하는 모습을 보았고, 그의 질문에 대답했고, 그리고 기다렸다. 나의 주저함은 두려움 반 걱정 반이었다. 그가 제대로 쓰지 못할까 봐 두려웠다. 그의 글이 밋밋할까 봐 걱정했다.

그러나 내 두려움은 근거 없는 것으로 밝혀졌다. 그가 쓴 글의 첫 단락을 읽었을 때, 내가 쓰다 만 곳에서 매끄럽게 이어지는 그의 글을 읽었을 때…… 나는 그가 잘 해내리라는 걸 알았다. 그는 나의 목소리를 쉽게 캐치했고 내가 작성한 개요를 충실히 따랐고, 또 내가 원하는 톤을 잘 유지했다.

"옙. 호텔에 잠깐 가는 길에 출력해왔소." 그가 커피 한 잔을 내려 놓는다. "커피는 어떻게 할까요? 설탕?"

"블랙도 좋아요." 나는 달걀은 잊은 채 페이지들을 바라보았다.

"오늘 아침에 조금 더 썼소. 그런데 프린터를 찾지 못해서……."

나는 종이를 가까이 끌어당기며 고개를 끄덕였다. "펜 하나만 가져 다주실래요? 냉장고 왼쪽 서랍에 몇 개 있어요."

나는 뒤로 푹 기대 앉아 글을 읽으며 포크로 달걀을 무심결에 집었 다. 접시를 비운다. 그가 접시를 바꿔주는데도 거의 알아차리지 못한 다. 접시 위로 잘게 잘린 딸기들이 올라와 있다. 그의 글을 다 읽었을 때쯤 접시는 깨끗했고 배는 불렀다. 나의 손가락들이 글을 쓰고 싶어 근질거리며 마지막 페이지의 모서리를 톡톡 친다.

"나머지는 이메일로 보내주실래요? 여기에서 출력할 수 있어요."

"이미 보냈소." 그가 알약 병 하나를 흔들었다. "약 좀 먹을래요?"

"항메스꺼움제로 주세요. 그런데 도대체 어제 먹고 기절한 약 은……."

"그게 항메스꺼움제요."

나는 얼굴을 찌푸렸다. 그래도 약을 받기 위해 손은 계속 뻗고 있었 다. "난 그렇게 유머러스한 사람이 아니에요."

"아닌 게 아닌 것 같은데요." 약을 받는데 우리의 눈이 마주쳤다.

나는 눈을 굴리고 돌아섰다. 시계를 보니 오전 10시 14분. 꼬박 16 시간을 잤다. 이제는 완전히 깰 때도 됐는데 나는 그냥 눕고만 싶다. 피로감이 어제보다 훨씬 더 심해졌다. "제 작업실로 가시죠."

"보스 뜻대로 하시죠." 그가 종이를 집으며 내가 쓴 메모들을 슬쩍 훔쳐본 뒤 허리를 폈다. 그리곤 더 이상 움직이지 않는다. 그는 내 작업실이 어디인지 모르고 있던 것이다.

나는 오랫동안 내가 창조한 나만의 세계에 살아왔다. 그 세계의 유일한 인물은 호기심이 많은 신경과민 환자로, 잘못 배달된 모르는 사람의 우편물을 받게 되면 꼭 열어봐야 직성이 풀리는 인간이다. 만일 내가 그의 집에 혼자 있게 되었다면, 나는 지금쯤 그의 사회보장번호와 공기여과기의 필터 상태까지 꿰뚫고 있었을 것이다. 그런데 이 남자는 나에게 요리나 해주고 글이나 쓰면서 시간을 심각하게 낭비해버렸다. 이제 내 다리에 움직일 힘도 생겼고 머리도 어느 정도 맑아졌으니, 그는 내 프라이버시를 침해할 기회를 잃고 말 것이다.

계단은 지난 이틀 간 점점 더 높아지고 있다. 2층에 도착한 나는 숨을 고르기 위해 한참을 쌕쌕거렸다. 마크가 계단 난간으로 몸을 기이고 참을성 있게 기다려주었다.

"계단이 너무 가팔라요." 그가 말했다. 마치 내가 힘들어하는 것이 정상이라는 듯이. 내가 그를 노려보았다.

"됐거든요." 그는 아직도 나에 대해 모른다. 이렇게 다 받아주고 친절하게 해주면 안 된다는 걸 그도 알아야 한다. 비록 이 몸뚱이는 불쌍할지언정 그 안에 있는 사람은 강하고 독립적이라는 사실을 그도 알아야 한다.

나는 복도를, 그리고 내 작업실 문을 가리켜 보였다. "저기예요."

내 작업실에 들어왔던 마지막 손님은 사이먼이었다. 며칠 동안 신선한 공기가 들어오지 않는 겨울의 어떤 날들에는 나는 그의 냄새를 맡는다. 그러면 나도 모르게 내 손이 목을 할퀴고 있다. 천장 팬을 돌려도 소용없었다. 그런 날들이면 나는 신선한 혹한의 칼바람이 들어올 수 있도록 창문을 활짝 열었다. 그런 뒤 담요로 몸을 꽁꽁 싸매고 실내 난방기를 켠 채로 일을 했다. 그를 지울 수 있다면야 찬바람 따위는 아무렴 괜찮다. 그런 뒤에 다시 여름이 오면 그는 아예 존재하지 않았던 사람처럼 느껴진다.

마크는 소파에 앉고 나는 책상에 앉아 노트북을 켰다. 새로 받은 메일 중 그의 메일을 열었다. 문서를 출력하려는 나의 첫 시도는 실패로 돌아갔다. 나는 앓는 소리를 내며 프린터 위로 몸을 기울이고 뒤에 꼽힌 전선을 뽑았다가 다시 꽂았다. 나는 우주에 이런 규칙이 있었으면 좋겠다. 시한부 삶을 선고 받은 사람에게는 인간 세상의 골치 아픈 일들을 면제해줄 것. 나는 죽어가고 있다. 곧 이 세상을 떠나는 마당에 이런 거지 같이 사소한 것들을 처리하느라 애먹고 싶지는 않다.

페이지를 모두 출력한 뒤 나는 소파로 가서 그의 옆에 앉았다. 우리는 둘 다 읽기 시작했다. 그는 내가 쓴 메모를 읽고, 나는 그가 새로 쓴 글에 표시를 하며 읽었다. 그의 글은 강해지고 있다. 스토리의 리듬을 타고 있다. 시각적으로 보이는 글은 자극적이지만 글 자체는 마음을 파고드는 무언가가 있었다. 이것은 그의 일반적인 소설들 보다 월등히 높은 수준이다. 내가 고개를 드니 그가 눈을 감은 채 쿠션에 푹 기대어 있었다. "뭐 하나 물어봐도 돼요?"

"재미있는 거면 해보시오."그가 눈을 뜨지 않고 대답했다.

"이렇게 쓸 수 있으면서……" 내가 페이지들을 들어 올렸다. "왜 안 쓰는 거예요? 왜 그런…… 것들을 쓰는 거예요?"

그가 한쪽 눈을 뜨더니 나를 노려보았다. "맙소사, 당신은 칭찬을 할 때조차 무례하군요." 그가 한숨을 내쉬더니 똑바로 앉으며 말했다. "그런데 당신이 말하는 그런 것들이 내가 팔 수 있는 유일한 것들이오. 다른 것, 좋은 것도 써봤소." 그가 내 손에 들린 종이들을 턱으로 가리켰다. "그것 보다 나았죠. 자비로 출판했었는데 아무도 사질 않더군요."

"그래서 판매를 위해 수준을 떨어뜨렸다는 거예요?" 약에 취한 내 머리로도 그게 한심한 짓이라는 건 알겠다.

"판매가 되지 않으면 이건 전부 취미일 뿐이오." 그가 내 작업실을 가리켰다. "첫 책을 출판할 때 나에게 취미는 사치였소. 로맨스는 날개 돋친 듯 팔려나가는데, 진짜 마음이 담긴 소설에는 아무도 관심이 없더군요." 그의 말에 날이 서 있었다. 나는 그를 흘끗 보고 그의 목소리에 실린 격앙을 이해해보려 했다. 그가 외설물을 싫어한다는 얘기인가? 내가 쓴 소설을 내가 싫어한다는 것은 상상도 할 수 없는 일이다. 내가 존중하지 않는 이야기에 몇 달을 쏟아붓는다는 것은 상상도 할 수 없는 일이다.

"그래서 당신은 영혼을 팔았고, 결국 나의 세계를 침략하게 되었군요." 나는 종이를 내려다보며 골똘히 생각하다 혼자 중얼거렸다.

"독자들은 내 걸 좋아하는 것 같소만."

나는 하고 싶은 말을 삼키며 입을 일그러뜨렸다. 마르카는 수많은 독자를 사로잡았었다. 취향이 문학적이지도 까다롭지도 않은 사람들 말이다.

"당신이 쓴 메모들……" 그가 손에 든 페이지들을 들어 올렸다. "꽤 친절한데요." 그가 정말로 많이 놀란 것 같아 나는 웃음이 났다. "빨간 줄이 더 많을 줄 알았소."

"나도 그렇게 생각했었어요." 내가 자세를 고쳐 앉았다. 졸음이 습격해온다. 항메스꺼움제가 마법을 부리는 중이다. "그렇지만 당신이 쓴 캐릭터들이 좋아요. 톤도 잘 잡았고요."

"지금보다 더 행복한 버전의 헬레나를 상상하는 건 그리 어려운 일이 아니었소."

내가 웃었다. 하지만 억지웃음이다. 양 볼을 한껏 늘여 웃고 싶은데 볼이 팽팽하게 굳어 버린다. 나는 나의 행복했던 날들을 간신히 떠올렸다. 때로는 나의 기억이 그것들을 조작한 것이 아닌가 하는 생각이 든다. 곳곳에 있는 시간의 공백을 홀마크*의 영화들로 채워 넣은 것이 아닌가 싶은 것이다. "그런 버전의 내가 존재했었는지도 이제는 잘 모르겠어요." 나는 책상 앞에 앉았다. 그리고 뭔가를 쓰고 싶은 갈망을 느끼며 펜을 잡았다. "우리 몇 장면만 더 쓰죠."

---

* Hallmark, 주로 영화, 드라마를 방영하는 미국의 텔레비전 채널.

27장

어릴 때의 나는 결혼을 생각하는 소녀가 아니었다. 결혼이라는 제도는 따분할 뿐이었고, 로맨스는 생각만 해도 겁부터 났다. 결혼은 나보다 예쁜 아이들, 나보다 키스를 많이 하고 나보다 덜 움츠리는 아이들에게 주어지는 숙명이라 생각했다. 사이먼이 맨 처음 결혼 이야기를 꺼냈을 때 나는 웃음을 터뜨렸다. 조심스레 반지 케이스를 여는 그의 굽어진 손가락들을 보며, 그 질문을 던질 때 연약함과 희망이 강렬하게 섞여 있는 그의 모습을 보며…… 나는 하마터면 울 뻔했다.

처음에는 정말 근사했다. 이 사회에서 손가락질 하기 좋아하는 나의 결점들이 사이먼에게는 보이지 않는 것 같았다. 그는 나에게 친구가 없다는 것, 볼륨이 없다는 것, 섹스 스킬이 없다는 것에 대해 신경쓰지 않았다. 그는 나에게 적당히 거리를 유지하면서도, 한편으로 열심히 쫓아다녔다. 나에게 꽃을 가져다주었고 우리 엄마에게 좋은 인상을 남겼다. 우리가 만난 지 고작 열 달이 되었을 때 그가 프러포즈했지만, 나는 그것이 너무 섣부르다고 생각하지 않았다. 적절한 타이밍이라고 생각했다.

"어떻게 했소?"

불쑥 끼어드는 마크에게 짜증이 난 내가 마크를 돌아보았다. "뭐가요?"

"그 이야기 들려주시오. 프러포즈 이야기." 그가 페이지를 휘리릭 넘겨본다. "여기에 그 이야기는 대충 얼버무려놨잖아요."

"아." 나는 의자 뒤로 기대어 앉아 머리 위로 팔을 들어 올리고 교차하며 스트레칭을 한다. "레스토랑에서 했어요. 뻔하죠 뭐. 와인. 양초. 한쪽 무릎 꿇고." 반지는 작았지만 전혀 문제가 되지 않았다.

"거절했소?" 마크는 짐작하고 있다. 내 덤덤한 말투가 뭔가 힌트를 준 것이 틀림 없다.

"준비가 되지 않았었어요. 아무것도 준비된 게 없었죠." 그날 밤 나는 리스트를 하나 만들었다. 물론 사이먼에게 주지는 않았지만. '이상적인 프러포즈를 위한 다섯 가지 규칙.' 여자를 곤란하게 만들지 말 것. 다른 사람들이 보는 데서 하지 말 것. 프러포즈 전에 마늘을 먹지 말 것. 프러포즈 도중에 웨이트리스의 엉덩이를 보지 말 것. 대답이 예스일 거라는 확신이 들기 전에는 프러포즈를 하지 말 것.

나는 팔을 내리고 똑바로 앉았다. "집에 가서 생각해 봤어요. 그의 장점과 단점들을 쭉 써봤죠." 나는 그 리스트를 아직도 가지고 있다. 지금 오른쪽으로 손을 뻗어 맨 아래 서랍을 열면 거기에 있을 것이다. 그의 이름이 적힌 파일 속에. '사이먼 팍스의 장단점 리스트.'

장점: 치아가 예쁘다.
단점: 가끔 그를 못 믿겠다.

첫 번째 단점. 그것을 진지하게 받아들였어야 했다. 그 아래로 일곱 가지 단점을 더 적었지만, 그 첫 번째 단점……. 나에게 필요한 것은 그것 하나뿐이었다. 그런데 나는 상사병에 걸린 어리석은 소녀답게 그것을 무시했었다.

나는 마른침을 삼켰다. "좋은 점도 몇 가지 있었어요. 다 적어놨었죠. 그리고 다른 사람이 나와 결혼하고 싶어 할 확률을 생각해봤었고, 내가 싱글이고 싶은지 결혼하고 싶은지에 대해 분석까지 해봤었는데……." 나는 어깨를 으쓱했다. "결국 결혼을 해보자고 결정한 거죠."

"들어본 이야기 중 가장 로맨틱하지 않은 이야기요." 그가 실망한 표정을 지었다. 너무 실망한 듯 보여서 나는 웃음이 났다.

"로맨스의 여왕에게 실망하셨어요?" 내가 놀렸다. 로맨스의 여왕. 참 웃기지도 않은 농담이다. 이 타이틀은 나의 출판사에서 만들어준 뒤로 계속 사용된 것이다. 나의 내면 가장 깊숙한 곳에 있는 생각에 대해서는 아무것도 모르는 뉴욕 최고의 출판사.

"가슴이 아프네요." 그가 한숨을 쉬고는 페이지 위로 몸을 숙였다. "프러포즈 장면은 그 이야기 그대로 쓰길 원하시오? 약간 어색해 보이긴 하는데."

"당신은 훨씬 잘 했을 것 같아요."

그가 두툼한 손가락 하나로 이마를 비빈다. 그의 얼굴이 빨개지는 걸 보고 나는 조금 놀란다. "나는 괜찮게 했었죠."

"얘기 해줘요." 내가 코의 간지러운 부분을 긁으며 말했다.

"대단한 건 아니었소. 그때 우리는 미시시피의 허름하고 작은 아내의 부모님 집에 있었소. 그녀 아버지께 허락을 받고 아내에게 같이 산책을 가자고 했소. 그때 청혼을 했던 거요." 그가 눈을 깜빡였다. 그의 눈에 과거를 회상하는 텅 빈 눈빛이 떠오른다. 그의 한쪽 입꼬리가 올라갔다.

"날은 점점 어두워지고 있었고 모기가 엄청 극성이었소. 모기를 쫓지 않고는 한시도 가만히 있을 수가 없었죠. 아내는 애초에 산책을 가고 싶어하지 않았소. 더위와 벌레에 대해서 불평을 있는 대로 늘어놨었죠. 결국 키가 큰 어느 나무 아래에서 그녀를 멈춰 세우고, 내가 프러포즈 할 동안만큼은 그 입 좀 다물어달라고 말했었소."

그의 입이 벌어지더니 활짝 웃었다. "아내는 내 프러포즈를 하나도 못 들었소. 벌레들이나 찰싹찰싹 때리느라 바빴지. 또 그 나무에 오르기라도 할 것처럼 나무나 올려다보고 있고. 결국 내가 아내 팔을 붙잡고 내 눈을 쳐다보게 했소. 그러고 나서 다시 한번 청혼을 했소." 그가 어깨를 으쓱했다. "그랬더니 아내가 알았다고 했어요."

"로맨틱한데요." 로맨틱하긴 한데 촌스럽기도 하다. "아내 분은 어떤 여자였어요?"

그가 웃음을 터뜨리는 바람에 나는 깜짝 놀랐다. "무모한 여자였어요. 텍사스 출신 여자들은 대단한 사람들이에요. 모두가 다 그렇게 여장부 같은 줄 알았소. 만나는 시간의 절반은 아내가 무서웠고, 나머지 절반은 아내를 아내로부터 보호하기 위해서 애쓰면서 보냈죠."

"그게 무슨 말이에요?"

"거친 여자였어요. 무서운 게 없는 여자였죠. 우리가 키우는 말 중에 제일 성질 더러운 놈 위에 올라타서 버릇을 고쳐주려고 한 적도 있었죠. 또 멤피스에서 제일 악명 높은 바에 가서 친구들을 사귀고 오기도 했고." 그가 종이를 내려다보았다. 그의 미소에 문득 우울한 기색이 감돌았다.

그의 아내를 상상해본 적이 있다. 남부 사람 특유의 친절함이 몸에 밴 약간 통통한 여자. 앞치마를 매고 기독교 음악을 조용히 틀어 놓는 여자.

그런데 그가 말하는 그녀는 무척 매력적이다. 그녀의 이미지가 더 흐려지기 전에, 그가 다른 말을 더 보태 그녀의 이미지를 망쳐놓기 전에 지금 당장 종이 위로 옮기고 싶은 유형의 여자. "딸도 엄마를 닮았어요?"

"꼭 그렇지만도 않소. 내 생각에는 신이 우리 둘을 보고 좋은 점들만 골라서 아이를 만든 것 같아요. 매기는 훨씬 조용한 아이예요. 행동으로 옮기기 전에 오래 생각하는 아이죠. 술, 담배도 안 하고. 둘 다 관심 없대요."

"두 분 중 술은 누가 마셨는데요?"

"우리 둘 다 마셨소. 아내는 와인, 나는 리큐어. 다행히 우리 둘 다 술버릇이 나쁜 사람들이 아니었소." 그가 한 손으로 청바지 무릎 부분을 비볐다. "다시 일 할 준비 됐소?"

갑작스런 화제 전환. 나는 그가 일어서서 스트레칭 하는 모습을 본다. "물론이죠." 나는 펜을 들고 내 앞에 놓인 새하얀 종이를 물끄러미 쳐다보았다. 나는 한편으로는 일을 하고 싶어 하지만, 다른 한편으론 소설 같은 것 다 때려치우고 달아나버리고 싶다. 사이먼과 그의 부정직한 미소 그리고 그가 나에게 느끼게 한 모든 것들로부터 도망치고만 싶다.

우리는 모두 저마다 '그 후로 오래오래 행복하게 살았답니다'라는 이야기를 가질 수 있다. 각자의 삶에서 시기만 적절히 잘 선택하면 될 문제다. 사이먼과 헬레나의 이야기에서는 바로 지금이 그 문장을 붙여주기에 딱 좋은 시점이다. 그의 프러포즈 그리고 신중하게 고민한 후 결정한 나의 수락. 그 이후에는? 우리 결혼식 이후에는?

내리막길의 시작이었다.

마크가 글을 쓰는 동안 나는 작업실에서 복도로 슬그머니 빠져나왔다. 베서니 방문 앞에서 멈춰 숨을 가쁘게 쉬었다. 지금 숨이 가쁜 것이 몸을 움직여서인지 이제 막 하려는 행동 때문인지 모르겠다. 마침내 나는 손을 앞으로 뻗는다. 가늘게 떨리는 손가락으로 테이프 끝을 살살 잡아 떼고 손글씨가 써진 종이를 문에서 떼어냈다.

"내 규칙!" 아이가 소리를 빽 질렀다. 그 소리가 내 뼛속까지 울렸다. 내 안의 연약한 부분들이 부서졌다. "타당한 건 요청할 수 있다고 했잖아요. 내 감정도 존중해준다고 했잖아요!"

"우리가 너의 규칙을 모두 기억해줄 순 없어, 베서니." 나는 무력한 얼굴로 사이먼을 돌아봤다. 내가 아이를 원하지 않았던 이유가 이런 것 때문이었다. 나는 오늘 써야 할 글이 1500단어 남아있는데, 아이는 지금 자기 침실 불을 껐다는 이유로 나에게 성질을 있는 대로 부리고 있었다.

"규칙을 종이에 적어보면 어떨까?" 사이먼이 아이 앞에서 몸을 수그리며 말했다. 그의 손이 아이의 손을 다정하게 감쌌다. "너의 요청을 글로 쓰면 우리가 가족으로서 투표를 하는 거야. 모두 타당하다고 생각되면 베서니는 그걸 유지할 수 있고, 엄마 아빠도 그걸 지켜줄 거야."

"약속해요?" 그건 요청이 아니었다. 협박이었다. 아이의 눈이 나에게 와 꽂혔다. 두 눈에 원망이 가득했다. "엄마도 지켜줄 거죠?"

"그럼." 나는 화가 많이 난 채로 말했다. "엄마도 규칙들 지킬 거야."

나의 규칙들에는 체계랄 것이 없었었다. 살면서 말로 충분히 내뱉긴 하지만 리스트는 머릿속에서만 기억해둘 뿐이었다. 그런데 베서니가 자신의 규칙을 만들었을 때, 아무것도 없던 문 위에 자신이 연습한 글씨로 써서 붙인 리스트를 보았을 때 나는 비로소 깨달았다. 규칙을 깔끔하게 써서 소통하면 얼마나 간단하고 좋은지를. 베서니의 규칙을 두고 투표를 한 지 일주일도 지나지 않아 나는 내 규칙도 적기 시작했다. '케이트 로단트 규칙'과 같이 그 규칙의 당사자에 해당되는 사람에게는 공유를 하기도 했다. 그 외에 '엄마를 대할 때의 열 가지 규칙'이나 '섹스의 다섯 가지 규칙' 같은 것들은 노트에 써서 나 혼자서만 간직했고, 기분에 따라 자주 수정하곤 했다.

사이먼을 위한 규칙은 글로 적지 않았다. 글로 적었다면 펜을 여러 개 쓰고도 모자랐을 것이다. 그는 걸어 다니는 엉망진창 무질서 그 자체였다. 술에 거하게 취하기를 좋아하는 남자, 소스 잔뜩 묻은 나초를 좋아하는 남자, 즉흥적인 섹스를 즐겨 하는 남자, 노후 계획 따위에는 전혀 관심이 없는 남자였다.

나는 좋은 엄마가 아니었는지도 모른다. 나는 어쩌면 (나의 변호사와 엄마의 생각대로) 부적격 엄마였는지도 모른다. 하지만 나는 베서니의 규칙들을 따랐다. 음악이 나오면 아이와 춤을 췄다. 우리의 두 팔이 허공에서 흔들렸고, 우리의 엉덩이는 박자에 맞춰 씰룩댔다. 나는 아이의 그림도 건드리지 않았다. 그리고 쿠키도 가지고 갔다. 퍼지 스트라이프 쿠키를 페이퍼타월에 감싸 마치 통행료를 내듯 정중하게 아이에게 건넸다.

나는 아이 방의 문을 연다. 그리고 문에서 떼어낸 종이를 아이 책상으로 가져가 조심스럽게 내려놓았다. 그리고 종이가 책상 표면에 닿자마자, 이렇게 조심하는 나의 행동이 얼마나 바보 같은지를 깨달았다. 나는 이 종이를 예전에 했을 법하게 조심히 다루고 있다. 아이의 모든 물건들을 내 남은 평생 간직하려고 소중히 여기던 그때처럼. 지금은 내게 남은 시간이 댕강댕강 줄어들고 있으므로 그렇게까지 조심해서 다룰 필요는 없다. 이 종이도 이제 두 달 반 정도만 버텨주면 된다.

방문을 닫고 열쇠를 꽂아 돌리다가 나는 종이가 붙어있던 곳에 남아있는 희미한 자국을 보았다. 종이 모서리를 따라 남아있는 끈적끈적한 잔여물. 시한부 삶을 선고 받기 전의 나였다면 즉시 그것을 지워냈을 것이다. 반짝반짝 윤이 나기 전까지는 문 앞에서 떠나지 못했을 것이다. 오늘의 나는 가까스로 열쇠를 주머니에 넣는다. 아이의 방에서 계단 쪽으로 걸어가는데 숨이 막혀오고 통증이 심장을 관통한다.

문을 잠가야 한다. 아직은 마크에게 아이 방을 보게 할 수 없다. 그에게 아이의 이야기를 들려줄 수 없다. 아직은 안 된다.

28장

나는 새하얀 화강암 세면대 옆쪽을 붙잡았다. 호흡이 가빠지고 얕아졌다. 눈앞에 반점이 어른거린다. 나는 눈을 감고 호흡에 집중했다. 그러나 미친 듯이 뛰는 심장을 막는 데는 아무런 도움이 되지 못했다. 나는 세면대 위로 상체를 기울이고 눈물을 막아보려 눈꺼풀을 손가락으로 지긋이 눌렀다.

작은 노크 소리가 들렸지만, 문이 열리기 전에 문손잡이로 손을 뻗어 잠글 수 있을 정도로 내 행동은 빠르지 못했다. 문이 조금 열리고 거기에 사이먼이 서 있었다. 그의 잘생긴 얼굴에 근심이 한가득이다. 그의 시선이 세면대 위에 놓여있는 하얀 막대에 닿았다. 선명하게 떠오른 '임신'이라는 표시에는 의심의 여지가 없었다. 그의 표정이 변한다. 확실하고 억누를 수 없는 기쁨의 순간. 그는 나를 끌어안았고 나는 흐느껴 울었다. 그에게서 뿜어져 나오는 행복감이 내 안에 또 다른 공포를 불러일으켰다. 그가 내 이름을 속삭이고 그의 팔이 나를 더 세게 감쌌다. 그가 내 이마에, 내 눈물에 부드럽게 키스했다. "괜찮을 거야." 그가 맹세한다. "세상에서 가장 아름답고 소중한 우리 자기. 내가 약속할게. 이 일이 우리에게 일어난 생애 최고의 일이 되도록 할게."

당연히 그의 말이 맞았다. 아이는 나에게 일어난 최고의 일이었다. 최고였고, 또 최악이기도 했다.

새로 먹는 약은 나를 좀비로 만들고 있다. 우편물이 오는 소리가 들린다. 끼익 하는 차의 브레이크 소리를 듣고 나는 리클라이너에서 고개를 들어 올리고 고민했다. 일어나서 집 안을 통과해 포치 계단을 내려가 진입로 끝까지 걸어갈 것인가 말 것인가. 의사는 다음 주에는 훨씬 나아질 거라고, 내 몸이 다양한 약의 칵테일에 적응할 거라고, 내 몸이 정상처럼 느껴지게 될 거라고 약속 했었다. 그리고 의사는 나에게 활동을 가능한 한 많이 하고 물을 많이 섭취할 것을 당부했다.

종이 위에서 펜을 움직이는 것은 활동에 포함되는 게 아니라면, 활동 같은 건 어림도 없는 소리다. 물을 많이 마시는 건 이제 적응이 돼서 쉬워졌다. 바닥에는 빈 물병들이 아무렇게나 나뒹굴고 있다. 기력이 너무 떨어져 도저히 물병을 주울 수가 없었다. 약 한 알을 삼킬 때마다 새집처럼 깨끗했던 환경이 조금씩 멀어져 가는 느낌이다.

예전에는 깨끗하고 썰렁한 집이 나를 편안하게 했었다. 내가 모든 가구를, 모든 기억을 치워 버린 것도 그 때문이었다. 가구들, 사진들, 예전 삶의 조각들을 보는 것이 너무 고통스러웠다. 베서니가 첫 유치를 뺐던 소파에 앉고 싶지 않았다. 사이먼과 사랑을 나눈 적 있는 테이블 앞에 앉고 싶지 않았다. 내 책이 두 번째로 베스트셀러에 올랐을 때 구입했던 사진작가 피터릭의 작품을 더는 보고 싶지 않았다. 결혼선물로 받은 크록팟도 보기 싫었다. 전부 다 사라져 버렸으면 좋겠다고 생각했다. 물건들마다 추억들이 하나씩은 들러붙어 있었고, 나는 매일매일 '그땐 그랬지' 공격에 시달렸다. 산뜻하게 새로 시작하고 싶었다. 그리고 그것은 효과가 있었다. 집을 초기 상태로 되돌려 놓자 아예 다른 집처럼 느껴졌다. 비밀과 죽음 따위는 없었던 집, 내가 바보가 된 적이 없었던 집처럼 느껴졌다.

집에는 이제 마크와 요리사 데비의 존재가 더해져 조금 이상한 느낌이 들기 시작했다. 마크는 나에게 있지도 않은 보온 패드를 쓰라고 잔소리를 했다. 내가 메스꺼워하면 양동이가 어디 있냐 물었고, 싱크대를 고칠 때는 렌치를 달라고 했다. 둘 다 4년 전에 버린 것들이다. 데비는 집에 있는 제한된 식기들로 요리를 하느라 우왕좌왕했다. 주방에는 아무 것도 없는 것이나 마찬가지라서 요리 하나를 제대로 하는 것이 사실상 불가능했다. 결국 데비는 다른 곳에서 요리를 한 뒤 완성된 요리를 집으로 가져오기만 했다. 케이트는 우리 둘 모두를 파산시킬 정도로 많은 물건들을 사다 날랐다. 그녀는 유용한 물건이 가득 담긴 쇼핑백을 들고 찾아오곤 했다. 그녀가 그렇게 자꾸 불쑥불쑥 나타나는 것도, 이 사람들의 존재가 나에게 도움이 된다는 것도 나는 싫다. 반면, 나는 아무런 쓸모도 없는 인간이다. 플롯을 창조한다는 점을 제외하면 나는 모든 면에서 텅 빈, 아무 것도 없는 존재다.

자동차 엔진 소리가 들렸다. 우편배달부는 떠났고 나는 나가봐야 한다. 아마 운동이 될 것이다. 게다가 우편함을 들여다본 지가 꼬박 일주일은 되었다. 우편함은 아마 꽉 차 있을 것이다. 만약 우리 집을 털어가고 싶은 사람이 있다면 어서 들어오라고 광고하는 꼴이다. 두 달 전의 나였다면 실실 웃으며 그런 사람들을 환영했을 것이다. 어디 한번 죽도록 싸워보자, 하면서. 하지만 이제는 책의 집필이 시작되었고 한창 작업이 진행 중이다. 내 삶이 너무도 소중해진 것이다. 이제는 그런 싸움에 휘말려봤자 도움 될 것이 하나도 없다.

나는 리클라이너를 세우고 자리에서 일어섰다. 몸을 숙여 빈 병 몇 개를 주워 쓰레기통에 넣었다. 그리고 주방을 지나 현관문 앞까지 간 다음 그곳에 멈춰서 잠시 쉬었다. 마크는 호텔로 돌아갔다. 샤워를 하고 옷도 갈아입고 저녁으로 먹을 태국 음식도 사 온다고 했다. 그는 이틀 만에 8천 단어를 썼다. 엄청난 기량인데 본인에게는 별일이 아닌 듯했다. 같은 시간만큼 나는 잠을 잤고 꼬맹이 셋 분량의 어마어마한 투정을 쏟아냈다. 그리고 가끔 코골이와 짜증 사이사이에 그의 글을 손봤다.

고칠 것이 많지 않았다. 그는 내가 기대했던 것 이상으로 재능이 있었다. 나의 원래 계획은 그가 나의 글을 쓰면서 새로운 작가로 거듭나는 것이었다. 그의 재능에 물을 주고 성장하는 것을 지켜보려 했었다. 그의 부족한 단어들을 다시 쓰고 그 뼈대 안에서 무언가를 창조하려 했었다. 하지만 그의 글에는 이미 탁월함이 갖춰져 있었다. 내가 수정하는 부분은 적었고, 그의 글 대부분은 원문 그대로 남겨졌다. 내가 더 애쓰지 않아도 된다는 것이 실망스러울 정도였다. 그런 면에서는 지난 이틀은 지옥이었다.

나는 손잡이를 돌려 잡아당겼다. 문이 딱 떨어지며 휙 열렸다. 오후의 바람이 가볍게 불어 들어왔다. 바깥 풍경은 아름다웠다. 쾌청한 가을날이다. 아직 공기 중에 미세한 열기가 느껴졌다. 날씨가 나에게 지난 여름의 날들을 상기시킨다. 집에 방수포가 하나 있었는데 사이먼이 그걸 잔디 위에 깔고 한쪽 끝에 호스를 갖다 댔다. 그러면 잔디의 완만한 경사 위로 베서니를 위한 완벽한 잔디 미끄럼틀이 만들어졌다. 우리는 여기에 주방세제를 뿌려 더욱 미끄럽게 만들었다. 그러면 아이는 신나게 미끄럼을 타고 내려가면서 꺄악 소리를 질러대곤 했다. 사이먼은 곧 우리 우편함에 풍선을 붙이고 동네 아이들을 초대했다. 어느 주말엔가는 스무 명이나 되는 아이들이 우리 집 잔디 주변을 신나게 뛰어다녔다. 아이들은 해가 질 무렵에야 녹초가 되었고, 그제서야 모두들 집으로 돌아갔다.

나는 조심해서 포치 계단을 내려갔다. 온통 기억들에 둘러싸여 움직이고 있다. 각각의 기억은 마치 독이 든 초콜릿처럼 고통스러운 동시에 달콤했다. 한 조각을 삼키면 한참이 지나도록 그 찐득한 맛이 오래 입 안에서 맴돈다.

우편함 가득 봉투가 들어차 있었다. 나는 현관으로 향하며 천천히 하나하나 넘겨보았다. 공과금 고지서를 옆으로 넘기는데 얇은 흰색 봉투 하나가 모습을 드러냈다. 발신인 이름을 보고 나의 눈이 가늘어진다. 샬럿 블랜튼. 나는 한쪽 발을 포치 계단 위에 올려둔 채로 멈춰서서 봉투를 응시했다. 여기에 뭐가 들어있을까? 이 여자는 뭘 원하는 걸까? 여자의 행동이 나의 인내심의 한계를 시험하고 있다. 처음에는 집으로 찾아오고, 그다음은 이메일을 보내고, 그리고 지금 이것까지. 나는 우편물 뭉치에서 이 봉투를 따로 빼낸 뒤 고민했다.

나는 두렵다. 나는 장례식 후에 슬픔과 죄책감, 편집증이 뒤섞여 나를 단기적으로는 약에, 그다음으로는 술에, 그리고 나서는 일에 의존하게 만들었다. 글을 쓰는 것이 나를 그곳에서 꺼내주었다. 나의 인물들이 나를 졸피뎀과 와인으로부터 구해주었다. 임박한 마감일은 써야 할 단어 수 외에는 모든 것을 잊어야 한다는 최후의 압박이었다.

지금, 발신인의 성명에는 이 여자의 이름이 쓰여있고, 나는 숨이 차오르는 걸 느낀다. "몇 가지 여쭤보고 싶은 게 있습니다." 나의 잊혀진 친구, 거짓말이라면 나를 구해줄 수 있을 것이다. 필요하다면, 지금까지 그래왔던 것처럼 그녀의 질문에 잘 대처할 수 있을 것이다. "부탁이에요. 선생님 남편에 대한 얘기예요."

그러나 나는 집으로 들어가 음식물 처리기 안에 봉투를 집어넣고 봉투가 빙글빙글 돌아 죽어가는 모습을 지켜본다. 그 안에 무엇이 들어있는지 보고 싶은 마음은 손톱만큼도 없다.

앞으로 겨우 9주 남았다. 그 시간 동안 샬럿 블랜튼 피하기 정도야 못할 것도 없다.

29장

나는 베개 위에 발을 올린 채 소파에 누워있었다. 사이먼의 머리가 내 부푼 배 위에 놓여있다. 그가 고개를 돌리고 나의 셔츠를 끌어올려 내 배 위에 키스한다. "아이 이름, 재클린은 어때?" 그가 물었다.

내가 끙 앓는 소리를 냈다. 한 손으로 그의 머리카락을 쓰다듬었다. 가르마가 움직이는 모습을 사랑스러운 눈으로 바라보았다. "싫어. 벨라는 어때?"

"안 돼." 그가 고개를 흔들었다. "아는 사람 중에 벨라라는 여자가 있었어."

"당신은 여자를 너무 많이 알고 지낸 것 같아." 나는 뿌루퉁한 얼굴로 그의 머리카락을 한 움큼 잡아당겼다. "내가 질투를 잘 하지 않는 여자인 걸 다행으로 알아."

그가 활짝 웃었다. 그의 부드러운 숨결이 내 피부에 닿는 느낌이 참 좋다. 그가 나에게 밀착해올 때 느껴지는 따뜻한 무게감이 사랑스럽다.

"나에게 여자는 당신뿐이야." 그가 나에게 키스하고, 나는 그의 입술에 대고 웃었다. 내 배 위에서 살짝 굽어진 그의 손가락들이 사랑스럽다.

마크의 휴대전화가 셔츠 주머니 안에서 무음으로 진동했다. 나는 소파에 등을 기대고 바닥에 앉은 채 그를 올려다보았다. 그가 쓴 원고들이 내 앞에 쫙 펼쳐져 있다. 그는 휴대전화에 반응하지 않았다. 의자에 걸터앉아 열심히 노트북을 두드리고 있었다. 휴대전화가 또 한 번 울렸다. 나는 그가 휴대전화 진동을 느꼈는지 궁금했다. "휴대전화…"

"쉿." 그는 나를 쳐다보지 않았다. 타닥타닥 자판 두드리는 소리가 크레셴도로 절정에 다다르고 그의 눈은 노트북 화면에 붙박여있었다. 그가 자판 하나를 마지막으로 탁, 치더니 뒤로 기대 앉았다. 그러고는 한쪽 손으로 셔츠 앞 주머니를 열었다. 휴대전화들 들여다보는데 그의 아래턱이 목으로 쑥 들어간다. 그가 전화를 받고, 나는 호기심이 생겨 원고를 내려놓았다.

그의 목소리는 친절했다. 그러다가 목소리가 변하기 시작하더니, 점차 목소리에 걱정이 스며들었다. 그가 하는 말만 들어서는 내용을 알 수가 없었다. 그가 전화를 끊을 때쯤엔 내용이 더 혼란스러워졌다.

"괜찮은 거예요?" 그의 얼굴에서 무슨 일이 생겼다는 것을 알 수 있다. 그는 일어서서 한 손으로 휴대전화를 돌리고 있다. 나는 그의 딸이 떠오르며 갑자기 걱정이 밀려들었다.

"마터 일이에요. 마터가…" 그가 내 표정을 보더니 서둘러 설명했다. "마터는 내가 키우는 소들 중의 한 마리인데 새끼가 일찍 나오려는 모양이오."

마르카 반틀리가 소를 키우다니. 내 인생 최대의 적을 상상할 때면 나는 늘 향수 냄새와 싱싱한 꽃 냄새가 가득한 호화로운 펜트하우스, 그리고 왁싱과 마사지를 받으러 다니느라 바쁜 그녀의 나날들을 상상하곤 했었다. 마르카 반틀리가 소를 키운다니. 내 상상은 빗나가도 한참 빗나갔다. "그러면……." 나는 그의 얼굴에 떠오른 걱정을 헤아려 보려 했다. 하지만 소에 대해 아는 것이 전혀 없어서, 출산은 소의 인생 주기에서 평범한 부분처럼 느껴질 뿐이었다.

"집에 가봐야 할 것 같소. 하루나 이틀 정도." 그가 오른쪽 귀를 잡아당기며 내 책상 위에 아직 열려있는 자신의 노트북을 쳐다보았다. "미안해요. 제일 오래 키운 녀석 중 하나라서 내가 가봐야 해요." 그가 손을 떨어뜨리더니 나를 쳐다보았다. 그의 눈에 새로운 빛이 번뜩 떠오른다.

나는 그 눈빛을 알아보았다. 바보 같은 아이디어가 번뜩 떠오르는 순간이다. 사이먼이 늘 그랬었다. '있잖아……' 이렇게 시작되곤 했다. 사이먼의 얼굴은 어떤 생각에 몰두하고 있는 표정이었다. 그러고는 '프로젝트'를 제안하곤 했다. 그 중엔 두 개의 손님방 사이의 벽을 헐어 게임방으로 바꾸자는 제안도 있었다. 거기에 당구대와 각종 오락기 그리고 바를 설치하자고 했었다. 우리 동네 전체 아이들을 위해 부활절 달걀 찾기 행사를 열자는 아이디어도 냈었다. 마당에 아이들이 직접 토끼를 만져볼 수 있는 동물원도 만들고, 나와 자신은 거대한 인형탈을 쓰자고 했었다. "아이들 누구나 올 수 있는 거야." 그가 말했다. 마치 그게 좋은 일이라는 듯이, 마치 내가 우리 집 안뜰에 수백 개의 작은 발들이 뛰어다니길 원하고 있다는 듯이. 그 아이디어는 그가 베서니를 발판 삼아 실제로 실행에 옮겼다. 나는 그 둘에 맞서, 그리고 재미라는 그 둘의 생각에 맞서 아무것도 할 수 없었다. 전부 다 허튼소리였다. 전부 다 거짓말이었고 전부 다 제멋대로였다. 그런데 나는 멍청하게도 그것들을 다 이해해주었고, 거기에 같이 있었고, 그가 하고 싶은 것들의 비용을 다 지급했었다.

"같이 가는 건 어떻소?" 그가 고개를 끄덕였다. 마치 이 아이디어가 말이 된다는 듯이. "나에게 비행기가 있소. 두 시간이면 멤피스에 갈 수 있어요. 목장에 남는 방도 무지하게 많고, 가서 작업도 계속 할 수 있을 거요. 이 흐름 안 끊기게 말이오."

"싫어요."

"내가 곁에 있는 게 나을 거요. 혹시 뭔가 필요한 게 생길 수도 있으니까. 아니면 상태가 나빠질 수도 있고."

"당신은 내 간병인이 아니에요, 마크. 나는 성인 여자이고 당신이 오기 전에도 혼자서 잘 했었다고요."

"마지막으로 여행 갔던 게 언제요?" 그가 뒤로 물러서더니 책상에 기댔다. 나는 내 책상이 그의 무게를 버틸 수 있을지 궁금해하며 책상 다리를 쳐다보았다. 베서니가 저 책상 위에 자주 앉아 있곤 했었다. 다리를 흔들거리면서, 팔은 빙글빙글 돌리면서. 보통은 내가 일을 시작하려고 할 때면 그러곤 했다. 아이의 18킬로그램 몸무게는 그와 비교할 수 없다. 그의 떡 벌어진 어깨, 책상 모서리에 편히 기댄 굵은 허벅지. 그와 소들이 함께 있는 모습을 상상하기는 어렵지 않다. 그와 비교하면 사이먼은 체구가 작은 편이었다. 그의 티셔츠 중 가끔은 나에게도 맞는 것이 있었다. 그의 턱은 내 정수리 바로 위에 닿았다. 그에게 32인치 청바지를 사줬던 기억이 난다. 그 말도 안 되는 사이즈를 고르면서 내가 이러고 있을 사람이 아닌데, 라는 생각을 했던 기억이 난다. 나에게는 훨씬 중요한 일들이 있었다. 써야 할 글이 있었고 맞춰야 할 마감이 있었다. 나는 그 유명한 헬레나 '로스'였는데, 거기에서 쇼핑카트를 밀고 있었다. 몸 앞으로 맨 베이비캐리어에서는 아이가 침을 질질 흘리고 있었고, 벨트 고리에는 빌어먹을 공갈젖꼭지가 매달려 있었다.

나는 이마를 문질렀다. 옛 기억들이 현재와 충돌하며 불안해지고 있다. 나는 마크를 쳐다보고 그가 기다리고 있다는 사실을 깨달았다. 아 그렇지. 그의 질문. 마지막으로 여행을 갔던 게 언제냐고?

가장 쉬운 질문인 동시에 가장 어려운 질문이기도 하다. 한밤중에 버몬트로 질주했던 (불과 4주 전에) 일도 포함될까? 아닌 것 같다. 그 이틀은 '아무에게도 말 하지 않을 이야기' 버킷에 감춰두겠다. 그때를 제외하면 나의 마지막 여행은 그 둘과 함께였다. 베서니는 뒷좌석 카 시트에 태우고, 트렁크에 종이팩 주스와 요구르트가 든 캠핑쿨러를 싣고 떠났던 일. 캐나다 국경에 다다를 때까지 간식은 꺼내지 않았다. 7시간 예정이었던 여정은 10시간으로 늘어났고, 트랑블랑에 있는 스 키 리조트에 도착할 때쯤에는 우리 모두 기분이 최악이었다. 근사한 주말을 보내기엔 매끄럽지 않은 시작이었다.

나는 스키 장비를 착용한 지 한 시간도 되지 않아 발목을 접질렀다. 덕분에 나는 이후 사흘 간 타닥타닥 타오르는 난로 앞에서 누구의 방 해도 받지 않는 글쓰기 시간을 가졌다. 그동안 사이먼과 아이는 리조 트를 돌아다녔다. 우리는 어느 동화책에 나오는 작은 마을에도 방문 해 고급 정찬을 즐겼다. 베서니가 꺅 소리 지르고 물장구치며 야외 온 수 욕조로 들어갔다. 아이의 분홍색 수영복 위로 새하얀 눈송이가 하 나 둘 떨어졌고, 하얀 김이 모락모락 피어올랐다. 나는 아이에게 어느 마녀의 이야기를 들려주었다. 보글보글 끓는 커다란 솥에 어린 아이 를 넣어 요리하는 마녀의 이야기. 온수 욕조의 조명을 빨간색으로 바 꾸고 내가 무서운 얼굴을 하며 솥을 젓는 흉내를 냈다. 몸이 골고루 익어야 한다며 가끔씩 아이를 물 안으로 밀어 넣는 시늉도 했다. 매끄럽지 않은 시작이었지만 결국은 믿기지 않을 정도로 근사한 여행이 되었다. 물론 집으로 돌아오는 길에 사이먼과 내가 싸우긴 했지만. 또 프렌치 레스토랑에서 사이먼이 아이에게 치킨텐더와 소다를 시켜줌으로써 그 지역 고유의 문화를 경험할 수 있는 귀한 기회를 앗아가긴 했지만. 아이는 전자레인지로 데워온 것 같은 황갈색 치킨텐더를 감자튀김과 함께 먹었다. 감자튀김도 푸틴*이 아니라 그냥 케첩을 잔뜩 뿌린 평범한 것이었다.

"헬레나?" 마크가 나를 다정하게 불렀다. 나는 눈을 깜빡이고는 내 서재로 정신을 돌려놓았다.

"엄청 오래됐어요." 5년.

"재미있을 거요. 내가 약속해요. 머리 식히는 데도 도움이 될 거요. 몸 상태가 괜찮을 때 갑시다."

재미있을 거요. 무슨 일이 있어도 반드시 재미가 없을 것이다. 마크 포춘 버전의 재미에 뭐가 딸려오는 지는 몰라도, 땀과 벌레는 아마 필수로 포함될 것 같다.

몸 상태가 괜찮을 때 갑시다. 지금 내 상태가 괜찮은가? 나는 자가 진단을 해본다. 확실히 이번 주는 지난주보다 훨씬 괜찮았다. 약에 대한 메스꺼움 반응도 사라졌고 어지럼증도 아주 드물어졌다. 기력도 거의 회복됐다. '몸 상태가 괜찮다'는 것이 아주 정확한 말은 아닌 것 같지만, 어쨌든 나는 지금 뭐든 다 할 수 있을 것 같은 기분이고 휘청거림도 덜 하다. 약간이나마 예전의 나로 돌아간 것 같이 느껴진다. 의

---

* poutine, 감자튀김 위에 그레이비소스와 치즈 커드를 뿌린 캐나다 퀘벡 주 전통 요리.

사는 약의 단기적 효과가 도움이 되기는 하겠지만, 결국 나의 기력은 쇠하기 시작할 것이고 두통도 심해지고 식욕도 잃어, 결국 한 달 안에 사실상 침대에만 누워있어야 할 것이라고 말했었다. 마크의 말이 맞다. 내가 여행을 갈 생각이라면 이번 주가 적기이긴 하다. 하지만 그가 틀린 부분이 있다면 내가 그 여정에 조금이라도 흥미가 있을 거라고 생각한다는 것이다. 물론 마르카 반틀리의 세계를 엿보는 것에 구미가 당기기는 하지만.

"초대는 고마워요." 내가 고개를 흔들었다. "이번은 패스할게요."

"송아지 태어나는 거 본 적 있소?"

"나는 직접 본 것들이 그다지 많지 않아요. 그리고 그런 것들에 관심이 있는 것도 아니고요."

"고집 그만 부려요." 그가 착한 얼굴로 웃었다. 나는 거기에서 편안함이 느껴지는 것이 싫다. "멤피스의 9월은 일 년 중 가장 아름다운 때요. 그리고 마터가 당신과 닮았어요. 나이도 많고 짜증도 잘 내고. 그 녀석과 잘 지낼 수 있을 거요." 그가 나에게 손을 내밀었다. 나는 아무 생각 없이 그 손을 잡았다. 강하게 잡아당기는 힘이 나를 벌떡 일어서게 했다.

32년 인생을 살면서 가본 곳은 손에 꼽는다. 뉴욕, 뉴런던, 트랑블랑, 마인, 워싱턴DC, 버몬트. 다들 똑같았다. 그곳 사람들도 날씨도 모두 좋았다. 나는 북부 사람들이 좋다. 멤피스 같은 남부를 배경으로 한 소설들을 읽어봤는데 거기에 묘사되는 사람들 모습에 나는 질려버리고 말았다. 만나자마자 일단 팔부터 두르고 보는 사람들. 사람을 너무 쉽게 믿고, 질문을 너무 많이 하고, 거기서 알게 된 이야기를 온 마을에 퍼트리고 다니는 사람들. 뉴욕에서는 차 한잔하자고 아무나 집으로 초대했다가는 강간 당한 뒤 일주일 내에 시체로 발견되고 말 것이다. 나는 그것이 이 세상이 돌아가는 방식이라고 생각한다. 우리는 서로에 대해 건강한 두려움을 가지고 있어야 한다.

나는 문득 마크가 짐을 챙기고 있다는 사실을 깨닫는다. 노트북 선은 가죽 더플백에 넣었고 내가 바닥에 널브러뜨려놓은 종이들은 어딘가에서 발견한 페이퍼클립으로 한데 모아 두었다. 그가 노트북을 가방에 넣고는 나의 파자마를 쳐다보더니 말했다. "내려가 있겠소." 그가 말한다. "간식 좀 챙기고 있을게요. 짐을 너무 많이 싸지는 말아요. 혹시 필요하면 매기 옷도 잘 맞을 것 같으니까."

"나 안 가요." 내 말에 그가 문 앞에서 멈칫하며 바로 돌아본다.

"헬레나."

이건 단순히 이름 석 자가 아니다. 그는 그 세 음절의 말 안에 자신이 나를 위해, 이 책을 위해 하고 있는 모든 것들을 담아냈다. 마크는 나의 마지막 날들을 아껴주고 있다. 내가 자백할 수 있게 해주고 있다. 머지않아 알게 될 나의 비밀을 그는 내가 죽을 때까지 지켜줄 것이다. 그런 그가 나에게 지금 멤피스에 가자고 한다. 몸 상태가 이렇게 좋은 날에 그 정도는 양보해도 괜찮을 것 같다.

"알았어요." 나는 입술을 오므렸다. "그럼 딱 이틀만이에요."

"집에 가고 싶다고 하면 바로 데려다주겠소."

내가 고개를 끄덕였다. 그런데 목을 안 쓰던 방향으로 움직였더니 삐걱거리다시피 한다. 그가 환하게 웃어 보였다. 계단을 내려갈 때는 가볍게 뛰기까지 했다. 그의 부츠가 나무 바닥에 부딪치며 내는 육중한 울림소리가 온 집안으로 퍼져나갔다.

아, 인생은 너무도 급작스레 변해버리곤 한다.

30장

    나는 아직 비행할 마음의 준비가 되지 않았다. 차를 타고 여기까지 오는 시간은 너무 짧았고 운전은 마크의 주도로 이루어졌다. 트럭에 올라탄 이후 그의 입은 한시도 쉬지 않았다. 나는 보안 검색대 앞으로 늘어선 긴 줄과 엑스레이 기계, 액체류 제한 같은 것을 기대했는데, 그런 여행의 고난들(모두 책에서 읽은 것들)은 아무것도 일어나지 않았다. 트럭에서 내려 작은 로비를 지나고 나니 우리는 갑자기 비행기 앞에 와있었다. 이미 모든 것이 작동 중이고, 이륙까지는 불과 몇 분 밖에 남지 않았다.

    배 속에서 무언가가 요동치고, 나는 밀려오는 공포감에 시달리기 시작했다. 출발 전에 집에서 먹은 항불안제도 무력화시킬 정도의 강력한 공포감이다. 그의 비행기는 작아 보였다. 지면에서 떠올라 상공을 가르며 비행하기에는 너무 조잡해 보인다. 나는 비행기를 살펴봤다. 코에 커다란 프로펠러가 붙어있는 문 두 개짜리 비행기다. 비행기에 대해서 잘은 모르지만 그래도 프로펠러 두 개가 하나보다는 낫지 않나 싶고, 비행기가 클수록 더 안전하지 않을까 싶다. 세찬 바람이 우리 주변으로 휘몰아치고 나는 재킷을 꽉 잡아 여미었다. 백팩의 무게가 나를 안심시킨다. 척추에 닿은 단단하고 넓적한 나의 노트북. 비행 중 죽게 된다면 나는 내 원고와 함께일 것이다. 아직 혼돈의 뿌리까지 들어가지는 못했어도 나는 가능한 한 많은 글을 썼다는 것을 알고 죽게 될 것이다.

"걱정되는 얼굴이오." 그가 날개 아래쪽 무언가를 누르더니 작은 병을 꺼내 들고 햇빛에 비춰 안에 든 액체 양을 점검했다.

"비행을 안 해봤어요." 내가 쏜 고백이 바람을 타고 화살처럼 날아갔다.

"경비행기를 안 타봤다는 거요? 아니면 비행기를 아예 안 타봤다는 거요?"

"아예요." 바보 같다는 거 나도 안다. 세상에, 내 나이가 서른둘인데. 이런 건 20대에 다 해치웠어야 했던 일이다. 내 두둑한 예금계좌를 이용해 파리로, 알래스카로, 아니면 다른 근사한 곳들로 떠났어야 했다. 그런데 나는 뉴잉글랜드 지역에만 고집스레 머물렀다. 그 바깥으로 나갈 때는 모두 자동차나 기차를 이용했다. 나에게 비행공포증이 있다기 보다는 비행기의 위험성에 대해 약간 많이 알고 있었다고 하는 편이 맞겠다. 『얼라이브』를 읽었다. 우리가 만약에 산맥에 추락하게 된다면 가장 먼저 포기하는 사람은 나일 것이다. 마크가 인육을 먹는 사람으로 돌변해 내 앙상한 팔뚝을 뜯어먹을 거라는 사실을 아는 채로 죽을 것이다. 그 생각에 나는 섬뜩한 미소를 삼키고 죽음의 덫을 턱으로 가리켰다. "이거 위험해 보여요."

"앞으로 당신이 타게 될 모든 비행기 중에서 가장 안전한 비행기일 거요." 그가 말하고는 앞으로 걸어가 앞바퀴를 자세히 들여다보았다. "비행기에 낙하산도 달려있소. 무슨 일이 생기면, 젠장, 혹시라도 내가 비행 중에 갑자기 졸도해서 죽기라도 하면, 버튼 하나만 누르면 비행기가 자동으로 안전고도로 내려가고 난 후 낙하산을 펼칠 거요. 그러면 지면까지 낙하산을 타고 내려오게 되는 거요." 그가 몸을 펴더니 한 손으로 깃털이 떨어지는 것 같은 제스처를 해 보였다. "지면에 닿을 때의 충격은 약간 따끔한 정도. 척추지압사 몇 번 찾아가면 치료 못할 정도는 아닐 거요."

낙하산 이야기에 기분이 훨씬 나아졌다. 그가 마치 말을 살피듯 한 손으로 금속 선체 위를 쓸며 비행기를 빙 한 바퀴 돌았다. "뭐 하는 거예요?"

"비행 전 점검이오. 먼저 올라가 있는 게 어떻겠소? 몇 분 더 걸릴 것 같은데."

"괜찮아요." 솔직히 말하면 나는 어떻게 올라가는지 모른다. 계단도 없고, 그렇다고 사다리도 없고 문손잡이도 보이지 않았다. 나는 두 손을 주머니 속에 밀어 넣고 기다렸다.

"편한 대로 해요. 나 실력 좋아요, 헬레나. 안전하게 데려다주겠소."

세차게 휘몰아치는 바람 소리를 들으며 나는 하늘을 올려다보았다. 하늘에는 구름 한 점 없었다. 최소한 날씨는 맑다.

스크린 위에서 빨간색과 노란색 띠들이 깜빡거렸다. 나는 극심한 공포감에 휩싸였다. 비행기가 쑥 내려갔다가 올라간다. 나는 손잡이를 붙잡고 내가 아는 모든 어휘를 동원해 마크 포춘을 저주했다. 빗방울이 앞 유리를 때리는 와중에 내가 머릿속에 그릴 수 있는 거라고는 그 망할 놈의 낙하산뿐이었다. 이런 폭풍우 속에서 낙하산은 부드럽게 낙하하지 않을 것이다. 돌풍이 낙하산을 움켜쥐고 신나게 흔들어댈 것이다. 멍청한 십대 애들이나 타기 좋아하는 놀이기구처럼. 나는 눈을 감고 코로 숨을 쉬었다. 안전벨트를 쥔 손바닥이 땀으로 흥건했다.

"긴장 풀어요." 마크가 천천히 말했다. 고개를 돌리니 조종간에 가볍게 얹어진 그의 두 손이 보였다. "폭풍우는 피해서 갈 거요. 위험하지 않아요."

그의 말에 반항이라도 하듯 비행기가 갑자기 흔들리고, 나는 과잉흥분을 조절하기 위해 최선을 다하고 있는데도 결국 흐느끼고 말았다.

"그냥 난기류예요." 그가 나를 돌아보았다. "지금 고도를 높이는 중이요. 조금 지나면 안정될 거요."

"도착하려면 얼마나 가야 돼요?" 나는 내 물병에 손이 닿았으면 좋겠다고 생각했다. 백팩 옆주머니에 들어있는데 내가 아무 생각 없이 백팩을 뒷좌석으로 던져놓은 것이다. 입 안이 바짝바짝 마르고 얼굴에서 식은땀이 난다. 비행기가 요동치자 나는 토할 것 같았다.

"두 시간 더 가면 돼요. 좌석이 뒤로 젖혀지니까 혹시 눈 좀 붙이고 싶으면 한숨 자시오."

이 남자 제정신이 아니다. 지금 같은 때에 잠이 오는 사람이 있다면 그 사람도 제정신이 아니다.

작은 비행기가 멤피스에 도착할 때쯤 되니 내 심장박동도 제자리를 찾았다. 그의 말이 맞았다. 비행기가 고도를 높일수록 난기류는 줄어들었다. 폭풍우를 피해 정신없이 오다 보니 멤피스에 다다른 것이다.

정신을 차리고 멤피스의 하늘에서 내려다보니 풍경이 가히 예술이라 할 만하다. 하강할 때쯤 나는 거의 안정을 되찾았다. 마크의 실력도 증명되었고 비좁은 조종석도 이제 널찍해 보이고 편안하기까지 하다. 마크가 손을 뻗어 내 안전벨트를 가볍게 두드렸다. "이제 풀어도 돼요." 그가 창문을 조금 열자 시원한 바람이 밀려들어 왔다. 비행기는 이제 긴 활주로를 따라 앞으로 굴러가고 있다. 한 데 모여있는 건물들을 향해 가고 있다. 하늘에서도 보일 정도로 커다랗게 '윌슨 항공 센터'라는 간판이 붙어있었다. 나는 벨트를 풀고 다리를 쭉 뻗어 발가락을 바닥에 대고 눌렀다. 창밖을 보니 더 큰 비행기 한 대가 지나간다. 태양 빛이 그 후미에 비쳐 반짝거렸다.

비행기는 길게 늘어선 건물들을 지나 한 격납고 앞에 섰다. 나는 조심스럽게 문을 열고 한 손에 백팩을 든 채 날개 아래로 폴짝 뛰어내렸다. 마크는 조종석에 앉아 나에게 옆으로 비켜 있으라는 몸짓을 했다. 나는 비행기에서 멀찍이 떨어져 가방을 바닥에 놓고 물병 뚜껑을 연 뒤 미지근한 물을 단숨에 들이켰다. 비행기는 기름을 채우고 격납고 안으로 굴러 들어갔다. 고것 참 재미있는 물건이다. 10분쯤 후 마크가 손에 열쇠들을 든 채 내 앞에 서 있다.

"준비 됐소?" 그가 물었다. 나는 가방을 손에 쥐고 고개를 끄덕였다.

마크의 차(빈티지 브롱코)는 격납고에 뚜껑이 열린 채로 주차되어 있었다. 나는 문을 열고 나서 우드 소재로 포인트를 준 내부와 새 것처럼 깨끗한 가죽시트에 입이 떡 벌어졌다. 시트는 진녹색과 흰색 투톤으로 되어있다. 나는 쇼룸에 갖다 놔도 손색없는 마감에 감탄하며 차 안으로 미끄러져 들어갔다. 렌트한 트럭 안에서 타코를 먹으며 양상추 쪼가리들을 바닥에 흘리던 그의 모습을 떠올려보았다. 이 트럭의 바닥은 길쭉한 나무판자들을 이어 붙인 것으로, 나는 마크가 여기에서 어떤 것도 먹어본 적이 없을 거라고 단언할 수 있었다. "몇 년 식이에요?" 내가 물었다.

"1976년식이오." 그가 트럭에 올라타자 차체가 흔들렸다. 그가 벨트를 잡으려고 몸을 돌리는데 한쪽 팔꿈치가 나에게 와 부딪쳤다. "이 차 몬 지는 6년 됐소. 전부 내가 직접 튜닝한 거요." 힘이 들어간 그의 목소리에 뿌듯함이 묻어났다. 처음 들어보는 목소리다. "마음에 드시오?"

"정말 예뻐요." 나는 그가 시동을 걸기 전 대시보드 위를 사랑스레 쓸어 내리는 모습을 지켜보았다. 사이먼은 돈 많은 여자가 구두를 좋아하는 것과 같은 방식으로 자동차를 좋아했다. 구입하는 것을 좋아했고, 출시되자마자 몰아보고 싶어했다. 그러나 반짝이는 새 장난감과의 외도는 잠깐이었다. 그는 금세 싫증을 냈다. 내가 결혼했던 사람은 고급 커피 한 잔 가격에 벌벌 떠는 보수적인 사람이었다. 하지만 나를 과부로 만든 사람은 버릇이 고약해진 남자였다. 내가 돈을 버는 족족 거의 다 써버리는 남자였다. 우리 집과 차고는 세상에서 가장 좋은 물건들로 빠르게 들어찼다. 그가 죽은 후 내가 모든 물건을 내다 버린 이유 중 하나도 그 때문이었다. 차고에 있는 제트 스키를 볼 때마다, 고급시계들을 볼 때마다, 혹은 액자에 넣은 스포츠 수집품들을 볼 때마다 나는 그가 조금씩 더 싫어졌다. 사실, 사이먼을 싫어할 이유는 이미 차고 넘쳤다. 그래서 그의 소비 습관에 부정적인 감정을 더 보탤 필요는 없었다.

마크가 손목시계를 본다. 그러고는 휴대전화로 손을 뻗는데 가속 페달 위에 놓인 발에 힘이 더 들어갔다. 우리가 공항 게이트를 지날 때 직원 한 명이 작별의 인사로 손을 흔들어 보였다. 주차장을 지나가는

데 사람들이 친근한 웃음들을 지어 보인다. 전화기 너머의 목소리가 희미하게 들리고 마크가 이야기한다. "지금 트럭 탔어. 20분이면 도착해. 녀석은 어때?"

나는 창밖을 내다보았다. 대형 민간 항공기가 이륙하는 모습이 보였다. 그 뒤로 뿌연 먼지가 소용돌이 친다. 이쪽 통화 내용만 들어보면 소는 아직 진통 중인 것 같다. 그리고 어쩐지 걱정하는 이유가 따로 있는 것 같았다. 마크가 전화를 끊고, 나는 고개를 돌려 그를 보았다. "괜찮대요?"

"모르겠소." 그가 방향지시등을 켜고 미니밴 한 대를 추월하는데 차가 조금 흔들렸다. 미니밴의 먼지 쌓인 뒤 창문에 웃는 얼굴이 그려져 있었다. 나에게도 미니밴이 한 대 있었다. 겨울이면 사이먼은 미니밴 앞에 빨간 루돌프 코를 붙이고 운전을 했다. 그는 그런 기념일들을 나보다도 훨씬 열성적으로 챙겼다. "마터는 열세 살이오. 소 치고는 약간 많은 나이죠. 이번이 아마 마지막 출산이 될 거요."

"그동안 몇 마리나 낳았어요?" 나는 창밖에서 고개를 돌렸다.

그가 입을 비틀고 한 손으로 뒷머리를 비볐다. "어…… 일곱 마리인 것 같소. 한 마리는 낳다가 죽었어요. 몇 년 전에."

"새끼를 낳으면 어떻게 해요?"

"암놈들은 키우고 수놈들은 팔아버려요. 수놈은 한 마리로 족해요. 한 마리라곤 해도 손이 어마어마하게 가거든요."

"마터는 지금 문제가 뭔데요? 새끼가 잘 나올까요?"

"딱히 문제라 할만한 건 없소. 그냥 녀석이 불편해할 뿐이오. 보통 때보다 오래 걸리고 있어서."

나는 그의 소가 내 앞에서 죽지 않기를 바랐다. 내 삶의 이야기는 이미 슬픔으로 꽉 들어차 있다. 거기에다 슬픔을 더하자고 굳이 1천 마일을 달려올 필요는 없었다. 슬픔이 더 필요하다면 나는 그저 사진첩을 열어보거나 묘지를 방문하기만 하면 되는 것이다.

"매기한테 오라고 할까 생각하고 있었소. 금요일 밤에 저녁 같이 먹자고."

매기? 그게 누구인지 생각하는데 잠깐 시간이 걸렸다. 마크의 딸. 대학교 신입생. 나는 그 접힌 사진 속에서 환하게 웃던 아이의 얼굴을 떠올렸다. 나는 아무 말도 하지 않았다.

"애가 궁금해 해요……. 내 생각엔 내가 코네티컷에서 지내는 걸…"

"집에 와서 지낼 거라는 얘기는 없었잖아요." 나는 갑자기 섬뜩한 생각이 떠올랐다. 내가 그를 돌아보았다. "설마 아이가 우리를……." 나는 차마 그 말을 내뱉을 수가 없었다. 그가 이해했다는 듯 씩 웃었다.

"아뇨. 그냥 질문을 많이 했소. 애가 약간 나를 보호하려는 성향이 있어서. 애 엄마 죽은 후로 계속 그래요." 그가 목을 가다듬었다. "당신 아프다는 얘기는 안 했소. 그냥 모르는 게 나을 것 같아서."

내가 얼굴을 찌푸렸다. "딸도 이제 성인이에요. 아이도 충분히 감당…"

"내 생각은 달라요. 그리고 아이가 그런 생각을 하지 않았으면 좋겠고. 나는 그냥, 당신이 괜찮다고 하면 아이는 몰랐으면 좋겠소."

사이먼은 늘 베서니에게 사실을 알려주기 보다는 보호하려고만 했었다. 그게 우리 싸움의 주된 원인이었다. 하지만 어떻게 사람이 자신에게 거짓말 하는 사람을 믿을 수 있는가? 인생에서 도전, 어려움을 겪어보지 않은 사람이 어떻게 자신이 감당할 수 있는 것들을 알 수 있겠는가?

언젠가는, 아마도 조만간 매기는 나의 병에 대해 알게 될 것이다. 아빠가 자신에게 거짓말을 했다는 사실도 알게 될 것이다. 그리고 마크가 하는 다른 모든 말들까지 의심의 씨앗을 가지고 듣게 될 것이다. 나는 마크에게 나의 생각을 말했다. 돌아오는 것은 긴 침묵이다.

마크가 마침내 입을 열었을 때 그의 말이 공기를 가르며 날아와 나를 찌른다. "좋아요. 아이에게 오지 말라고 하겠소."

나는 어깨를 으쓱하고 창밖을 내다보았다. 나무들이 지나갔다. 잎사귀들은 노란색 주황색 물감으로 그려놓은 유화 같다. 나무와 차 사이에 있는 도랑에는 물이 그득 차 있었다. 우리는 왕복 2차선 도로를 달리고 있다. 대형 화물트럭 한 대가 지나가자 차가 살짝 흔들렸다. 작은 집도 하나 지나가는데, 포치에 똑같이 생긴 안락의자 두 개가 놓여 있다. 성조기를 달기 위해 설치된 장대에 오렌지색 테네시 주 깃발이 매달려 축 처져 있었다.

차를 몰고 트랑블랑으로 가는 길에도 우리는 여기와 비슷한 지역을 지나갔었다. 여기 있는 집과 닮은 집들이 있었고 주변의 모든 것들이 도톰한 눈 매트로 덮여 있었다. 그런 곳에서 살면 얼마나 평화로울까 생각했던 기억이 난다. 시끄러운 이웃도, 깐깐한 건축심사위원회도 없는 곳. 포치에 앉아 며칠 동안 아무에게도 방해 받지 않을 수 있는 곳. 그 환상에 흠뻑 젖은 내 얼굴 위로 옅은 미소가 떠올랐다. 그때 사이먼이 한숨을 내쉬었다. "이런 데서 어떻게 사람이 사는지 모르겠어." 그가 길을 걸어가는 어떤 남자를 뚫어져라 쳐다보며 말했다. "이런 데서 살다간 따분해서 죽어버리고 말 걸." 우리의 사고방식이 얼마나 다른지 너무도 명쾌하게 보여주는 순간이라 나는 웃음을 터뜨리고 말았다. 그에게 나의 생각을 말했더니 그는 묘한 웃음을 지으며 나를 쳐다봤다. 그러고는 몸을 기울여 내 볼에 키스했다. "정신 나간 헬레나." 그가 속삭였다. 내 턱에 닿는 그의 숨결이 따뜻했다.

정신 나간 헬레나.

그 한 번 만은 그의 말이 정말로 맞았다.

31장

여행 전에는 무엇을 기대해야 할지 전혀 상상이 안 갔지만, 마크의 비행기 그리고 새 차처럼 깨끗한 브롱코를 본 후 내 머릿속에서는 그의 멤피스 집에 대한 어떤 이미지가 그려졌다. 바로 흠 잡을 데 없는 남부의 웅장한 대저택의 이미지 같은 것. 차가 큰길에서 빠지더니 자갈길로 들어섰다. 나는 벨트를 늘여 몸을 앞으로 기울이고 대저택의 입구가 나타나길 기다렸다.

그러나 나는 실망하고 말았다. 나무가 사라지고 너른 들판이 모습을 드러내며, 양쪽으로 길게 자란 풀과 야생화들만 무성하고 동물 같은 것도 보이지 않았다. 멀리 울타리 하나가 길게 이어지긴 했다. 목장 너머 언덕 꼭대기에 집이 하나 자리하고 있다. 포치가 넓은 그냥 길쭉하고 넓적한 집이다. 한쪽 끝으로 굴뚝이 우뚝 솟아있었다. 집은 정말이지…… 평범하다. 나는 얼굴을 찌푸렸다.

점점 가까이 가면서 세밀한 것들이 눈에 들어왔다. 포치 앞에 자생하고 있는 장미 관목. 가시줄기들이 바람에 흔들렸다. 포치 위 흔들의자에 놓여있는 파란색 방석은 색이 바래있다. 아마 처음에는 이 집의 덧문과 같은 색이었을 것이다. 집의 측면에 기대어놓은 자전거는 길게 자란 풀 사이에 파묻혀있었다. 구리로 만든 양동이는 녹이 슬었고 손잡이엔 새똥이 여기저기 떨어져있었다. 시간 속에 잊혀진 집처럼 보였다. 한 때 사람이 살았지만 지금은 방치된 집. 언젠가(아마도 3년 전에) 누군가가 관리하다가 멈춰 버린 것 같다.

우리는 집과 떨어져있는 차고 앞에 주차를 했다. 그가 운전석 문을 열며 말했다. "가방은 두고 내려도 돼요. 집에는 나중에 들어갈 거니까."

나는 벨트를 풀고 그의 지시는 무시한 채 가방을 매고 재빠르게 차에서 내렸다. "소 돌보러 가야 하는 거면 나는 그냥 포치에서 기다려도 괜찮아요. 노트북 가져왔으니까 일하고 있으면 돼요."

"나랑 같이 가요." 그가 차고로 걸어가더니 문을 열고 캄캄한 안쪽으로 들어갔다. 잠시 후에 요란한 소리와 함께 차고 밖으로 그가 모습을 드러냈다. 나는 두 손으로 가방 끈을 비비 꼰다. 그리고 그가 올라타 있는 것을 보았다. 내 단화가 콘크리트 바닥에서 도저히 떨어지려 하지 않는다.

"나보고 그걸 타라고요?" 사륜 바이크였다. 거대한 타이어는 흙투성이이고 손잡이는 양옆으로 떡 벌어져있었다. 헤드라이트도 무지하게 크다. 그 전부가 위협적이다. 운전자의 지휘 아래서라면 격하게 날뛰며 바위도 타고 올라갈 기세다.

"두 대가 있소. 내 뒤에 타든지 매기 걸 타든지." 그가 고개로 차고 안에 있는 것을 가리켰다. 차고 문 앞으로 가서 안을 자세히 보니, 밝은 분홍색 헬멧이 달려있다는 것 빼고는 그의 바이크와 완전히 똑같이 생긴 게 세워져 있었다.

"나는 그냥 여기에서 기다릴게요." 나는 뒷걸음질 쳤다. 그러다가 문 모서리에 팔꿈치를 부딪쳤다. 나는 팔꿈치를 부여잡고 찡그렸다. 통증이 찌릿하게 나를 관통한다.

"헬레나." 그가 바이크에서 내려 매기의 분홍색 헬멧을 가져오더니 나에게 내밀고 흔들었다. "빨리 이거 써요. 천천히 달리겠소. 축사는 1마일 정도 떨어져 있어요. 걸어가긴 너무 멀어요. 지금 시간도 없고."

내가 망설이자 그가 나를 향해 헬멧을 계속 흔들었다. "카르페 디엠*, 헬레나."

나는 이런 지저분한 죽음의 기계에 올라타서 '오늘을 즐긴다'는 생각은 해본 적도 없다. 하지만 도전정신이 나를 자극하고 결국 나는 헬멧을 받아 조심스레 머리에 썼다. 끈을 조절할 필요도 없이 패드가 내 턱에 딱 맞았다. 그가 다시 바이크에 올라타자 나는 매기의 바이크에 탈 생각은 조금도 하지 않고 그의 뒤로 올라탔다. 몸을 기울이고 뒤 쪽을 꼭 붙잡고 있으면 그의 몸에 닿지 않아도 될 것이다. 차고 앞에서 서서히 출발하는데 안정감이 느껴졌다. 내 발이 그의 종아리에 부딪쳤다. 그런데 갑자기 덜컹 하면서 그가 기어를 바꾸고 스로틀을 당겼다. 바이크가 요동치면서 내 몸이 흔들렸다. 나는 결국 뒤를 붙잡는 것은 포기하고 그의 셔츠를 붙잡았다. 그리고 그를 껴안을 수 있을 만큼 앞으로 움직였다. "미안해요." 시끄러운 엔진 소리 너머로 내가 소리쳤다.

"꽉 잡아요." 그가 소리쳤다. "그리고 혹시 멈추고 싶으면 내 어깨

---

* carpe diem, '오늘을 붙잡아라'라는 뜻의 라틴어. 지금 이 순간을, 오늘을 즐기라는 의미를 담고 있다.

를 쳐요." 그가 집을 지나 달리기 시작했고 나는 고개를 돌려 그물망 펜스로 둘러싸인 드넓은 뒤뜰을 바라보았다. 거기에 커다란 황색 개 한 마리가 있었다. 꼬리를 흔들며 우리를 따라 앞으로 껑충껑충 뛰며 달렸다. 마크가 한 손을 들어 인사를 하고는 속도를 올리자 개가 혀를 입 밖으로 내면서 빠르게 질주하기 시작했다. 그 모습이 나를 웃게 한다. 개가 뒤뜰 끝에 다다라 미끄러지듯 멈출 때 마치 나를 보고 웃고 있는 것 같았다. 그때까지도 꼬리를 계속해서 흔들고 있었다. "미다스예요." 그가 소리쳤다. 나는 그의 등에 얼굴을 파묻고 그의 몸을 둘러 옷 앞쪽을 꽉 붙잡았다.

여기는 완전히 다른 세상이다. 공기에서 해바라기 냄새와 흙냄새가 나고 벌이 윙윙대며 지나갔다. 바람에 머리카락이 세차게 나부낀다. 포니테일에서 머리카락이 조금 빠져나온다. 베서니에 대한 기억은 없는 세상이다. 나는 내 심장을 늘 조이고 있던 것이 조금 느슨해진 느낌을 받았다. 우리는 포장도로에서 벗어나 도랑을 지나고 언덕 위를 올라 빽빽한 숲속으로 들어섰다. 요란한 소리를 내며 나무들 사이를 지나갈 때는 바닥에 있는 죽은 나뭇잎들이 바스락거리는 소리를 냈다. 상쾌한 가을의 공기 속으로 나뭇잎들이 춤을 추며 떨어졌다.

내가 나의 외부를 느끼는 순간이 찾아온 듯하다. 나는 내 손에 쥐어진 그의 부드러운 플란넬 셔츠를 느꼈다. 내 얼굴에 떠오른 미소를, 내 가슴 속에서 솟아오르는 소리 없는 즐거움을 느꼈다. 이게 행복인가? 행복이라는 것을 너무 오랫동안 느끼지 못해서 나는 그것을 알아보지 못하게 되어 버렸다.

마침, 길 하나가 나오고 마크가 그 길로 들어섰다. 그러고는 얼마 안 가 울타리가 나타나자 브레이크를 걸며 속도를 늦췄다. 저 멀리 소들이 보였다. 갈색과 붉은색 몸통들이 드넓은 들판 여기저기에 흩어져 있었다. 소들이 머리를 들고 우리가 지나가는 모습을 쳐다보며 턱을 계속 움직이고 있다. 내가 소를 무서워하게 될 줄은 전혀 몰랐는데, 이렇게 울타리도 낮은 들판에서, 그것도 습격 당할 수 있는 반경 내에서 달리고 있자니…… 나는 숨을 죽이고 마크를 더 꽉 붙잡았다. 이 사륜 바이크의 인상적인 속도에 갑자기 고마운 마음이 든다. "쟤네 혹시 사람을 공격하나요?" 내가 묻자 그가 고개를 돌렸다.

"아니요. 그래도 수소는 귀찮게 하지 말아요." 그가 가리키는 손을 따라가 보니 나무 그늘 아래에 거대한 짐승 한 마리가 보였다. 멀리서 봐도 두 개의 뿔이 몹시나 위협적이다.

"그럴 생각 없어요." 내가 소리쳤다. 그가 스로틀을 당겨 다시 가속을 했고, 잠시 후 우리는 낮은 축사 건물에 도착했다. 입구 쪽에 또 다른 사륜 바이크가 서 있었다. 우리 바이크는 그 옆에 멈춰 섰다. 그가 엔진을 끈 후 내가 내릴 때까지 기다렸다가 자신도 따라 내렸다. 나는 옆으로 물러서서 그가 축사로 성큼성큼 걸어가는 모습을 지켜보았다. 그가 커다란 두 문을 양옆으로 밀었다. 문이 벌어지며 끽 하는 소리가 났다. 그가 안으로 들어가고, 나는 잠시 망설이다가 따라 들어갔다.

축사의 중앙으로 넓은 통로가 반대편 끝까지 길게 이어져 뚫려 있다. 축사의 천장은 거대한 트랙터들을 수용할 수 있을 정도로 높았다. 나는 비어있는 우리들을 쓱 둘러보며 걸었다. 어떤 자갈 하나가 가죽 단화 아래에 끼어서 걸을 때마다 발바닥을 기분 나쁘게 찔러댔다. 축사 제일 끝 칸에서 한 남자가 몸을 바깥으로 내밀었다. 우리가 다가가자 몸을 똑바로 폈다. 둘이 터프하게 악수를 나누더니 나를 향해 돌아섰다. "이쪽은 헬레나. 코네티컷에서 온 내 친구."

"로이스라고 합니다." 남자가 고개를 까딱하며 인사를 건넸다. 나는 혹시라도 그가 손을 뻗어오기 전에 얼른 두 손을 청바지 주머니 속으로 집어넣었다.

나도 고개를 까딱하며 말했다. "만나서 반가워요."

"소가 새끼 낳는 거 본 적 있어요?" 그가 물었다. 나는 그의 머리에 얹어진 더러운 야구모자를 보았다. 챙이 때가 타서 시커멓다시피 하다. 그의 뒤로 마크가 우리 문을 열고 밀짚에 발을 내디뎠다. 작은 소리로 무슨 말을 하는 것 같았다.

"아니요." 나는 앞으로 걸어가 우리 안을 바라보았다. 배가 크게 부푼 소 한 마리가 서 있었다. 소의 붉은 털이 내가 손을 뻗으면 닿을 만큼 가까이에 있었다. 소가 몸을 돌리길래 나는 뒤로 약간 물러섰다. 소의 머리가 빙그르르 돌더니 마크에게로 다가갔다. 마크가 한 손으로 소의 옆얼굴을 쓸어 내렸다. 비행기를 타고 오는 동안 그가 소에 대해 이야기 해주었다. 새끼 낳기 전에 소도 사람처럼 진통을 겪는다는 것. 서서 낳을 수도 있고 누워서 낳을 수도 있다는 것. 앞발이 먼저 나오고 그다음 머리가 나온다는 것. 나는 파리 한 마리를 쫓으며 가까이 다가섰다. 뒤쪽 벽에 쌓여있는 두엄이 보였다. 내가 베서니를 낳을 때 분만실에서는 표백제 냄새와 소독약 냄새가 났다. 사이먼은 신발에 덧신을 신고 머리망과 마스크를 썼었으며, 의사는 손에 라텍스 장갑도 끼고 있었다.

여기에는 장갑을 낀 사람이 아무도 없다. 응급 용품 키트도 안 보이고 소독실 같은 것도 없다. 심지어 깨끗한 천 하나도 없다. 금방이라도 새끼 소가 나올 수 있다는 생각에…… 내 머리는 끔찍한 가능성들 사이를 헤엄치고 있었다. 나는 준비되지 않았다는 느낌, 무지하다는 느낌을 받지 않을 수 없었다.

베서니를 낳을 때 나는 최소한 아는 것들은 있었다. 출산 1만 건당 다섯 건의 경우 산모가 심장 수술을 받아야 한다는 것, 출산 후 회복 기간 동안 합병증을 앓는 사례가 지난 10년 간 114%가 증가했다는 것을 알고 있었다. 무엇을 먹어야 하고 무엇을 마셔야 하는지를 알고 있었고, 너무 심하지 않게 딱 적당히 운동하는 법도 알고 있었다. 그때의 나는 많은 것을 알고 있었다. 그런데 지금 저 거대한 동물이 내 앞에 있는데 나는 아는 것이 아무 것도 없다. 아무 것도 조사하지 못했다. 이런 멍청한 느낌, 내가 와있는 곳의 상황에 대해 아는 것이 아무 것도 없다는 느낌이 싫다. 어미 소 앞다리의 관절이 꺾였다. 그대로 바닥에 넘어지는 모습을 보며 나는 더러운 나무판자를 꽉 붙잡았다.

32장

마크

마터가 흙 위로 주저앉으며 거친 숨을 내뱉었다. 마크는 뒤로 물러서서 마터에게 공간을 더 내주고 미세한 움직임들을 눈에 담는다. 마터의 커다란 눈에 흰자가 보이고 콧구멍은 벌름거렸다. 머리가 바닥을 향하며 다리가 툭 꺾였다. 발굽들이 잠시 공중에서 흔들렸다. 마크는 녀석이 태어났을 때를 기억한다. 마터는 그때도 지금과 똑같은 자세로 누워있었다. 그때는 온 몸에 피와 점액을 뒤집어쓰고 있었다. 그렇게 너무 오랫동안 누워있어서 마크는 녀석이 죽은 줄로만 알았다. 엘렌이 울음을 터뜨렸었다. 한 손으로 자신의 입을 가리며, 녀석에서 다가가기 걱정되고 두렵다는 듯 긴 다리로 이리저리 서성이며 어쩔줄 몰라 했다. 마크가 아내를 가슴으로 끌어당겨 머리 위에 키스했다. 그들은 이 새끼 소가 해낼 수 있기를 함께 기도했다. 마침내 마터가 씰룩거리며 머리를 들어 올렸을 때 엘렌은 환호성을 질렀다. 그녀의 어깨가 마크에게 부딪혔다. 아내는 축사 전체를 밝힐 수 있을 정도로 환하게 웃었다.

"뭐가 잘못된 거예요?" 헬레나의 말투가 딱딱하게 굳어 있다. 얼굴에는 걱정이 한가득이다.

"잘못된 거 없소." 그가 나무 난간에 몸을 편히 기댔다. "녀석은 그냥 편안한 자세를 찾고 있는 거요. 진통이 계속 심해지고 있거든요. 이제 얼마 안 남았소."

"당신은 걱정을 하고 있는 거예요?" 헬레나는 이 질문에 계속 집착한다. 그녀의 눈이 마크를 봤다가 마터에게로 향했다. 마치 자신의 온전한 정신상태가 그의 대답에 달려있다는 듯이.

"내가 아무런 걱정도 없는데 비행기를 타고 여기까지 온 건 아니오." 그가 몸을 움직여 더 편한 바닥에 발을 디딘다. "하지만 괜찮을 거요, 어떻게 되든. 마터는 좋은 삶을 살았으니까."

"나는 통계적인 확률을 알고 싶은 거예요." 헬레나는 손톱에 아무것도 바르지 않았다. 그녀의 손톱이 나무 난간을 파고들 듯 누르자 손가락 관절들이 하얗게 변했다. "잘못될 확률이 얼마나 돼요?"

그의 뒤에 있던 로이스가 픽 웃었다. 둘이서 이야기를 나눌 수 있도록 로이스가 우리에서 나가는데 햇빛이 그의 그림자를 길게 드리웠다.

"알면 뭐가 달라져요?" 그가 헬레나에게 물었다. 그의 눈이 헬레나의 어둡고 진지한 눈을 바라보았다.

"나는 미리 알고 싶은 거예요. 여기 있고 싶지 않거든요. 만약에……" 그녀가 마터를 가리켜 보인다. 때마침 마터가 불편한 신음 소리를 냈다.

"괜찮아요." 그가 웃었다. "녀석은 당신 말 못 알아들어요. 만약에 녀석이 죽으면?" 그가 도와준다. "아니면 새끼가 죽으면?"

"네."

그가 한 손으로 턱을 비비며 까칠하게 자란 수염을 만졌다. 면도를 일주일 동안 하지 못했다. "15퍼센트." 그가 엄지손가락을 이용해 볼 옆쪽을 긁었다. "잘못될 확률은 15퍼센트요."

"그럼 15퍼센트 확률 때문에 우리가 여기까지 날아온 거예요?" 헬레나는 짜증을 내며 믿을 수 없다는 얼굴을 했다. 난간에서 물러서더니 팔짱을 끼며 말했다. "그럼 마터가 순산할 확률이 85퍼센트네요. 우리는 아무런 이유 없이 여기까지 온 거고요?"

마크가 그녀에게 한쪽 눈썹을 들어 보였다. 그녀가 갑자기 흥분하는 이유를 헤아려보려 한다. "그럼…… 당신은 뭔가 잘못되길 바라는 거요?"

"내가 원하는 건 사실의 확인이에요." 그녀가 두 번째 손가락으로 마터를 가리켰다. 그때 마터가 마치 큐사인이라도 받은 것처럼 우렁찬 소리를 냈다. 녀석의 머리가 땅에 부딪치며 흔들렸다. 이제 녀석은 눈에 띄게 불편해 보인다. "15퍼센트?!" 이 숫자가 어이없다는 듯이 그녀가 내뱉었다.

"마터는 아내의 소였소." 그가 헬레나 쪽으로 다가가 목소리를 낮추고 말했다. "엘렌이 녀석 등에 올라타곤 했었소. 수확 때마다 토마토도 녀석에게 갖다주고. 잘못될 확률이 단 1퍼센트였다 해도 나는 여기로 날아왔을 거요."

헬레나의 대답 없는 긴 침묵이 이어졌다. 그녀의 눈이 그의 눈을 살폈다. 마치 그의 눈 속에서 진실을 읽어내기라도 할 것처럼. 마침내 그녀가 고개를 끄덕였다. "좋아요. 나는 그냥…… 내가 여기까지 오는 게 꼭 괜찮은 일만은 아니었단 뜻이에요. 나에게는 나름대로 힘든 결정이었다고요." 마치 그가 그녀에게 거짓말을 했거나 어떤 식으로든 그녀를 오해하게 만들었다는 듯, 말을 마친 헬레나는 경계하는 눈빛으로 그를 보았다.

그녀가 난간 쪽으로 물러서며 나무 난간 위에 양팔을 포개 얹은 뒤 두 손 위로 턱을 올렸다. 그 짧은 순간 동안 그는 궁금해졌다. 그녀의 삶에 도대체 무슨 일이 있었기에 이렇게 사람을 못 믿게 된 것인지? 어쩌면 타고난 것일 수도 있다. 매기가 이런 아이였다. 그에게 쉴새 없이 질문을 해대던 아이. 그의 첫 번째 대답으로는 절대 만족하지 않던 아이. 난간에 편안하게 기대고 있는 지금 조차 헬레나의 근육은 경직되어 있다. 경계 태세를 취하고 있다. 그가 지금 어이! 하고 그녀를 놀래면 그녀는 아마 잽싸게 뛰어 도망갈 것이다. 축사를 가로질러 질주하며 절대 뒤돌아보지 않을 것이다.

33장

마터는 나와 마크 사이에서 자세를 셀 수 없이 바꿨다. 마터는 꽤 요란한 산모에 속한다. 쌕쌕거리는 소리도 자주 내고 한숨도 많이 쉬었다. 요란하게 바닥으로 고꾸라졌다가 안간힘을 쓰며 다시 일어섰다. 처음 네다섯 번 정도는 나도 걱정을 했다. 내 주먹이 저절로 꽉 쥐어지고 내 몸에도 힘이 들어갔다. 마치 그렇게 하면 내가 마터를 편안하게 할 수 있다는 듯이. 시간이 조금 지나고 나는 마크의 말에 따라 긴장을 풀게 되었다. 내가 들어본 소 이름 중에 가장 이상한 이름을 가진 마터는 지금 혼자만의 시간을 갖고 있는 것 같다. 지금 마터는 서 있고, 머리를 기울인 채 눈을 감고 있다.

"우리가 못 알아차리면 어쩌죠? 양수가 터졌을 때?"

"못 알아차리지 않을 거요." 마크의 양 팔꿈치는 무릎 위에, 엉덩이는 뒤집어놓은 양동이 위에 얹어져 있다. 양동이는 한 쪽에 이미 금이 가 있었다. 마크가 그 위에 앉을 때 나는 플라스틱이 그의 무게를 받아 약간 휘는 걸 보았다. 다행히 금이 더 가지는 않았다.

다시 침묵이 이어진다. 이제는 나도 마음이 조금은 편안해졌다. 로이스는 15분 전에 떠났고 여기에는 우리 둘뿐이다. 마터는 계속 쌕쌕거리고, 녀석의 소리가 귀뚜라미 울음소리와 섞인다. 깊어가는 밤을 반딧불이의 빛줄기들이 수놓고 있다.

"여기에는 반딧불이가 많네요." 내가 어둠 속으로 사라지는 반딧불이 한 마리를 보며 말했다. "북부에는 이 정도로 많지는 않거든요."

"여기는 날벌레들 천지요." 그가 느릿느릿 말했다. "여름 동안 여기서 지내다 가요. 150만 마리의 모기들을 소개해 주겠소."

"고맙지만 사양할게요." 나는 그때까지 살아있지 않을 것이다. 내 어깨 위로 쏟아지는 햇살의 따스함을 느끼지 못할 것이다. 바다의 소리를 듣지도 못할 것이고 신발 밑창 아래에서 모래알들을 느끼지도 못할 것이다.

"매기가 반딧불이를 정말 좋아했소." 그의 고개가 열린 문 쪽으로 돌아갔다. 그때, 마치 무대에 오른 듯한 무리의 반딧불이가 모습을 드러냈다.

"베서니도요." 나는 서글프게 웃었다. 같이 보냈던 여름의 밤들이 떠오른다. 아이의 발이 집 앞 잔디 위를 빠르게 뛰어다니던 모습. 반딧불이 한 마리를 잡으려고 두 손을 뻗어 유리병을 휘젓던 모습.

"하나 잡았어요." 아이가 윗니 아랫니 사이로 혓바닥을 빼꼼히 내민 채 우리를 보고 환하게 웃었다. "애가 너무 느려서 내가 잡았어요." 아이가 유리병을 내밀고 나는 그걸 조심스레 받아 들었다. 포치 계단에 앉아있던 사이먼과 나의 사이가 떨어지고 그곳에 아이의 작은 엉덩이가 자리 잡았다. "이름을 뭐라고 할까요?"

"흐음." 내가 얼굴을 찌푸리고 작은 날벌레를 진지하게 들여다보았다. 반딧불이는 유리병 바닥에 앉아 있었다. "도오그는 어때?" 나는 일부러 이상한 이름으로 골랐다. 베서니는 항상 무언가의 이름을 짓는데 고민을 많이 했다. 그리고 모음 '이'로 끝나는 이름을 가진 것에는 훨씬 더 많은 애정을 쏟았다.

"도오오오오오그?" 아이는 그 이름이 이상하다는 듯 길게 늘여 말했다. 두 눈썹을 삐죽 올리며 경계하는 표정을 지었다. "정말 이상한 이름이에요!"

"좋아." 나는 받아들였다. "그럼 네가 골라봐."

"라이티는 어때?" 그때 사이먼이 끼어들었다. 나는 손을 뻗어 그를 한 대 때려주고 싶은 것을 참으며 두 손으로 유리병을 강하게 감싸 쥐었다.

"라이티!" 베서니가 탄성을 질렀다. 그러더니 내 손에서 유리병을 빼앗아 허공으로 높이 들어 올렸다. "멋진 이름이에요, 아빠!"

그건 멋진 이름이 아니었다. 도오그 만큼이나 나쁜, 끔찍한 이름이었다. 도오그와 다른 점이 있다면 의도적으로 우스꽝스럽게 만든 것이 아니라는 것이었다. 그 이름은 상상력이라고는 눈곱만큼도 없는 최악의 이름이었다. 그것도 내가 베서니의 창의력을 키워주고 자신의 고유한 목소리를 내도록 도와주려던 참에 튀어나온 것이었다. '라이티'는 그런 목적에 전혀 부합하지 않는 이름이었다. '라이티'는 특징도 독창성도 없는, 평균과 평범함의 대명사였다.

나는 웃으려 애썼다. 얼굴이 일그러지는 걸 막아보려 입술을 꽉 다물었다. "반딧불이가 왜 빛을 내는지 알고 있니, 베서니?"

"옙!" 아이의 대답이 너무 자신감에 차 있어서 나는 순간 당황해 멍해지고 말았다. 내 눈이 사이먼을 향했다가 아이에게 되돌아왔다. 아이는 정답을 알 리가 없다. 사이먼이 말해준 것이라면.

"그럼 말해봐." 요청을 한다는 게 잘못된 방식으로 튀어나와 버렸다. 너무 엄하고 비난하는 투로 말한 것이다. 베서니가 팔꿈치에 도라 익스플로러 밴드를 붙인 네 살짜리 어린 아이가 아니라 증인석에 올라온 피고인이라는 듯이.

"그건 얘네들의 미니 플래시예요." 아이가 진지하게 말했다. "그게 있어야 어두울 때 볼 수 있거든요."

그래도 상상력이 있기는 했다. 그러나 멍청함도 있었다. 나는 전자를 강력히 신봉하는 동시에 후자는 매우 못마땅해하는 사람이었다. 사이먼과 나 사이에 말다툼이 시작될 타이밍이었다. 내가 고개를 흔드는데 그의 허리가 쭉 펴지는 게 보였다. "아니야 베서니."

"맞아요." 아이가 자신의 한쪽 발을 계단 위에서 쾅쾅 구르며 고집을 부렸다. "아빠가 그랬어요!"

"벌레들은 캄캄한 밤에도 볼 수 있어. 플래시 같은 건 필요 없어."

"그럼 왜 빛이 나는데요?" 아이는 내가 멍청한 늙은이라도 된다는 듯 구슬픈 어조로 물었다. 나를 놀리고 있는 것이다. 아이의 그 말투가 정말 듣기 거북했다. 일부러 과장해서 발음하는 버릇없는 아이의 목소리였다.

"빛을 통해 자기들끼리 소통하는 거야. 주로 짝을 유혹할 때 빛을 내지." 나는 아이를 내 무릎 위로 안아 올리고 아이가 좋아하는 속삭이는 목소리로 말했다. "수컷들이 빛을 내고 뽐내면서 날아다니면, 암컷들은 나뭇가지나 풀밭에 앉아서 수컷들이 하는 걸 지켜보고 있다가 마음에 드는 수컷을 보면 그때 자기들 불을 켜는 거야." 내가 진입로 끝에 있는 나무를 가리켜 보였다. 어렴풋이 나뭇가지들의 실루엣이 보였다. "저기 나뭇가지들이 보이지. 암컷들이 빛을 내는 게 보이는지 한번 봐봐."

아이는 나무를 보지 않았다. 대신 유리병을 눈 가까이에 갖다 대고 그 안을 물끄러미 들여다봤다. "그럼…… 라이티는 남자인 거예요?" 아이는 불쾌하다는 듯 그 말을 내뱉었다. "나는 여자 반딧불이를 갖고 싶었는데."

"남자 반딧불이는 왜 싫은데?" 사이먼이 우리 쪽으로 자리를 좁혀 앉으며 불쑥 끼어들었다. 그의 다리가 세상에서 가장 불쾌한 방식으로 내 다리를 스쳤다.

나는 베서니를 잡은 손에 힘을 더 주었다가 앞으로 숙여 아이를 두 팔로 감싸 안았다. "그리고 어떤 반딧불이들은 동종포식 하는 거 알아?"

"그게 뭔데요?" 베서니가 돌아봤다. 아이 볼의 부드러운 살결이 나의 목을 스쳤다.

"반딧불이들이 먹는다는 거야…"

"아이스크림을!" 사이먼이 동네 바보 같은 신나는 목소리로 끼어들었다. 그의 몸이 포치 계단에서 튕겨 올라 마당 위로 착지했다.

"반딧불이가 아이스크림을 먹어요?" 베서니가 의심스러운 목소리로 물었다.

"아빠도 잘 몰라." 그가 당당하게 대답했다. 모른다는 것이 정말 신나고 재미있는 일이라도 되는 것처럼. 베서니가 내 팔에서 빠져나감과 동시에 내 안에서 분노가 폭발했다. "그런데 아빠는 먹지! 아빠가 지금 아이스크림을 조금 가져올 건데!" 그가 손을 뻗어 아이를 휙 낚아챘다. 그가 베서니를 들어 올려 빙글빙글 돌자 유리병이 공중에서 빙빙 돌았다. 불쌍한 반딧불이를 지옥의 놀이기구에 태우고 있었다.

나는 눈을 질끈 감았다. 차가운 밤공기 때문에 피부에 소름이 돋았다. 나는 속으로 다섯을 셌다. 숫자 하나를 셀 때마다 내 근육 각 부분의 긴장이 하나씩 풀렸다. 그는 아이를 망쳐놓을 것이다. 그는 아이의 머릿속을 한없이 가벼운 가짜 정보들로 가득 채울 것이다. 그는 정크푸드로 아이의 치아를 다 썩게 할 것이고, 아이의 문법도 다 망쳐놓을 것이다. 나는 눈을 떴다. 잔디 저편 나무의 짙은 어둠 속에서 반딧불이 하나가 나에게 빛을 내보였다.

나는 눈을 감고 다시 숫자를 셌다.

"반딧불이 중에 어떤 좋은 동종포식 한다는 거 알아요?" 나는 마크가 화제를 돌리기 전에, 이 정보를 나눌 수 있는 나의 마지막 기회(아마도 내 생애 마지막 기회)가 지나가버리기 전에 서둘러 말했다. "그런 면에서 아주 교활한 애들이에요. 동종포식을 하는 종은 다른 종의 암컷 반딧불이의 교미 불빛을 똑같이 흉내 내고, 수컷들이 살펴보려고 가까이 다가오면 덮쳐서 죽이는 식이죠."

"신기하네요." 마크가 느릿느릿 말했다.

그가 빈정대고 있는 건지 어떤 건지 몰라 그를 쳐다보며 잠시 망설였다. 그래도 지금은 꽤 진지해 보인다. 그래서 나는 이야기를 계속 이어나갔다. "또 어떤 반딧불이는 물 속에 살아요. 물고기처럼 작은 아가미가 달려있죠. 그래도 대부분은 다 이런 애들이에요." 나는 우리 앞에 펼쳐진 빛줄기들을 향해 손을 흔들었다. "그리고 반딧불이는 공격을 받게되면 피를 몇 방울 흘려요. 그 피는 쓴 맛이 나고 어떤 동물들에게는 독과 같은 역할을 하게 되죠." 나는 어깨를 기둥에 편안하게 기댔다. "반딧불이의 방어기제예요. 그 때문에 대부분의 동물과 다른 곤충들이 반딧불이에게 가까이 다가가면 안 된다는 걸 배우게 되죠. 반딧불이에게는 천적이 거의 없다고 해요." 내가 말을 끝냈다.

"반딧불이에 대해 아는 게 많네요." 마크가 말했다. 아주 조심스런 말투다. '입 냄새'나 '찢어진 바지' 같은 꺼내기 힘든 말을 정중하게 전하는 것 같은 태도다.

"책에서 읽은 거예요." 나는 덤덤하게 말했다. "언제 한 번 읽어봐요." 그해 여름, 나는 야행성 곤충에 대한 책 한 권을 전부 읽었다. 그유일한 이유는 우리가 우연히 마주칠 수도 있는 애벌레에 대해, 혹은 음식물 처리기를 아무리 자주 비우고 과일을 자세히 살펴도 항상 집 안에 출몰하곤 하는 초파리에 대해 베서니에게 가르쳐주기 위해서였다. 그날 밤 포치에서 나에게는 완벽한 교육의 기회가 있었다. 그런데 항상 그랬듯 사이먼이 그걸 망쳐 버린 것이다. 두 팔을 흔들어대고 아이스크림 같은 단어로 아이의 관심을 빼앗아갔다. 그의 학생들이 그에게 도대체 무엇을 배울 수 있었을지 모르겠다. 그토록 열정적으로 교육에 훼방을 놓는 사람이었는데 말이다. 물론 그가 우리에게만 그런 식으로 했을 수도 있다.

"읽는 이야기가 나와서 말인데." 마크가 상체를 뒤로 젖히며 한숨을 쉬었다. 그의 무게에 양동이가 삐걱거렸다. "혹시 내 소설 『우유 짜는 여인』 읽어봤소?" 그 말을 하더니 내가 대답하기도 전에 혼자서 큭큭 웃었다. "괜찮아요. 읽었잖아요. 당신이 예전에 그 책을 '촌놈 포르노'라고 말했던 것 같은데."

나는 눈을 부릅뜨고 그를 바라보았다. "설마 그런 제안을 하려는 건 아니죠? 나보고 지금 여기에서…"

"아니오." 그가 꽤 엄격한 목소리로 내 말을 끊었다. 나에게 그 생각 그만 하라고 표정으로 경고한다. 그 소설에서는 어느 농장 노동자와 길 잃은 유명인사가 폭설이 몰아치는 날씨에 단둘이 축사에 갇히게 된다. 그 후 다섯 시간에 걸쳐 둘은 다양한 체위를 선보이는데, 나는 읽다가 몇 번이나 책을 내려놓아야만 했다. 장면들이 심각하게 상세히 묘사되었기 때문이다. "내가 말하려던 건." 그가 나에게 더러운 생각을 하는 건 나이고 자신은 순수 그 자체라는 메시지를 담은 옅은 경멸의 표정을 지어 보였다. "그 책을 바로 여기 이 축사에서 썼다는 거요. 오늘 같은 밤에. 소가 새끼 낳기를 기다리면서."

"충격인데요." 나는 그 이야기에 흥미가 생기는데도 느릿느릿 말했다. 나의 아이디어는 늘 낯선 장소에서, 무작위의 상황에서 찾아왔다. 한 번은 베서니가 인형의 집 모서리에 손을 베인 적이 있었다. 그런데 아이의 상처를 닦아주는 동안 혈액 속에 사는 군생에 대한 아이디어가 번뜩 떠올랐다. 우리 혈류에 사는 미세한 크기의 사람들. 그 사람들의 삶은 우리 몸에서 일어나는 감기나 혹은 베서니의 상처 같은 작은 사건들로 끊임없는 격변을 겪는다. 그 아이디어가 너무도 강렬하고 이미지까지 생생해서 나는 응급처치를 하다가 돌연 멈추고 서둘러 계단을 달려 내 작업실로 들어갔다. 순간적으로 떠오른 장면을 종이 위에 간략하게 썼다. 그 장면이 내 머릿속에서 사라져버리기 전, 바로 그때 써야만 했다.

집으로 돌아온 사이먼이 싱크대 옆 의자에 앉아 있는 아이를 발견했다. 옷 소매가 피로 흥건하게 젖어있고 개수대에는 물이 틀어져있었다. 그의 눈이 헤까닥 뒤집혔다. 내가 어떤 장면을 쓰고 있는데, 나의 사고 프로세스가 한창 돌아가고 있는데, 그의 고함 소리가 끼어들었다. 마치 아이가 죽어가고 있거나 그와 비슷한 무슨 큰일이라도 일어났다는 듯이 그는 얼굴이 새빨개져 격분하고 있었다. 그는 늘 그랬다. 중요하지 않은 일을 크게 과장하고, 정작 중요한 일들에는 신경을 쓰지 않았다. 그가 엄마에게 그 일을 고대로 일러바쳤다. 단순히 글을 쓰려고 달려갔던 일이 나중에 나를 공격하기 위한 수단으로 사용되었다. 결국엔 쓰지도 못한 책 한 권 때문에 나는 너무 많은 일들을 겪어야만 했다.

책에 대한 아이디어가 처음 떠올랐을 때 당시는, 그것이 얼마나 눈부셔 보였는지를 되돌아보면 참 부끄러울 따름이다. 실제로는 그 아이디어가 이야기로 발전할 가능성을 발견하려면 수 주의 시간이 걸린다. 그것도 가능성이 있을 때의 이야기다.

나는 이 커다란 축사를 둘러본다. 외진 곳에 자리한 축사의 지리적 위치. 그리고 공기 중의 먼지 냄새……. 그가 그때 그런 아이디어를 떠올리기 위해서 대단한 노력이 필요했을 것 같지는 않다. 문이 끼익 열린다. 금발 머리 여자가 근심 가득한 얼굴로 안을 들여다본다. 그녀의 명품 하이힐이 흙 위에서 위태롭게 기우뚱거린다. 그리고 저기 구석 어딘가에서 키 183센티미터 정도의 근육질 남자가 등장한다. 지저분한 청바지를 입고 있고 티셔츠는 드넓은 어깨 때문에 몸에 꽉 낀다. 조각 같은 얼굴이 수줍은 미소를 짓는다. 다들 알고 있듯이 농장 노동자들은 전부 아직 긁지 않은 복권들이니까. 그리고 끝내주게 섹시한 금발 머리들은 꼭 그렇게 눈보라가 휘몰아치는 날씨에 혼자서 국토를 횡단하는 운전을 하게 마련이니까.

"그래서 그걸 다 쓴 거예요?" 그를 슬쩍 보며 내가 물었다. "전부 다요? 여기서 새끼 소가 태어나길 기다리면서?"

"다는 아니오. 그래도 처음 여섯 일곱 챕터는 여기에서 썼소." 그가 한쪽으로 목을 스트레칭 하더니 하품을 했다. 수염이 까칠하게 자란 목에서 목젖이 아래위로 움직였다. "창고에 노트를 몇 권 갖다 놨소.

갑자기 영감이 떠오를 때를 대비해서. 혹시 지금 일하고 싶으면 말해요. 한 권 가져오면 되니까."

나는 잠시 고민했다. "아니요. 괜찮아요." 지금 이 장소, 이 상황에서 나의 과거로 뛰어들어 마크와 그 이야기를 나눈다는 것은 생각만 해도 진이 다 빠진다. 어쩌면 있다가 늦은 밤에 내가 졸리지만 않다면 같이 일할 수 있을 것이다. 오늘은 이미 과거에 대한 회상을 너무 많이 했다.

마터가 갑자기 머리를 들어 올렸다. 그리고 꼬리가 위로 휙 젖혀 올라갔다. 지난 한 시간 동안 열 몇 번은 본 행동이다. 그런데 그때 마터의 뒷다리 근육이 팽팽해지는 게 보였다. 그리고 마터의 꽁무니에서 갑자기 액체가 터져 나왔다. 마크가 몸을 일으킴과 동시에 나도 재빨리 일어섰다. 그가 나를 보고 눈썹을 들어 올리며 웃었다. "이제 재미있는 일이 시작되려는 것 같소."

나는 셔츠의 끝을 붙잡고서 방금 나온 액체 웅덩이를 살펴보았다. 흙에 금방 흡수되어 버린다. 나는 마터를 걱정스레 쳐다보며 살금살금 걸어가 마크 옆에 섰다. 마터는 자신의 몸에서 나온 액체를 보고 깜짝 놀랐다는 듯 그 냄새를 맡았다. "나오고 있는 거예요?" 내가 물었다.

"곧 나와요. 아마 나올 때는 도로 누울 가능성이 높아요."

마터가 자세를 또 한 번 바꿨다. 나는 이 커다란 동물이 가엾어졌다. 움직이는 것 조차 힘들어 보인다. 제자리에서 안절부절못할 때마다 관절들에서 삐걱삐걱 소리가 났다. 나는 마크가 앉았던 양동이를 뺏어와 앉았다. "원래 항상 이렇게 오래 걸려요?"

"당신은 더 빨랐었나 봐요?" 나는 그 질문이 마음에 들지 않았다. 나는 빠르지 않았고, 더구나 나의 출산은 끔찍했다. 모든 가능성에 대비했었는데도 부족했다. 박자에 맞춰 완벽하게 연습했던 호흡법과 힘 주기 모두 허사였다. 마치 내 몸이 우리에게 찾아오는 아기 앞에 장애물을 두려는 것 같았다. 어쨌든 나는 아이를 원했던 적이 한 번도 없었다. 밀어붙인 사람은 사이먼이었다. 애원했던 사람, 간청했던 사람, 위협했던 사람 모두 사이먼이었다. 나는 단지 2년의 다툼 끝에 항복했던 것뿐이다. 아이 하나만. 나는 그에게 약속을 받아냈다. 단 하나뿐이야. 그리고 병원에서의 그 날 이후, 그 응급수술 이후…… 이제 그 약속은 아무런 의미가 없었다. 아이 하나는 나에게 남아있는 유일한 기회였다.

"헬레나?"

"빠르지 않았어요." 이 말이 퉁명스럽게 튀어나왔다. 감각이라는 게 있는 사람이라면 더 이상의 질문은 하지 않을 것이다.

"그 이야기 해주시오."

"싫어요."

"언젠가는 이야기 해야 할 거요. 지금 하는 게 나아요."

그의 말이 맞다. 며칠 전 그는 나의 결혼식 장면을 썼다. 작은 교회는 모르는 얼굴들로 가득 들어찼다. 모두 사이먼의 하객들이었다. 사이먼의 친구들, 사이먼의 가족들. 수많은 사람들 사이에서 내가 알아보는 유일한 얼굴은 우리 엄마의 얼굴이었다. 엄마는 환하게 웃고 있었다. 그리고 자신이 울 수도 있다는 듯 손에는 손수건을 쥐고 있었다. 이틀 전 마크와 나는 나의 결혼 후 1년까지의 이야기를 마무리 지었고, 임신 기간 대부분도 끝낸 상태다. 베서니가 태어나기까지 이제 한 챕터 혹은 두 챕터 정도 밖에 안 남았다. 나는 포니테일로 묶은 머리의 끝을 잡아당겼다. 몇 가닥이 빠져나온다.

"헬레나?"

마터가 양수 냄새를 맡던 행동을 멈췄다. 마터의 등이 경직되고 근육에 힘이 잔뜩 들어갔다. 나는 한숨을 쉬었다. "진통이 시작됐을 때 우리는 집에 있었어요. 나는 『깊은 사랑』을 한창 집필 중이었죠. 우리는 진통 주기를 재기 시작했어요. 간격이 4분이 되면 병원으로 갈 계획이었거든요."

그가 고개를 끄덕였다.

"무언가 잘못됐다고 느낀 건 병원으로 가는 길에서였어요. 사이먼에게 차를 세우라고 말했죠. 몸에 경련이 일어나고 있었고 나는 누울 수 있는 뒷좌석으로 옮기고 싶었어요. 그런데 그가 내 말을 듣지 않았어요." 내가 마른침을 삼켰다. "사이먼은 병원으로 가는 데만 열중했어요. 나한테 닥치고 숨 쉬라고 고함을 질렀죠. 이렇게 말했어요. '입 닥쳐 헬레나. 이번만은 그냥 그 입 좀 닥쳐.'" 그래서 나는 그렇게 했었다. 내가 그 사람 말을 들었던 몇 안 되는 순간 중 하나였다. "그 고통. 아직도 기억이 나요. 눈을 감고 이러다 기절하지 않을까 생각했죠." 그가 응급실 앞에서 차를 급정거 했을 때 나에게는 의식이 있었다. 내 머리가 차창에 부딪쳤고 나는 사이먼에게 욕을 퍼부었다. 아기. 그가 말했다. 아기 앞에서는 욕 하면 안 돼. 그 말을 할 때 그의 목소리. 나는 아직도 그 목소리가 생생히 들린다. 한 음절 한 음절에 흘러넘치던 그 흥분, 그 행복. 그것들이 내 안의 무언가를 촉발시켰다. 분노의 물결. 나는 거기에서 극한의 고통을 겪고 있었는데 그는 행복해하고 있었다. 자기가 한 짓, 자기가 원했던 것, 자기가 초래한 것에 대해 행복해하고 있었다. 그런데 허리가 끊어질 듯 아픈 사람은 그가 아니었다. 팬티에 흥건하게 오줌을 지린 사람은 그가 아니었다. 죽고 싶은 사람은 그가 아니었다. 퉁퉁 부은 발을 스니커즈에 구겨 넣은 살찐 여자는 그가 아니었다. 낯선 사람들의 부축으로 차에서 내린 사람은 그가 아니었다. 지금도 그 목소리를 생각하면 내 안에서 극도의 분노가 치밀어 오른다. 그러면 안 되는데, 그렇게 된다.

마터가 신음을 한다. 내가 저 어미 소를 위해 무언가 할 수 있는 게 있다면 좋겠다.

34장

앞 발 두 개가 먼저 나왔다. 서로 너무 딱 달라붙어 있어서 하나처럼 보였다. 두 다리는 병에서 걸쭉한 꿀이 흘러나오듯 천천히 빠져나왔다. 그러다가 무릎에서 멈추고 어미 소의 수축이 멎었다. 어미 소가 포기하는 듯 고개를 떨구었다.

"왜 그러는 거예요?" 내가 마크를 보며 말했다. 나는 새끼 소를 생각한다. 어미 몸 안에 찌부러진 채 숨쉬기 위해 분투하는 새끼 소의 그 자그마한 폐를 생각한다.

"진정해요. 마터에게 시간을 줍시다."

마터의 시간이 고통스레 길어졌다. 다시 마터의 근육에 힘이 들어갈 때쯤 나는 약간 어지러움을 느꼈다. 느린 힘주기가 다시 시작되었다. 그러자 새끼의 코가 드러나고, 다음으로 얼굴이 나오기 시작했다. 나는 얼굴이 나오는 것을 보고 앞으로 몸을 기울였다.

세상에. 너무나도 놀라운 광경이다. 새끼의 몸이 갑자기 미끄덩 하고 빠져나왔다. 흙 위로 새끼의 몸이 툭 떨어지는 걸 보자 심장이 조여오는 것 같았다. 새끼는 체액에 흠뻑 젖은 채 눈을 감고 있었다. 양막 찌꺼기가 아직 새끼 소 몸 위에 남아있다. 새끼는 움직이지 않았다. 아직 한 번 씰룩거리지도 않았다. 돌연 통증이 가슴을 관통했다. 여기에 더 이상 못 있을 것 같다. 이것을 보고 있을 수가 없다. 새끼가 죽으면 어쩌지? 나는 갑자기 모든 것(비행기에 탔던 것, 바이크에 올라타 바람을 맞으며 평야를 가로질러 달렸던 것)이 후회된다. 이것은 신나지도 특별하지도 않다. 이것은 내 정신에, 내 몸에 해롭다. 이곳의 지저분한 공기 때문에 나는 호흡기 질환에 걸릴 수도 있다. 기온이 더 내려가면 폐렴에 걸릴 수도 있다. 나에게는 여분의 외투도 없고 가방에 있는 손소독제도 다 써 버렸다. 그리고 이 새끼 소, 베서니 만한 크기의 이 아름다운 생명체가 죽을 가능성으로부터 내 심장을 보호할 수단이 아무것도 없다.

마터가 느릿느릿 발을 옮겼다. 그 과정에서 꼬리가 흔들리다가 새끼를 건드렸다. 그런데 새끼 소는 움찔하지도 않았다. 반응이 없다. 움직이지 않는다. 나는 새끼 소의 몸통 옆쪽을 보았다. 그곳이 부풀기를 기다렸다. 숨을 쉬어야 한다. 나는 새끼의 흉곽이 올라갔다 내려가는 모습을 꼭 봐야 한다. 무언가를 봐야만 한다.

마터가 몸을 빙 돌려 죽은 듯이 누워있는 새끼의 몸 쪽으로 머리를 움직였다. 어미의 콧구멍이 새끼의 몸 위를 따라 씩씩거리며 벌름거렸다. 그러더니 어두운 자줏빛 혀를 내밀어 새끼를 핥기 시작했다. 나는 눈을 깜빡이며 눈물을 참아보았다. 마터의 행동은 확고하고 결의에 차 있었다. 마터는 새끼가 죽었다는 생각은 미처 하지 못하는 것 같았다. 그런 상태에서 새끼를 핥아주는 모습이 내 가슴을 찢어지게 했다. 마터의 몸이 휙 움직여 내 시야에서 새끼 소를 가렸다. 이제는 주둥이로 새끼의 몸을 툭툭 치고 있다. 새끼의 젖은 핏빛 몸뚱이에 흙이 잔뜩 묻어 있었다.

"헬레나." 마크의 목소리는 따뜻했다. "이리 와서 봐봐요." 그가 새끼를 가리켰다. 나는 서둘러 그의 옆으로 갔다.

새끼가 눈을 뜨고 있었다. 새끼의 머리가 갑작스런 전율을 하듯 빠르게 흔들렸다. 나도 모르게 헉 소리가 나왔다. 나는 손을 입으로 가져가면서 빠르게 마크를 돌아보았다. "살아있어요!" 내가 속삭였다. 입술이 헤 벌어지며 짓는 머저리 같은 미소를 나도 막을 도리가 없다. 이어 새끼가 머리를 들어 올릴 때 나는 바보처럼 활짝 웃고 말았다. 내가 베서니와 눈 맞춤을 하기까지, 베서니가 내 얼굴을 똑바로 쳐다보고 자신이 지금 무엇을 보고 있는지 이해하기까지는 아주 오랜 시간이 걸렸었다. 그런데 이 새끼 소는 지금 이 상황을 곧바로 이해하고 있는 것 같다. 새끼 소는 바닥에서의 자신의 위치를 살펴보았다. 젖은 몸은 온통 흙투성이다. 어미 소는 벌써 다른 곳으로 움직이고 있었다. 그러고는 보다 편안한 위치에 자리를 잡고 시선을 떨구더니 눈을 감았다. 마치 이렇게 말하는 것 같았다. '자, 이제 내 할 일은 끝났어.'

마크가 옆으로 걸어가더니 양동이 안에 수도를 틀어 물을 채운다. 마터의 눈이 번쩍 뜨이더니 한쪽 귀가 마크를 향해 기울어진다. "마크." 새끼 소가 뒷발 하나를, 그러고 나서 나머지 뒷발 하나까지 땅에 짚는 걸 보며 내가 외쳤다. 그런데… 앞발은 아직도 무릎으로 땅을 짚고 있었다. 금방이라도 넘어져 버릴 것 같았다.

"새끼에게 시간을 줍시다." 마크가 말했다. 그의 한 손은 마터의 이마 위에 있고 다른 한 손은 양동이를 들고 마터에게 물을 주고 있었다. 그러고는 작은 목소리로 마터에게 무언가 이야기를 했다.

"뭔가 잘못됐어요." 새끼는 이제 앞다리 무릎을 바닥에 짚고 절뚝이며, 그렇게 어미 소에게 더 가까이 다가갔다. 마터가 자칫 왼쪽으로 움직였다가는 새끼를 뭉개 버릴 수도 있는 위치다. "앞다리가 이상해요." 이런 새끼는 살 수 없다. 무릎이 약해 일상생활을 할 수 없을 것이다. 아마 다른 소들에게 배척당할 것이다. 어쩌면 마터 조차 젖 주기를 거부할 수도 있다. 출산 후 10분도 되지 않아 마터가 새끼를 방치하고 있는 것도 그 때문인지 모른다. 마터는 이제 고개를 떨구고 눈을 감고 있다.

"새끼 스스로 방법을 알아낼 거요." 마크가 양동이를 벽에 걸고 내 옆으로 왔다. 팔짱을 끼는데 한쪽 팔꿈치가 내 어깨에 살짝 부딪쳤다. "그냥 지켜봅시다."

지켜보고 말고 할 것도 없다. 그저 불구의 새끼 소만 있을 뿐이다. 어미의 배 아래에서 앞다리 무릎으로 기어 다니는 새끼 소. 앞다리가 제대로 펴지지 않아 측은할 정도로 키가 작은 새끼 소. 바로 그때…….

나는 숨을 참았다. 새끼가 한쪽 앞 발을 들어 올렸다. 거기에 자신의 무게를 실으며 머리를 들었다. 다른 쪽 앞 발까지 합세하는 모습은 거의 위풍당당해 보일 정도다. 다리를 어떻게 할 줄 몰라 허우적대며 처음으로 일어서는 순간이다.

나도 모르게 머리를 마크의 어깨에 올렸다. 갑자기 차오르는 행복감을 만끽했다. 새끼가 고개를 돌려 우리를 바라보자 행복감이 배가 되었다. 마치 이렇게 말하는 것 같았다. '내가 한 거 봤어요? 나 혼자서 해낸 거?'

"너무 아름다워요." 내가 속삭였다.

"암컷이오." 마크가 손을 앞으로 뻗어 가리켰다. "보이죠? 암소요."

나는 베서니와 이런 순간들을 누리지 못했다. 나는 수술을 받아야 했고 중환자실에서 아기 울음소리를 듣고 깨어났다. 그 아기가 내 아기라고 했다. 나는 이 새끼 소 같은 베서니의 모습을 보지 못했다. 자궁에서 갓 나왔을 때 피와 양수에 젖어있는 모습을 보지 못했다. 베서니의 출생의 기적도, 아이가 처음으로 눈을 뜬 순간도 내 눈으로 직접 보지 못했다.

그 모든 순간을 목격했다면 나는 어쩌면 아이에게 다른 감정을 느꼈을 수도 있었다.

그 모든 것들을 봤었다면 나는 어쩌면 처음부터 아이를 더 많이 사랑했을지도 모른다.

나는 새끼 소의 눈을 들여다보았다. 그 크고 깊은 검정색 눈동자 속에서 베서니의 영혼이 반짝이는 것을 봤다고 나는 확신했다. 이 새끼 소의 위풍당당한 첫걸음마에서 나는 내 아이의 영혼을 느꼈다. 기다란 막대기로 만들어 놓은 것 같은 이 삐쩍 마른 새끼 소에게 나는 즉시 사랑의 감정을 느끼고, 그 사랑에서 나의 아이를 느꼈다.

말이 되지 않는다. 그런데 나는…… 행복을 느낀다.

35장

"휴가가 아니에요. 일하는 거라고요. 마크가 집에 꼭 와야 할 일이 생겨서 내가 같이 온 거예요." 나는 주방 문틀에 기대 서서 휴대전화에 대고 목소리를 낮추며 설명을 했다. 하지만 내 설명이 마치 변명처럼 들리는 어색한 느낌이었다. 마크와 내가 비즈니스 관계일 뿐만 아니라 마치 친구이기도 하다는 듯이 들렸다. "같이 일해야 되니까요." 내가 반복해서 말했다.

"좋은 시간…… 보내고 있어요?" 케이트가 미심쩍은 목소리로 물었다. 이 통화는 이미 너무 길어지고 있다.

마크가 냄비 가장자리를 숟가락으로 톡톡 두드리는 소리에 그를 잠시 쳐다봤다가 다시 몸을 돌렸다. 나는 케이트의 질문은 무시하고 대꾸했다. "전화한 이유가 따로 있는 거예요?"

"그냥 확인차 전화했어요. 물론 작가님 책에 대해 이야기 하고 싶기는 하지만……. 지금 마크랑 같이 쓰고 있는 책 있잖아요. 작가님에게 기회가 있다면 언제든요."

"그럼 지금 얘기 하세요." 기회가 있다면 언제든지? 별 희한한 말도 다 있다.

"아. 그게. 제 말은 꼭 지금 당장 이야기 해야 한다는 건 아니에요."

나는 짜증이 났다. "방금 먼저 얘기 꺼내셨잖아요. 그러니까 얘기 해보세요."

긴 침묵. "알겠어요." 그녀가 한숨을 쉬었다. 마치, 이제 막 전쟁터로 발을 내딛기라도 할 것 같은 소리였다. "책 제안서를 준비하려면 정보가 더 필요해요."

"안 돼요." 이 말이 내 입에서 본능적으로 튀어나왔다. 언젠가 누군가는 내 글을 읽게 될 것이다. 수백만 명이 읽을 것이다. 하지만 지금은 아니다. 물론 케이트도 예외는 아니다.

"안 돼요?" 이 말이 그녀에게서 꽥 하고 튀어나왔다. 케이트가 목을 가다듬고 다시 말했다. "그럼 언제?"

바보 같은 질문은 아니다. 지금쯤 나는 책 전체의 개요 하나 정도는 그녀에게 이미 보냈어야 했다. 그러면 케이트가 읽어보고 나에게 몇 가지 질문을 보냈을 것이다. 그리고 나서 아마 잘 포장해서 재키에게 보냈을 것이다. 지금까지 여덟 권의 책을 맡아 일 해준 에디터, 나의 로맨스 소설의 모든 것을 사랑하고 우리가 요구하는 것은 무엇이든 다 맞춰주는 에디터.

하지만 이 책은 다르다. 재키는 이 책을 싫어할 것이다. 내가 에디터로 트리샤 프리전을 지목한 이유도 그 때문이었다. 그녀는 소설이든 다른 분야이든, 진실로 흠뻑 젖은 책, 해피엔딩은 없는 어두운 책을 좋아한다. 내가 지금 쓰려는 책처럼 말이다. 그렇다 하더라도 개요 하나 없이 사전에 어떤 정보도 제공되지 않는 나의 책을 선뜻 맡으려 하지는 않을 것이다. 나는 이 사실을 알고 있으면서도 개요나 혹은 요약조차도 쓰지 못하고 있다. 나는 그 감정을 감당할 수 없다. 아직은 이 이야기를 케이트에게 공유할 수가 없다.

"얼마 안 걸려요." 나는 거짓말을 했다. "아직은 더 써야 해요." 마크가 버너를 끄는 모습을 지켜보며 말했다. "저 가봐야 해요."

"그래요. 몸 조심해요."

몸 조심해. 내가 베서니에게 했던 마지막 말이다. 몸 조심해. 내가 아이에게 사랑한다는 말을 했던가? 지난 4년 동안 떠올려보려고 애썼지만, 그날 그 말을 했는지 도무지 기억이 나지 않았다. 나는 그때 정신이 완전히 다른 데 팔려있어서 작별의 키스밖에 하지 못했던 것은 아닐까 두렵다.

"헬레나?"

나는 눈을 질끈 감았다. "다음에 얘기해요." 나는 전화를 끊고 휴대전화를 뒷주머니에 넣었다. 손이 둔하고 어설퍼서 그 간단한 일 조차 한 번에 하지 못하고 버벅거렸다.

"별일 없는 거죠?"

"괜찮아요." 나는 주방으로 들어갔다. 그의 집은 우리 집과 많은 면에서 달랐다. 짙은 갈색 가죽 소파, 두꺼운 삼베 커튼, 나무판자로 해 넣은 벽, 수많은 가족사진들. 나는 베서니와 사이먼을 생각나게 하는 것들은 집에서 모조리 치워 버렸다. 이 집은 주방에서 조차 마크가 아내의 사진들에 둘러싸여 있었다. 아내가 통통한 몸을 마크에게 밀착한 사진, 아내가 마크의 목에 두 팔을 두르고 있는 사진, 말을 타고 있는 아내의 사진, 폭포에서 찍은 사진, 강아지 옆에서 찍은 사진. 어쩌면 그는 아내를 잊기 두려운 건지도 모른다. 아내를 생각나게 하는 물건이 많이 있으면 아내가 살아있는 것처럼 느껴진다고 생각하는 건지도 모른다.

하지만 그건 아니다. 나도 천 일이 넘는 밤을 베서니에게 둘러싸여 지새워봤다. 아이의 이불을 온몸에 두르고, 아이 옷장 서랍을 열어 아이 옷 냄새를 맡고, 종이에 베어 손에서 피가 날 때까지 사진 앨범을 넘겨봤었다.

내 삶에 아이가 있는 것, 복도를 쿵쾅거리며 뛰어다니는 아이의 발, 까르르 웃는 아이의 웃음소리. 그것들은 그 무엇으로도 대체될 수 없다. 그 무엇도 아이의 부재를 더 쉽게 견디게 해주지 못한다. 우리가 할 수 있는 최선의 것은 신경을 다른 데로 돌리는 것이다. 슬픔이 찾아왔을 때 가능한 한 빠르게 지나가게 하는 것이다.

나는 조리대에 몸을 기대었다. 그가 수도를 틀고 손을 닦고 있다. "우리 집에는 베서니 사진이 없어요." 나는 물소리 때문에 크게 말해야 했다. 그에게 더 가까이 다가가야 한다. 그래야 내 말 소리가 더 또렷이 들릴 것이다. 하지만 지금 당장은 내 몸을 지탱할 수 없을 것만 같다.

그가 물을 잠그고 나를 향해 돌아서며 느릿느릿 손의 물기를 닦았다.

"내가 아이를 사랑하지 않아서가 아니에요." 나는 필사적으로 말했다. 그는 이 사실을 알아둘 필요가 있다. 그의 글에, 책의 페이지들에 이 사실이 드러나야만 한다.

"알고 있어요." 그가 다정하게 말하며 착한 얼굴로 나를 바라보았다. 하지만 그는 모른다. 아직 아무것도 모른다. 그가 알고 있는 것은 내가 한 남자에게 빠졌다는 것, 내가 아기를 하나 낳았다는 것뿐이다. 그가 알고 있는 것은 노래로 치면 가사의 첫 줄뿐이다. 그는 아직 노래의 멜로디 조차 제대로 들어보지 못했다.

"당신은 몰라요." 내가 말했다. "하지만 알게 될 거예요."

36장

한 번은 엄마가 나에게 너는 너무 이기적이어서 사랑 같은 거 하지 못할 거라는 말을 한 적이 있었다. 그때 나는 열세 살이었고, 우리는 레드 랍스터 레스토랑에서 끈적이는 테이블보를 사이에 두고 말다툼 중이었다. 엄마는 할머니 댁으로 여행 가려는 계획을 갖고 있었다. 할머니의 일흔한 번째 생일에 맞춘 것이었는데, 그 여행을 가게 되면 나의 글쓰기 스케줄이 완전히 틀어지게 될 것이었다.

내 스케줄은 엄마에게 보여준 뒤 냉장고에 붙여두었었다. 그것도 무려 5주 전에. 그때는 이 여행에 대한 이야기가 없었다. 나는 이것이 순전히 우편으로 날아온 기차표 할인 전단 때문에 충동적으로 세운 계획이라는 확신이 들었다. 그때까지 나는 계획표에 완벽하게 맞춰 글을 쓰고 있었다. 비록 습작이긴 해도, 내 생애 첫 소설이 될 작품을 마무리 하기 위해 계획에 따라 일을 하고 있었다. 그 중 일주일이 틀어진다는 것은 학기 시작 전에 책을 마무리할 수 없음을 의미했다. 그래서 나는 젊고 진취적인 스타인벡이 할만한 행동을 했다. 엄마 방에 몰래 들어가 엄마 지갑에서 내 기차표를 꺼내 없애 버렸다.

엄마는 그 일에 적절히 대처하지 못했다. 나보고 버릇없다고 했다.

무례한 것. 못된 새끼. 엄마는 내가 할머니를 보고 싶어하지 않는 것에 대해, 가족과 함께 시간을 보내고 싶어하지 않는 것에 대해 죄책감을 느끼게 하려고 애썼다. 나는 몇 번 본 적도 없는 사람에게 의무감을 가져야 한다는 것이 이해되지 않았다. 나는 그 분이 엄마를 낳아줬다는 이유 하나만으로 그분을 사랑해야 한다는 그 바보 같은 기대감을 이해하지 못했다. 내가 엄마를 사랑하고 있는지 조차 확신하지 못했던 때였다.

하지만 나는 베서니 만큼은 정말로 사랑했다. 소리 지르고 도망가고 아이를 방치했을 때조차 나는 아이를 사랑하고 있었다. 아이를 보고 있으면 마음이 아려오곤 했다. 그 고통이 가슴 속에서 부풀어 오르면 나는 갑작스런 공포감에도 휩싸이곤 했다. 나의 가장 연약한 곳이 날카로운 것으로 찔리는 느낌이었다. 그런 순간이면 나는 아이를 잃을 수도 있다는 것이 두려워졌다. 그것은 어쩌면 일반적인 두려움이었는지도 모른다. 모든 부모들이 갖고 있는 두려움. 혹은 신의 경고였는지도 모른다. 신이 내 삶의 이야기에 써 내려가는 복선.

그 경고를 들었어야 했다. 그 공포를 삼키지 말았어야 했다. 내가 제대로 된 엄마여야 했다. 본능과 이기심은 억누르고 아이를 우선시했어야 했다. 아이를 우리 엄마로부터 1백만 마일 떨어뜨려 낳아야 했다. 아이를 내 품에 꽉 안고 절대로 어디에도 보내지 않고, 아무 것도 하지 못하게 했어야 했다.

아이를 감옥에 가둬두는 것이 아이를 잃는 것보다는 훨씬 나았을 것이다.

흔들의자를 앞쪽으로 기울 때마다 울퉁불퉁한 판자 위에서 의자가 삐걱거린다. 나는 마크의 집 포치에서 어깨에 포근한 담요를 두른 채 흔들의자에 앉아 있었다. 따듯한 담요 덕분에 몸의 긴장이 풀렸다. 머그잔에 담긴 핫초코가 내 손에서 식어갔다. 우리 앞으로 드넓은 어둠이 펼쳐져 있다. 여기에는 반딧불이도 없다. 달은 구름 뒤로 숨었고, 가끔 들려오는 탁탁 하는 발톱 소리가 개의 위치를 알려왔다.

"피곤하시오?" 마크는 남아있는 흔들의자는 무시한 채 계단에 앉았다. 담배에 불을 붙이는 그의 어깨가 굽어진다. "긴 하루였소. 자정도 지났을 거요."

피곤하긴 하다. 너무 피곤해서 소매를 걷어 올려 시계를 볼 힘도 없다. 그러나 그건 중요하지 않다. 지금 여기, 셀 수 없이 많은 귀뚜라미가 귀뚤귀뚤 합창을 하고 있다. 문명으로부터 백 마일은 떨어져 있는 곳 같았다. 시계 따위는 없는 곳, 마감일이 중요하지 않은 곳, 기본적인 욕구들만이 유일한 걱정인 곳. 이 포치에 앉아 베스트셀러 순위를 걱정한다는 것, 내 책이 서점 구석에 처박히지 않을까 걱정한다는 것이 상상이 되지 않는다. 이런 곳에 사는 마크가 내가 누구인지 알았다는 것, 혹은 내 책들을 읽었다는 사실 조차 충격이다. 호화로운 고층빌딩에 있는 마르카, 인조 손톱을 붙인 손으로 악성 이메일을 쓰는 마르카를 상상하기는 어렵지 않다. 하지만 그 틀에 마크를 넣는 것은 불가능하다. 이 남자에게서 그 못된 말들이 나왔다는 사실을 상상하기가 어렵다.

"나에게 보낸 이메일들이오." 그가 허리를 펼 때 도드라지는 등 근육을 바라보았다. 그가 라이터를 옆에 놓더니 손가락 사이에서 담배를 굴렸다. 그가 고개를 돌리고 연기 한 줄기를 내뱉자 그의 윤곽이 흐릿해졌다. "맨 처음에 나에게 이메일을 보냈던 이유가 뭐예요?"

그가 눈을 내리깔며 담배를 쳐다보는데 턱관절에 힘이 불끈 들어갔다. 담배를 입으로 가져가더니 길게 빨고는 고개를 돌려 나를 보았다. 그의 얼굴에서 여러 감정들이 뒤섞이고 있다. "멤피스 브라이드." 그가 마침내 입을 열며 한쪽 다리를 다른 쪽 위로 꼬았다.

"뭐라고요?" 내가 먹는 약이 내 정신을 몽롱하게 한다고는 하지만, 완전히 제정신인 사람도 저 대답을 이해할 수는 없을 거라고 나는 확실히 단언할 수 있다.

"이 이름 들어본 적 있는 것 같소?" 그가 눈썹을 치켜올렸다. "모르겠소?" 그의 말투에 묘한 비난이 실려있었다. 내 안에 두려움의 웅덩이가 만들어진다. 이게 뭔지 알아야 한다. 하지만 나는 이 테스트에 불합격할 것 같은 느낌이다.

"모르겠는데요."

"내 첫 책이었소. 내 첫 번째 진짜 책." 그가 한 손을 들어 집을 향해 흔들어 보였다. "이 집을 사게 해주고 또, 아내의 항암치료도 하게 해준 그 쓰레기 책들이랑은 달랐소. 좋은 책이었지. 쓰는 데 3년이 걸렸고 퇴짜를 열여덟 번 맞고서야 출판 계약을 하게 됐소. 내 첫 출판 계약. 엄청 대단한 일이잖소. 알잖아요?" 그가 어깨를 으쓱 하더니 담배를 입으로 가져갔다. "아니. 당신은 모를 거요. 당신은 단번에 바로 계약을 따냈으니까. 그 기사를 읽었소. 당신 첫 소설을 두고 대리인들과 출판사들이 서로 계약하려고 난리가 났었다고. 나는 아니었소. 편집자들에게 남자가 쓴 로맨스를 읽어달라고 부탁하는 것부터 쉽지 않았지."

나는 그 질문을 한 것이 벌써 후회된다. 되돌릴 수 없는 상황이 되어 버렸다. 그리고 나는 이 대화가 어디로 흘러갈지 알 것 같았다. '추천사.' 그걸 그가 나에게 요청한 적이 있었던가?

"계약금이 2만 달러였소. 그 중 절반은 계약서에 사인을 하면서 받았고." 그가 나를 보며 웃는데 온기라고는 조금도 없었다. "그날로 하던 일도 관뒀소. 엘렌과 매기를 데리고 스테이크를 먹으러 갔었소. 인생이 참 아름다워 보였었지." 그가 연기를 길게 내뿜었다. 공기 중에 담배 냄새가 점점 짙어지고 있었다. "당신은 첫 계약금을 받고 어떻게 축하했소?"

나는 대답하지 않았다. 그저 틀림없이 다가오게 될 것을 덤덤하게 기다릴 뿐이었다. 그가 나를 보았을 때 나는 눈을 피하지 않았다. 잠시 후 그가 고개를 천천히 흔들었다. 그의 눈이 나를 지나 어둠 속으로 향하면서 우리의 눈싸움은 끝이 났다.

"출판사에서 작가들의 추천 글을 받길 원했었소. 출판사에서는 내 책과 비슷한 책을 쓰는 작가들에게 연락을 했소. 그때 당신은 『가든룸』을 출판한 지 얼마 안 됐었지. 별 기대를 하지 않고 연락했는데 당신이 덜컥 수락을 했던 거요."

"내가 그 책을 안 좋아했을 것 같아요."

그가 크게 웃음을 터뜨렸다. "맞아요, 헬레나. 당신이 그 책을 좋아하지 않았다고 해도 무리는 아니요. 그런데 솔직히 당신이 그 일을 잊어버렸다는 게 나는 좀 놀랍소." 그가 한 손으로 운동복 바지를 비비더니 다시 어둠 속을 응시한다. "당신은 내 편집자에게 네 페이지짜리 이메일을 보냈소. 그리고 친절하게도 나를 참조에 넣어줬지. 내 소설의 모든 결점들을 써줬더군요. 당신 의견의 핵심은 내 글이 밋밋하고 나에게 재능이 없다는 것이었소. '유치하다.' 이게 당시 당신이 사용했던 단어요." 그가 집을 향해 고개를 기울였다. "읽어보고 싶으면 지금도 읽을 수 있소. 내 작업실에 가면 액자에 끼워져 있으니까. 내가 뉴욕 타임스 베스트셀러에서 당신을 처음으로 이겼던 책 바로 옆에 두었소."

"악의를 가지고 그런 건 아니었어요." 나는 의자에서 몸을 꼿꼿이 세웠다. "아마 도와주려고 했던 것 같아요."

"도와주려고?" 그가 코웃음 쳤다. "이메일을 읽고 내 편집자가 겁을 너무 많이 집어먹는 바람에 결국 책 계약은 취소됐소. 결국 그 책은 출간되지 못했고, 남은 계약금도 받지 못했지. 내 작가로서의 경력은 끝장난 거였소. 그렇게 된 거요." 그가 손가락을 구부려 딱딱 소리를 내더니 나를 돌아보았다. "그렇게도 쉽게. 단지 헬레나 로스가 내 책을 마음에 들어 하지 않는다는 이유로. 당신은 엄청난 스타 작가였고, 나는 있으나 마나 한 소모품 같은 거였고."

그에게 사과해야 한다. 그 사실에는 의심의 여지가 없다. 그런데 나는 입술을 꽉 다물었다. 내가 시간을 들여 긴 편지를 썼을 정도면 정말 심한 말을 했던 게 틀림 없다.

"나는 직장으로 다시 돌아갈 수도 없었소. 아내는…… 도로 위쪽에 있는 농장에서 일을 했고. 우리는 절뚝이며 지낸 거요. 나는 쓸 수 있는 건 뭐든지 다 썼소. 하지만 그 어느 것도 출판사들의 관심을 받지 못했고. 그러다가 아내가 아팠고 나는 더 절박해졌지. 자비출판을 하기 시작했소. 물불 안 가리고 여러 장르들을 썼소. 성애물이 그 중 성공한 장르였지." 그가 앞으로 몸을 기울이더니 어둠 속으로 침을 뱉었다. "그렇게 마르카 반틀리가 태어난 거요."

나는 마르카 반틀리의 약력을 쉰 번쯤 읽었다. 온통 꽃과 샴페인 천지였다. 캘리포니아 파티걸이 베벌리힐스에서의 연애담을 에로틱하게 쓴 뒤 우연히 출판계에서 성공하게 된 이야기. 거기에는 아픈 아내에 대한 이야기나, 칠리 콘 카르네는 기막히게 만들지만 걸레받이는 닦지 않는 반 백발 카우보이에 대한 이야기는 전혀 없었다.

나는 머릿속에서 계산하려 해보았다. "부인이 떠난 지 얼마나……부인이 언제…?"

"난소암으로 시작됐소. 죽기 전까지 4년 동안 싸웠지. 떠난 지는 3년 됐소. 3년 하고 2개월." 그는 아마 더 자세히 알고 있을 것이다. 며칠, 몇 시간 단위까지 알고 있을 것이다. 그의 머릿속에서 그 시계가 째깍째깍 가고 있을 것이다. 어떻게 보면 나는 그가 간직한 슬픔의 많은 부분을 공감할 수도 있다. 하지만, 다른 한편으로 우리는 완전히 다르기도 하다.

나는 일어섰다. "이제 자야 할 것 같아요."

내가 방충망 문을 여는데 그가 말했다.

"처음에 왜 이메일을 보내기 시작했냐고 물었죠."

내가 멈춰 섰다. 나는 그 질문에 대한 대답을 여전히 듣고 싶은지 확신이 서지 않았다.

"아주 오랫동안 당신을 미워했소. 그 증오심에서 이메일을 보냈소. 내가 누구인지 당신이 알았으면 했지. 하지만 지난 7년 동안……" 개가 우리 쪽으로 다가오자 그가 한 손을 내밀어 개를 가까이 오게 했다. "당신이 내 글을 발전시켰소. 당신이 내 글을 읽고 있다는 걸 알았고, 그게 나를 앞으로 나아가게 했던 거요." 그가 나를 돌아보았다. "그러니까 고마워요. 답장을 줘서. 여러 곳에서 받는 이메일이 엄청 많았을 텐데."

나는 그의 용서에 기분이 더 안 좋아질 뿐이다. "그래요."

나는 들어가겠다는 의미로 그에게 고개를 까딱했다. 그러고는 문을 휙 열고 집 안으로 탈출했다.

37장

아기. 말도 안 되게 포동포동한 얼굴. 아기의 두 눈은 얼굴에 그려놓은 작은 선 같아 보인다. 달래려는 나의 눈은 자꾸 피하면서 그 밖의 모든 것들을 쳐다보는 그저 작은 선. 아기는 온종일 울어댔다. 악을 쓰며 자지러지게 울었다. 반복 재생되는 고장 난 레코드판 같았다. 어찌 보면 아기는 연약하다. 다르게 보면 아기는 막무가내 그 자체다.

아기를 들어 안을 때마다 나는 무언가가 손상되는 느낌을 받았다. 무언가 잘못됐다고 느낀다. 나는 본능이 결여된 채 아기에게 무엇을 해줘야 할지 갈피를 잡지 못했다. 사이먼의 눈을 들여다볼 때마다, 그의 눈 속에서 실망의 빛을 볼 때마다 나의 불안은 점점 커져만 갔다.

이제 일주일 되었다. 그런데 나는 벌써 아기가 싫어진 것 같다.

나는 작은 손님방에서 일어났다. 방이 너무 더워서 담요들을 걷어 찼다. 입 안이 바짝 말라 쇠 맛이 나는 것 같았다. 두통으로 머리가 깨질 것 같다. 트윈베드에서 굴러 나와 내 가방이 있는 곳으로 갔다. 청바지를 입고 새 셔츠를 입는데 팔다리 움직임이 둔해진 것 같다. 굳이 새 팬티나 브래지어로 갈아입지는 않았다. 집 안은 조용했다. 나는 양치질을 하고 아래층으로 내려갔다.

마크의 집은 깨끗함과 더러움의 기이한 혼합체다. 욕실들은 전부 반짝반짝 하고 공기 중에서 표백제 냄새가 난다. 거울도 작은 얼룩 하나 없이 깨끗하고 타일 줄눈까지도 청소한 지 얼마 안 됐는지 눈이 부실 정도다. 그런데 다른 곳들은 어수선하다. 함께 쌓여있는 편지들과 이상한 물건들, 주방 조리대 위에 놓여있는 못 쓰는 전구 하나, 테이블 모서리를 따라 반들반들 찍혀있는 지문 자국들, 의자 옆에 놓여있는 더러운 부츠.

나는 계단을 내려가며 걸려있는 사진들을 보다가, 다른 것들보다 큰 액자 앞에서 멈춰 섰다. 두꺼운 판지에 종이 한 장이 붙어있었는데 자세히 보니 편지지였다. 편지 밑에는 수표 사본이 놓여 있었다. '합격 통지서'다. 편지 맨 위에 출판사 직인이 찍혀있고, 두 단락의 축하 메시지 아래에 멋들어진 사인이 있었다. 책의 제목은 '멤피스 브라이드'. 마크가 액자에 끼워뒀을까. 아니, 상장 받은 자녀를 자랑스러워하는 부모가 그러하듯 그의 아내가 해놓았을 것이다. 매년 수천 권의 책 계약이 이루어진다. 수천 장의 수표가 작성되고 수천 개의 꿈이 실현된다. 아마 이처럼 액자에 끼워진 것들이 수천 개였을 것이다.

그의 소설이 죽게 된 것이 내 잘못이었을까? 내가 그의 에디터에게 이메일을 보내지 않았더라면, 그는 쓰고 싶었던 소설을 계속 쓰게 되었을까? 그가 진실로 존중하는 그런 책들을 창조하고 있을까?

나는 발을 내디디며 그 액자를 스쳐 지나갔다. 우리 업계에서는 작품이 우리를 대변한다. 전부 내 잘못은 아니다. 나는 책을 출판하게 된 누구에게든 통렬한 추천사를 쓰는 사람이다. 충분히 강렬한 소설이었다면 내 의견 따위는 중요하지 않았을 것이다.

나는 현관으로 이어지는 계단을 쭉 내려갔다. 문에 메모 하나가 붙어있었다.

'주방에 먹을 게 좀 있소. 나는 축사에 있어요. 송아지 보고 싶으면 로이스가 데려다줄 거요.'

나는 메모를 그대로 두고 주방으로 갔다. 조리대 위 그릇에서 바나나 하나를 집어 껍질을 벗기며 신나게 1층 투어를 시작했다. 상당히 넓다. 모든 것들이 거인을 위해 만들어진 것 같았다. 엄청나게 큰 가죽 소파는 「건축 다이제스트」 잡지 카탈로그에서 튀어나온 것 같다. 상판이 무척 두꺼운 커피 테이블은 통나무를 잘라 만든 것이다. 장식품 같은 것은 전혀 없고 온통 가죽, 나무, 사진들뿐이다. 가족 중에 사진 잘 찍는 사람이 있는 것 같다. 거대한 목장 사진이 하나 있는데 석양의 강렬한 색감이 주방 전체에 따뜻한 느낌을 주었다.

나는 다른 방으로도 가보았다. 그곳에서 흑백사진 몇 개를 보았다. 마크의 손을 클로즈업 한 사진, 등이 굽은 말의 사진, 그리고 웃고 있는 마크 딸의 사진. 주위를 둘러보니 마크의 작업실인 것 같았다. 한쪽 구석에 프린터가 있고 내 앞에는 책상이 하나 있는데 그 위에 종이가 잔뜩 쌓여있다. 멀리 떨어진 벽의 기다란 창문 아래에 원고 더미들이 놓여있다. 뭉치가 스무 개는 넘어 보인다. 나는 제목들을 쭉 훑어보았다. 비운의 '멤피스 브라이드'를 찾아보려고 했는데 없었다. 혹시라도 프린트해서 액자에 끼워놓았다는 내 이메일을 발견하게 될까 봐 다른 곳은 찾아보지 않았다. 나의 회신이 그에게 잔인했다는 건 인정해야 한다. 무슨 증거가 필요하겠는가.

다이닝룸과 일광욕실은 별로 재미가 없다. 나는 도로 2층으로 올라가 내가 묵었던 손님방을 건너뛰고 그의 딸 방도 그냥 휙 보고 지나갔다. 그다음에 있는 방이 노다지다. 서재다. 바닥부터 천장까지 이어지는 책장, 바퀴 달린 사다리, 조명. 커다란 의자 하나와 소파도 있는데 둘 다 한 번 앉으면 절대 못 일어날 것 같은 느낌으로 다가온다. 우리 집에도 이런 방을 하나 만들었어야 했다.

우리는 140평에 달하는 땅을 사놓고 전부 사이먼의 이상한 짓거리들에 낭비했다. 운동방. 미디어룸. 한 번도 사용한 적 없는 손님방 둘. 정식 다이닝룸. 나는 왜 더 많은 공간을 점유하지 못했던 걸까? 왜 이와 같은 공간을 만들자고 고집부리지 않았던 걸까? 그리고 나중에 남편과 아이가 떠나고 나 혼자 남았을 때, 왜 나는 나 자신을 위해 이런 공간을 만들지 않았던 걸까? 하지만 나는 그 답을 알고 있다. 나중에라도 그런 공간을 만들지 않았던 것은 내가 그런 공간을 누릴 자격이 없었기 때문이었다. 그런 공간을 만들었다면, 나 스스로가 썩어빠지고 이기적이라고 느꼈을 것이다.

마크의 책은 저자 별로 정리되어 있었다. 명작이란 명작은 다 여기에 있는 것 같다. 나는 아무것도 만지지 않았다. 내 손에는 아직 바나나가 들려있고, 그의 책에 대한 나의 존중은 문손잡이와 전등 스위치에 대한 존중보다 훨씬 크기 때문이다.

나는 내 책들을 발견했다. 내 책들이 한데 모여있는 모습을 보니 기분이 좋아진다. 모든 책등에 주름이 잡혀있었다. 다 읽었다는 표시다.

내 책을 제외하면 로맨스물은 거의 없었다. 마크의 취향은 고전 문학이나 현시대를 다룬 소설 쪽에 치중되어 있었다. 몇몇 작가의 이름을 보니 미소가 지어졌다. 고개를 들고 책장 위쪽을 바라보았다. 사다리를 타고 올라가 그의 소장품들을 하나하나 자세히 구경하고 싶은 마음에 몸이 근질거렸다. 그런데 갑자기 목 아래쪽에서 강한 통증이 느껴졌다. 나는 조심히 고개를 내리고 뒷걸음질 쳤다. 진통제의 약효가 떨어진 것이다. 나는 염탐은 그만두고 약이 있는 아래층으로 향했다.

약의 맛은 정말이지 끔찍하다. 혀에 닿자마자 약간 녹아들 때와 물이 들어오기 전의 그 찰나의 순간 약은 분필 같은 맛을 낸다. 진통제 두 알과 함께 항메스꺼움제도 먹었다. 싱크대 위 창문으로 바깥을 바라보았다. 마크의 브롱코가 주차돼 있고 그 옆에 호리호리한 남자가 한 명 서 있다. 휴대전화를 귀에 갖다 댄 채 한 손에 담배를 들고 있다. 어젯밤 그 남자다. 마크의 일꾼, 로이스.

거실에서 무언가 부딪치는 소리가 났다. 돌아보니 마크의 개가 나를 향해 빠르게 다가오고 있었다. 개의 꼬리가 지나오는 모든 곳을 때리면서 오고 있다. 탁탁탁탁. 여기가 그릇 가게였다면 그릇들을 전부 깨뜨리고도 남았을 것이다. 개가 나를 보고 웃으며 나의 다리에 스윽 기댄다. 나를 올려다보는데 입 옆으로 혀가 빠져나와 있었다. 개는 꼬리를 흔들고 있는데 그 때문에 몸 전체에 힘이 들어가 있는 것 같다. "안녕 꼬마야." 나는 이 개를 만지고 싶지는 않았다. 몸이 지저분해 보였다. 개가 지나온 곳을 따라 젖은 발자국들이 찍혀있었다. 개는 자신의 무게를 내 정강이에 실었고, 난 그 의미를 이해한다는 듯 한쪽 발을 들어 올렸다.

사이먼은 커다란 곰 사냥개 아키타 한 마리를 키우고 싶어했다. 싸구려 스웨터처럼 털을 흩날리고 하루에 침을 1갤런씩 흘리는 개다. 나는 반대했다. 사이먼은 공격적으로 나왔다. 그리고 2주 하고도 열댓 번의 말다툼 끝에 결국은 그가 새 오토바이를 사는 것으로 타협을 보았다. 그게 우리의 다툼 대부분이 흘러가는 방식이었다. 나는 그가 개를 전혀 원하지 않았다고 의심했다. 애초에 오토바이가 그의 최종 목표였고, 그 전부가 심리 게임이었다고. 내가 거기에서 진 거라고.

낮게 그르렁거리는 소리에 나는 개를 다시 내려다보았다. 개의 갈색 눈동자가 나의 얼굴을 탐색하며 미세하게 움직였다. 나도 모르게 손을 뻗어 개의 머리를 쓰다듬었다. 성인이 된 이후 나는 늘 개와 아이들에 대한 공통의 관념을 몇몇 지니고 있었다. 손이 어마어마하게 많이 가는, 징징거리는 소음 발생기라고. 아이들에 대해서는 내가 틀렸다. 특히 초반에 베서니가 내 시간과 에너지를 멈추지 않고 빼앗아가기는 했지만, 그 아이는 그럴만한 가치가 있는 존재였다. 백만 번 그럴 가치가 있었다.

이 개였다면 그럴만한 가치는 없었을 것이다. 이제 개는 내 신발 위에 드러누웠다. 그리고 둥글게 구부린 배를 나에게 드러냈다. 발은 허공으로 뻗어있었다. 입은 즐겁다는 듯이 우스꽝스런 표정으로 벌어졌다. 마치 이 행동이, 내 움직임을 제한하는 자신의 행동이 축하할 일이라도 되는 듯 굴었다. 나는 개의 묵직한 무게 아래에서 한쪽 발을 슬금슬금 빼낸 뒤 옆으로 비켜섰다. 내가 도망가는데 개가 머리를 들어 올리고 쳐다보았다.

나는 현관문을 향해 걸어가다가 다이닝룸 테이블 위에 놓여있는 종이 뭉치와 작은 접시를 발견했다. 접시에는 머핀 하나와 바나나가 놓여있었다. 나는 잠시 멈칫했다가 종이를 향해 걸어갔다.

첫 페이지 맨 위에 '5장'이라고 굵은 글씨로 쓰여 있었다. 새 글이다. 어제 터덜터덜 계단을 올라가 침대로 가기 전에 몇 챕터의 개요 작업을 하고, 또 한두 페이지 정도 글을 쓴 뒤에 테이블 위에 작업물을 올려놨었다. 아마 마크가 자지 않고 내 작업물을 읽어본 뒤에 작업한 결과물일 것이다.

나는 접시를 옆으로 치우고 그와 축사에서 나눴던 대화를 상기해보았다. 내 작업물은 축사에서 나눴던 이야기의 끝부분부터 이어지는 내용을 써놓은 것이었다. 무척 광범위한 이야기였다. 나는 페이지를 쭉 넘겨보았다. 스무 장은 된다. 내가 쓰려고 했다면 2주는 걸렸을 것이다. 그는 단 몇 시간 만에 써냈다. 나는 의자를 빼고 거기에 앉았다.

개가 내 몸을 스쳐 발 위에 자리 잡는데 나는 거의 알아차리지 못했다. 처음 몇 페이지는 베서니 출산에 대한 내용이다. 나는 몇몇 구절에 표시를 하고 코멘트를 달았다. 아기를 집으로 데려오는 내용까지 읽는 동안 머핀은 조금씩 사라졌다. 마크의 글은 발전하고 있다. 우리가 아기를 집에 데리고 갔을 때 느꼈던 긴장감이 고스란히 느껴지는 것 같았다. 아기 침대 모서리를 잡은 나의 손이 떨렸었다. 나는 자신감 충만한 사이먼의 열정이 짜증스러웠다. 걱정을 하는 유일한 사람이 왜 나여야 했지? 후회를 하는 유일한 사람이 왜 나여야 했던 거지?

나는 계속 읽었다.

나의 감정들. 그것들이 이 종이에 전부 담겨있다. 무척 생생하고 현실적이다. 나는 마크가 (남자이기 때문에) 이해하지 못할 거라고 성차별적 생각을 했던 것을 후회하고 있다. 읽으면 읽을수록 내 안의 불안감이 더 증폭되었다. 옛 감정들이 다시 밀어닥친다. 내가 싸워야 했던 모든 갈등, 내 딸에 대해 가졌었던 끔찍한 악의가 다시금 나를 덮쳐왔다.

나는 머핀 포장지를 옆으로 밀어두고 애써 다음 페이지로 넘어갔다.

38장

마크의 집에서 걸어 나올 때 나는 더 늙어버린 듯했다. 베서니를 낳은 직후의 몇 달을 자세히 떠올리는 일이 무척 힘들었기 때문이었다. 하지만 그 후에 벌어진 일들을 떠올릴 것에 비하면 이건 아무 것도 아니다.

로이스가 나를 축사까지 데려다주었다. 나는 행복해 보이는 건강한 아기 송아지를 쓰다듬으며 작별의 인사를 했다. 그리고 세 시간 후 다시 비행기에 올랐다. 기내에 한 발만 넣은 채로 잠시 멈춰 서서 따뜻한 공기를 들이마셨다. 많이 움직인 탓에 내 근육들이 기분 좋게 피로했다. 머리카락에 이곳 공기의 냄새가 묻어있었다. 집으로 돌아가기가 싫기도 했다. 이 세계에 사는 나의 모습을 그려보았다. 떨어지는 나뭇잎들을 바라보고, 아침에 글을 쓰고, 오후에는 마크의 서재에서 하드커버 한 권씩을 읽으며 보내는 나날들.

나는 좌석에 앉아 비행기 문을 닫았다. 마크가 올라타자 비행기가 조금 흔들렸다. 나는 그가 스위치들을 누르고 클립보드 위 종이에 이것저것 체크를 하는 긴 과정을 지켜보았다.

"새로 쓴 글 읽었어요." 그가 그 과정을 모두 끝냈을 때 내가 말했다. 비행기는 프로펠러를 윙윙거리며 서서히 앞으로 나아가고 있다.

"그리고요?"

"그리고…… 좋았어요." 이 말로는 충분치 않은 것 같았다. "정말 좋았어요."

그의 입가가 살짝 올라가며 까칠하게 자란 수염들 사이로 보조 개 하나가 옴폭 파인다. "좋았다니 다행이오. 걱정했었어요. 혹시 너무…"

"아니요." 나는 창밖 격납고를 바라보았다. "좋았어요."

그가 나에게 헤드셋을 건네고 자신의 헤드셋을 썼다. 관제사에게 말하는 그의 목소리는 굵고 능숙했다. 나는 양해를 구한 뒤 눈을 감고 그가 새로 쓴 내용들을 머릿속에서 그려보았다. 우리는 지금 시간 순 서대로 작업을 하고 있다. 아마도 독자들을 지루하게 할만한 방식이 다. 나중에 프리전이 전부 재구성해서 미래에 대한 암시도 집어넣고, 이야기를 전달하는 방식의 구조도 바꾸어 주면 좋을 것이다. 하지만 지금 가장 중요한 것은, 내가 그 사건들을 경험했던 방식 그대로 마크 가 느끼고 말하는 것이다. 내가 느꼈던 감정들, 내 결정 뒤에 숨겨져 있는 계기와 근거들, 내가 했던 실수들을 독자들이 이해할 수 있어야 한다.

300페이지에 걸친 해명에도 불구하고 독자들은 아마 나를 판단하 려 할 것이다. 하지만 수백만 명의 독자 중 일부는 어쩌면 나를 이해해 줄지도 모른다.

비행기가 이륙하고 안정고도로 접어들었다. 마크의 손이 운전대에 편히 놓여있는 모습을 보고 나는 가방에서 노트북을 꺼내 글을 쓰기 시작했다. 마크의 글이 끝난 부분에서부터 시작했다. 베서니가 10개월 즈음일 때다. 마크는 말이 없었고 엔진만이 윙윙대는 한 시간 동안 나는 개요 그 이상으로 깊이 들어갔다. 어떤 한 장면으로 걸어 들어간 뒤, 그 모든 것을 내가 직접 종이 위에 옮기기 시작했다.

39장

"난 엄마 환자가 아니에요." 나는 내 손이 떨리는 것을 엄마가 보지 못하도록 몸 앞으로 팔짱을 꼈다. 엄마가 정신과 의사일 때는 이런 것이 문제다. 무슨 행동을 하든 반드시 분석되고 비판되고 분류되고야만다.

"네가 믿을 수 있는 사람한테 이야기할 필요가 있어, 헬레나. 나에게 이야기 하지 않으면 사이먼이 다른 의사를 찾을 거야. 그러면 그들 의견으로부터 내가 너를 보호해줄 수가 없어."

내 손톱이 손바닥을 파고들었다. "누구 의견으로부터의 보호 같은 거 필요 없어요. 그리고 사이먼이 나에게 억지로 말을 하게 할 수 없어요. 나 괜찮아요. 전부 괜찮다고요. 그리고 이제 엄마는 가줬으면 좋겠어요. 당장이요." 엄마는 가야 한다. 엄마가 갔으면 좋겠다. 점점 끓어오르는 게 느껴졌다. 짜증에서 화로, 화에서 분노로. 이제 거의 격분에 이르렀다. 나는 엄마를 문밖으로 확 밀어버리고 싶은 충동과 싸웠다.

"무슨 일이 있었는지 나에게 털어놓으렴."

나는 시선을 돌린다. 엄마는 이해하지 못할 것이다. 이 여자는 이해 못한다. 언제나 모든 것을 자신의 통제하에 두는 이런 여자는 이해하지 못한다. 엄마의 역할에서 단 한 번의 실수도 해본 적 없는 여자, 어떤 일을 처리할 때 단 한 번도 당황해본 적이 없는 여자. 그것도 남자의 도움 없이.

한편 나는 분유 때문에 폭발했었다. 뭉쳐서 안 풀리는 분유 때문에. 나는 분유를 넓은 대접에 넣고 집에 있는 가장 작은 거품기를 꺼내 계속 저었다. 손바닥에 물집이 생길 때까지 계속해서 저었다. 그런데도 뭉친 분유는 풀리지 않았다. 분유는 안 풀리고 '나에게는 이럴 시간이 없었다'. 분유를 젖병에 부으려 했는데 조리대 위로 다 쏟아 버렸다. 또 한 번의 시간 낭비. 나는 이 좌절감의 화풀이 대상으로 가장 먼저 휴대전화를 선택했다. 아이폰을 주방 바닥으로 힘껏 내던졌다. 그러고는 내 신발의 뒷굽으로 마무리했다. 금이 간 액정을 내려다 보았는데도 기분이 나아지지 않았다. 다음 차례는 유리 대접이었다. 깨지면서 나는 훨씬 더 시끄러운 소리가 나를 만족스럽게 했다. 그런데 베서니가 반응을 했다. 눈을 질끈 감은 채 입을 벌리고 악을 쓰며 자지러질 듯 울어댔다. 나는 아이를 쳐다보았다. 한쪽 양말이 벗겨진 채 의자에 앉아서 몸부림치고 있었다. 내 손에는 젖병이 들려있었다. 나는 숨을 아주 깊게 들이마셨다.

무엇을 해야 할지 답은 정해져 있었다. 나는 우는 아기를 들어 안고 달래줘야 했다. 흔들어주고 먹이고 트림을 시켜야 했다. 문제는 내가 그런 일을 할만한 여자가 아니었다는 점이다. 나는 마감일이 다가오는데 나흘 동안 한 글자도 쓰지 못한 여자, 지난 48시간 동안 잠을 거의 한숨도 자지 못한 여자였다. 그런데 베서니는 '절대 잠들지 않았다'. 베서니는 '절대 멈추지 않았다'. 베서니는 '끊임없이 보채고, 보채고, 또 보챘다'. 그리고 나는 그것을 감당할 수 없었다. 나를 필요로 하는 다른 가족이 있는데 그럴 수는 없었다.

존과 마리아 그리고 특별한 보살핌을 필요로 하는 그들의 딸. 부모로부터 비밀을 감추고 있는 아름다운 자폐아 딸아이가 있었다. 그들의 이야기가 나를 기다리고 있었다. 결말을 써주기를 기다리고 있었다. 내가 글을 써야 도달할 수 있는 결말이었다. 하지만 내 멍청한 임신과 맞간 호르몬 때문에 나는 전혀 글을 쓸 수가 없었다.

도대체 왜 내가 그를 위해 이 짓을 하고 있는 것인지? 우리 차 할부금도 안 되는 돈을 벌러 신나게 출근한 남자를 위해 왜 내가 모든 것을 망쳐야 하는 것인지?

그는 내 일에 대해서는 조금도 생각하지 않았다. 나의 세계, 나의 온전한 정신에 대해서는 조금도 생각하지 않았다. 그리고 아기는 울음을 멈추지 않을 기세였다. 나의 모든 것을 조금씩 갉아먹는 행동을 절대 멈추지 않을 기세였다.

"베서니는 괜찮았어요." 나는 내 속마음을 엄마에게 털어놓고 싶지는 않았다. 남의 충고나 판단 같은 것 없이 나의 집은 나 혼자의 힘으로 이끌 수 있어야 한다. "사이먼이 과민반응 한 거예요."

"베서니가 병원에 갔잖니, 헬레나."

좌절감이 나의 틈을 비집고 올라왔다. "사이먼의 과민반응이에요. 병원에 데려갈 필요가 없었다고요." 아이는 그럴 필요가 없었고, 의사도 그렇게 말했었다. 최대한 돌려 말하긴 했지만. 베서니는 탈수상태였다. 자기 젖병을 바닥에 내팽개치고 악에 악을 쓰면서 제 몸에 있는 수분을 다 날려 버렸다. 젖병을 잘 들고 있었더라면, 아니면 악을 쓰는 것을 멈췄더라면 괜찮았을 것이다. 그러나 베서니는 내가 자기를 혼자 두고 간 사이에 자지러지게 울어댔던 것이다.

"얼마나 썼니?" 이건 질문이 아니라 나를 잘 아는 여자의 차디 찬 비난이었다. 3008단어. 몇 달 만에 가장 많이 쓴 것이다. 한 번 시작되니 멈출 수가 없었다. 불가능했다.

"몰라요." 나는 거짓말을 하고 시선을 돌렸다. 내 눈이 시계에 가 닿았다. 이 이야기를 하느라 한 시간을 낭비했다. 한 시간 동안 엄마는 내게 책임을 묻고 내 죄책감을 악화시켰다. 글 쓰는 데 쓸 수 있었던 귀한 시간을 낭비하게 했다. 오늘 밤은 아주 드문 생산성의 기회다. 사이먼이 베서니를 유모차에 태워 나갔으므로. 나를 노려보며 자신의 행동이 마치 나에게 가르침을 줄 수 있다는 듯이, 거만한 얼굴로 나에게 벌을 주겠다는 듯이. 나에게 그것은 벌이 아니라 글을 쓸 기회이긴 하지만.

"네 시간이었어, 헬레나. 네. 시. 간." 엄마는 무슨 대단한 기록 발표라도 하듯 마지막 단어를 힘주어 발음했다. 그 세 음절이 무엇을 입증할 수 있다는 듯이. 엄마는 내가 베서니에게 호의를 베풀고 있었다는 것을 이해하지 못했다. 아이를 주방에 내버려두고 2층으로 올라가 작업실 문을 꽉 닫고 음악 소리를 키워 아이의 악쓰는 소리를 안 들리게 했던 내 행동을 이해하지 못했다. 그렇게 아이를 두고 갔던 것은 아이를 안아 올리지 않기 위해서였다. 그렇게 아이를 두고 갔던 것은 내가 그 휴대전화에 했던 것처럼, 그 대접에 했던 것처럼 아이를 부서뜨리지 않기 위해서였다. 그렇게 아이를 두고 갔던 것은 아이를 보호하기 위해서였다.

"헬레나." 엄마 목소리에 담긴 무언가가 나를 서늘하게 했다. "어디에 가서 시간을 좀 보내는 게 좋을 것 같구나."

마크가 주방 의자에 편안히 앉은 채 노트북에서 고개를 들었다. 그의 옆에는 데비의 치킨 덮밥이 남아있었다. 방금 읽은 것이 고통스러운 내용이 아니었다는 듯, 내 이마에 커다랗게 '부적격 엄마' 낙인을 찍을만한 내용이 아니었다는 듯 그의 얼굴은 평온하기만 했다. "어디에 가서 시간을 보낸다는 게?" 그가 물었다.

나는 머리카락을 한 데 모아 돌돌 말아 올렸다. 목 뒤가 땀으로 흥건했다. "정신병원 말하는 거예요." 엄마는 당연히 정신병원을 정신병원이라 말하지 않았다. 당시에는 '산후 치료 센터'라고 소개했었다. 매끈한 브로셔에서는 마사지 치료사, 단체 수업, 상시 가능한 심리상담에 대해 홍보하고 있었다.

"거기에 갔었소?" 마크가 앞으로 손을 뻗더니 포크를 집어 밥 약간을 퍼 올렸다. 그의 평온한 얼굴을 보면 거의 따분해 보이기까지 했다. 만약에 작가로 성공하지 못했었다면 마크는 심리치료사를 해도 좋았을 것 같다. 저 차분한 목소리, 판단이 결여된 말투……. 마크가 우리 엄마보단 훨씬 나았을 것이다.

"엄마랑 싸우지 않았어요. 나도 가고 싶었거든요. 사이먼과 베서니로부터 방해 받지 않고 몇 주간 떨어져 있을 수 있다는 생각이 들더라고요. 그리고 또……." 내 말이 잠시 뚝 끊겼다. 나는 정확한 단어를 찾으려 애썼다. "또 어쩌면 사이먼이 하루 종일 혼자 아이를 맡게 되면 이해할 수도 있을 거라고 생각했어요." 하지만 그는 이해하지 못했다.

8주 후 집으로 돌아갔을 때 나를 반긴 것은 행복한 아기와 남편이었다. 둘은 더욱 친밀한 사이가 되어있었다. 나 같은 것은 전혀 필요가 없었던 것이다. 그 두 달 간 엄마 역시 우리 집에 들락거렸다. 냉장고에 엄마의 생필품 목록이 붙어있었고, 내 커피 테이블에 엄마의 잡지가 올려져 있었고, 식료품 저장실에는 산후 복용 비타민과 유기농 식품들이 채워져 있었다.

집 밖에서 보낸 그 8주의 시간 동안 나는 소설 하나를 마무리했지만 그 둘을 모두 잃었다. 이후의 5년은 나의 입지와 나의 결혼과 나의 가족을 되찾기 위한 나의 기나긴 전투였다.

그리고 내가 패배한 전투였다.

40장

마크

　헬레나는 좋아 보인다. 2주 전, 문을 벌컥 열어재끼고 그를 쏘아보던 때 보다 훨씬 좋아 보였다. 그 이유 중 하나는 햇빛이다. 멤피스에서 보낸 단 이틀의 시간 동안 그녀는 살이 조금 탔다. 창백한 피부 위로 주근깨가 가뭇가뭇 올라왔다. 코는 약간 분홍빛을 띠었다. 헬레나에게 선크림을 줄 생각을 하지 못했다. 그녀의 병과 그 때문에 그녀의 피부가 얼마나 약해졌을지를 미처 생각하지 못했다. 하지만 살이 탄 것과는 별개로 그녀는 훨씬 좋아 보였다. 어깨는 곧게 펴졌고 두 눈은 도전적으로 불타올랐다. 심지어 (아주 드물긴 하지만) 웃기까지 했다. 엘렌에게는 그가 능글맞게 히죽 웃어 보이기만 하면 쉽게 웃음을 이끌어낼 수 있었다. 하지만 헬레나의 웃음은 어렵게 쓴 챕터의 마지막 줄과 같다. 도달하기는 힘들지만 마침내 도달하고 나면 몇 시간에 걸친 두통을 감내한 가치가 느껴지는 것.

　둘은 무척 다르다. 엘렌과 헬레나. 성격뿐만 아니라 암이라는 병에 대처하는 방식에 있어서도 많이 다르다. 엘렌은 자신이 할 수 있는 모든 방법을 동원해 그것과 맞서 싸웠다. 헬레나는…… 헬레나는 자신이 죽게 된다는 사실에 별다른 신경을 쓰지 않는 눈치다. 겁이 없거나 두려움이 없거나 혹은 그 어떤 감정도 없는 것 같다. 암과 약, 그 모든 것은 그녀에게 골칫거리일 뿐이다. 다음 페이지, 다음 챕터, 다음 장면으로 넘어가는 길에 그녀가 극복해야 하는 무언가일 뿐이다. 헬레나 내면의 모든 것은 오로지 이 책에만 집중되어 있었다.

작업실 소파에 기대 앉은 그녀의 머리가 옆으로 떨어졌다. 마크는 그녀의 목 아래로 미끄러져 내려온 베개를 보았다. 그녀는 베개가 필요 없다고 말했었다. 말을 듣지 않는 개에게나 쓸 법한 말투로 자신은 안 잘 거라고 말했었다. "우리 일 해야죠." 자신의 노트북을 힘껏 열어젖히며 그를 꾸짖었다. 소파에 앉는 모습은 가히 반항적이다시피 했다. "이번 주말부터는 밀린 일들을 해야 해요. 나 안 잘 거라고요."

그럼에도 마크는 베개를 집어서 그녀의 적대적인 눈빛은 무시하고 그녀 머리 아래로 끼워 넣었다. 이제 그녀의 입은 살짝 벌어지고 코 고는 소리가 나지막이 흘러나온다. 그러더니 헬레나는 자기 소리에 흠칫 놀라 잠에서 깬다. "나 안 자요." 마크는 겨우 두 발자국 떨어져있는 책상에 웅크리고 앉아 있는데 그녀가 큰 소리로 외쳤다. "알았어요." 그가 조금의 관심도 없다는 듯이 대답했다. 그의 펜은 십자 낱말 퍼즐 위에서 움직이고 있었다. 천천히 반듯한 글씨로 상자 안을 채워나갔다. '아-스-팔-트.' 다음 힌트를 다 읽기도 전에 그녀가 다시 잠이 들었다. 그녀의 벌어진 입에서 부드러운 소리가 흘러나왔다.

그는 십자 낱말 퍼즐 책을 덮고 잠시 그녀를 쳐다보며 앉아 있었다. 2주를 같이 보냈고 그동안 함께 일곱 챕터를 끝냈다. 그녀가 이야기 전체의 개요는 주기를 거부해왔기 때문에 앞으로 얼마나 더 써야 할지는 그도 알 수 없다. 그래도 이 정도 속도라면 괜찮을 것이다. 헬레나의 상태가 더 나빠지기 전에 원고를 탈고하고 출판사에 보낼 수 있을 것이다. 잔금을 받고 추수감사절쯤에는 멤피스로 돌아갈 것이고, 매기와 함께 크리스마스를 보낼 수도 있을 것이다. 그때가 되면 헬레나는…… 그의 가슴이 점점 조여왔다. 한동안 이런 적이 없었는데, 그의 가슴 깊숙한 곳에서 술에 대한 갈망이 느껴졌다. 그는 십자 낱말 퍼즐 책을 다시 열고 네모난 빈칸들을 응시했다. 집중하려고 하는데 눈앞에 어두운 반점 같은 것들이 어른거렸다.

다 성장한 곤충. 가로 12번. 두 글자.

'성-충.' 그가 떠나고 나면 그녀는 혼자서 빈 통 위로 몸을 구부리고 구토를 할 것이다. 창밖에서는 눈이 내리는데 그녀는 걷기 위해, 먹을 것을 만들기 위해 사투를 벌이고 있을 것이다.

그 상상에 맞서 그는 마음을 단단히 먹는다. 헬레나는 돈이 많은 여자다. 24시간 상주 간병인을 들일 능력이 있는 여자다. 케이트도 올 것이다. 당연히 케이트가 여기에 있을 것이다. 그런 일들은 일어나지 않을 것이다.

그녀의 한쪽 손이 흰색 운동복 상의 위에서 구부러진다. 그는 그 손을, 그 앙상한 손가락들을, 손등 위의 새파란 정맥들을 물끄러미 바라본다. 저토록 작은 손으로 그토록 커다란 세계들을 창조했다니.

그는 다시 퍼즐 책을 내려다보았다. 그의 마음은 공허했다.

41장

상태가 더 나빠졌다. 더 나빠질 수 있을 거라고 생각하지 않았는데 망할 몸이 말을 듣지 않았다. 소파에서 몸을 구르는데 배 속이 뒤틀렸고 방이 빙빙 도는 것 같았다. 모든 곳이 아팠고 모든 맛이 끔찍했다. 나는 얼어 죽을 것 같은데 나에게 뜨거운 차를 가져다주는 마크의 겨드랑이 아래가 축축하게 얼룩져 있었다. 마크의 이마에는 땀이 송글송글 맺혀있다. 욕실로 갔을 때 온도조절장치를 보았다. 온도는 거의 30도에 육박하고 있었다. 내 치아가 이렇게 딱딱 부딪쳐서는 안 된다. 내 팔에 이렇게 소름이 돋아서는 안 된다.

"여기." 그의 손에 담요가 들려있다. 담요로 내 가슴을 덮어주었다. 땀방울 하나가 그의 목을 따라 흘러내리는 게 보였다. 나는 그의 도움이 필요 없다. 나는 병약자가 아니다. 나 혼자서도 담요나 차 같은 것들을 챙길 수 있다. 가볍게 지나가는 이런 질병, 이게 병이든 뭐든지 간에 나는 그의 도움 없이도 싸울 수 있다. 마크는 지금 글을 쓰고 있어야 한다. 우리 둘 중 하나는 지금 생산성을 발휘하고 있어야만 한다. "벌려요." 그의 손에 체온계가 들려있었다. 그런데 세균 차단을 위해 체온계 끝에 끼우는 일회용 커버 챙기는 걸 깜빡 한 모양이었다.

"커버 씌워야 해요." 불쌍하게도 맥아리 없이 긁는 소리가 나왔다.

"다 썼어요. 내일 좀 챙겨오겠소."

나는 입을 꽉 다물었다. 그가 보더니 씩 웃었다. "그 입 당장 벌려요."

베서니가 입을 꽉 다문 채 눈을 동그랗게 뜨고 사이먼을 보았다. 치실이 사이먼의 손가락에 들려있었다. 입 벌려봐, 베서니. 하나도 안 아파. 그냥 획 당기기만 하면 돼.

그날 밤, 그들은 아이 방에 몰래 침입했다. 베개 위에 반짝이를 뿌린 다음, 작은 치아를 챙기고 그 자리에 1달러짜리 은색 동전을 두고 나왔다.

나는 입을 벌리고 눈을 감았다. 그 기억을 붙잡으려 애를 썼다. 1달러짜리 동전을 발견하고 꺄악 소리 지르던 아이. 우리 침실로 뛰어와 머리에서 반짝이를 떨어뜨리며 나와 사이먼 사이로 기어들어오던 아이. 우리 사이에 드러누워 허공으로 동전을 들어 올리던 아이. 아이는 마법이라고 했고, 사이먼은 경고하는 눈빛으로 나의 반박을 차단했다. "맞아." 사이먼이 수긍했다. 베서니 옆 베개에 사이먼의 머리가 놓여있었다. "마법이네."

더러운 체온계가 내 혀 위로 들어왔다. 나는 손을 들어 마크에게서 체온계를 빼앗고 입을 다물었다. 그는 글을 쓰고 있어야 한다. 그런데 쓸 내용이 없다. 내가 그에게 무언가를 말해주어야 한다. 무엇이든 말해야 한다. 다음 이야기를 들려줘야 한다. 그런데 지금 내가 할 수 있는 거라고는 잠자는 일뿐이다.

체온계에서 삑 소리가 나고 나는 턱에서 힘을 뺐다. 체온계를 건네자 마크가 받아 얼굴 가까이로 가져갔다. "37.7도."

"말했잖아요. 나 괜찮다고."

"바들바들 떨었잖소."

"나 괜찮아요." 나는 그에게 말했다. 그의 한쪽 눈썹이 치켜 올라갔다. 그의 아내는 자신의 죽음에 더 잘 대처했던 것이 틀림없다. 화장도 하고 농담도 잘 했던 게 틀림 없다. 성가실 정도로 행복한 사람 중 하나였을 것이다. 마크가 땀을 흘려 집 밖으로 나가게 하지도 않았을 것이고 그에게 잔소리를 하지도 않았을 것이다. "호텔로 돌아가세요."

"조금 있다가 갈 거요." 그는 이 말을 지금 이틀째 하고 있다. 내 휴대전화가 어디 있는지 알았다면 케이트에게 전화해 하소연했을 텐데. 오로지 마크를 호텔로 돌아가게 하려는 목적 하나로 케이트를 여기로 오도록 했을 텐데. 그런데 지금 내 휴대전화가 어디 있는지 모르겠다. 지금 당장은 아무 것도 모르겠다. "물 좀 마셔요." 그가 물병 하나를 내밀었다. 나는 물병을 받아 혀를 적실 정도로만 마셨다. 다른 건 아무 것도 먹지 못한다. 내 배 속에 아무 것도 머물지 못하고 있다. 내 몸도 내 마음처럼 나를 싫어한다.

42장

감기가 백기를 들었다. 이틀 뒤에야 나는 식사다운 식사를 할 수 있었다. 케이트가 스크래블 보드게임을 챙겨왔다. 우리는 주방에서 게임을 했다. 내가 마크와 케이트를 가볍게 이겨주었다. 둘은 떠날 때 함께였다. 그의 손이 케이트 허리 위에 올라가 있는 모습을 보았다. 내 안에서 갈망 같은 것이 희미하게 느껴졌다. 누군가가 나를 만져준 것이너무 오래되었다. 나를 어루만져 줬던 것. 나를 걱정해줬던 것.

사이먼이 죽었던 날 아침, 나와 사이먼 사이에 한 번의 키스가 있었다. 사이먼이 나가는 길에 하는 가벼운 입맞춤이었다. 그 키스에사랑이 있었던가? 기억하기 힘들다. 내 모든 기억들은 그날로 인해얼룩졌다.

10월이 왔다. 나는 계속해서 개요 작업을 하고 도입부를 썼다. 마크에게 베서니의 두 살 때 이야기를 들려주었다. 상황은 훨씬 좋아졌다. 아이가 울기도 덜 울고 나의 불만도 줄어들었다. 아이의 어휘가 하루가 다르게 늘어났으며, 더듬더듬 말을 할 줄 알게 되었고, 우리가 칭찬하면 해맑게 웃어 보였다. 마크와 나는 집 뒤의 포치에 앉았다. 그리고 나무에서 떨어지는 마지막 잎사귀들을 보았다. 나는 마크에게 우리의 산책 이야기를 들려주었다. 사이먼과 내가 아이 손을 붙잡고 그네를 태워줬던 이야기. 아이 스니커즈의 앞코가 우리의 눈앞까지 올라왔다 착지했던 이야기.

마크가 거실 난로에 불을 피웠다. 나는 우리가 온 집안에 만들었던 요새 이야기를 자세히 들려주었다. 의자들 위로 침대 시트를 덮은 뒤 그 모서리를 의자 다리 아래까지 잡아당겨 끼워 넣은 다음, 그 안에 베개를 잔뜩 집어넣고 플래시라이트로 빛을 비추어 만들었던 요새 이야기를 들려주었다.

나는 소파에 누워 천장 팬이 천천히 돌아가는 모습을 보며 마크에게 아이가 부르던 노래에 대한 이야기를 들려주었다. 아이의 작은 목소리가 욕실을 가득 채우고 나는 베리 향 샴푸로 아이의 머리를 감겼다. '노래 불러줘요, 엄마.' 아이 손에 가상의 마이크가 들려있었다. 나는 마이크 가까이 몸을 기울이고 거품 묻은 손으로 내 머리카락들을 뒤로 치웠다. 아이의 목소리와 합을 이룬 내 목소리는 크고 깊었다. 우리의 멜로디가 타일 벽에 부딪쳐 울렸다. 욕실에서 나가기 전 아이는 뿌연 샤워실 문의 유리에 대고 씨익 웃어 보였다.

소파에 누워 깜빡 잠이 들었던 나는 소리 죽인 마크의 목소리에 잠에서 깼다. 그가 한쪽 귀에 휴대전화를 댄 채 나에게 등을 보이며 복도를 걸었다. 그의 딸 이름이 나왔다. 그리고 아이의 무슨 말인가를 듣고 그가 웃었다. 나는 눈을 감고 다시 무의 세계로 빠져들었다.

복용하는 약들과 점점 심해지는 탈진 증세에 날짜 감각이 흐릿하다. 내가 일어났을 때 마크는 두 챕터를 더 써놓았다. 이제 우리는 베서니의 행복한 나날들로 이동했다. 아이의 세 살 시절, 정말 사랑스러웠던 시기. 나는 웃고 고개를 끄덕이며 그의 글을 읽었다. 펜을 들고 여백에 메모를 적어 내려갔다. 나는 행복한 기억들에 집중하려 애를 썼다. 아이 삶의 찬란했던 순간들. 하지만 나는 그 무엇도 즐길 수 없다. 그다음에 무엇이 올지 알고 있는 이상 그럴 수가 없다.

43장

우리는 어찌 그토록 심각한 무지 속에 살고 있는 걸까? 나는 그가 나를 사랑한다고 생각했었다. 그의 손가락에 끼워진 반지에는 어떤 의미가 있다고 생각했었다. 그의 성을 공유하는 것이 우리를 어떻게든 결속해준다고 생각했었다. 그가 나를 보며 웃을 때, 두 손을 뻗어 내 얼굴을 감쌀 때, 그의 입술이 나의 입술을 향해 다가올 때…… 그 모든 것들이 우리를 단단히 묶어줄 거라 생각했었다. 단단하고 강한, 앞으로 함께할 우리의 삶을 쌓아 올리는 벽돌 같은 것이라고 생각했었다.

그 편지, 그의 청바지 뒷주머니에 접힌 채 들어있던 그 편지, 바지를 세탁기로 떨어뜨리기 직전에 발견한 그 편지가 모든 것을 바꾸어 놓았다. 내가 편지 속 여인의 글을 읽었던 그 순간에…… 우리 사이에 존재했던 단단하고 순수하고 사랑스러웠던 모든 것들은 산산이 부서져 버렸다. 바로 그때 그를 떠났어야 했다. 그랬다면 아무도 죽지 않았을 것이다.

"그 여자는 누구였소?" 마크가 뜨거운 코코아를 건넸다. 나는 조심스럽게 컵을 받아 아슬아슬 넘칠 듯 찰랑이는 액체를 바라보았다. 그리고 입술로 가져가서 넘쳐흐르지 않을 정도로만 마셨다.

"핫초코 정말 오랜만에 먹어요." 내가 말했다. 그러고는 휘핑크림 캔을 들고 코코아 위에 조심스레 쌓아 올렸다.

"헬레나." 그가 조리대에 몸을 기댄 채 앞으로 팔짱을 끼고 있었다. "그 여자 누구였어요?"

"나도 몰라요." 나는 미니 마시멜로를 한 움큼 집어 컵 안으로 떨어뜨렸다. 이 엄청난 코코아 혼합물을 들고 썰렁한 다이닝룸을 지나 거실의 불 피운 벽난로 앞 바닥에 가만히 앉았다. "누구인지 못 찾았어요."

나는 사실 가끔은, 사이먼의 충실함에 대해 궁금증이 일기도 했다. 그토록 매력적이고 유머러스하고 친절한 남자……. 나는 여자들이 우리를 어떤 식으로 보는지, 우리 둘을 어떤 식으로 비교하고, 나에 대해 어떤 식의 험담을 하는지 알고 있었다. 사이먼은 여자들 모두가 원하는 남편상이었다. 나는 유달리 큰 귀와 밋밋한 가슴을 가진 이상한 여자였다. 그에게 잔소리하고, 그를 쏘아보고, 그가 즐기도록 놔둔 적 없는 이상한 여자.

"찾으려고 해봤소?" 그가 나를 따라 거실로 오더니 불 앞에 쭈그리고 앉았다. 그러고는 난로에서 부지깽이를 꺼냈다.

"아뇨. 내 생각엔……" 나는 눈을 감고 그 날을 기억하려 해보았다. "내 생각엔 너무 많은 걸 알게 될까 봐 두려웠던 것 같아요. 그 여자가 남편을 사랑했다면 남편도 그 여자를 사랑했겠죠. 그러면 우리는 어떻게 되겠어요?"

"남편이 떠날까 봐 두려웠던 거군요."

"맞아요." 나는 머그잔을 내려놓고 무릎을 끌어안았다. 나는 사이먼이 집에 오자마자 그를 공격했었다. 그를 비난하며 악을 썼고, 나의 불안은 절정으로 치달았다. 나는 그를 떠나겠다고 엄포를 놓았고, 그는 떠나지 말라고 애원했다. 나는 그에게 욕을 퍼부었고, 그는 나를 사랑한다고 말했다.

그 쪽지를 손에 쥔 채 남편 앞에 서서 나는 우리가 헤어지는 시나리오를 생각했다. 남편과 베서니 없는 삶을 그려봤다. 다른 여자가 저녁 식사 전 우리 딸과 놀아주고 다른 여자가 내 침대에서 내 남편과 함께 밤을 보내는 모습을 그려봤다. 그 생각이 나를 너무도 큰 두려움으로, 절망으로 가득 채워서 그가 결백을 주장했을 때 나는 그를 믿어버리고 말았다. 내가 양보했고 내가 받아들였다. 그리고 그 쪽지에 쓰여 있던 말들은 잊으려 애썼다. '사랑해. 또 키스해줘요.'

사이먼은 그 쪽지가 우연히 자신의 책상에 놓여있었고, 아무 생각 없이 보관하고 있었던 것이라고 했다. 동료 누군가가 착각하고 자신의 책상에 놓았을 거라고, 자신의 것이 아니라고 맹세했을 때 나는 그의 말을 믿었다. '당신의 것이 되고 싶어.'

나는 그를 믿기로 결심했지만, 그 후 다시는 그를 신뢰하지 못했다. 그 차이가, 우리 관계에서의 그 자그마한 변화가…… 우리의 갑옷에 금을 가게 했고, 우리는 그것을 다시는 복구하지 못했다.

나는 머그잔을 들어 한 모금을 기울이며 마크의 눈을 피했다.

현관문이 휙 열렸다. 나는 고개를 돌려 마크의 부츠가 집 안으로 들어와 반짝반짝 빛나는 바닥을 가로질러 걸어가는 모습을 보았다. 거실로 향하는 그의 손에는 장작이 들려있고, 곧이어 타일 바닥 위로 시끄럽게 장작이 떨어지는 소리가 들렸다. 그리고 그가 장작을 쌓는 동안 나무끼리 부딪치는 소리도 간간이 들려왔다. 현관문이 완전히 닫히지 않아서 다시금 문이 천천히 열렸다. 아주 조금 더 열린다. 집 안을 따뜻하게 하려고 애쓰는 와중에 찬바람을 들어오게 하는 바보 같은 남자가 바로 저기에 있다.

다시 쿵쾅거리는 그의 부츠 소리가 들렸다. 흡사 코끼리의 발소리 같았다. 그가 다시 문을 닫고 자물쇠를 거는 모습을 보자 마음이 아주 조금 편안해졌다. 가정부가 다시 올 것이다. 그리고 바닥을 닦고 저 남자가 어질러 놓은 것들을 치워야 할 것이다. 또 다른 사람. 또 다른 침범. 나는 따뜻이 데운 데비의 브로콜리를 포크로 푹 찍어 입으로 가져갔다.

그는 부츠를 벗고 주방으로 들어와 바로 커피포트로 갔다.

"커피 더 줘요?"

나는 고개를 흔들고 다시 원고로 돌아갔다.

"오늘 밤에 불을 한 번 더 피울 생각이오. 저녁에 한파가 온다고 해서. 기온이 영하로 떨어진대요."

"그래요." 그는 날씨에 상당히 강박적이다. 가장 자주 쓰는 어플이 기상레이더 영상과 이슬점을 보여주는 어플이다. 마치 집 밖 환경이 우리의 글쓰기 작업에 영향이라도 줄 것처럼 군다. 집에는 온도조절장치도 있고 히터도 작동한다. 우리 집 앞뜰이 느낄 추위에 저렇게 집착적으로 관심을 갖는 이유를 이해하지 못하겠다. 나는 불필요한 부분에 줄을 그었다.

그가 의자에 앉으며 나를 바라보았다. "오늘 저녁에 케이트가 올 거요. 당신에게 영화 보러 가고 싶은지 묻던데."

나의 펜이 멈췄다. 막 느낌표를 쓰던 참이었다. "영화요?" 신경이 곤두서는 게 느껴졌다. 익숙한 편집증 증상 중 하나다. 둘이서 나에 대한 이야기를 하고 있었던 것이다. 단 둘이서. 서로 의견을 교환하고 내 건강과 정신 상태에 대해 추정하고 계산하고 평가하고 있었던 것이다. 어쩌면 내가 미쳤다고 결론지었을지 모른다. 이 책은 말도 안 되고 돈을 버리는 짓이라고 생각할지 모른다. 어쩌면 마크가 전부(나의 산후 이야기, 정신병원에 갔던 이야기)를 케이트에게 말했는지 모른다. 케이트는 내가 병원에 갇혀있어야 한다고 생각할지도 모른다. 그녀는 어쩌면 내 계약서들을 전부 훑어보고 마음에 안 드는 계약서들, 능력 밖이라는 이유로 거절할 수 있는 계약서들을 꺼내 들고 있는지도 모른다. 일주일 만에 다시 열이 오른다. 나는 몸을 의자 등받이에 힘껏 기댔다. 그때 손가락에서 펜이 떨어졌다.

"왜 그래요?"

"그 여자한테 말하지 말아요." 이 말은 조용하고 차갑게 흘러나왔다. 그가 어리둥절한 얼굴로 바라보았다. 사이먼도 어리둥절한 얼굴을 했던 때가 있었다. 우리 엄마와 모의하고 모든 것을 숨긴 채 나에게 순진한 얼굴을 해 보였었다.

"누구요? 케이트요?"

"그 여자는 내 대리인이에요." '그 애는 내 딸이에요. 그 사람은 내 남편이고요. 내 가족이에요.' 내가 엄마에게 소리 질렀었다. 엄마의 얼굴은 마크보다는 덜 어리둥절해 보였다.

"케이트를 빼앗으려는 게 아니오."

나는 눈을 감고 집중하려 애썼다. 바이코딘과 클로노핀이 섞여 내 정신이 길을 잃었다. 진정시키려고 먹은 약들인데 지금은 모든 것을 악화시키고 있는 것 같다. 내가 왜 화가 났는지 벌써 기억나지 않는다. 케이트에 대한 거였는데, 마크와 케이트. 나는 숨을 깊게 내뱉으며 그 둘은 사이먼과 엄마가 아니라고, 둘의 우정이 내 아이를 빼앗아가려는 음모가 아니라고 상기한다.

"케이트와 얘기해보겠소?" 그가 자신의 휴대전화를 내 앞에 내려놓았다. "여기 내 휴대전화, 직접 케이트와 이야기 해봐요."

"그 여자와 이야기 하고 싶지 않아요. 나나 당신이나 그 여자랑 이야기할 필요 없어요. 영화 보러 갈 필요도 없고, 글 쓰는 것 외에 어떤 것도 할 필요 없어요. 당신이 여기 와있는 이유는 바로 이거예요." 나는 내 앞에 놓인 페이지들을 손가락으로 가리켰다. "이게 우리가 집중해야 할 대상이라고요."

그는 아무 말이 없었다. 그의 얼굴에 연민의 빛이 떠오르다 이내 사라졌다. "그렇게." 내가 으르렁거렸다. "그렇게 쳐다보지 말아요."

사이먼이었다면 나에게 무슨 말 하는 거냐고 물었을 것이다. 엄마였다면 내 감정의 뿌리를 드러내도록 설계된 질문 리스트를 내 앞에 내려놓았을 것이다. 베서니였다면 얼굴을 찡그리고 울음을 터뜨렸겠지. 마크는 그저 웃었다. 얼굴에 저렇게 주름이 많은 것도 이상한 일이 아니다. 저렇게 치아를 한가득 드러내 웃으면서 치아 미백을 하지 않았다는 사실이 놀랍기만 하다.

"진정해요, 헬레나." 그가 자기 커피잔을 들더니 휴대전화는 내 앞에 두고 일어섰다. "고양이를 처리하는 건 당신 몫이오. 나는 꼬리만 붙잡고 있는 거고."

"역겨운 소리 말아요." 나는 화면에 지문이 잔뜩 묻어있는 그의 휴대전화를 보았다. 아마 박테리아 덩어리일 것이다. 그가 휴대전화를 닦는 모습을 한 번도 본 적이 없었다. 손도 화장실에서 나올 때만 닦는다. 여행용 가방을 들여다봤을 때도 치실 같은 것은 있지도 않았다.

"코미디 영화예요." 그가 싱크대 앞에 서서 말했다. "같이 보면 머리도 식히고 좋을 거요."

내가 영화를 볼 가능성이 아직도 남아있다는 듯 그는 계속 영화 이야기를 하고 있다. 나는 극장에 가지 않을 것이다. 내가 마지막으로 본 영화는 베서니와 함께 본 애니메이션이었다. 유치원에서 수업 중간에 데리고 나와 트위즐러와 아이시를 함께 나누어 먹었다.

"영화 안 봐요." 나는 펜 끝을 이용해 그의 휴대전화를 밀어냈다. 어쩌면 이렇게 짧고 굵게 말해야 먹혀들 것이다. '불량 작가', '영화 안 봐', '글이나 써'.

"다음 챕터로 넘어가길 원해요?"

다음 챕터? 나는 직전에 쓴 챕터 때문에 아직까지 탈진 상태다. 쓰는 데 사흘이 걸렸고 감정적으로 많은 걸 쏟아냈다. 이 챕터 다음은 베서니의 네 살 때 이야기이다. '그들'에 맞선 '나'의 분투가 그때였다. 우리는 클라이맥스를 향해 언덕을 오르는 중이다. 물론 마크는 그 사실을 아직 모르고 있다. 그는 이 모든 조각들이, 이 모든 이야기들이 실은 다이너마이트라는 사실을 모르고 있다. 최후의 폭발을 위해 신중하게 배치되고 자리 잡는 다이너마이트.

"헬레나?" 마크가 재촉했다. "다음 챕터로 넘어가요?"

"나 지금 이 원고 수정 중이에요." 지금 내 앞에 수정 작업할 분량이 아직 열 몇 페이지는 더 남아있다는 사실을 그는 알아야 한다.

"그러면 나는 나갔다 오겠소. 나가기 전에 뭐 해놓고 갈 거 있어요?"

나는 공기 중에 감도는 어색한 무언가를 느꼈다. 그는 나가고 싶어 하면서도 나가길 주저하고 있다. 나는 펜을 내려놓고 몸을 돌려 그를 똑바로 쳐다보았다.

44장

마크

헬레나의 의심하는 얼굴을 보는 것은 이번이 처음은 아니지만, 그 얼굴을 보면 여전히 무언가에 찔리는 듯한 느낌이다. 그는 조리대에 기대 선 채 자세를 조금 바꿨다. 헬레나의 눈과 마주쳤다. 그녀는 계산을 하며 퍼즐 조각들을 하나하나 이리저리 움직여보고 있는 것 같았다. 그는 그녀의 계산을 돕기위해 감정 없이 천천히 가능한 한 명료하게 정리해서 말했다.

"7시에 공항에 케이트를 데리러 가기로 했소. 영화는 8시 시작. 우리랑 같이 가겠소?"

"영화 안 봐요." 헬레나가 빠르게 내뱉었다. 생각을 하는 와중에 반사적으로 나오는 반응이었다.

"그래요." 그가 긴 숨을 내쉬었다. "그럼, 케이트 데리러 공항에 같이 가겠소?"

"우리 일해야 해요." 헬레나는 이 책에 너무 집착하고 있다. 이 정도의 고집은 사람 진을 완전히 빼놓는 정도까지는 아니라 해도 인상적이긴 하다.

"뭘 써야 할지 말해주지 않으면 나도 더 이상 쓸 수가 없소." 그는 말다툼을 시작하고 싶지는 않았다. 헬레나는 지금 작은 동물 한 마리는 거뜬히 죽일 수 있을 정도로 많은 약을 복용하고 있다. 그도 예전에 그 약들 중 일부를 다루어본 적이 있었다. 대표적인 부작용이 심한 짜증이나 분노 같은 것들인데, 그는 그것에 여러 번 직면해 본 적이 있었다. 엘렌을 가끔 분노하는 괴물로 만든 약들이었다.

"미안해요. 나한테……" 그녀가 한숨을 내쉰다. "편집증이 조금 있어요. 당신과 케이트가 가깝게 지내든 말든 상관 안 해요. 그렇지만 이것에 대해서는 케이트에게 아무 말도 하지 않아 줬으면 좋겠어요." 그녀가 손가락으로 원고 위를 툭툭 쳤다. 그녀의 눈 속에 연약한 빛이 떠오른다. 그의 내면에는 이해의 불꽃이 피어오른다.

"말 안 해요. 우리는 그런 이야기는 안 해요." 케이트와 그의 대화는 절대적으로 헬레나 중심적이었다. 하지만 그것에 대한 이야기는 결코 아니었다. 그들의 대화는 형식적으로 봤을 때 거의 비즈니스 미팅 같았고 전화 통화도 식료품이나 병원 예약, 혈액검사 결과, 케이트의 방문 일정에 관한 이야기가 전부였다. 물론 그는 통화를 할 때마다 케이트가 원고에 대해 질문할 것을 대비해 늘 긴장을 늦추지 않고 있었다. 하지만 그런 일은 일어나지 않았다.

"나는 사생활이 중요한 사람이에요."

"당신이 말하는 그 어떤 것도 다른 사람에게 말하지 않소." 헬레나가 그의 얼굴에서 진실을 읽은 것이 틀림 없다. 굳었던 어깨가 약간 풀리고 날 선 목소리도 조금 누그러졌다.

"미안해요." 그녀의 손가락들이 앞에 놓인 종이들을 가지런히 모으고, 종이들은 완벽하게 일자로 정리된다.

"사과할 필요 없어요."

"우리 엄마와 사이먼이……." 헬레나의 목소리가 점점 작아졌다. 그는 가슴 위로 팔짱을 끼고 그녀를 기다려주었다. 헬레나의 입술이 꽉 닫힌 채, 두 눈은 테이블 너머를 바라보고 있었다. "당신도 같을 거라고 생각하면 안 되는 건데." 그녀가 다시 그를 바라보았을 때, 그녀의 입에서 무슨 이야기가 나올 거라는 그의 희망은 사라져 버린다. 그녀의 얼굴은 닫혀 버렸다. 그가 점점 익숙해지고 있는 표정이다. 그녀가 이런 표정을 지을 때는 발견할 수 있는 것이 아무 것도 없다. 과거에 대한 고백도, 기록할 만한 이야기도 나오지 않는다. 그녀가 이런 표정을 지을 때 그가 할 수 있는 거라고는 오직 물러서서 기다리는 것뿐이다. "영화 재미있게 봐요." 그렇게 말하며 그녀는 웃었지만, 그녀의 태도에 진심이라고는 조금도 없었다.

그는 조금 더 기다려보았다. 그러나 그녀는 다시 펜을 집어 들었다. 헬레나는 몸의 긴장을 풀며 고개를 숙이고 눈을 움직였다. 그가 집에서 나갈 때 집안은 고요했다. 호텔까지 절반 정도 갔을 때 그는 난로에 불을 피우고 오지 않았다는 사실을 깨달았다.

45장

　내 수입이 지나치게 많아졌다. 사이먼은 이제 직장에 나갈 필요가 없는데도 나가고 있다. 나도 글을 더 쓸 필요가 없다. 하지만 내가 글을 쓰는 이유가 돈 때문이었던 적은 단 한 번도 없었다. 그래서 나는 글을 쓴다. 사이먼은 일을 하고 돈을 쓴다.

　그의 소비에 불만이 생기기 시작한 건 재규어 쿠페 신형부터였다. 베서니의 카시트를 설치할 수 없는 차였다. 점점 많은 물건들로 들어차고 있는 차고에 남아있는 유일한 자리를 그 차가 차지했다. 그 차 때문에 정말 많이 싸웠는데, 그 차는 금세 레인지로버로 바뀌었다.

　그다음은 요트였다. 요트 측면에 내 이름이 쓰여 있었다. 마치 그것이 그 끔찍한 소비를 정당화시켜주기라도 하는 듯이. 값비싸고 귀찮은 것. 그게 바로 '헬레나 호'였다. 사이먼은 그 요트에서 함께 여름을 보내길 원했다. 1갤런의 물만으로 목욕을 해야 하고, 거친 날씨에 멀미를 하고, 혹시 베서니가 옆으로 떨어지지나 않을까 늘 노심초사하며 지켜봐야 하는 것이 신나는 일이라도 되는 듯 이야기 했다. 우리는 요트의 정박료 2년 치를 지불하고 나서야 그 요트를 처분했다. 나는 매달 그 요금의 수표를 작성하며 그를 저주했다. 매달 내 안의 검고 작은 악마가 그가 바다로 나가서 폭풍을 만나 돌아오지 못하기를 빌었다.

그리고 스키, 서브제로 냉장고, 리모컨을 누르면 자동으로 올라가고 내려오는 전자동 블라인드. 마스터베드룸의 온돌바닥. 집에서 세 시간 거리에 있는 어느 풋볼팀의 시즌 티켓과 스카이 박스.

그의 소비는 멈추지 않을 것이다. 나는 지켜보기만 하고 별다른 말은 하지 않았다. 우리 집은 물건들로 계속 들어찼다. 나는 작업실 문을 닫고 글을 썼다. 내가 더 많이 벌수록 그는 더 많이 썼다.

어쩌면 우리는 정상일지 몰라. 다른 남편들도 모두 자기 아내를 열받게 하고, 모든 아내들은 남편들 기대에 미치지 못하는 걸 거야.

하지만 그게 정상적으로 느껴지지는 않았다. 나는 우리가 전쟁 중인 것처럼 느껴졌다. 내가 지고 있는 전쟁처럼 느껴졌다.

나는 개요 작업을 하다가 노트패드를 옆으로 밀어두고 배운 대로 불을 피웠다. 불쏘시개를 놓고 위에 장작을 공기가 통하도록 쌓았다. 그 주변으로 종이도 잘게 찢어 뿌려놓는다. 나는 성냥에 불을 붙이고 성냥불을 손으로 감싸 불쏘시개 아랫부분으로 가져갔다. 처음 세 번은 불을 붙이기도 전에 성냥이 먼저 다 타 버렸다. 네 번째 성냥으로 불쏘시개에 불을 붙이는데 성공했다. 화염이 불쏘시개를 타고 발화되면서 장작으로 옮겨가 붉게 타올랐다. 종이에 불이 붙자 작게 쉭 하는 소리가 났다. 탁탁 거리는 따뜻한 소리에 내 얼굴에 미소가 떠올랐다.

사이먼은 불을 싫어했다. 고집스런 남성 우월주의 때문에 한 번도 나에게 불을 피우도록 한 적이 없었다. 하지만, 자기가 직접 해도 안쓰러울 정도로 서툴렀다. 매해 겨울이면 사이먼이 여기에 불을 피우려고 했었다. 매해 겨울 그는 욕을 중얼거리며 차고에서 라이터 기름을 가져왔다. 우리 거실에서는 실패의 냄새, 화학적으로 만들어낸 온기의 냄새가 났다. 마크가 피운 불은 이 난로에서 피운 처음으로 불다운 불이었다. 그리고 이번엔 내가 불다운 불을 피웠다. 나는 벽난로 문을 열어둔 채 뒤로 물러나 소파로 갔다. 그리고 가죽에 편안히 기댄 채 활활 타오르며 넘실대는 불길을, 잉걸불이 탁탁 튀어 오르는 모습을, 연기가 감기며 굴뚝으로 올라가는 모습을 바라보았다. 열기에 다리가 따뜻해졌다. 나는 눈을 감고 그 순간을 한껏 만끽했다.

그때 노크 소리가 들렸다. 하마터면 못 들을 뻔했다.

나의 첫 소설은 엄마에 대한 이야기였다. 사람들은 자신이 잘 아는 것에 대해 써야 한다고 했지만, 나는 엄마를 잘 알지 못했다. 나는 엄마를 이해하기 위해 엄마에 대해 썼다. 엄마의 입장에서 살아보기 위해, 엄마의 생각을 들여다보기 위해, 엄마의 의도를 이해하기 위해 한 인물을 중심으로 하나의 세계를 구축했다. 십만 개의 단어를 썼다. 그런데 나는 엄마에 대해 아무것도 이해할 수 없었다.

독자들은 그런 것은 신경 쓰지 않았다. 독자들이 내가 사랑하지 않는 여자를 사랑했다. 그녀의 남편이 떠났을 때 그녀를 껴안아주었다. 그녀의 남편이 다시 나타났을 때 그녀 옆에 결집했다. 독자들은 진실을 결코 읽지 못했다. 나는 진실을 내 일기장 속에 묻어두었다. 당시 로맨스 소설에 대한 나의 지식은 해피엔딩의 가치를 알 정도까지는 되었다. 그래서 나는 엄마에게도 해피엔딩을 선물해주었다. 아빠가 돌아왔을 때 둘은 다시 사랑에 빠졌다. 그리고 딸이 어색해 하며 아빠를 피하려 할 때, 아빠는 아이를 쫓아가 기꺼이 껴안아주었다. 사랑해주었다.

후반부의 절반 정도는 거짓말이었다. 아빠가 우리에게 다시 돌아왔을 때 나는 여덟 살이었고, 엄마는 냉담했다. 기쁨의 재회 같은 것은 없었다. 많은 고성이 오갔을 뿐이다. 내가 아빠를 피하자 아빠는 나를 괴짜라고 했다. 아침에 일어났을 때 아빠는 이미 떠나있었다. 그리고 나는 3학년 교복을 입고 있었을 때나 대학 신입생이었을 때나, 그날에 대해 전혀 신경 쓰지 않았다.

내가 엄마와 마지막으로 대화를 나누었을 때, 나는 검은색 옷을 입고 만든 지 얼마 안 된 묘비를 내려다보며 바람에 몸을 옹송그리고 있었다. 엄마가 나를 안으려고 했다. 나에게 사랑한다고 말했다. 그에 대한 대답으로 나는 엄마에게 진실을 말해주었다.

나는 엄마를 증오한다고 말했다. 베서니와 사이먼이 나를 등지게 만들었으므로. 나를 부적격 엄마로 불렀으므로. 사이먼 편을 들었으므로. 내 딸을 나에게서 빼앗아갔으므로. 용서할 수 없는 그 모든 죄들. 내가 그것들을 벌할 수 있는 유일한 방법은 잔인한 침묵으로 일관하는 것, 전화를 받지 않는 것, 검은 영구차 옆에 서서 독기 품은 말들을 내뱉는 것뿐이었다.

나는 그 묘지에서 맹세했다. 엄마가 아이를 내게 되돌려줄 방법을 찾지 못하는 한 다시는 엄마와 말을 하지 않겠다고.

나는 문을 열었고 그 다짐은 바람 속으로 흔적 없이 흩날렸다.

46장

평소였다면 노크 소리에 나가 보는 사람은 마크였을 것이다. 그 대신 지금은 내가 문 앞에 서 있다. 보호받지 못한 채 그대로 노출된다. 그때 그 두 눈을 맞닥뜨렸다.

"엄마." 단 한 단어인데도 입 밖으로 나오며 뜨겁게 불타오른다.

"헬레나!" 엄마의 고개가 뒤로 휙 재껴지고 놀란 두 눈은 동그랗게 커졌다. "너 괜찮은 거니? 안색이 너무 안 좋구나."

내 눈은 나도 모르게 아래로 향했다. 엄마 옆의 공간. 베서니가 있는지 보려고 나오는 습관적인 행동. 배가 조여왔다. 이 기계적인 기억력에 내 심장이 좌절한다.

"괜찮아요." 나는 엄마를 의식하며 운동복 상의의 목 부분을 잡아당겼다. 내 야윈 몸을 가려줄 정도로 옷의 품이 넉넉해서 다행이라고 생각했다. 엄마의 시선이 집 안으로 옮겨갔다. 내 뒤에 있는 공간을 향해 날아가듯 꽂힌다. 나도 뒤돌아서서 지금 엄마가 바라보고 있는 곳을 보고 싶은 충동과 싸웠다.

"들어가도 괜찮니?" 엄마는 적갈색 스웨터를 입고 있었고 머리카락은 더 짧아졌다. 이제 거의 백발이 다 됐다. 목에는 스카프를 두르고 있는데 재킷은 입고 있지 않았다. 춥다는 듯이 팔을 문질렀다. 엄마의 행동 치고는 이상했다. 준비성은 엄마가 일찍이 나에게 가르쳐준 기술이었다. 리스트를 만들어라, 짐은 적절하게 잘 꾸려라, 혹시 모를 상황에 대비해라. 어렸을 때 나는 위아래로 한 벌씩 여분의 옷을 책가방에 넣어 다니는 아이였다. 집 안에는 화재 대피로가 있었고, 차 트렁크에는 구급상자가 비치되어 있었다. 주말마다 심폐소생술 교육을 받으러 다녔었다. 황무지에 나 혼자 버려진대도 나뭇가지 두 개와 투지만 있으면 불도 피울 수 있었다. 어찌 보면 나는 엄마와 완전히 똑같았다. 그리고 어쩌면 그것이 우리의 문제였던 것 같다.

엄마는 재킷을 입고 있어야 했다. 지금 바들바들 떠는 이 행동이 내 집 안으로 들어오려는 수작이라면, 엄마는 아직도 나에 대해 잘 모르는 것이다. "안 돼요." 나는 작은 틈만 남기고 문을 닫았다. 나는 볼 수 있지만 엄마는 아무 것도 볼 수 없을 정도로. "가세요."

"헬레나~. 이유가 있어서 온 거야."

이야, 참 신나기도 하다. 엄마가 여기에 온 이유만큼 내가 알고 싶지 않은 것도 없을 것이다.

"오늘 어떤 여자가 사무실에 찾아왔었어." 사무실. 인간관계를 판단하고 가족들을 비평하는 그 무균실. 내가 그곳 문을 열고 들어갔던 것도 벌써 5년 전 일이다. 하지만 나는 내 인생을 걸고 그곳이 그때나 지금이나 똑같을 것이라고 장담할 수 있다. 검정 소파. 페퍼민트 캔디가 담긴 책상 위의 접시. 티끌 하나 없는 창으로 내다보이는 도시 전경. 노트 위에서 딸깍 거리는 펜. '베서니에 대한 사랑의 감정이 있니?'

엄마가 마른침을 삼켰다. 예전보다 주름이 늘었다. 지난 4년의 세월이 야속하기도 하다. 내 안색이 안 좋아 보인다고? 어머니도 마찬가

지세요. "그 여자 리포터…"

"샬럿 블랜튼이요." 내가 참지 못하고 끼어들었다.

"아, 맞아." 엄마가 놀라며 시선을 돌렸다. "그럼 너도 그 여자를 아는구나."

"그 여자 원하는 게 뭐래요?" 엄마는 전문가다. 나를 딸이라기 보다는 환자로 생각하는 전문가. 나는 엄마가 샬럿 블랜튼에게 무슨 말을 했을 까봐 걱정되지 않았다. 엄마의 직업적 윤리의식을 생각했을 때 쓸데없는 소문이 나도록 만들었을 리 없다.

"질문을 하더구나. 사이먼에 대해. 너에 대해." 실크 스카프를 가다듬는 엄마의 손이 가늘게 떨렸다. "그리고 베서니에 대해. 베서니에 대해 알고 싶어 했어."

내가 그동안 샬럿 블랜튼에 대해 가지고 있던 막연한 두려움은 이제 모퉁이를 돌아 더 깊숙이, 그리고 더 어둡게 짙어진다. 결국은, 살인을 꾸미고 엄마 곰의 본능이 모습을 드러내 싸우는 지점에까지 그녀가 다다른 것 같다. 나에게는 익숙한 곳이다. 나는 평온한 표정을 유지하려 애를 쓰며 입을 가만히 두었다. 지금 샬럿 블랜튼을 신경 쓸 겨를이 없다. 나는 일을 해야 한다. 마크와 나는 일을 해야 한다. 그리고 우리 엄마는…… 엄마는 돌아가야 한다.

헤드라이트 불빛이 어두운 포치 위를 쓸고 지나갔다. 엄마가 뒤돌아서며 한 손을 들어 올려 불빛을 가렸다. 트럭 한 대가 진입로로 꺾어들어왔다. 마크다. 공포감이 비집고 올라왔다. 엄마는 마크를 만나서는 안 된다. 운전석 옆으로 붉은색 곱슬머리가 보였다. 나는 문을 열고 포치로 발을 내디뎠다. "나 가봐야 돼요. 내 친구가 데리러 왔어요."

"응? 뭐라고?" 내가 계단을 뛰어서 내려가자 엄마가 서둘러 따라왔다. 어두운 계단에서 엄마가 신은 힐의 또각거리는 소리가 느려졌다. 내가 마크에게 거짓 열의를 담아 손을 흔들며 트럭으로 다가가는데 엄마가 소리쳤다. "헬레나. 얘기 하고 가야지!"

나는 조수석 문을 열고 케이트 몸 위로 기어올랐다. 케이트가 벨트를 풀고 옆으로 가기에는 시간이 너무 짧았다. 트럭의 헤드라이트 불빛이 엄마를, 엄마의 추격을 환히 비추었다. 나는 문을 닫고 잠가 버렸다. 내 무릎이 케이트 중심부를 강타했다. 케이트가 헉 하더니 고통스러운 신음을 내뱉었다. "미안해요." 내 엉덩이가 마침내 좌석에 안착한다. "가요!" 나는 팔꿈치로 마크를 쳤다. 그는 재밌다는 듯, 장난기 있는 웃음을 머금고 기어를 바꿔 후진했다. 그의 팔꿈치가 내 공간으로 훅 들어온다.

"저 미친 여자는 누구래?" 케이트가 혼자 중얼댔다. 그녀의 몸이 창문에서 떨어지며 나의 몸에 밀착했다. 향수 냄새가 지독히도 달콤했다. 차가 후진하는데 엄마가 창문을 쾅쾅 두드리며 차를 쫓았다. 우리가 진입로에서 벗어나자 엄마는 진입로 입구에 멈춰 섰다. 엄마와 내 눈이 마주쳤다. 우리의 눈 맞춤은 케이트의 곱슬머리에 의해 끊겼다. 케이트 얼굴이 나를 향했다. 그녀 앞니에 립스틱이 묻어있었다.

"우리 엄마예요." 나는 조용히 말한 뒤 뒤로 기대며 분주히 벨트 버클을 찾았다. "둘이 아주 좋은 타이밍에 왔어요." 나는 좌석에 앉은 채 몸을 돌려 뒤 창문을 통해 점점 작아지는 엄마의 모습을 쳐다보았다. 엄마가 차를 타고 따라오지 않음에 감사해야 한다.

"아." 케이트가 어쩔 줄 몰라 했다. "미안해요. 미쳤다는 게 나쁜 의미는 아니었어요."

"괜찮아요." 미쳤다는 말은 내가 이해가 안 되는 사람을 정의할 때 쓰는 말이다. "저기 앞에서 우회전하면 크게 돌아서 다시 집으로 갈 거예요."

"돌아서 가라고요?" 마크가 자신의 손목시계를 보았다. "30분 후 영화 시작이오."

"나 영화 보러 안 가요." 이게 소설이라면 나는 이 말에 밑줄을 긋고 신경질적인 글씨로 '반복적'이라고 써놨을 것이다. 마크의 인물 설명 옆에는 '멍청함'이라고 덧붙였을 것이다. 늘 그랬듯 오로지 베서니를 키득키득 웃게 만들기 위해서.

"우리가 여기에 온 이유가 그거예요." 케이트가 말했다. 케이트가 뿌린 향수병에는 단 한 방울의 향수도 남아있을 것 같지 않았다. "작가님 데리러 온 거예요!"

"그런데 지금 차에 타고 있고요." 마크가 근엄하게 말했다. 마치 내 물리적인 존재가 무언가를 의미한다는 듯이. "정말로 집으로 다시 빙 돌아갈 시간이 없소." 그가 나를 보더니 움찔했다. 양심의 가책은 전혀 없는 오버액션이다.

"제발요." 나는 팔짱을 끼고 말했다. "말도 안 돼요. 이제 동네를 막 빠져나왔다고요. 그리고 나 지금 파자마 입고 있어요. 제발 좀."

베서니가 자기 책상에 앉아 있다. 일체형 파자마를 입고 있다. 다리를 따라 공룡 패턴이 그려져 있다.

"그리고 양말만 신었고요." 케이트가 쓸데없이 거들었다.

"그리고 양말만 신었고요." 마크가 따라 했다. 나를 약 올리는 목소리다.

"그리고 양말만 신었고요." 내가 읊조렸다. "파자마에 양말. 그러니까 나는 집 말고는 아무데도 못 가요. 영화 못 봐요."

"매튜 맥커너히 나와요." 케이트가 자기 발 주변으로 손을 뻗어 무언가를 찾고 있다. 잠시 후 가방이 하나 나타났다. 볼링을 치러갈 계획이었다면 볼링공 하나도 너끈히 들어갈 정도로 커다란 가방이었다.

"잘됐네요."

"액션 영화고요." 마크가 말했다. "아주 남자다운 액션 영화죠."

"그리고오오오……" 케이트는 가방 안에서 뭘 계속 찾더니 초콜릿 한 움큼을 꺼내 보였다. "초콜릿도 가져왔죠!"

"초콜릿 먹으면 안 돼요." 내가 얼굴을 찌푸렸다. "규칙에 어긋나는 거예요."

"무슨 규칙이요?" 그녀가 엠앤엔즈 봉지를 열다가 멈췄다. 그녀의 가방 안으로 작은 초콜릿들이 떨어지고 녹아서 가방이 엉망이 될 거라는 복선이다.

"극장 규칙이요." 내가 영화 보러 안 간 지 5년은 되었을지 몰라도 극장의 비즈니스 모델은 변하지 않았을 거라고 확신할 수 있다. 티켓 값은 딱 영화 값만큼 한다. 영화관의 수익은 구내매점에서 발생한다. 나는 가방 안에서 언뜻 지퍼백 모서리를 보았다. "저게 뭐예요?"

"아무것도 아니에요." 그녀가 지퍼백을 꽉 쥐고 가방 깊숙이 밀어넣는다. "작가님은 모든 규칙들에 대해서 이런 식……. 그러니까 나는 작가님 규칙에만 그러는 줄 알았는데."

"그러면 내가 내 규칙은 만들면서 다른 사람들 규칙은 무시한다고 생각했던 거예요?" 그걸 표현하는 단어가 있었는데. 아주 정확한 단어, 조금의 노력 없이도 떠올릴 수 있어야 하는 단어가 있는데. 나는 머리를 쥐어짜 보지만 소용 없었다. 아 신이시여, 이렇게 죽음이 시작되는 겁니까? 지금 보다 얼마나 더 악화될까? 이 단어를 생각하지 못하다니. 이 쉽고 뻔한 단어를……. 마크가 우회전 하고, 케이트는 티켓 가격을 두고 도둑놈들이라고 불평을 해대고 있다. 마크가 거북이처럼 기어가는 자동차 한 대를 추월하는데 그녀의 가방이 내 다리에 부딪쳤다. 차갑다. 내 플란넬 바지로 느껴질 정도로 차갑다. 나는 손을 뻗어 가방을 잡아당겼다. "얼음을 가져온 거예요?" 이제야 보인다. 각얼음이 가득 담긴 1갤런 사이즈의 지퍼백이다. 다이어트 음료수도 두 개 보였다. 약간 구겨진 극장용 컵도 안에 들어있었다. "그리고 썼던 컵까지?"

케이트의 얼굴이 빨개지며 가방을 자기 쪽으로 잡아당겼다. 그녀의 턱이 엠앤엔즈를 씹느라 바쁘게 움직였다. 그러더니 꼴깍 삼키고 나서 말했다. "플라스틱 컵이에요, 헬레나. 재사용할 수 있는 거라고요." 그녀는 사이먼이 말하던 것과 똑같은 말투로 말했다. 마치 내가 이상한 사람이고 자신의 행동은 전적으로 정상이라는 듯이.

"나 신발도 안 신고 왔어요." 그게 내가 지금 떠올릴 수 있는 유일한 해답이다. 그런데 도움은 전혀 되지 않았다.

"우리가 신발 사다 줄게요." 케이트가 활짝 웃었다. 이제야 알겠다. 저 둘이서 지금 이 일을 신나는 경험으로 만들어보겠다는 심산인 것이다. 나는 우리 집 거실로, 벽난로 앞으로 돌아가고 싶다. 그러면 마크의 글을 다시 읽어볼 수 있을 것이다. 다음 챕터의 개요 작업도 할 수 있을 것이다. 물론 마크는 오늘 밤에는 쓰지 않겠지만. 그는 지금 우리의 일은 깨끗이 잊은 듯 보인다. 그의 관심은 이런 어처구니없는 일로 완전히 옮겨와 있었다.

"쇼핑몰이 열려있네요." 마크가 거대한 쇼핑몰을 가리켰다. 내가 마지막으로 방문했던 때보다 훨씬 거대해졌다. "내가 뛰어가서 한 켤레 사 오겠소."

"제가 갈 게요." 나는 엄마와 아빠 사이에 끼어 앉은 아이처럼 느껴졌다. 내가 영화 보러 가고 싶어하지 않는다는 사실은 이미 둘 사이에서 깡그리 잊혔다.

"마크보고 가라고 해요." 케이트랑 단 둘이 있는 게 나을 것이다. 그녀에게 이 바보 같은 현장학습은 당장 취소하고, 마크가 발레 단화와 탐스의 차이에 대해 알아내기 전에 운전해서 집에 데려다 달라고 할 수 있을 것이다. 나는 서쪽 출입구를 가리켰다. "저쪽에 세워요." 그가 차를 멈출 때 나는 쇼핑몰의 내부 배치를 떠올리려 애를 써보았다. 가능한 한 멀리 있는 가게를 기억해내야 한다. "9사이즈예요. 내가 원하는 신발은…"

"내가 알아서 사 오겠소." 그가 시동을 끄고 문을 열었다.

"시동 안 켜놓고 가요?" 나는 과장해서 걱정스러운 말투로 말했다. 그가 의심스러운 얼굴로 나를 돌아보았다. "춥잖아요." 내가 말하고는 시트로 깊숙이 기대앉았다. 가능한 한 불쌍해 보이고 싶다. 이 추위에 시동을 끄고 우리를 두고 갈 수는 없다. 그는 그러지 않을 것이다. 저 거대한 몸 안에 꿈틀거리는 보호본능에 반하는 일이다.

"지금 무슨 생각 하고 있는지 다 알아요, 헬레나."

나는 눈을 동그랗게 뜨고 순진한 얼굴, 몇 년 동안 하지 않았던 얼굴, 경찰에게 심문 받을 때 이후로 하지 않았던 얼굴을 해 보였다. 그가 나를 보고 고개를 절레절레 흔들더니 재킷을 벗어주었다. "문 잘 닫아두면 10분 정도는 괜찮을 거요." 내가 대답하려는데 그가 문을 휙 닫았다. 나는 그의 재킷 가죽에 대고 으르렁거렸다.

"둘이서 나 납치했다는 건 알죠?" 내 화는 케이트에게로 향했다.

케이트는 지금 스타버스트 한 알의 껍질을 벗기고 있다.

케이트가 네모난 노란색 캔디를 입 안으로 밀어 넣었다. "작가님이……" 캔디를 입안에 굴리며 말하려 애썼다. "차에 올라타서 빨리 가라고 소리 질렀잖아요. 그걸 납치라고 할 수는 없을 것 같은데요. 게다가…" 그녀의 얼굴이 밝아진다. "재미있을 거예요! 작가님, 마지막으로 영화 본 게 언제였어요?"

47장

케이트

왜인지는 모르겠지만 아무래도 그녀가 해서는 안 될 말을 해 버린 것 같다. 그녀는 늘 이상한 말만 골라서 한다. 지난주에도 눈 뜨고는 못 봐줄 실수를 해 버렸다. 어떤 임신한 여성을 축하해줬는데 알고 보니 약간 살이 찐 것이었다. 그건 빙산의 일각이다. 그런 실수가 그동안 백 번은 더 있었다. 그런 실수를 하고 나면 늘 기분이 즉시 가라앉았고 한동안 거기에서 헤어나오지 못했다.

헬레나가 침울해진다. 그녀의 화가 다른 곳으로 스며든다. 슬픔인가? 헬레나는 고개를 돌려 쇼핑몰을 바라보았다. 어쩌면 지금 마크 대신 케이트가 갔어야 한다고 생각하고 있는지도 모른다. 케이트는 헬레나와 마크 사이의 쉽게 맺어진 관계에 질투심이 치솟았다. 케이트가 헬레나에게 느꼈던 딱딱함이 그 둘의 사이에는 없다. 이건 불공평하다. 그녀는 13년 동안이나 헬레나를 위해 싸워왔는데. 헬레나가 유명해지도록 돕고, 출판사와 언론, 독자들로부터 헬레나를 보호해왔는데.

그런데 헬레나가 집으로 들인 것은 다름 아닌 마크였다. 마크가 헬레나에게 뭐라고 반박할 때에도 헬레나는 눈 한 번 찡그리지 않았다. 마크가 헬레나의 어깨를 만져도 헬레나는 피하지 않았다. 그리고 이 책…… 이 책이 뭔지는 몰라도…… 헬레나는 마크에게만 이야기하고 있다. 어쩌면 그들의 관계가 그렇게 빨리 진전된 것이 그 책 때문인지 모른다. 두 예술적 영혼 사이의 무언가일 수도 있다. 글 쓰는 작업이 서로를 결속해주는 것이다. 케이트의 계약서나 마감일 같은 것과는 비교도 할 수 없는 내밀한 소통인 것이다.

케이트는 영화와 관련한 질문은 포기하기로 했다. 어쩌면 헬레나가 마지막으로 본 영화는 무서운 영화였을 수도 있다. 공황발작을 유발하는 끔찍한 슬래셔 영화이거나. 아니면 고통스러운 전기 영화였을 수도 있다. 예고편은 그럴싸했지만 결국 우리 삶의 소중한 120분을 고통스러운 지루함으로 낭비하게 만드는 전기 영화. 케이트는 문 옆 공간으로 손을 편히 내리고 스타버스트 껍질을 바닥으로 떨어뜨렸다.

"이 한파에 우리를 버려두고 갔다는 사실을 믿을 수가 없네요." 헬레나가 마크의 재킷에 대고 툴툴거렸다.

"나도요." 케이트는 마크의 결점에 대한 이야기에 흥미가 생겼다. "나쁜 사람 같으니라고." 공동의 적을 통해 형성되는 유대감. 이 전략이 먹힐 수도 있다. "내 말은." 케이트가 말했다. "왜 트럭의 시동을 켜두지 않고 가는 거죠? 우리가 안에 있으면 차를 훔쳐 가지도 못할 텐데."

헬레나가 돌아보았을 때 그녀의 얼굴에 '바보야'라는 글자가 쓰여 있었다. "마크는 내가 훔쳐서 집으로 몰고 갈까 봐 그런 거예요. 아니면 당신에게 운전을 시켜서 가든지."

"아." 케이트가 좌석에서 몸을 들썩였다. 지금 마크 자리가 비어있는데도 헬레나는 불편할 정도로 가까이에 밀착해 있다. "정말 그러려고 했어요?"

"당연하죠."

"영화 보러 안 가고 싶어요?" 헬레나에게 다른 계획이 있을 것 같지는 않았다. 그리고 이 영화 진짜 재미있는데. 조금이나마 웃을 수 있을 텐데. 케이트는 기꺼이 장담할 수 있을 것 같다. 헬레나가 마지막으로 웃었던 것이……. 그녀의 마음이 갑자기 차분해진다. 마지막으로 웃었던 것은 그 집 2층에 꼬마 아가씨가 살고 있었을 때였겠지.

"네." 헬레나가 퉁명스레 말하며 얼굴을 쇼핑몰 쪽으로 돌렸다. 그녀의 눈이 지나가는 커플을 향했다. 남자가 여자에게 팔을 두르자 헬레나가 시선을 돌렸다.

"재미있을 거예요." 케이트가 나직이 말했다. "어디서 읽었거든요. 글을 쓰는 사람은 가끔씩은 머리를 식혀주는 게 좋대요."

"집필에 대한 조언 고마워요." 헬레나가 신랄하게 내뱉었다. "그동안 이래 본 적이 한 번도 없었거든요."

헬레나는 오늘 밤 컨디션이 괜찮아 보였다. 케이트는 헬레나 집에 들르지 말았어야 한다는 걸 알고 있었다. 마크에게 말하려고 했었다. 시간 낭비라고. 헬레나가 한 번 영화를 거절 했다면 다시 생각을 바꾸지 않을 거라고. 그런데 그는 지금 쇼핑몰의 따뜻함과 안전함 속에 들어가 있고, 그녀는 납치된 것으로 보이는 고객과 함께 엉덩이가 얼어버릴 것 같은 곳에 앉아 있다. "마크랑은 어때요? 그러니까 책 말이에요."

"좋아요. 재능이 있어요. 좀 많이 놀라울 정도로."

"둘이서 얼마나 썼어요?" 케이트는 가방 속으로 슬며시 손을 집어

넣고 눈치를 보며 스타버스트 하나를 더 꺼내 들었다.

"차에서 먹는 건 규칙 위반이 아니에요, 케이트."

"알아요." 케이트가 방어적으로 말했다. 물론 몰랐던 사실이긴 했다. 사탕 껍질 부스럭거리는 소리나 씹는 소리가 조금만 들려도, 가방 안에서 얼음 부딪치는 소리가 날 때에도, 헬레나는 케이트를 노려보곤 했다. 그러니 케이트가 그 사실을 알았을 리 만무했다. 얼음은 가져오지 말았어야 했나 보다. 하지만 요즘은 다이어트 닥터페퍼를 파는 곳이 없다. 그리고 음료 없이 영화 한 편을 보고 싶지는 않았다. 케이트는 제빙기에서 지퍼백을 채우면서 헬레나가 오지 않을 거라고 생각했었다. 그러니 뭐가 문제야? 마크는 신경도 쓰지 않을 텐데. 아예 알아채지도 못할 텐데.

지금 케이트는 자신이 바보 같고 뚱뚱하다고 느끼는 중이다. 자신의 고객과 진짜 대화다운 대화를 나눌 수 있는 절호의 기회인데 먹는 것을 멈출 수가 없었다. 극장에 들어가면 가방에서 얼음과 컵 그리고 밀수품 소다까지 꺼내 컵에 따를 수 있을 리 만무하다. 헬레나가 바로 옆에 있는데, 준법정신 강한 헬레나가 옆에서 기겁을 하는데, 헬레나의 타고난 가녀린 몸이 그녀 바로 옆에 떡하니 앉아 있는데 그럴 수는 없을 것이다. 케이트는 자제해야 한다. 헬레나는 죽어가고 있다. 신세한탄을 해야 한다면 그 주인공이 케이트가 될 수는 없는 노릇이다.

"책의 거의 절반쯤 썼어요." 헬레나의 목소리에는 조금의 기쁨도 담겨있지 않았다. 그저 따분한 말투다. 그 말에 냄새가 있다면 아마도 패배의 냄새일 것이다.

"소설의 절반을 썼다고요?" 케이트는 머릿속에서 스케줄을 계산해보았다. "계획했던 것보다 빠르네요. 안 그래요?" 헬레나와 마크는…… 거의 22일?, 23일쯤을 작업했다. 그리고 그 중 최소 절반의 시간 동안 (마크의 말에 따르면) 헬레나는 잠자는 일 외에는 아무것도 할 수 없었다고 했다. 그런데도 그렇게 많이 진척됐다는 사실이 정말 놀랍다. 이 정도 속도면 추수감사절쯤에는 끝낼 수 있겠네! 헬레나의 마지막 한 달은…… 케이트는 스타버스트를 하나 더 입 안에 넣었다. 헬레나가 느긋이 쉬는 모습을 상상하기는 어렵다. 고요하고 평온한 헬레나는 어떤 모습일까? 마지막 몇 주 동안 헬레나는 무엇을 하며 지낼까? 케이트는 헬레나를 슬쩍 쳐다보았다. "잘된 일 아니에요?" 스물 며칠 만에 4만 단어를 썼는데 기뻐하지 않을 작가는 없을 것이다. 다른 작가였다면 신나서 팔짝팔짝 뛰었을 것이다.

헬레나의 얼굴은 그 중 어느 것도 아니었다. "좋은 일이죠. 계획을 잘 따라가고 있어서 기뻐요."

"별로 행복해 보이지가 않아서요." 케이트가 조심스레 말했다.

"지금 조금 힘든 장면들을 향해 가고 있어요. 머릿속에 그 생각들을 하느라고요."

질문을 하고 싶은 충동을 참는 건 가히 고통스러웠다. 간직하고 있던 궁금증이 그녀의 살을 째고 빠져나오려고 하는 것만 같아서였다. 하지만 케이트도 알고 있다. 질문을 해서는 안 된다는 것을. 그녀의 마음이 '하지 말'라고 소리쳤다. 그럼에도 질문 하나가 기어이 튀어나오고 말았다. "책은 무슨 내용이에요?"

헬레나의 몸이 경직되었다. 그녀의 몸 전체에 걸쳐 물결처럼 퍼져나갔다. 마침내 추위가 그녀의 몸 안으로 침투해 무릎부터 이마까지 얼음으로 만들어 버린 것만 같았다. 헬레나가 케이트에게 고개를 돌렸을 때 케이트는 헬레나에게서 산산조각 나는 소리가 들릴 것만 같앗다. "몰라요?" 헬레나가 거의 비난조로 느릿느릿 물었다. 케이트가 이걸 당연히 알고 있어야 한다는 듯이, 이것이 케이트 직무의 일부라는 듯이, 그리고 이 질문 하나로 케이트의 무능함이 완전히 입증됐다는 듯이.

"네." 케이트가 무기력한 목소리로 대답했다. "미안해요." '미안해요.' 이런 나약한 말을 하다니. 론 필라는 자신의 작가들에게 사과한 적이 단 한 번도 없을 것이다. 오히려 론 필라의 작가들이 그에게 사과를 할 것이다.

"마크가 얘기 안 해줬어요?" 헬레나가 이 이야기를 붙잡고 놔주지 않았다. 케이트에게 고집스레 무안을 주면서 이야기를 질질 끌고 있다. 케이트의 어머니가 예전에 그랬었다. '졸업 무도회에 같이 갈 남자 없어? 정말? 농담이지. 농담이라고 말해. 아무에게도 데이트 신청 못 받았어? 아무도? 나에게 다 이야기 해봐.'

"네." 케이트는 의연함을 찾으려고 했다. 그 한 마디라도 쾌활하고 자신 있는 말투로 하려고 노력했다. 그녀에게는 걱정해야 할 다른 고객들과 책들이 있고, 이 일이 그녀의 밥줄이 걸린 유일한 일이 아닌 것처럼 행동하고 싶었다.

헬레나의 눈이 그걸 전부 꿰뚫어 보았다. 헬레나는 케이트의 거짓말을 잡아내기라도 할 것처럼 그녀를 뚫어져라 쳐다본다. "다행이네요."

'다행이라고?' 케이트는 헬레나가 비꼬고 있는 건지 진지한 건지 분간하기 힘들었다. 헬레나가 몸을 앞으로 기울이자 재킷이 가슴에서 떨어졌다. "마크가 오네요."

마크의 어두운 형체가 주차장을 가로질러 다가오고 있었다. 압도적인 덩치다. 케이트가 길에서 만났다면 걸음을 재촉하고, 배웠던 대로 열쇠 꾸러미를 손에 쥔 채 열쇠의 끝을 손가락 사이사이로 튀어나오도록 했을 것 같은 위협적인 덩치. 그가 차 옆에 잠시 멈추더니 차창을 통해 안을 들여다보고는 문을 열었다. "문도 안 잠그고 있었네요." 그가 헬레나를 가볍게 노려보며 말했다.

"알고 있어요. 그런데 제길, 아무도 우리를 훔쳐 갈 생각을 안 하더라고요."

그가 웃었다. 헬레나도 웃었다. 케이트에게는 헬레나의 미소의 언저리만 보일 뿐이다. 그런데도 케이트의 마음이 사르르 녹는 것 같았다. 비닐봉지가 바스락거리는 소리가 났다. 헬레나가 고개를 숙이고 죽은 먹잇감 앞에 쭈그려 앉은 짐승처럼 쇼핑백 안을 뒤지고 있었다. 옆으로 팔꿈치가 튀어나왔다. 헬레나가 운동복 바지와 긴 팔 티셔츠를 꺼냈다. 그리고 양말 한 켤레와 스니커즈 상자가 나왔다. "흠." 헬레나가 낮게 내뱉었다. 좋다는 건지 싫다는 건지 모르겠다.

"갈아입을 수 있게 시간을 줄게요." 마크가 문을 닫으려고 했다. "케이트?"

"에?" 케이트가 마크를 쳐다본 뒤 헬레나를 보았다. 그러고는 실수를 깨닫는다. "아!" 그녀가 바삐 가방과 재킷을 챙겨 어색하게 문을 밀어 열었다. "잠시만요." 그녀에게는 준비할 시간이 10분이나 있었는데 아직 신발도 신지 않고 있었다. 케이트는 부츠에 발을 급히 밀어 넣고 밖으로 나가 마크가 기다리고 있는 차 뒤로 갔다.

"재미있을 거요." 그가 느릿느릿 말했다. 전혀 빈정거리지 않는 말투였다.

"그럴까요?" 그녀는 반박 투로 말했다. 이 일이 재미있을 거라고 생각한다면 마크는 바보다. 재미와 헬레나 로스라……. 그 두 단어는 서로 화합하지 않는다.

"모험심은 어디에 두고 왔소?" 그가 질문을 하며 몸을 케이트 쪽으로 기울였다. 그의 비누 향과 상남자의 냄새가 케이트에게 훅 끼쳐왔다. 맨해튼 거리에서는 볼 수 없는 상남자, 그녀의 잊혀진 어딘가를 황홀하게 하는 상남자의 냄새였다.

그녀의 모험심이 어디에 있냐고? 이미 몇 년 전에 잃어버린 것 같다. 어쨌든 헬레나와의 영화 데이트가 그것을 되돌려줄 것 같지는 않았다.

48장

"엄마는 왜 제이제이를 안 좋아해요?" 베서니는 내 오른쪽 바닥에 앉아 있었다. 아이 앞에 종이들이 펼쳐져 있고 손에는 사인펜이 들려 있었다. 아이는 신중하게 사인펜 뚜껑을 닫고 내려놓았다. 그리고 진지한 얼굴로 나를 쳐다보았다.

"이유야 많지. 제이제이가 엄마의 창의력을 억압해서인 것 같아. 제이제이는 엄마가 글 쓰는 걸 좋아한 적이 한 번도 없거든. 엄마의 성공에, 엄마의 존재 자체에 항상 짜증을 냈어."

"엄마는 제이제이를 싫어하지 않아." 사이먼이 끼어들어야겠다고 느꼈나 보다. 손에 키친타월을 들고 문가에 서서 나를 쏘아보고 있었다. 약간의 경고가 담긴 눈빛인데, 나에게 무시당할 거라는 걸 그도 알아야 한다. "제이제이는 그냥 가끔씩 엄마 때문에 힘들었던 것뿐이야."

"아니야." 내가 말했다. "엄마는 제이제이 안 좋아해. 베서니가 처음에 말한 게 맞아."

"헬레나." 사이먼이 문틀에 기대서며 경고했다.

나는 베서니 앞에 쪼그려 앉았다. "사람들은 가끔 자기 내면에 있는 사람과 다르게 행동을 해. 우리 삶의 매 순간에는 서로 다른 두 가지 힘이 작용하거든. 하나는 겉으로 보여지는 사람, 다른 하나는 우리 내면에 있는 사람이야. 베서니 나이에는 한창 성장하고 발전을 해. 지금 베서니는 깨끗한 도화지나 다름없어. 베서니의 인성은 다른 사람들과 소통할 때마다, 어떤 결정을 할 때마다 조금씩 성장하고 커가는 거지. 베서니가 가끔 고집을 부리거나 못되게 굴 수도 있지만, 그게 여기에 있는 베서니가 고집 세고 무례한 사람이라는 의미는 아니야." 나는 한 손을 아이의 가슴 위에 얹었다. 내 손바닥이 아이의 보드라운 티셔츠 위를 지긋이 눌렀다. "어떤 사람들은 그냥 판단이나 제어를 잘 못했던 것 뿐일 수도 있는 거야. 그런데 어떤 사람들은 행동을 통해 자기 내면의 썩은 부분을 적나라하게 우리에게 보여주기도 해. 그러니까 그런 사람들의 잔인하거나 바보 같은 행동은 일종의 선물인 셈이지. 그 행동을 통해서 우리는 그 사람 내면에 있는 진짜 모습을 보게 되는 거니까."

"그럼 엄마는 어떻게 알아요?" 베서니의 이마가 좁아진다. 아이들이 대개 그러듯 과장된 몸짓으로 두 손을 들어 보였다. "그게 진짜 모습인지…… 아닌지?" 아이가 말을 더듬었다. 나는 아이가 질문을 마치고 입술을 적시는 모습을 보았다.

"사람들을 볼 때 아주 신중하게 관찰하면 돼. 관찰하고, 기억하는 거야. 제이제이는 30년 동안 자기 내면에 있는 진짜 모습을 엄마에게 보여줬거든."

"그게 어땠는데요?"

"베서니가 직접 관찰해서 알아보도록 해줄게." 나는 앞으로 몸을 기울이고 흥분한 목소리로 나직이 속삭였다 "게임 같은 거야." 아이가 고개를 끄덕였다. 아이가 자신의 뇌 안에서 이 정보를 처리하고 자신의

'해야 할 일' 리스트에 항목을 추가하는 게 보인다. 우리 딸은 리스트를 좋아한다. 정보도 과제도 좋아한다. 나를 정말 많이 빼 닮았다. 물론 아이와 사이먼은 깨닫지 못하지만. "하지만 더 중요한 건 스스로를 관찰하는 거야." 나는 아이가 잘 듣고 있는지 확인하기 위해 아이의 눈을 들여다보았다. 아이의 초롱초롱한 눈동자는 진리를 담기 위해 집중하고 있었다. "너의 생각과 동기를 분석해야 해, 베서니. 너의 행동을 곱씹어보고, 머릿속에 있는 어두운 생각들을 발견할 줄 아는 눈이 있어야 해. 자칫하면 잘못된 길로 갈 수 있거든." 나는 계속 말했다. "항상 명심해. 이기적이 되어서도 안 되고, 상상력이 부족해져서도 안 되고, 멍청해져서도 안 돼."

"제발, 헬레나." 사이먼이 문틀에서 몸을 확 밀어냈다. 그가 몸을 돌리기 전 그 짧은 순간 나는 그의 얼굴에서 경멸을 보았다.

상관 없다. 진실을 말하지 않고 살기엔 우리의 인생은 너무나도 짧으니까.

"다시 들어올 거요?" 이 목소리에 나는 화들짝 놀라며 마크를 올려다보았다. 나를 내려다보며 웃고 있었다. "지금 대형 스크린에 복근들 천지예요. 말해줘야 할 것 같아서 말이오."

"하." 나는 종이를 내려다보았다. 티켓 카운터에 부탁해서 하나 받아낸 것이다. 글을 다 쓴 지 10분은 족히 지난 것 같았다. "장면 하나를 쓰고 싶었거든요." 나는 뒤로 조금 몸을 움직였다. 어깨뼈가 벽에 닿았다. 얇은 복도 카펫 위에 닿은 엉덩이뼈가 아프다.

"다 썼소?" 그가 내 앞에 쭈그려 앉았다. 그의 청바지 오른쪽 무릎에 꿰맨 흔적이 있다.

"네." 나는 종이를 반 접어 펜과 함께 마크에게 건넸다. "보관해줄래요?"

"물론이고 말고요." 그가 느릿느릿 말했다. 모자를 쓰고 있었다면 모자 끝을 살짝 들어 올렸을 것 같은 말투였다. 나는 눈알을 굴리고 그가 내민 손을 붙잡았다. 그의 손을 잡고 일어서서 그가 종이를 자신의 셔츠 앞 주머니에 조심스레 넣는 보습을 지켜보았다. 펜은 다른 주머니로 사라진다. 나는 그를 따라 극장 안으로 다시 들어갔다. 사람들 웃는 소리가 나를 반겼다. 어떤 한 장면이 최고조에 이르고 있었다.

내 안에서 희미하게 삶을 그리워하는 마음이 일었다. 활동. 소리. 많은 사람들의 에너지와 그들의 반응. 케이트가 발을 치워주며 친절한 손짓을 해 보였다. 나는 그녀의 다리에 밀착해 지나갔다. 마크가 극장 규칙에 어긋나는 스니커즈 초코 큐브를 건네며 윙크를 해 보였다.

나는 여기에 있어서는 안 된다. 나는 이런 것들을 누릴 자격이 없다.

49장

"이 정도는 혼자서도 할 수 있어요." 내가 트럭의 보닛을 돌다가 멈춰 서서 그를 노려보았다.

"늙은이가 남부 식 예의를 차릴 수 있게 해주시지요." 그가 차 문을 닫고 계단 위로 손짓을 해 보였다. "먼저 가시지요."

나는 한숨을 쉬고, 그는 웃었다. "당신 정말 막무가내예요. 그거 알아요?"

"오늘 밤 들었던 중 최고의 칭찬이오."

나는 첫 번째 계단을 올랐다. 그가 내 팔을 부축해주었다. 성가시긴 하지만 불행히도 포치까지 네 계단을 오르는 동안 나에게 필요한 도움이었다. 계단이 언제 이렇게 가팔라진 거지? 내가 언제 이렇게 늙어버린 거지? "내가 새로 쓴 거 가지고 있어요?"

그가 셔츠 앞 주머니를 두드렸다. "바로 여기 있어요. 오늘 밤에 작업할 거요."

"나에게 한 시간 정도만 더 줘요." 나는 문 앞에서 멈춰 섰다. 그러고 보니 문을 안 잠그고 나갔다. 마크의 차를 향해 광란의 질주를 하면서 그냥 문을 꽉 잡아당겨 닫기만 했다. 누군가가 집에 들어가서 문 뒤에서 나를 기다리고 있을 수도 있다. 손에 칼을 딱 들고 서 있다가 내 목을 그어버리거나 나를 강간하려고 기다리고 있을 수도 있다. 마크에게 들어오라고 할까 생각하다가 그만두었다.

"한 시간 정도를 왜요?" 내가 문손잡이를 돌리는 모습을 보며 마크가 얼굴을 찌푸렸다.

"당신이 작업을 시작하기 전에 지금 쓰고 싶은 장면이 하나 더 있어요. 지금 바로 써서 전송해줄게요."

"너무 늦었소. 내일 아침에 보내요."

"아니요." 나는 고개를 흔들었다. 오늘 저녁 엄마와 만났던 일이 이토록 생생하게 남아있을 때 써야 한다. 열댓 개의 기억이 수면 위로 올라오려고 꿈틀대고 관심을 달라고 아우성치고 있다. 엄마와의 만남 때문에 내 털이 아직 곤두서 있는 바로 지금 그것들을 글로 옮겨야 한다. "지금 쓰고 싶어 죽겠어요." 나는 그의 눈 속에 떠오른 걱정을 씻어주려고 애써 웃어 보였다. "써야 해요." 어쩌면 나의 과거를 종이에 옮기는 작업이 내 몸 안에서 그것들을 배출해줄지도 모른다. 마치 내 몸속에 괴어있는 사혈처럼. 단어들이 거머리가 되어 내 몸 안의 사혈들을 빨아내고 내 고통을 조금이나마 치유해줄지도 모른다.

그리고 비유적으로 만약 이런 것들이 사혈이라면…… '그 일이 일어났던 밤'은 살육의 축제가 되겠구나.

"헬레나?"

그의 얼굴에 경계의 빛이 서리면서 보호하려는 자세를 취했다.

"괜찮소?"

나는 고개를 끄덕이고 문을 밀어 연 뒤 안으로 들어갔다. 그러고는 몸을 휙 돌리고 문을 조금만 열어 놓은 상태로 말했다. "잘 가요, 마크.

새로 쓴 글은 금방 이메일로 보낼게요."

그가 무슨 말인가를 하고 싶어 했다. 그의 턱에는 힘이 들어가고 이마엔 주름이 생겼다. 마음속으로 갈등하지만 그는 결국 입을 열지 않았다. 고개를 끄덕이더니 물러섰다. 나는 문을 마저 닫고 문을 잠갔다. 고개를 들고 빈 집의 소리를 들었다. 공기 중에 희미한 재와 연기 냄새가 났다. 내가 피웠던 불이 떠올라 난로 쪽을 바라보았다. 잉걸불 몇개가 새까만 숯 사이에서 빨갛게 작열하고 있다. 나는 몸을 돌렸다. 그리고 멈칫 했다. 나의 뇌가 먼저 경고신호를 보내고 시각은 그보다 느리게 반응했다.

"헬레나." 엄마가 소파를 짚고 일어섰다. "이야기를 나눌 수 있을까 해서." 나는 엄마가 우는 소리를 들어본 적이 없었다. 심지어 그 장례식장에서 조차도 못 들었다. 그런데 지금 엄마의 목소리가 떨리고 있다.

"엄마." 나는 이럴 기력이 없다. 이미 나에게는 너무도 긴 하루였고, 마지막 진통제를 먹은 후 너무 오랜 시간이 지났다. 탈진 증세와 통증과 전쟁 중이다. "돌아가세요."

엄마가 가까이 다가왔다. 이 거리에서는 숨을 수도 없다. 엄마의 눈이 내 얼굴을 자세히 훑었다. 나는 엄마가 확실하게 알아채기를 기다렸다. 깨달음의 순간이 오기를. 하지만 그 순간은 오지 않았다. 엄마는 놀라지 않았다. 이미 알고 있었던 것이다. 지난 세 시간 동안 온 집안을 염탐하면서 알아냈으리라. 나는 문을 잠그지 않았던 나 자신을 원망하며 잠옷이 든 쇼핑백을 바닥으로 떨어뜨렸다.

"이게 뭐니?" 엄마가 약병 하나를 내밀었다. 소파 옆에 두었던 약병이다.

나는 엄마에게서 약을 빼앗아 라벨을 내려다보았다. "항메스꺼움제."

엄마가 한숨을 쉬었다. "나도 그게 어디에 먹는 약인지 알아, 헬레나. 너 약이 왜 그렇게 많니? 안색이 왜 그렇게 안 좋은 거야?"

지금 밖으로 나가면 마크가 아직 있을까? 엄마 차가 밖에 세워져 있었는데 내가 못 봤던 걸까? 나는 뒷걸음치며 내 몸이 휘청이는 걸 느꼈다.

엄마의 팔이 내 몸을 감쌌다. 나는 반쯤 밀리고 반쯤은 이끌려 소파로 갔다. 거기에 깊숙이 가라앉는다. 물병으로 손을 뻗다가 하마터면 쓰러뜨릴 뻔했다. 엄마는 내 옆에 가만히 앉아 내가 약병을 흔들어 약을 꺼내는 모습을 지켜보았다.

약 한 알. 10분. 그 후에는 꾸벅꾸벅 졸게 될 것이다. 그러면 엄마는 없을 것이다. 대화도 없을 것이다. 통증도 없을 것이다.

"주방 조리대 위에 약들이 있어요." 나는 약을 삼키고 소파에 깊숙이 기댔다. "바이코딘이요. 두 알 주세요."

나는 엄마가 한 소리 할 거라고 생각했다. 자신의 질문에 먼저 대답하라고 강요할 거라고 생각했다. 그런데 엄마는 그냥 일어서더니 그대로 주방으로 걸어갔다. 나는 반쯤 감긴 눈으로 난로의 잉걸불이 작열하는 모습을 바라보았다. 그리고 엄마 혼자 세 시간 동안 나를 기다리는 모습을 상상해보았다. 혼자 우두커니 있기에 세 시간은 긴 시간이다. 남의 서랍을 열어보고 감정을 헤집어보고 삶을 파고들기 좋아하는 여자에게는 말이다. 엄마는 시간을 낭비 하지 않았을 것이다. 베서니 방문을 열어보고 잠겨있다는 사실을 알았을 것이다. 빈방들을 둘러보고 내 썰렁한 침실도 봤을 것이다. 미디어룸이 왜 잠겨있는지 궁금해했을까? 내 작업실에 들어가 내 책상에 앉아 내 삶이 한심하다 생각했을까?

엄마가 내 앞에 서서 손을 뻗었다. 손바닥에 커다란 흰색 알약 두 개가 놓여있었다.

나는 똑바로 앉았다. 내 손이 엄마의 손에 닿았을 때, 내 손가락들이 엄마 손바닥을 스칠 때의 기분이 이상하다. 나는 오늘 밤 마크를 위해 쓰려고 했던 장면을 떠올리고 한숨을 쉬었다. 이제 곧 나의 뇌는 곤죽이 될 것이다. 항메스꺼움제 곤죽. 나는 알약을 혀 위에 올리고 물병을 기울여 분필 맛이 나는 약을 씻어 넘겼다. "암이에요." 내가 들릴 듯 말듯 말했지만 엄마는 듣고 있다. 엄마는 내 옆에 와 앉고는, 두 손을 자신의 무릎 위에 올려 놓았다.

"심각한 거라고는 생각했어. 유방암이니? 너희 할머니가 유방암이었어. 그때 할머니 나이가…"

"아니요. 뇌종양이에요."

"아." 엄마가 자신의 손을 내려다보았다. "미안하다, 헬레나." '미안하다, 헬레나.' 엄마는 그와 똑같은 말을 장례식에서도 했었다. 그때는 그 말이 나를 무너뜨렸었다. 그 말은 내가 엄마 손을 뿌리치고, 고요하고 엄숙했던 수많은 구경꾼들 앞에서 악을 쓰도록 만들었다. 그 말이 전혀 다른 이유로 내뱉어진 지금, 나는 엄마의 목소리에 슬픔이 있는지 찾아본다.

슬픔이 담겨 있나? 내 이름을 말할 때 저 알듯 말듯 떨리는 목소리가 슬픔인가?

그런 건 중요하지 않다. 내가 죽었을 때 엄마가 나를 그리워할지 같은 것은 중요하지 않다. 나는 이미 4년 전에 죽었고, 엄마에게는 그것을 극복할 시간 4년이 있었다. 미안하다, 헬레나.

"나는 안 미안해요." 나는 소파 뒤로 푹 기대앉고 담요를 끌어당겨 몸을 감쌌다. "왜 아직도 안 가고 계신 거예요, 엄마?" 그 기자 때문일 리는 없다. 다른 무언가 있는 게 분명하다.

"왜 그렇게 나를 미워하는 거니, 헬레나?"

나는 낮게 신음을 했다. 엄마는 여기에 와서 내 집 안에 잠복을 하고, 지금은 내 병명까지 들었다. 그런데 지금 자기 신세 한탄이나 하고 싶어 하다니. 원망의 질문으로 시작해 임상 진단으로 끝맺을 신세 한탄. 잘못은 다 나에게 있고 자신은 피해자라는 신세 한탄을 하고 싶어 하는 것이다.

"내 마음은 그저 모두 베서니를 위한 거였어. 그날 나는…"

"지금 그날 이야기 하는 거 아니에요." 나의 단호한 말투가 그 이야기를 끊어버렸다. "우리의 문제는 엄마가 나의 육아 방식을 비하하고 사이먼 편을 들었다는 거였어요." 나는 턱에 힘을 뺐다. 숨을 고르고 담요를 꽉 쥔 손가락에도 힘을 풀었다.

"그래." 엄마가 한숨을 쉬었다. "그래. 이 이야기 하는 거 좋아. 지금 어떤 감정을 느끼는지 말해보렴."

내가 고개를 돌렸다. "왜요? 그래야 엄마가 자신을 용서할 수 있으니까요? 그래야 내가 죽은 뒤에 다 끝났다고 느낄 수 있으니까요?" 엄마에게 암에 대해 이야기를 하는 게 아니었다. 내 삶에는 엄마를 잠시나마 머물게 할 자리가 없다. 엄마로 하여금 내 뼛속에서 마지막 기력과 에너지를 뽑아내도록 놔둘 수는 없다. "죽어가는 여자의 소원 하나쯤은 들어줄 수 있는 거잖아요." 나는 고개를 돌려 엄마의 눈을 가능한 한 똑바로 쳐다보았다. "나를 혼자 내버려뒀으면 좋겠어요. 지난 4년 동안 어디에 있었는지 몰라도 거기로 돌아가세요. 엄마가 원하는 대로 역사를 새로 쓰고 색칠하세요. 엄마는 완벽한 할머니였고 사이먼은 완벽한 아빠였다고요. 베서니의 안전을 위해 나는 베서니 가까이 갈 수 없는 끔찍한 짐승이었고 말이에요."

"헬레나, 나는…"

"그냥, 좀. 가시라고요."

"너를 키울 때 내가 잘못했던 거야." 엄마가 일어섰다. 나는 엄마가 뒤돌아서 문밖으로 나가기를, 저 쪼그라든 입이 벌어져 더 이상 말이 나오지 않기를 기도했다. "엄마가 너에게는 달랐어야 했어. 이제는 알아. 부모가 자식에게 맞춰가야 한다는 걸. 너는 나와 달랐고, 나는 너에게 맞춰주지 못했어. 그게 미안하다."

이건 사과가 아니다. 자기 생각이다. 독백이다. 거기에서 부모는 나를, 자식은 베서니를 의미한다. 엄마는 내가 자신의 사과를 받아주기를, 자신의 생각에 동의해주기를 바라고 있다. 그래야지 방향을 돌려 똑같은 논리로 나를 찌를 수 있을 테니까.

나는 고개를 옆으로 돌리고 베개를 끌어와 모로 눕는다. "잘 가요, 엄마."

희미한 조명 속에서 나는 난로 앞에서 움직이는 엄마의 실루엣을 본다. 엄마가 몸을 구부렸다. 다시 일어설 때 엄마 손에는 페이지들이 들려있었다. 나는 눈을 감고 영화 보러 가기 전에 검토 중이었던 내용을 떠올려보았다. 베서니가 세 살이었을 때. 사이먼이 돈을 펑펑 써댔을 때. 우리 결혼생활에 위기가 찾아왔을 때. 사이먼의 바지 주머니에서 연애편지가 나왔을 때.

"이거 읽어봤다." 엄마 목소리에서 독선의 느낌이 조금 빠져있다.

"잘하셨네요."

"우리 이야기를 쓰고 있더구나."

"네."

"왜 쓰는 거니?"

"카타르시스 때문에요."

"출판할 거니?"

"그러면 엄마 일에 지장이 생길까 봐 걱정돼요?"

엄마가 고개를 가로저었다. 귀걸이가 가볍게 부딪치는 소리가 났다. "몇 년 전에 은퇴했어. 그러니까…… 너도 알잖니."

아 그렇지, 나도 안다.

"네가 행복했으면 좋겠다, 헬레나. 내가 늘 원해왔던 건 그게 전부야."

행복. 내가 마지막으로 행복했던 게 언제인지 모르겠다. 사륜 바이크 뒤에 타고 달릴 때 내 안에서 치솟는 무언가를 느끼긴 했다. 소설 한 편을 탈고할 때면 언제나 강한 성취감을 느끼곤 했다. 오늘 밤 본 영화에서 나도 모르게 웃음이 터져 나온 순간이 있었다. 하지만 행복이라고? 행복은 더는 내게 가능한 것이 아니었다. 행복은 베서니가 떠날 때 함께 떠났다.

나는 우리 딸에 대해 생각했다. 나는 완벽한 엄마는 아니었다. 어찌 보면 지금 이 여자가 나에게 실패했던 것만큼이나 아이에게 실패한 엄마였다. 달리 보면 백만 배는 더 최악이었다.

나는 엄마가 시야에서 사라지도록 내 등이 난로를 향하게 몸을 돌려 누웠다.

"나 행복해요." 거짓말이 버터처럼 매끄럽게 빠져나간다. "그리고 엄마 용서해요."

이건 엄마를 위한 거짓말이 아니다. 이건 베서니를 위한 거짓말이다. 카르마* 은행에 넣을 예치금이다. 신에게 바치는 제물이다. 혹시라도 베서니와 마지막으로 함께할 순간을 얻게 된다면, 나도 아이의 용서를 받고 싶고, 이해를 얻고 싶고, 사랑을 받고 싶기에 하는 거짓말이다.

"안녕히 가세요, 엄마." 나는 사랑한다는 말은 하지 않았다. 그 말은 못하겠다.

나는 기다렸다. 난롯불이 타닥타닥 타오르는 소리가 들려왔다. 엄마의 손이 내 어깨를 쓰다듬을 때, 엄마의 입이 내 머리 위에 키스할 때 내 몸은 굳어 버린다.

"잘 있어, 헬레나. 잘 자고."

나는 움직이지 않았다. 현관문이 끼익 하고 열릴 때 나는 눈을 감았다. 문이 꽉 닫히는 소리를 듣고 나는 숨을 내뱉었다. 그리고 담요를 치워 버렸다.

나는 계단에서 한참을 낑낑댔다. 그리고 복도를 천천히 걸어가 베서니 침실의 문을 땄다. 나는 바닥으로 몸을 낮추고 침낭 속으로 기어들어가 아이 책상을 바라보았다. 책상 위 벽에 붙어있는 아이의 삐뚤빼뚤한 그림을 보았다. 한 가족이 있다. 네 명으로 이루어진 한 가족을 커다란 하트가 둘러싸고 있다.

아이는 그것을 원했다. 행복을. 함께이기를.

그러나 종이 위에 그린다고 해서 그들이 그렇게 되는 것은 아니다.

---

* 불교에서 말하는 업보.

50장

사이먼이 핸들 위로 몸을 웅크렸다. 손가락 관절이 새하얘지고 턱 관절에 힘이 들어갔다. 엄마 집에서 저녁 식사를 했는데 끔찍했다. 그 이유가 전부 오스카 와일드가 애널섹스를 했기 때문이었다.

"우리 엄마한테 베서니를 맡아달란 말을 하다니 믿기지가 않네." 내 가 좌석에 털썩 앉으며 말했다. 가족은 요새가 되어야 한다. 우리는 함 께 맞서고 함께 싸우고 서로를 지켜줘야 한다. 그런데 지금 자기들끼 리 음모를 꾸미고 있다. 내 육아 방식에 대한 의견을 나누고, 내 작은 실수까지 모조리 끄집어내고, 내 딸에게 가장 좋은 것이 무엇인지에 대해 자기들끼리 쑥덕거리며 결정을 내리고 있는 것이다.

"나는 당신이 베서니에게 그딴 얘기를 했다는 게 믿을 수가 없어."

'그딴 얘기.' 내가 무슨 못할 얘기라도 한 것처럼 말했다. "소송과 재 판은 오스카 와일드의 삶에서 빼놓을 수 없는 부분이야. 아이에게 가 르쳐 줄 수 있는 중대한 교훈이라고. 당신은 내가 아이에게 오스카 와 일드에 대해 가르치는 건 되는데…"

"베서니는 '어린아이'잖아!" 그가 너무 크게 소리를 지르는 바람에 나는 말문이 턱 막히고 말았다. "베서니가 애널섹스에 대해 자세히 알 필요는 없어!"

"그렇게 자세히 말하지도 않았어." 내가 반박했다. "나는 베서니 질문들에 대답해준 것뿐이야." 아이는 거기에 대해 궁금한 게 많았다. 물론 그게 아이 잘못이라는 건 아니다.

"지금은 그 얘기 더는 하고 싶지 않아." 거짓말쟁이. 베서니 앞에서 안 하고 싶은 거겠지. "베서니 돌봄 문제도 학기 시작할 때쯤에 이야기해."

"아니. 내 생각엔 베서니도 여기에 끼워줘야 할 것 같은데." 나는 자리에 앉은 채로 몸을 돌려 아이를 보았다.

"뭐에 끼워 줘요?" 베서니가 끼어들었다. 관심이 생겼다는 듯 손에 들고 있던 블록을 내려놓았다.

"아무것도 아니야." 사이먼이 손을 뻗어 내 손을 세게 움켜쥐었다. 경고의 의미다.

나는 손을 잡아 뺐다. 손목이 고통스레 비틀린다.

"아빠가 이번 가을학기에 학교에서 학생들 가르치는 동안 베서니가 제이제이와 지내는 것에 대한 이야기 중이었어." '가르친다'라. 한없이 가볍고 형편없는 4학년의 커리큘럼을 두고 '가르친다'라는 말은 너무 과한 표현이다.

"왜요?" 아이가 좋아하는 말이다.

"그래. 왜죠 사이먼?" 나는 그를 바라보며 눈썹을 치켜올렸다. 사이먼이 일부러 옆 차와 부딪힐 것처럼 추월하려다 다시 원래 차선으로 핵 돌아왔다. 차가 휘청였다. "왜 베서니가 나랑 있는 것보다 외할머니와 있는 게 좋겠다고 생각하는 거야?" 다른 시나리오였다면 나는 베서니가 우리 엄마랑 낮 시간을 보내든 말든 상관하지 않았을지 모른다.

엄마는 나에게 도움을 주겠다는 태도로 다가왔어야 했다. 그런데 엄마와 사이먼은 나에게 공격적으로 달려들었다. 베서니의 행복을 위해서는 베서니가 나와 함께 있어서는 안 된다고 말했다.

"당신은 글 쓰느라 바쁘잖아. 그리고 지금은 이 얘기 안 할 거야." 그가 눈을 들어 백미러로 아이를 보았다. "베서니, 다시 장난감 가지고 놀아."

"나 글 쓰느라 안 바쁠 거야. 괜찮아." 나는 두 손을 모아 박수를 짝짝 치고 딸을 바라보며 웃어 보였다. "좋아! 그럼 얘기 끝난 거다."

아이가 나를 보며 웃었다. 반사적 행동이다. 나는 아이의 눈에서 그 표정을 읽는다. 주저함. 그 순간 아이는 나의 두려움을 보고 있는 것 같았다.

사이먼 눈에 그런 것은 보이지 않는다. 그의 눈에 보이는 것은 오직 점점 커지는 '문제'뿐이다.

나, 라는 문제.

"내용을 약간 건너 뛴 것처럼 느껴져요." 마크가 종이 한 장을 획 뒤집더니 무언가를 그렸다. 그의 펜을 따라 익숙한 모양이 만들어지고 항목이 적혔다. 1년 전의 내용이었다면 그것을 본 내 마음은 기쁨으로 차올랐을 것이다. 지금의 나는 두 눈을 감는다. "당신과 사이먼이 만나요." 그가 종이 위에 항목들을 계속 적어 나간다. "결혼을 해요. 임신을 하고, 베서니를 갖죠. 치료를 받으러 떠나고 돌아와요. 당신에게 행복해 보이는 2년의 시간이 있는데, 우리가 그 부분을 너무 급하게 지나가고 있어요. 그 편지의 발견은 제외하고." 그가 나를 쳐다보며 말했다. "그리고 지금 당신은 베서니의 네 살 때에 너무 집중하고 있고요."

"엄마와 사이먼 둘이서 작정하고 편 먹기 시작했을 시기예요."

"이때가 시작이었소? 어머니가 낮 시간 동안 베서니를 당신과 함께 두고 싶어하지 않았을 때?" 질문을 하는 그의 차분한 방식이 마음에 안 들었다. 교과서적이라 할만한 심리학 기법이다. 엄마가 어떤 이야기를 꺼낼 때 사용했던 방식, 치료를 받았던 그 병원에 있는 동안 정신과 의사가 나에게 내 아이를 해치고 싶었던 적이 있냐고 물었던 방식이다.

"아니요." 나는 팔의 건조한 부분을 긁으며 말했다. "그때가 시작은 아니었어요." 시작은…… 언제였는지 콕 집어 말 못하겠다. 둘은 늘 나에게 적대적이었다. 나는 아이에게 전부다 숨김없이 말해줘야 한다는 주의였다. 그 둘은 진실은 절반만 말하고 아이를 보호해야 한다는 주의였다. 나는 둘이서 작정하고 나를 괴롭힌다고 믿었다. 그 둘은 내가 부적격 엄마라고, 끔찍한 엄마라고 믿었다. 부주의하다고, 무능하다고 믿었다.

가슴이 조여온다. 어떻게 보면 그들이 맞다. 나는 엄마를 생각했다. 소파 내 옆자리에 앉던 엄마. 엄마의 경직된 자세와 신중하게 고른 말들을 생각했다. 엄마는 아직도 사이먼 편을 들고 있었다. 그는 죽었다. 그가 모든 것의 원인이었다. 그런데 엄마는 아직도 그 사람 편을 들고 있었다. 어쩌면 엄마에게 진실을 말해야 했었는지도 모르겠다. 진실을 말하고 엄마의 심리학 이빨이 그를 물어뜯도록 해야 했는지 모른다. '당신 사위는 거짓말쟁이예요. 내가 그 사람 죽였어요.'

"헬레나?" 마크가 앞으로 몸을 기울였다. 나는 급히 일어서다 엉덩이를 책상 모서리에 부딪쳤다. 내 눈에 눈물이 고이고 있었다. 흐느낌이 터져 나오기 전에 나는 가까스로 작업실 문까지 도달했다.

마크

헬레나는 그에게 무언가 감추고 있다. 이것은 마치 그녀의 책을 읽을 때 느낌과 같다. 단서들은 널려있다. 그런데 아무리 애를 써도 그게 무엇인지 도무지 모르겠다.

사람을 미치게 한다. 그녀의 책에서라면 이것에 대처할 수 있다. 페이지들을 더 빠르게 넘기면 되니까. 삶은 잠시 멈춰둔 채 그 소설 하나만 미친 듯이 탐독하면 될 일이니까. 기껏해야 하루 정도면 충분하니까. 모든 것을 찾아내는 데 단 하루. 하지만 지금 5주째. 그가 가능한 한 빠르게 글을 쓴 지 5주가 됐다. 그저 헬레나를 묶어두고 모든 것을 털어놓으라고 강요하는 것 외에는 원하는 게 없던 5주였다. 이제는 그도 자신이 얼마나 더 버틸 수 있을지 모른다.

그는 일어서서 복도로 나가 그녀가 흐느끼는 소리를 따라갔다. 복도 끝에 있는 방의 문 앞에 멈춰 섰다. 상황을 알기 위해 닫힌 문에 조심스레 귀를 갖다 댔다.

헬레나

나는 숨을 혈떡였다. 콧물이 흘러내리고 내 운동복 상의의 소매는 노란 콧물로 범벅이 됐다. 흐느낌이 멈추지 않았다. 진정되지 않는다. 딸꾹거리며 숨을 들이쉴 때마다 히스테리증이 심해질 뿐이었다. 나는 손가락으로 눈을 꾹 눌렀다. 그 기억들을 밀어내기 위해 싸웠다. '내가 그랬어. 내가 죽였어. 내가 다 망쳤어. 그 둘이 죽고 내가 혼자 남게 된 건 바로 나 때문이야.' 전부 다 내가 그랬다. 사이먼이 그런 것이 아니다. 그의 산더미 같은 죄가 그런 것이 아니다. 우리 엄마가 그런 것도 아니다. 엄마의 망할 판단과 의견이 그런 것이 아니다. 내가 그랬다. 나는 감옥에 있어야 한다. 이 집에서, 이 방에서 아이의 냄새와 추억을 들이마시고 있어서는 안 된다.

나는 축 늘어지며 두 팔에 힘이 풀렸다. 그리고 서서히 바닥으로 가라앉는다. 천천히 바닥으로 미끄러져 내려간다. 바닥에 닿기 전에 한쪽 발목이 고통스레 꺾인다.

나는 최악의 엄마였던가? 그랬던 것 같다. 내 생각에는 그랬다. 그때의 나도 그 사실을 알고 있었던 것 같다.

'그 날' 나는 거의 행복하다시피 했던 것 같다. 두 팔을 휘저으며 동네를 전속력으로 뛰어가는 동안, 사이먼이 죽었다고 생각하면서 나는 미친 듯이 행복했던 것 같다. 그랬었다. 왜냐하면 내가 그 이야기의 영웅이 될 것이었으니까. 그랬었다. 왜냐하면 아이가 나를 사랑하게 될 것이었으니까. 그랬었다. 사람들 모두 내가 대단한 일을 해냈고, 그가 미친놈이었다고 이야기할 것이었으니까. 우리는 앞으로 오래오래 행복하게 잘살게 될 것이었으니까.

눈물에 숨이 막혔다. 나는 머리를 뒤로 젖히고 비명을 질렀다.

51장

마크

그 비명 소리는 마치 동물이 죽으며 내는 소리 같았다. 몸 깊은 곳에서부터 끌어올려지는 소리. 절망으로 가득해 듣는 이로 하여금 저절로 무릎을 꿇게 만드는 소리. 남아있는 삶의 매 순간 질문을 던지게 만드는 소리. 그런 비명이 문을 통해 진동했다. 그는 잠긴 문손잡이를 당겨보았다. 그녀의 이름을 외치며 문을 두드렸다. 그녀를 이렇게 혼자 둘 수 없다. 저런 소리를 내는데 괜찮을 리 없다.

"헬레나!" 그가 무릎을 꿇고 한쪽 귀를 바닥에 갖다 댔다. 또 한차례 비명이 터져 나왔다. 감정 때문에 미치도록 괴로워하는 소리. 그것은 마치 손에 잡힐 듯이 생생하다. 소리가 멎고 숨을 헐떡이는 소리가 들렸다. 그런 뒤 흐느끼는 소리가 났다. 문에 무언가 계속 달그락 부딪치는 소리가 났다. 1분이 지나고 나서야 깨달았다. 그 소리는 헬레나의 흔들리는 어깨가 문에 부딪쳐 나는 소리, 무너진 그녀의 몸이 떨리며 나는 소리라는 것을.

"헬레나." 그가 속삭였다. "제발 문 열어요."

달그락거리는 소리가 멈추고 잠시 동안 작게 흐느끼는 소리만 들려왔다. 헬레나가 마침내 입을 열었을 때 그는 그녀의 말을 알아듣기 위해 안간힘을 써야만 했다.

"못하겠어요." 그녀가 나직이 말했다. "당신에게 말할 수 있을 거라고 생각했는데, 못하겠어요."

그가 그녀를 판단할 거라는 듯이 그녀의 말에는 두려움이 들어있었다. 자신이 수치스럽다는 듯이 그녀의 흐느낌엔 죄책감이 스며있었다. 그는 두 눈을 감고 둘 사이의 간극을 메워줄 수 있는 적절한 말을 찾아보았다. 그러나 입을 통해 나오는 말은 그의 편이었던 적이 한 번도 없었다. 그가 자신의 마음을 제대로 표현할 수 있었던 것은 오로지 글을 통해서였다. 그의 몸이 굳어졌다.

"그러면 말하지 말아요. 글로 써요. 책의 이 부분은 어쩌면…… 당신에게서 직접 나와야 되는 것 같소." 이토록 단순한 것이었다. 말로 내뱉고 보니 고통스러우리만치 자명하다. 그들은 왜 그 부분을 그가 써야 한다고 생각했던 걸까? 모든 것들이 켜켜이 쌓여 만들어지고 있는 것, 모든 것들의 중심에 있는 것은 몹시도 개인적인 일이고 감정이기에 오직 그녀 본인으로부터만 나올 수 있는 것이다. 엘렌이 마지막 숨을 내뱉었을 때 그가 느꼈던 것들은 절대 다른 작가가 쓸 수 있는 것이 아니다. 아내가 떠났을 때의 그 깊은 공허함, 삶의 텅 빈 자리는 절대 다른 작가가 묘사할 수 있는 것이 아니다.

딸을 볼 때마다 가슴이 미어지고 힘들었던 때도 있었다. 술만 마시고 총의 방아쇠를 어루만지며 모든 것을 끝장내는 일을 생각했던 때가 있었다. 그 삶을 살아보지 않고는 그 누구도 그 이야기를 할 수 없다. 헬레나라고 어떻게 다르겠는가? 그들은 어째서 그에게 그 이야기를 전달할 능력이 있다고, 그녀의 심장으로부터 그 조각을 전달받아 그의 글로 빚어낼 능력이 있다고 생각했던 것일까?

그가 일어섰다. 무릎에서 삐걱거리는 소리가 났다. 너무 급하게 움직이는 바람에 허리가 타오르는 것처럼 아파왔다. 그는 작업실로 성큼성큼 걸어가 그녀의 서랍 속을 뒤졌다. 서랍에서 쌓여있는 노트패드를 발견하곤 하나를 집었다. 연필과 펜도 하나씩 챙겼다. 그리고 다시 그 문 앞으로 돌아갔다. 지금은 문 건너편에서 아무 소리도 나지 않는다. 바닥의 좁은 틈 사이로 그녀의 그림자가 보였다. 그녀의 야윈 몸이 문틀에 기대어 있는 것 같다. 그는 먼저 노트패드를 밀어서 보내고, 이어서 펜과 연필을 들여보냈다. 빛 아래에서 그녀의 그림자가 움직였다.

"안 할 거예요." 그 말에 가시가 돋아있었다. 그는 그녀가 그렇게 말해준 것이, 으르렁거리기 위해 껍데기 바깥으로 나와준 것이 너무나도 고마웠다. 그녀를 안아주고 싶었다.

"한번 해봐요." 엘렌의 장례식 날 아침 그가 딸아이에게 했던 말이다. '한번 해봐.' 옷을 입어보려고 해봐. 먹으려고 해봐. 좋았던 것들, 엄마의 미소, 추억들 모두 기억하려고 해봐. 계속 살아가려고 해봐. "말하기 어렵다고 느껴지는 부분은 뭐든지 그냥 한번 써봐요."

그녀는 말이 없고 움직이지도 않았다. 어떤 소리도 나지 않았다. 그는 한쪽 무릎을 꿇고 뒤로 물러 앉았다. 그의 두 눈은 연필 끝의 분홍색 지우개에 가 있었다. 움직이지 않는다. 몇 분이 흘렀다. 10분이 지나고 그는 자세를 바꾸어 벽에 기대어 다리를 앞으로 쭉 뻗었다. 그녀는 반드시 쓸 것이다. 예술가 앞에 펜과 종이를 놓는 것은 미끼를 놓는 것과 같다. 그 유혹을 뿌리칠 수 없을 것이다. 자신의 감정이 그토록 산산이 부서지고 있는데 그 피를 종이 위에 흘리지 않을 수 없을 것이다.

그녀의 내면에 어떤 이야기가 있다면 그것은 반드시 나오고 말 것이다. 그들의 세계에서 그러지 않는 것은 말이 안 된다.

그때, 희미하고 약한 목소리가 들려왔다. 그녀가 말을 한다.

52장

"당신 딸과 함께 있는 나를 믿어줄 수 있어요?" 내가 가만히 말했다. 내 볼은 문에 닿아있고, 몸은 바닥 위에 쪼그라든 공처럼 말려있다.

"어떤 식으로 말이오?"

"내가 당신 딸과 단 둘이 있어도 괜찮아요?"

"괜찮아요." 마크의 목소리는 확신에 차 있었다. 그렇다고 해도 그의 딸은 열아홉 살이다. 나는 늙어빠진 해골이고, 사전 한 권도 겨우 들어 올릴까 말까 한다. 내가 무슨 해를 가할 수 있겠는가? 신체적으로 나는 허약하다. 감정적으로도…… 그 애는 내가 무슨 이야기를 해도 영향받지 않을 것이다.

그 애는 베서니와 같지 않다. 베서니는 너무 작았고 너무 연약했다. 아이의 정신은 무척 유연해 사이먼과 나에게 쉽게 영향을 받았다. 딸이 그렇게 어린 아이였어도 마크가 나를 믿어줬을까? 아마 아닐 것이다. 나는 지금 너무 비관적이라 그 질문은 하지 않기로 한다.

"부적절한 일이야, 헬레나. 전부……." 엄마는 내 삶 전체를 싸잡아 무시하는 몸짓으로 손을 흔들었다. "전부 부적절해. 네가 아이를 어떻게 키우니. 네가 아이에게 무얼 가르칠 수 있어? 네가 주입해놓은 온갖 것들을 아이가 학교에 가서 사람들에게 말하게 할 수는 없잖니.”

“나는 내가 하고 싶은 대로 할 수 있는 사람이에요. 내가 원하는 대로 아이를 키울 수 있어요. 내 딸이라고요.”

“베서니는 사이먼 딸이기도 해. 그리고 사이먼도 나랑 같은 생각이야. 우리는 베서니가 낮에는 나랑 같이 있는 게 최선이라고 생각해. 너도 원하면 우리 집으로 와서 같이 점심 먹으면 되잖니.” 엄마는 그 말을 웃으면서 했다. 무슨 선심이라도 쓰는 듯이, 자기가 나에게서 내 딸을 낚아채서 아이의 개성을 갈기갈기 찢어놓을 사람이 아니라는 듯이 말했다. 아이가 엄마의 집에서 한 학기를 보내면 어떻게 될지 나는 알고 있었다. 그 집에서 내가 살았었다. 그 집에서 내 정신은 거의 죽다시피 했었다.

“한 번은 변호사와 이야기한 적이 있어요. 엄마가 낮 시간 동안 베서니를 돌보는 문제에 대한 이야기를 꺼낸 이후였어요.”

마크는 아무 말이 없었다. 나는 그 변호사를 생각했다. 땅딸막한 키에 머리가 벗겨진 남자. 펜으로 종이를 두드리던 모습, 눈썹을 따라 땀방울이 맺혀있던 모습. 남자였다. 나는 조금 더 기다렸어야 했다. 인내심을 가지고 더 기다려서 여자 변호사에게 맡겼어야 했다.

“선제적인 조치였어요. 상황이 나빠질 수 있는지, 엄마와 사이먼이 정말로 나에게서 베서니를 빼앗아갈 수 있는지 알고 싶었거든요.”

“변호사는 뭐라고 했소?”

“내가 여자이고 엄마이기 때문에 그렇게 되긴 어려울 거라고 했어요. 하지만 내가 부적격으로 판명 날 수도 있다고 했죠. 나에게 많은 질문을 했어요. 사이먼이 나를 공격할 때 대응할 만한 것들이 있는지, 내가 체포된 적이 있는지, 자해한 적이 있는지, 마약을 한 적이 있는

지. 그런 것들요." 나는 눈을 감았다. 변호사가 내 쪽으로 고개를 기울이며 나를 유심히 쳐다보던 모습을 떠올렸다. 나를 판단하고 있었다. 그 사람은 내가 자리에 앉자마자 나를 판단하기 시작했었다. 질문은 갈수록 심해져 갔다.

베서니에게 해를 가한 적이 있냐는 질문을 받고 나는 고개를 저으며 단호히 부인했다. "그런데……" 그 말이 내 입 끝에 매달려있었다. 내 혀로 뛰어들 준비를 하고 있었다. 그런데…… 아이를 방치한 채 작업실에 문을 잠그고 들어가 있던 적이 있어요. 그런데…… 아이를 이웃 여자에게 밀쳐놓고 그 여자에게 아이를 데려가라고 소리 지른 적이 있어요. 옳은 일이 아니었다. 특별히 제정신으로 한 행동도 아니었다. 그 여자는 경찰에 나에게 부모 자격이 없다는 신고서를 제출했다. 그 여자는 신고서를 반듯한 글씨로 무척 공들여 적었다. 내가 불안정해 보인 적이 많다고 썼다. 또 내가 '틀어져' 보인다고도 썼다. 아무래도 '흐트러져' 보인다는 말을 하고 싶었던 것 같다.

그래서 일주일 뒤 사회복지사가 그 공들여 쓴 신고서를 손에 들고 찾아왔을 때, 나는 그 단어 이야기를 했다. 그 사회복지사는 단어의 오용(misuse)은 내 아이를 학대(misuse)하는 것에 비해선 부차적인 문제라는 듯 그저 눈만 끔뻑거렸다. 일반적인 상황이었다면 나도 단어의 오용이 아동 학대보다 부차적이라는 것에 동의했을 것이다. 하지만 나는 아이를 학대하지 않았다. 베서니는 행복한 아이였다. 사랑 받는 아이였다. 그냥 딱 하루 안 좋은 날이었을 뿐이다. 딱 하루의 안 좋은 날…… 그 외에도 몇 번 더 있긴 했지만.

"나는 걱정할 게 없다고 스스로 다독였어요." 나는 입술을 적셨다. 나의 흔들리는 약한 목소리가 싫다. "나는 그 사람과 결혼한 사람이잖아요. 엄마는 우리 엄마였고. 둘이서 내 아이를 나에게서 빼앗아가는 것에 대해 걱정할 필요는 없다고 생각했어요…….” 목소리가 갈라졌다. 나는 급히 숨을 들이쉬었다.

회복되는 데 시간이 조금 걸린다. 내 몸이 긴장을 풀고, 호흡이 안정되고, 눈물이 멈출 때까지 시간이 조금 걸린다. 나는 마크가 질문을 하기를 기다리는데 그는 아무 말이 없었다. 나는 자세를 바꿔 바닥으로 누웠다. 이 자세에서 고개를 기울이면 베서니의 별들이 보인다. 책상 밑으로 굴러 들어간 잊혀진 크레파스도 하나가 보인다. 아이의 인형의 집 처마에 먼지가 끼어있다. 더러운 분홍색 양말 한 짝 옆에는 죽은 거미 한 마리가 동그랗게 몸을 웅크리고 있다. 이곳은 이 집에서 내가 청소하지 않은 유일한 방이다. 지난 4년 동안 원래 모습 그대로를 간직하고 있는 유일한 방이다.

나는 손을 뻗어 마크가 문 아래로 밀어 넣어준 노트패드의 깨끗한 표면을 쓸어 내렸다.

나는 처음부터 이렇게 될 줄 알고 있었던 것 같다. 마크의 말이 맞다. 이 이야기의 결말을 써야 하는 사람은 나다. 그날의 사건들…….나는 그것들을 소리 내 말할 수가 없다. 내 생각들을, 그 광적으로 치밀어 오르는 감정들을 말로 표현할 길이 없다. 어쩌면 나는 일어났던 일을 그대로 말하지 못하고 마크의 이해를 얻기 위해, 내 행동을 정당화하기 위해 애쓸지도 모른다.

하지만 내가 할 수 있을까? 이 펜을 들고 그 날의 일을 적어 내려갈 수 있을까? 무너져 내리지 않고 그 날의 내 행동들로 다시 걸어 들어갈 수 있을까?

한번 해봐요. 마크의 바보 같은 말이 머릿속에서 메아리 쳤다. 영감을 주는 강연자가 화이트보드 맨 위에 휘갈겨 쓸 법한 말이다. 더 노력할 것. 지금 내게 필요한 것이 그것이다. 될 때까지 해볼 것.

나는 천천히 일어나 앉았다. 내 손가락들이 노트패드를 움켜쥐고 내 무릎 위로 가져왔다.

'한번 해봐요.'

그 일을 다시 자세히 떠올려야 한다면, 그 날을, 내 감정들을, 내 행동들을 글로 옮겨야만 한다면…… 나는 그것이 시작된 장소로 갈 필요가 있다. 모든 것을 바꾸어 놓은 그 비디오를 다시 떠올릴 필요가 있다.

나는 노트패드와 펜을 들고 조심스레 일어섰다. 천천히 일어서는데도 잠시 어지럼증이 덮쳐왔다. 나는 눈을 감고 평형감각이 되돌아올 때까지 기다렸다. 그러고는 침실 문을 열었다.

마크가 바닥에 앉은 채 나를 올려다보았다. 그의 머리가 벽에서 떨어져 나왔다. 우리의 눈이 마주쳤다. 나는 이 욕구가 사라지기 전에 빠르게 말했다.

"글을 쓸 거예요. 그동안 나를 혼자 있게 해줘요."

그가 말없이 고개를 끄덕였다. 복도를 걸어 작업실로 들어가는데 그의 시선이 나를 따라오는 게 느껴졌다. 책상 서랍을 여는 손이 바들바들 떨렸다. 서랍 속 책갈피와 노트패드들, 펜들, 사탕들을 치우며 끝까지 손을 밀어 넣자 금색 열쇠 하나가 손에 닿았다.

이 열쇠를 손대지 않은 지 몇 년은 됐다. 구급차가 떠나고 경찰이 왔을 때 경찰은 집 전체를 수색했었다. 나는 그들이 무얼 발견할지, 어떤 결론을 이끌어낼지, 어떤 의혹을 가질지 궁금해하며 숨죽이고 지켜봤었다. 하지만 경찰은 그 방에서, 방문 옆에 놓인 더플백을 보고도 눈 한 번 깜빡이지 않았다.

지난 4년 동안 나는 그 방 안에 있는 모든 것들을 잊으려 최선을 다해왔다.

나는 손바닥 위에서 열쇠를 만지작 거렸다. 그 방문을 아직 열지도 않았는데 벌써부터 가슴이 조여오는 느낌이었다. 하지 말아야 하는 건지도 모른다. 굳이 과거로 다시 걸어 들어갈 필요가 있을까? 그것을 꼭 다시 봐야만 하는 걸까?

그럴 필요는 없다. 쉬운 길로 가도 된다. 안전한 나의 작업실에 앉아, 혹은 베서니의 방에서 그 날의 일을 떠올리기만 하면 될 것이다. 그 느낌을 다시 붙잡기만 하면 될 일이다.

하지만 똑같지는 않을 것이다. 쉬운 길로 간다면 그날의 기억은 소리가 사라지고 그날의 감정은 살아 숨 쉬지 않을 것이다. 다시 경험해야 한다. 그럴만한 가치가 있다.

나는 열쇠를 꽉 쥐고 일어서 복도로 다시 나갔다. 마크를 지나 모든 것을 바꿔놓은 그 방으로 향했다.

미디어룸이다.

53장

그 일이 일어난 날,

나는 미디어룸으로 들어가 하품을 했다. 무거운 커튼이 꽉 닫혀있어 햇빛을 완전히 차단하고 있다. 어둠에 잠긴 방은 아늑했다. 이 방의 벽은 짙은 미드나잇블루 색상이다. 크림색 카펫, 어두운 색 가죽으로 된 영화관 의자와 잘 어울리는 색이다. 나는 가장 가까이에 있는 리클라이너를 보며 잠시 쉴까 고민했다. 담요 아래에서 몸을 웅크리고 잠시 책을 읽으면 어떨까 싶었다. 아마 짧은 낮잠에 들 것이다.

하지만 나는 그 생각을 버리고 거대한 프로젝터 스크린으로 덮여있는 벽 쪽으로 갔다. 붙박이 캐비닛을 열고 그 안에 있는 비디오테이프들을 보았다. 사이먼의 어린 시절 영상이 담긴 테이프를 지나 스포츠 관련 테이프들을 쭉 훑었다. 전부 몇십 년 전에 열렸던 경기들이었다. 내가 최근 쓰고 있는 소설에 풋볼을 하는 장면이 필요했다. 나에게는 영감이 필요하고, 경기 용어를 많이 알수록 소설은 더 실감 나게 읽힐 것이다. 오래된 경기 몇 개를 보면 도움이 될 것이다.

남편은 무엇이든 비디오테이프에 녹화하는 데 중독된 사람이었다. 캐비닛 하나에는 얇은 DVD가 백 장은 들어있었다. 거기에는 베서니의 첫걸음마, 생일파티들, 친구들과 노는 모습들이 담겨있었다. 또 다른 캐비닛에는 우리의 결혼 영상, 신혼여행 영상, 이 집으로 이사 왔을 때의 영상들이 담겨있었다. 가끔 새벽에 잠에서 깨면 남편이 영상을 보고 있는 소리가 들려왔다. 작게 줄인 소리가 벽을 통해 들릴 듯 말 듯 전해졌다. 특이하다고 생각은 했지만, 나도 특이한 사람이다. 아무것도 기록하지 않으니 차라리 과하게 기록하는 게 낫다고 생각한다.

나는 패커스 대 바이킹스의 1998년 경기를 골라 집었다. 테이프를 플레이어에 밀어 넣고 리모컨의 전원 버튼을 누르고 기다렸다. 아마 그가 경기장 안으로 걸어가는 모습부터 담겨있을 것이다. 복도에서 찍은 경기장 뒤의 모습, 군중들의 모습, 행상인들의 모습이 담겨있을 것이다.

화면이 깜빡거리다가 켜졌다. 나는 소파 뒤로 푹 기대앉았다.

아무래도 테이프에 라벨이 잘못 붙은 것 같았다. 한 소녀가 등장했다. 나이는 열 두살도 채 되지 않아 보였다. 소녀는 금발 머리를 찰랑이며 풀밭을 가로질러 뛰고있다. 곱슬거리는 머리카락이 휘날리고 빙그르르 돌다가 얼굴에 부딪쳤다. 소녀가 미끄러지듯 급히 멈춰 섰다. 얼굴 위의 미소가 사라진다.

나는 질질 끌듯 걸어가는 나이키 운동화를 알아보지 못했다. 비디오의 화질이 좋지 않다. 움직일 때마다 화면이 많이 흔들리고, 저 풀밭도 어디인지 모르겠다. 소녀의 얼굴도 누구인지 모르겠다. 소녀의 입술은 갈라져있고 얼굴은 상기되어있었다. 하지만 남자의 목소리가 나올 때, 그 목소리로 소녀의 이름을 부를 때 나는 그 목소리를 알아들었다. 내장이 뒤틀렸다. 사이먼이었다.

카메라가 흔들리더니 어딘가에 놓이는 것 같다. 그가 소녀를 향해 다가가는 모습이 제대로 잡혔다. 그는 몸에 달라붙는 물 빠진 청바지를 입고 있었다. 1980년대 스타일이다. 티셔츠는 소매를 잘라냈다. 선글라스가 머리 위에 얹어져 있었다. 그는 어려 보였다. 열여섯이나 열일곱 정도 되어 보였다. 소녀가 뒷걸음질 치는데 그가 손을 뻗어 소녀의 팔목을 확 붙잡았다.

그는 매우 자신감에 찬 듯 보였다. 전시회에서 나에게 다가올 때도 저렇게 자신만만했던가? 나에게 첫 키스를 할 때도 저렇게 폭력적이었던가? 공포심에 목이 꽉 막히고, 리모컨을 감싼 손바닥이 축축해졌다. 나는 리모컨을 떨어뜨렸다. 그리고 그 거대한 스크린 속의 사이먼이 소녀를 붙잡아 바닥으로 쓰러뜨리는 모습을 공포에 질린 채 바라보았다.

소리는 잘 들리지 않았지만, 소녀가 바닥에서 발버둥 치면서 낙엽들이 바스락거리는 소리가 났다. 소녀의 비명 소리가 나자마자 그가 손으로 소녀의 입을 틀어막았다. 나는 나 자신의 비명을 삼켰다. 그때 소녀의 고개가 옆으로 돌아가고 눈이 커졌다. 그가 소녀의 귀에 대고 무슨 말인가를 하고 있다. 카메라에는 닿지 않는 속삭임이었다. 떨어져 나가는 소녀의 신발을 보며, 그의 허벅지에 눌려 꼼짝 못 하는 소녀의 다리를 보며, 몸부림치지만 빠져나오지 못하는 아이를 보며 나의 복부에 경련이 일었다. 그가 소녀의 볼에 키스를 하고, 그와 동시에 그의 엉덩이가 그녀를 찔렀다. 그녀의 눈이 질끈 감겼다.

나는 테이프를 정지시키려 일어서려는데 일어설 수가 없다. 나는 그곳에, 100인치 스크린 앞에 앉아 있었고 움직이지 않았다.

생각을 할 수가 없다. 아무것도 할 수가 없다. 나는 새파란 스크린을 응시하며, 테이프 속의 상황을 다시 떠올려보았다. 그의 흥분한 신음 소리. 소녀의 귀에 무언가 속삭이던 모습. 나의 눈이 스크린에서 빠져나와 캐비닛으로, 사이먼이 반듯한 글씨체로 제목을 적어놓은 다른 모든 테이프들로 향했다. 내 멍청한 남편은 뇌세포들을 죄다 끌어모아 자신의 끔찍한 과거를 눈에 빤히 보이는 곳에 숨기는 데 사용한 것이다. 풋볼. 내가 절대 손대지 않을 것이 확실한 제목이었다. 다른 것들도 상당히 많았다. 골프 토너먼트, 하키 경기, 야구 경기. 그 중 얼마나 많은 테이프들이 이것과 같을까? 내 아이의 아빠는 진정으로 얼마나 추악한 인간인가?

내 안에 무언가가 요동쳤다. 극심한 공포감이었다. 시간은 째깍째깍 가고 있는데 그 시간을 내가 낭비하고 있다는 사실을 깨달았다. 나는 빈틈없이 닫혀있는 커튼을 보고 해가 얼마나 떨어졌을지 생각해보았다. 마지막으로 시계를 봤을 때가 몇 시였는지 떠올려 보니, 지금은 오후이고 최소 3시는 됐을 것 같았다. 바라건대 4시는 아니었으면 좋겠다. 이제 곧 그가 집으로 올 것이다. 어쩌면 지금 학교에서 차를 몰고 오고 있는지 모른다. 그의 SUV가 점점 가까워지고 있는지도 모른다.

나는 일어서서 비틀거리며 방 밖으로 나갔다. 어깨가 문설주에 부딪쳤다. 복도로 나가는데 눈이 침침했다. 베서니의 방문은 닫혀있었다. 그곳은 너무 멀어 보였고 시간은 너무 촉박했다. 가슴 속에서 심장이 미친 듯이 고동치고 있다. 공황발작의 징후가 나타나고 있다. 이마를 쓸어 내리는데 손가락이 축축했다. 가슴에 통증이 일고, 숨쉬기가 힘겹고, 손가락 끝이 따끔거렸다. 시계를 찾아 남은 시간이 얼마나 촉박한지 알아야겠다. 그가 집에 도착했을 때 나는 여기에 있어서는 안 된다. 그는 나를 보는 즉시 알아챌 것이다. 나는 베서니의 침실 문을 열고 들어갔다. 아이가 책상에 앉아 있는 모습을 보고 나는 심장의 한 구석을 부여잡았다.

땋을 수 있을 만큼 길지는 않은 금발 머리. 다리를 따라 공룡 그림이 반복적으로 그려져 있는 파자마 바지. 베서니도 남자에게 그런 식으로 붙잡히게 되면 어쩌지? 십대 소년이 우리 아이 이마의 보드라운 살결 위로 위협과 협박 같은 것들을 속삭일까? 아이의 순결을 풀밭에서, 낙엽들 위에서 잃게 될까?

나는 두 눈을 감고 숨을 깊이 들이마셨다. 가슴 속에서 부풀고 있는 불안감을 가라앉히려 노력했다. 4년이 지났다. 그런데도 이 방은 여전히 같은 모습이다. 공기 중의 가죽 냄새, 값비싼 휘장과 리클라이너, 액자에 끼운 영화 관련 물품들. 사이먼의 게임용 책상. 거대한 프로젝터 스크린과 서라운드 음향 스피커. 나는 더플백을 바라보았다. 아직도 문 바로 안쪽에 놓여있었다. 손을 뻗어 더플백을 집어 들고 소파로 갔다. 소파에 등을 대고 바닥에 앉은 채로 가방을 열었다. 내가 당시이 가방에 얼마나 빠른 속도로 테이프들을 집어넣었는지 생각했다. 가방 안에는 여전히 비디오테이프들이 마구잡이로 들어있었다. 나는 조심스레 테이프들을 치우며 바닥까지 손을 밀어 넣었다. 그리고 마침내 찾아냈다. 패커스 대 바이킹스, 1998년 풋볼 게임. 그날 내가 봤던 테이프.

이 방으로 올 때는 그 테이프를 먼저 본 후에 글을 쓰려고 생각했었다. 하지만 이 방에 발을 들여놓으며, 감정의 물결이 내 목 끝까지 차오르는 느낌을 받으며, 나에게 더 이상의 자극 같은 것은 필요하지 않다고 생각했다. 그것을 다시 볼 수 있을 것 같지 않았다. 소녀의 틀어막힌 입으로 새어 나오는 비명 소리를 웅장한 서라운드 음향 장비로 확대해 들을 수 있을 것 같지 않았다. 나는 펜을 들고 그날을 쓰기 시작했다. 기억들은 방금 일어난 일처럼 생생하고 고통스러웠다.

글을 쓰는 동안 마음이 어느 정도 가라앉자, 이제 나는 그 망할 테이프를 다시 내려다보았다. 나는 손 위에서 테이프를 뒤집어가며 처음으로 자세히 들여다보았다. 자주 손으로 만졌는지 테이프의 라벨이 닳았다. 그런데 테이프 전면 스티커에 전에 보지 못했던 자그마한 글자가 눈에 들어왔다. 나는 고개를 기울이고 글자를 읽었다. 제스. 나는 다른 테이프 하나를 더 집어 같은 위치를 보았다. 이번에는 이름 옆에 이니셜이 적혀있었다. 베스 S. 나는 마구잡이로 대여섯 개의 테이프를 더 확인해보았다. 예전에 사이먼이 했던 이야기나 그의 과거 속에 그 이름들이 있었는지 떠올려보려 안간힘을 써보았다. 전부 다 모르는 이름들이다. 그러고 나서 나는 어느 이름 앞에서 얼어붙고 말았다. 샬럿 B. 처음 제스라는 이름을 보며 시작된 가슴 통증은 다른 이름을 발견할 때마다 조금씩 심해지더니 이 이름을 보자 활활 불타올랐다.

샬럿 B. 나는 노트를 아무렇게나 옆에 밀쳐두고 나를 일으켜 세웠다. 가까스로 문을 열고 복도로 황급히 나갔다. 작업실로 불쑥 들어가자 마크가 깜짝 놀랐다. "샬럿 블랜튼에게 전화해야 해요." 나는 헐떡이며 말했다. 심장이 미친 듯이 고동치고 있다. "뉴욕포스트에서 일하는 여자예요. 그 여자한테 버지니아 출신이냐고 물어봐 줘요."

내가 도망 다니고 피했던 여자. 선생님 남편에 대해 몇 가지 여쭤보고 싶은 게 있습니다. 나는 그 여자가 사이먼의 죽음을 두고 나를 의심한다고 생각했었다. 이제야 그녀의 질문과 이메일과 끈질긴 추적이 완전히 다른 관점에서 보였다. 그녀도 피해자였던 것이다.

나는 작업실 문을 닫고 미디어룸으로 되돌아갔다. 아직 확인하지 않은 무수히 많은 이름이 적힌 테이프 더미를 성큼 넘어가서 노트패드를 집었다. 내 두 눈이 다시 비디오테이프로 향했다. 반듯한 글씨로 적힌 평범한 이름들. 제스, 베스, 샬럿······.

지난 4년 동안 그녀는 이건 중요하지 않다고, 사이먼은 죽었고 다시는 그녀에게 해를 가할 수 없다고 스스로 되뇌어왔다. 이 테이프에서 일어난 일은 15년 전 일이고, 그녀는 이제 성인이 되었을 것이고, 과거의 상처들은 치유되었을 거라고 스스로 되뇌어왔다. 내가 그를 죽였으므로 나는 그녀에게 빚진 게 아무것도 없다고 스스로 되뇌어왔다. 그렇게 나는 스스로를 확신시켰다.

가슴 속에서 무언가가 멈춘 느낌이다. 이제 죄책감 때문에 숨도 쉴 수 없을 지경이다. 나는 애써 펜을 쥐고 힘들게 종이 위로 몸을 구부렸다.

54장

"베서니"

아이가 하던 걸 멈추고 고개를 돌렸다. 자신의 이름을 부르는 나의 다급한 목소리에 아이 눈썹이 미세하게 올라갔다. 나의 태도가, 내가 문을 붙잡고 서 있는 자세가 아이를 더욱 주저하게 했다. 나는 지금 제정신이 아닌 것처럼 보일 것이다. 내 가슴을 관통하고 있는 공포감이 아이의 눈에도 당연히 보일 것이다. 내 눈이 아이의 침대에, 쌓여있는 동물 봉제인형들에 머물렀다.

나는 지난 주말을 떠올렸다. 여자아이 둘이 놀러 와서 베서니와 함께 밤을 보냈다. 둘 다 대여섯 살 정도 밖에 안 되는 베서니 또래였다. 당연히 너무 어리다. 그 비디오 속 소녀 나이의 절반 정도 될 것이다. 그럼에도 복부가 뒤틀렸다. "백팩에 좋아하는 것들을 챙겨 넣어. 가방에 들어가는 건 뭐든 돼. 얼른 서둘러."

경찰서로 가야 한다. 테이프들을 챙겨야 한다. 저 테이프들 전부……. 내 정신이 다락으로 향했다. 사이먼의 고등학교 시절 물건들, 졸업앨범들, 학교 재킷들, 상장들이 담긴 셀 수 없이 많은 상자들. 결혼할 때 내가 가져온 것은 노트들과 컴퓨터뿐이었다. 그가 가져온 것은 저장시설을 방불케 하는 어마어마한 양의 과거였다. 그 중 얼마나 많은 것이 더러운 것들일까? 얼마나 많은 비밀들이 이 집 안에 포장되어 있는 것일까?

나는 갑자기 모든 것을 알고 싶어 미칠 것만 같았다. 그의 컴퓨터에 저장된 폴더들. 그가 지금까지 가르친 반 학생들 이름. 사이먼은 지금 6학년을 가르치는데……. 나는 베서니 방 욕실로 들어가 딱딱한 타일에 무릎을 부딪치며 바로 토악질을 했다.

나는 최악의 아내였다. 최악의 엄마였다. 괴물 한 마리를 제멋대로 날뛰도록 방치했다.

또 한 번 속에 있는 것이 목 위로 치밀어 올랐다. 나는 다시 차가운 변기를 부여잡았다. 위가 수축하고 가슴이 변기에 고통스레 짓눌렸다. 점심으로 먹은 스파게티와 브로콜리 조각들이 쏟아져 나왔다. 토사물이 떨어지며 더러운 물이 얼굴로 튀어 올랐다. 손으로 볼을 비벼 닦는데 베서니가 욕실 문가에 와 서 있었다. 아이의 목소리가 겁에 질려있었다. "엄마 괜찮아요?" 아이가 속삭였다.

"엄마 괜찮아." 내가 깩깩대며 말했다. 그리고 내 위가 다 토해냈는지 확인하려 잠시 기다렸다. "가방 싸, 베서니."

"어디 가는데요?"

좋은 질문이다. 제일 먼저 경찰서로 갈 것이다. 그다음은? 경찰이 사이먼을 체포한 뒤에? 여기로 돌아올 수는 없다. 이 집에서, 그토록 많은 거짓들을 숨겨온 이 집에서 더 이상은 살 수 없다. 어쩌면 베서니와 함께 휴가를 떠날 수도 있겠다. 휴가에서 돌아와 다른 집으로 이사할 것이다. 아마 다른 도시일 것이다. 우리 엄마로부터 멀리 떨어진 곳, 사이먼이 갇혀있는 곳으로부터 멀리 떨어진 곳으로. 그래. 나는 그

즉시 그 생각에 몰두했다. 어쩌면 플로리다로 갈 수도 있어.

나는 조심해서 일어선 뒤 평형감각이 돌아오길 기다렸다가 세면대로 가서 입을 헹궜다. 이제 머릿속에서 내가 해야 할 일들을 빠르게 훑는다.

챙길 수 있는 비디오테이프들을 모두 챙길 것.

금고를 비울 것.

베서니를 차에 태우고 곧장 경찰서로 갈 것.

아래 층에서 문이 휙 열리고 잠시 후 문 닫히는 소리가 났다. 그리고 누군가 안으로 들어왔다. 나는 급히 손을 뻗어 물을 잠그고 두 귀로 소리를 들으려 안간힘을 썼다. 사이먼인가?

"헬레나?" 내 이름이 계단 위로 울려 퍼질 때 나는 안도감에 거의 쓰러질 뻔했다.

"엄마?" 나는 문틀에 부딪치며 베서니 방에서 나가 계단까지 뛰어갔다.

"헬레나, 글루건 좀 빌려줄래? 내가 지금…" 엄마가 계단 난간을 붙잡고 나를 올려다보았다. 고개는 부자연스럽게 길게 빼고 있었다. "너 괜찮니? 무슨 일 있어?" 비난과 걱정이 섞인 질문이다. 그 질문은 동시에 엄마의 판단과 우월함을 담고 있었다.

"무슨 일 없어요." 거짓말이 숨 쉬듯이 흘러나왔다. 그리고 즉시 나는 마음속으로 이 기만에 대해 의문을 품었다. 어쩌면 엄마에게 말해야 할지도 모른다. 비디오 플레이어 안에 뭐가 들어있는지 엄마에게 보여줄 수도 있다. 엄마가 그렇게 아끼는 사위가, 딸을 제쳐두고 편을 들어주었던 그 남자가 정신 나간 소아성애자라고 엄마에게 말해야 한다.

나는 입을 열다가 그냥 삼켜야 했다. 베서니가 나의 옆을 쏜살같이 지나가고 있다.

"제이제이!!!!" 아이가 계단을 깡충깡충 뛰어 내려갔다. 나는 재빨리 머릿속에서 선택지들을 훑었다. 방금 저 문이 열렸을 때 나를 관통했던 느낌을 상기해본다. 지금 몇 시나 됐는지, 지금 무얼 해야 하는지, 사이먼이 집에 왔을 때 베서니와 내가 그대로 여기에 있으면 어떤 일이 일어날지를 생각해보았다.

그 짧은 시간 동안 나는 결정을 내렸다. 베서니에게는 조금의 위험 가능성도 없는 결정이다.

"엄마 베서니 좀 데려갈 수 있어요?" 나는 돌아서서 아이 방으로 들어가 옷장을 열고 제일 먼저 눈에 들어오는 신발을 집었다. 다시 복도를 내달려 계단으로 갔다. 그러다가 올라오고 있던 엄마와 부딪칠 뻔했다.

"베서니를 어디로?"

"엄마 집으로요." 한두 시간 정도면 돼요. 내가 데리러 갈게요."

"어디 보자. 지금 막 영감이 떠오른 거야?" 엄마가 구슬픈 목소리로 물었다. 내 소설은 전부 유치하다는 듯한 목소리, 우선순위는 늘 가족이 되어야 한다는 목소리다.

나는 이를 악물고 더 이상의 질문은 차단하기 위해 엄마의 비난을 이용하기로 했다. "맞아요. 딱 한두 시간이면 돼요. 내가 베서니 데리러 엄마 집으로 갈게요."

"너도 알다시피 베서니 보는 건 언제나 환영이지." 엄마가 방긋 웃었다. "그런데 혹시 글루건 있으면 빌리고 싶은데……."

"있다가 가지고 갈게요. 찾아봐야 해요." 그렇게 말하며 베서니의 신발을 내미는데 손이 떨리는 걸 감출 수가 없었다. "금방 갈게요."

"글루건 꼭 챙겨와라." 엄마가 재차 말했다.

나는 그 놈의 글루건 따위는 가져가지 않을 것이다. 증거란 증거는 모조리 찾은 뒤에 베서니를 데리고 떠날 것이다. 그의 손에 수갑이 채워졌다는 사실을 알기 전까지는 베서니를 내 옆에서 떼어 놓지 않을 것이다. 그러고 나서 멀리 떠날 것이다. 이 여자와 이 여자의 판단으로부터 멀리 떨어진 곳으로. 이 집과 미디어룸으로부터 멀리 떨어진 곳으로. 절대, 다시는 내 딸을 보지 못하게 될 남자로부터 멀리 떨어진 곳으로.

"알았어요." 나는 웃는 얼굴을 하고 계단에서 엄마를 밀면서 내려갔다. "약속할게요. 글루건 꼭 가져갈게요." 베서니가 공룡 파자마를 입고 방방 뛰었다. 내가 아이 이름을 부르자 베서니가 돌아보더니 순순히 두 팔을 뻗어 내 목에 둘렀다. 지저분한 손가락으로 짧게 껴안는데 아이의 숨결에서 땅콩버터 냄새가 났다. 나는 아이를 꽉 껴안았다. 아이의 몸이 꿈틀댔다. 아이를 놔줄 때쯤에는 아이의 인내심도 끝이 나 있었다. "사랑해." 내가 아이 머리에 대고 속삭였다. "몸조심 해."

"사랑해요, 엄마." 아이가 한 손을 자기 입에 갖다 대더니 키스를 해서 후, 하고 날린다. 최근에 본 어느 영화에서 배운 제스처다. 요즘 만나는 사람 모두에게 연습했었다. 아이는 엄마가 내미는 신발을 받아들고는 왼쪽을 먼저 신었다. 그리고 오른쪽을 마저 신으려고 하는데 급한 마음에 잘 들어가지 않는지 급히 꺾어 신고는, 문을 휙 열고 햇빛 속으로 뛰쳐나갔다. 엄마는 아이를 못마땅한 듯이 보고 있었다. "파자마를 입고 있잖니." 마치 그게 중요한 일이라는 듯, 저 작은 공룡 무늬가 아이의 하루에 영향을 주기라도 할 것처럼 엄마가 말했다. 나도 지금 파자마를 입고 있는데. 나의 파자마는 평범한 감청색이긴 하지만.

갑자기 내 삶의 모든 것이 사이먼의 버스듀티*에 달린 것 같은 느낌이다. 오늘 사이먼이 버스듀티를 하는 날일까? 그러면 나에게 45분이 더 남지 않을까. 아니면 지금 사이먼이 자신의 차를 타고 우리 동네로 진입하고 있을까? 엄마가 떠나기 전에 사이먼이 도착하면 모든 것을 망치게 된다. 만약 사이먼이 동네에서 엄마를 지나친다면 손을 흔들어 엄마 차를 세우고 질문을 할 것이다. 나는 공포감에 휩싸였다. "엄마, 얼른 가요." 나는 극심한 공포감에 쓰러질 것만 같아 계단 난간을 붙잡았다. 첫 번째 계단에 거의 주저 앉다시피 했다.

"알았어. 알았다고." 엄마가 고개를 기울이더니 눈을 가늘게 떴다. "헬레나 너 안색이 정말 안 좋다. 다음 주에 엄마 침술사한테 데려가야겠다. 군말 없기. 이번에는 못 빠져나가."

"알았어요." 입술을 훑는데 땀의 짠 맛이 느껴졌다. "다음 주에요."

엄마가 내 팔을 토닥였다. 엄마의 만족감이 공기 중에 감도는 것 같았다. "착하지 우리 딸." 엄마가 문밖으로 걸어 나가는데 그 속도가 상여꾼만큼이나 느렸다. 엄마가 문을 닫자마자 나는 계단 위로 미친 듯이 뛰어 올라갔다.

테이프가 너무나도 많았다. 그 중 어느 것이 진짜 추억이고 어느 것이 끔찍한 순간들인지 알 수가 없었다. 내가 바보였다. 이 전부가 개인적으로 기록한 스포츠 경기라고? 사이먼은 열여섯 살에, 열여덟 살에, 스무 살에 캠코더를 손에 들고 프로 풋볼 경기들을 촬영하며 전국을 쏘다니지 않았었다. 그는 버지니아에 있는 어느 마을의 농가에 살았

---

* 미국 초등학교에서 등하교 시 학생들이 스쿨버스에서 내리고 타는 것을 교사들이 당번으로 번갈아가며 도와주는 일.

고, 자신의 보조개와 미식축구에서 스파이럴 패스로 동네 사람들을 열광시키고 있었다.

나는 우리 옷장에 있는 더플백 하나를 가져다가 테이프들을 넣었다. 그러고는 DVD들을 쳐다보았다. 우리의 근사한 영화 컬렉션. 그것들도 가방에 담을까 고민한다. 직접 촬영한 것들이 '13일의 금요일' 커버에 들어가 있을 수도 있을까? 아니면 'NFL 16' 케이스에 들어있을 수도 있을까? 나는 아무것도 집지 않고 물러섰다. 더플백은 이미 너무 무거워졌다.

나는 가방을 어깨에 걸쳐 맸다. 그때 내 시선이 거대한 책상으로 가 머물었다. 2층까지 옮기는 데 남자 세 명이 필요했던 책상이었다. 모니터 두 개와 맥프로 타워를 놓을 수 있도록, 그리고 모든 가능한 업그레이드를 감당할 수 있도록 주문 제작한 책상이다. 그의 컴퓨터. 그것은 베서니가 잠을 자고 내가 글을 쓸 때, 매일 밤 몇 시간 동안 사이먼을 바쁘게 해주었던 유용한 베이비시터였다. 컴퓨터의 비밀번호를 나는 모른다. 저 컴퓨터를 만져본 지도 몇 년은 된 것 같았다. 그 안에 무엇이 들어있을지, 어떤 웹사이트에 접속했을지를 생각하니 속이 뒤틀렸다.

그때 미디어룸 문이 휙 열리고, 나는 사이먼의 얼굴을 쳐다보았다.

"헬레나." 그가 내 얼굴을 살폈다. 그가 무엇을 보고 있을지 나는 안다. 나의 울긋불긋한 피부, 땀, 내 눈 속의 공포, 떨리는 입술. 나는 거짓말에 능숙한 편이지만, 내 거짓말도 나의 모든 것을 알고 있는 남자 앞에서는 보기 좋게 실패할 것이다. 그의 시선이 더플백으로 떨어졌다가 이내 내 뒤쪽으로 꽂혔다. 나는 고개를 돌리지 않아도 열린 캐비닛들과 난장판이 된 테이프들 모습이 눈에 선했다. "가방에 뭐야?" 그는 목소리에 떨리는 기색도 없고 평정심도 잃지 않았다. 나를 보고 두려워하지도 않았다. 그는 두려워해야 한다. 겁을 먹어야 한다. 변명을 늘어놓으며 무릎을 꿇어야 한다.

그 대신 그는 나에게 가까이 다가왔다. 나는 그 어린 금발 머리에게 자신 있게 다가가던 그의 모습을 떠올렸다.

내가 그의 체격을, 그의 군살 없는 몸을, 탄탄한 근육들을 얼마나 사랑했었는지를 떠올렸다. 그는 나와 참 많은 부분이 달랐다. 나의 평범한 외모에 비해 그는 아름다웠고, 나의 허약한 심신에 비해 그는 강인했다. 하지만 지금은? 나는 마음만은 순수함을 지니고 있다고 생각하지만 그는 악마와 같다.

그의 손이 내 팔뚝을 움켜쥘 때, 나의 평범하고 허약하고 순수한 부분은 도움이 되지 않는다. 그의 짧은 손톱들이 내 피부를 고통스레 파고들었다. 그가 나를 앞으로 홱 잡아당길 때 나는 고통에 신음했다. 우리가 함께한 몇 년의 시간 동안 그가 나를 이런 식으로 만진 적은 한 번도 없었다. 일주일 전의 나였다면 그에게 폭력을 휘두를 능력이 없다고 생각했을 것이다. 일주일 전의 나였다면 그가 여자를 강간할 사람이라는 것을 상상도 못했을 것이다. 지금 내 앞에 있는 이 남자는 낯선 사람이다. 나는 갑자기 너무나도 무서워졌다.

"놔줘." 내가 그의 가슴팍에 부딪쳤다. 더플백은 아직 내 왼손에 들려있었다. 그걸 놓을 수는 없다. 절대 놓지 않을 것이다.

"오 헬레나." 그가 실망에 가득 찬 눈으로 나를 바라보았다. "왜?"

"왜?" 나는 기침을 하며 그 말을 되뇌었다. 입에서 하얗고 작은 침방울들이 튀어나와 그의 네이비색 버튼업 셔츠에 튀었다. 내 남편, 단정하게 잘도 차려입었다. 올해의 교사 상을 세 번 받은 사람, 사랑이 넘치는 베서니의 아빠, 그리고 역겹도록 다정한 소녀 강간범. 나는 영상 속의 금발 머리를 생각했다. 신뢰에서 공포로 변하던 그녀의 얼굴을 떠올렸다. 몇 명이나 그런 일을 당했던 걸까? 여기 이 도시에, 그의 학교에 피해자가 몇 명이나 될까? 지금 이 순간에도 그에 의해 삶이 파괴되고 있는 여자아이가 있지 않을까?

"그래, 헬레나." 그가 복도로 나갔다. 내 팔의 늘어진 피부가 그의 손아귀에 잡힌 채로 끌려갔다. 그의 눈빛은 매섭고 초점이 없었다. "왜 그렇게 염탐을 해야 했던 거야?"

"무슨 말을 하는 거야." 염탐이라고? 그가 그 말을 전에도 쓴 적이 있던가? 더 알맞은 말을 찾기 위해 머리를 굴려보았다. 나는 염탐을 하지 않았다. 조사 중이었던 거다. 나의 발이 바닥의 턱에 걸렸다. 나는 한쪽 발을 바닥에 딛고 지탱해 앞으로 끌려가는 걸 멈추려 해보았다. 그가 한 손을 풀더니 내 머리채를 잡았다. 그가 확 잡아당기자 눈을 뜨지 못할 정도의 통증이 나를 덮쳐왔다. 나는 비명을 내지르고, 그는 나를 앞을 향해 끌고 갔다. 계단 내려가는 곳까지 가더니 그가 멈춰 섰다. "뭐 하는 거야?" 나는 숨을 헐떡였다. 두피에 가해지는 통증을 줄여보려고 하니 목이 꺾이고 머리가 거의 옆으로 눕다시피 했다. 만약에 지금 그가 손을 오른쪽으로 홱 젖힌다면 내 머리는 계단 난간의 대리석 세로대에 부딪칠 것이다. 나는 두 눈을 감고 생각하기 위해 애를 썼다.

사이먼은 계획하고 행동하는 사람이 아니다. 세세한 것들을 생각하는 사람이 아니다. 그는 필요한 것들을 자주 잊는 사람, 사용설명서의 순서를 건너 뛰는 사람이다. 어떤 프로젝트에 일단 착수한 뒤에도 마음을 바꾸는 사람이다. 바로 지금, 나는 그의 머리가 돌아가고 있다는 것을, 미친 듯이 해결책을 찾고 있다는 것을 느낄 수 있다. 지금 당장은 그가 나를 죽이려고 할 가능성이 높다. 내 머리를 계단 난간에 처박거나 나를 계단 아래로 밀어 버릴 수도 있다. 그에 따른 결과 같은 것은 생각해보지 않고 그런 성급한 결정을 내릴 것이다. 내 시신을 어떻게 버릴지에 대해, 자신의 알리바이에 대해, 살인자들이 남기곤 하는 수많은 미세한 흔적들에 대해 전혀 생각해보지 않고 그런 결정을 내릴 것이다.

"베서니 어디 있어?" 그가 아이 방으로 고개를 돌렸다. 아이 방의 문은 열려있고 방 안은 고요했다. 베서니가 집에 있었다면 그가 들어오는 소리를 듣고 행복의 비명을 내지르며 복도를 내달렸을 것이다. 그랬다면 미디어룸에 있던 내가 아이 소리를 들었을 것이고, 나는 증거를 숨기고 내 작업실로 되돌아갈 시간을 벌 수 있었을 것이다. 그러면 그가 지금 어떤 계획을 꾸미고 있든지 간에 그 끔찍한 계획으로부터 나를 구할 수 있었을 것이다. 하지만 그랬다면, 아이가 위험에 처할 수도 있었을 것이다. 아이를 위험에 빠뜨리느니 내가 죽는 것이 낫다.

그가 내 머리채를 확 잡아당겼을 때 내 무릎은 바닥에 부딪쳤다. 목에서 흘러나오는 흐느낌을 멈출 수가 없었다. "애 어디 있어?"

거짓말이 빠르게 떠오르지 않았다. "엄마가 데리고 있어." 만약에 그가 엄마에게 간다면 저 비디오테이프들을 빼돌릴 수 있을 것이다. 저 테이프들을 가지고 경찰서로 가면, 경찰들이 그를 추적해 체포할 것이다. 그러면 그는 베서니를 해칠 수 없다. 그를 잡는 데 걸릴 그 짧은 시간 동안은 절대 해칠 수 없다. 경찰이 그를 충분히 붙잡을 수 있을 것이다. 사이먼은 어디 숨을 수 있을 정도로 똑똑한 인간이 아니다.

"네 엄마에게 말했니?" 그의 얼굴이 내 코앞으로 올 때까지 몸을 구부렸다. 그의 숨결에서 커피 냄새가 났다.

그가 내 얼굴을 움켜잡았다. 엄지손가락과 검지손가락이 내 입술을 가르며 내 턱을 고통스레 파고들었다. "니 엄마한테 말했어?" 그가 내 눈을 쳐다보았다. 나는 진심으로 이 남자가 싫다. 그 비디오 때문에 싫은 것도 아니다. 이 사람이 싫어진 지는 몇 년이 된 것 같다. 그를 멍청하다고 생각했었는데 오산이었다. 그는 악랄하고 거짓말쟁이다. 사람을 교묘히 조종한다.

그가 나를 뚫어져라 쳐다보았다. 지금 당장 그가 나를 죽이지 않게 할 방법 같은 건 없는 것 같았다. 나를 사랑한 적이 있기는 할까? 나는 그의 눈을 들여다보며 내가 사랑에 빠졌던 그 남자를 찾으려 해보았다. 내가 섹시하다고 말했을 때 얼굴을 붉히던 남자, 자기 엄마가 죽었을 때 엉엉 울던 남자, 나의 임신한 배를 어루만지며 경이롭다는 듯 나를 보고 환하게 웃던 남자. 그런데 그 남자가 저 테이프들을 모두 촬영한 장본인이다.

고통과 온갖 감정으로 바보같이 엉엉 울고 있는 신세만 아니었다면 나는 그를 죽였을 것이다. 나는 정신을 차리고 그의 눈을 똑바로 보고 말하려고 애썼다. 하지만 할 수가 없었다. 내가 거짓말을 하려고 입을 열기도 전에 그는 진실을 알고 있었다.

"말 안 했네." 그가 내 턱을 놔주며 말했다. "아무한테도 말 안 했어." 그는 거친 손길로 내 파자마 셔츠 앞 주머니를 뒤지다가 내 바지 양옆을 마구 더듬었다. 끈으로 조이는 바지에는 주머니가 달려있지 않아 휴대전화를 넣을 공간이 없었다. 그렇다고 휴대전화를 가지고 다니는 편도 아니지만……. 그가 내 허벅지 뒤를 꽉 움켜쥐었다. 나는 고통으로 두 눈을 질끈 감았다. 나는 비명을 지를 새가 없다. 얼른 정신을 차리고 논리적으로 그를 설득해야 한다.

"말해도 별 상관 없어. 아무도 네 말은 안 믿을 거거든. 증거도 없고, 네 전적이 있는데 믿을 리가 없지." 그가 내 얼굴로 손가락을 뻗어 볼을 부드럽게 어루만지는데 나는 깜짝 놀라 움찔하고 말았다. "우리 정신 나간 공주님." 그가 말했다. "사람들이 그러잖아." 그의 눈에서 무언가 번뜩였다. "우울증에 걸린 우리 정신 나간 공주님." 나의 심장이 내려앉았다.

"엄마가 애를 데리고 올 거야." 내가 불쑥 거짓말을 했다. 나는 지금 당장 그가 나를 해치지 않을 시나리오를 생각하려 미친 듯이 머리를 굴렸다. "둘이 영화 보러 갔어. 한 시간 후에 돌아올 거야." 한 시간이면 그를 설득할만한 충분한 시간이 될까? 한 시간이면 그를 진정시키고 도망갈 기회를 잡을 수 있을까? 나는 우리 엄마에게 전화를 해도 못 받을 가능성이 높다는 사실에 조용히 감사의 기도를 올린다. 엄마의 귀가 너무 나빠져서 작게 삑삑대는 휴대전화 소리를 잘 못 듣게 된 것이다.

그가 내 머리채를 확 잡아당기며 계단을 내려갔다. 끌려 내려가기 전에 난간의 세로대를 붙잡으려 내 손이 허우적댔다.

"일어서." 그가 명령했다. "걸어."

나는 일어서며 계단에서 비틀거렸다. 그는 지금 뭘 하려는 걸까? 나를 어디로 데려가는 걸까? 무슨 계획인 걸까?

우리는 차고로 갔다. 그가 문을 힘껏 열어젖혔다. 나의 맨발바닥이 차가운 콘크리트에 닿았다. 그가 안전실로 손을 뻗자 나는 비로소 상황을 파악했다. 일명 패닉룸*. 예전에 부동산 카탈로그를 보며 우리는 웃었었다. 도대체 누구한테 안전실이 필요한 거야? 그것도 차고에? 왜 그냥 차에 바로 올라타 운전해서 도망가버리지 않는 거야? 또 이상한 점은 일명 '패닉룸' 안에 있는 것들이었다. 온수가열기, 세탁기, 건조기가 거기에 있었다. "이건 안전실이 아니라 다용도실이잖아요." 사이먼이 부동산중개인에게 반박했다. '절대 부서지지 않는 문이 달린 다용도실' 정도라고 할까.

비밀번호로 여는 도어락도 있었다. 안전실로 들어가면 문으로 무장을 하는 셈이다. 안에서 문을 걸어 잠그면 밖에서 비밀번호를 안다고 해도 열 수가 없다. 그 무엇도 침투할 수 없게 되는 것이다. 집에 불이 났을 때도, 유독가스가 퍼졌을 때도, 침입자가 떼거리로 들어온대도 그 문 안쪽에서는 안전했다.

하지만 그 잠금 시스템은 너무 위험했다. 만약에 베서니가 차고를 돌아다니다가 문이 열려있을 때 그 안에 들어간 채 안에서 문을 잠가버린다면…… 우리는 벽을 허물고 아이를 꺼내야 했던 것이다. 그래서 우리는 비밀번호 도어락을 제거하고 일반적인 잠금장치로 바꿔 달았다. 열쇠만 있다면 안이든 밖에서든 양쪽에서 열 수 있는 것으로. 열쇠는 전등 스위치 위쪽 높은 곳에 못을 박아 거기에 걸어놓았다.

그 무엇도 침투할 수 없는 공간은 꽤 유용하게 사용되었다. 그곳에 우리의 모든 중요 자료들을 보관했다. 왼쪽 벽을 따라서 캐비닛들이 줄지어 있다. 우리 사진들 전부와 여권, 주권(stock certificate)도 그곳

---

* 자연재해나 침입자의 공격 등을 막을 수 있도록 집 안에 마련된 공간. 안전실이라고도 불린다.

에 보관했다. 없어지면 절대로 안 되는 것들은 전부 거기에 있었다. 지금 그는 나를 그 안으로 밀어 넣고 있다. 내 원고들 전부가 눈에 들어왔다. 내 땀과 눈물의 소산인 소설의 원본들이 캐비닛에 차곡차곡 가지런히 쌓여있다.

나는 여기에서 죽게 될까? 그 가능성이 내 잠재의식을 때렸다. 지금 내가 생각할 수 있는 것은 오로지 베서니 뿐이다. 세월이 흘러도 진실을 절대 알지 못하게 될, 오히려 진실과 멀어지게 될 베서니. 그의 추악한 눈이 감시하는 가운데 몸에 점점 볼륨이 생기게 될 베서니. 그때까지도 아이는 아무것도 모를 것이다. 나는 몸을 던져 강철문에 부딪친다. 사이먼이 문을 거칠게 닫아 버린다.

그가 가지고 있는 열쇠들이 짤랑이는 소리도 들리지 않는다.

그가 나에게 무슨 말을 했는지도 모르겠다.

이 6인치 두께의 강철로 제작된 벽을 통해서 나는 아무것도 들을 수 없었다. 하지만 내 손에 쥔 손잡이가 돌아가지 않는 것은 느낄 수 있었다. 문이 잠겼다. 나는 문에서 뒤로 물러섰다. 비명이 내 목구멍에 닿기도 전에 사그라들었다. 이 공간은 방음이 완벽하게 되는 곳이다. 예전에 오작동 하던 화재경보기를 여기에 갖다 놓은 적도 있었다. 소리를 완벽하게 차단해주는 것을 보고 베서니가 마법이라며 신기해했지만 나는 소름이 끼친다고 했었다. 바로 지금, 나는 그곳에 갇혀있다. 두렵다. 나는 입을 벌리고 억지로 숨을 들이쉬고 내뱉었다.

55장

나는 고개를 들었다. 읽느라 눈이 피로하고 쓰느라 손이 아팠다. 가슴 속에서 심장이 두방망이질 쳤다. 지금 이곳에서 빠져나가고 싶은 욕망, 그리고 이걸 끝내야 한다는 생각 사이에서 고민한다. 이걸 전부 앉은 자리에서 한 번에 쓸 수 있을까? 이 끔찍한 날의 기억 속으로 걸어 들어가 단 한 번에 모든 것들을 생생하게 떠올릴 수 있을까?

나는 두렵다.

다른 한편으로 나는 이것만이 유일한 방법이라는 것을 알고 있다. 나는 뱀 구덩이에 떨어졌고, 쉴 수도 멈출 수도 없다. 모든 기억들과 싸워나가야만 한다. 기억 속의 독이 나를 먼저 죽이기 전에.

나는 손가락을 구부리고 손가락 근육들을 움직여보았다. 손에 피가 다시 잘 통할 때까지 손가락 관절에서 딱딱 소리를 내고 손 마디마디를 하나씩 뒤로 꺾어주었다. 바닥에서 일어나 사이먼의 책상으로 갔다. 오른쪽으로 스트레칭을 한 뒤 왼쪽으로 스트레칭을 하고 나서 그의 의자에 앉았다. 노트의 새 페이지로 넘어가며 다시 지옥으로 되돌아간다.

마크

"샬럿 블랜튼에게 전화해요. 그 여자 버지니아 출신인지 알아봐줘요."

그는 새파랗게 질려있던 헬레나 얼굴을, 공포에 떨고 있던 두 눈을 떠올렸다. 그러고는 헬레나와 함께 썼던 챕터들을 전부 상기해보았다. 거기에 그 낯선 이름이 있었는지 연결해보려 했다.

그는 웹브라우저를 열고 그 여자의 이름과 함께 뉴욕포스트를 입력하고 검색을 눌렀다. 화면이 잠시 하얘지더니 그 여자의 프로필이 나타났다. 그 링크를 클릭하고 30초도 안 되어 여자의 휴대전화 번호와 이메일 주소를 알아냈다.

그는 의자에 푹 기대앉아 상의 주머니에서 폴더 휴대전화를 꺼내 화면을 열었다. 그의 딸은 그 휴대전화를 보고 눈을 굴렸었다. 그를 과학기술 분야에 있어 시대적 낙오자로 낙인찍어준 휴대전화이다. 그는 번호를 누르고 휴대전화를 귀에 갖다 댔다.

"샬럿 블랜튼입니다." 사무적이고 똑 부러지는 목소리다. 아직은 앳된 목소리가 남아있었다.

"샬럿, 나는 마크 포춘이라고 해요. 아는 이름은 아닐 텐데, 내 친구를 대신해서 전화를 걸었소. 헬레나 로스요."

적막. 긴 침묵이 이어졌다. 여자가 목을 가다듬었다. "그러신데요?"

"헬레나가 당신에게 이상한 질문을 했소. 당신이 버지니아 출신인지 알고 싶어해요."

다시 긴 침묵. "그분이랑 직접 얘기할 수 있을까요?"

마크는 잠시 고민했다. "지금 뭘 좀 하는 중이라서. 내가 방해할 수가 없소."

"그러시군요." 여자는 그를 못 믿겠다는 눈치였다. 마치 그가 의도적으로 헬레나를 바꿔주지 않는다는 듯한 목소리다.

"헬레나는 작가요." 그는 해명하려고 했다. "어려운 일이에요…"

"그분이 뭔지는 나도 알아요." 여자의 목소리가 무척 차갑고 냉정해서 마크는 그저 눈만 깜빡일 뿐이다. '그분이 뭔지는 나도 알아요.' 뭔지 안다니. 헬레나가 뭐였지? 작가지. 혹시 이 여자는 지금 다른 이야기를 하고 있는 건가?

"버지니아 출신이시오?"

"저는 테네시 출신이에요, 포춘 씨." 여자가 말을 잠시 멈췄다. "하지만 제가 열 살 때 버지니아 윌몬트에 2년 동안 살았었어요. 팍스 부인은 거기를 말하는 거예요."

팍스. 그녀의 결혼 성이다. 물론 이제 쓰지는 않지만. 샬럿의 목소리 속 비웃음에는 무언가가 있다……. 두 여자 사이에 어떤 과거가 있는 것이다. 갑자기 거기까지가 확실해지고 나자 그는 이 대화에서 빠져나가고 싶다는 생각이 든다. 무언가 잘못된 말을 하거나 잘못된 짓을 저지르기 전에, 불개미 집에 발을 헛디뎌 문제를 일으키기 전에 빠져나가고 싶다. "시간 내줘서 고마워요. 그럼."

"저 그분이랑 이야기를 하고 싶은데요." 그가 통화를 끊으려는데 그녀가 말했다. "저에게 전화하도록 해줄 수 있으신가요?"

"그 누구라도 헬레나에게 뭘 억지로 하게 할 수는 없을 거요." 그가 시인했다. "특히 나는 더더욱 아니지요."

"물어라도 봐주세요. 그 분 이야기를 듣는 게 굉장히 중요하거든요. 제 기사가 나가기 전에요."

기사. 그 위협이 그의 보호본능을 자극했다. 그는 자세를 바로 잡았다. "기사라고요." 그가 천천히 말했다. "무슨 기사지요?"

"그 분에게 하려는 이야기가 그거예요. 저에게 꼭 전화하라고 전해 주세요. 부탁드립니다."

여자가 전화를 끊었다. 그는 천천히 휴대전화를 닫고 의자를 문 방향으로 돌리며 생각에 잠긴다.

56장

그는 증거를 인멸하거나 숨기고 있을 것이다. 증거를 전부 자기 차에 싣고 어디든 갈 수 있을 것이다. 쓰레기통 백 군데에 나누어 버리거나, 쉰 곳의 장소에 나누어 묻어 버릴 수 있을 것이다. 우리에게는 뉴욕주의 외곽 지역에 200에이커 가량의 임야가 있다. 그가 주말마다 사냥하러 가는 곳이다. 거기에 숨길 수도 있겠다. 아니면 창고시설을 하나 빌리거나 전부 태워 버릴 수도 있다.

증거가 전부 사라지면 그에게 대항할 수 있는 것은 나의 증언뿐이다. 나는 서성거리기를 멈췄다. 이 시나리오는 너무 절망적이어서 고통스럽다. 위에 경련이 오고 숨이 턱 막혔다. 나는 손가락으로 옆구리를 찌르며 호흡을 고르고 심장박동을 늦춰보려 노력했다. 생각을 해야 한다. 아무도 나의 말을 믿지 않을 것이다. 나의 엄마 조차 나를 믿지 않을 것이다. 최근의 사건들(특히 이혼변호사에게 갔던 일)을 감안하면, 내 '발견'의 타이밍 때문에 모든 것이 싸잡아 의심받을 것이다. 증거도 없는 나의 발견. 엄마로 부적합한 여자의 발견.

만약에 이혼을 한다면 아이를 잃는 쪽은 내가 될 것이다.

만약 계속 같이 살게 된다면, 나는 그를 죽이고 말 것이다. 그런데 그는 나를 그러도록 내버려두지 않을 것이다. 아내라는 풀어진 실 한 오라기를 달랑거리며 매달아두지 않을 것이다. 내가 알고 있는 것은 너무 위험하고, 내 의지는 너무 강하기 때문이다. 만약에 그가 오늘, 오늘 밤에, 나를 죽이지 않는다고 해도…… 조만간 나를 죽일 것이다.

두 번째 가능성이 떠올랐다. 그가 베서니를 데리고 도망칠 가능성이었다. 그럴 경우 나를 그다지 신경 쓰지 않을 거라고 생각했었다. 그래서 그가 너무 멀리 달아나기 전에 경찰에 신고를 하면 그를 잡을 수 있을 거라고 생각했다. 하지만 그건 너무 순진한 생각이었다. 나를 이곳에 가두어 뒀으니 그는 시간을 번 셈이다. 증거를 인멸하고 짐을 싸서 은행으로 갈 수 있을 것이다. 그의 이름으로 된 계좌들이 있다. 그 돈을 전부 인출할 수 있을 것이다. 당좌계좌에는 3만, 4만 달러 정도가 들어있다. 일반예금 계좌에는 10만 달러가 넘게 들어있다. 그는 엄마네 집에 들러 베서니를 데리고 떠날 수 있을 것이다. 여섯 시간 후면 캐나다에 도착하고, 열두 시간 후면 완전히 사라져 버릴 수 있을 것이다. 만약에 내가 여기에서 산 채로 발견되더라도 그때쯤에는 둘 다 완전히 자취를 감추게 될 것이다. 그렇게 하도록 내버려둘 수는 없다. 내 두 발이 콘크리트 바닥 위를 움직인다.

문 옆에 전화선 플러그가 있었다. 원래 싸구려 유선전화기가 그곳에 연결되어 있었다. 그걸 2층 손님방에 잠시 갖다 놨었는데 되돌려놓지 않았다. 쓸모 없음.

물 정수와 관개 시스템을 제어하는 장치도 여기 있다. 여기에서 스프링클러를 켜고 끌 수 있다. 사이먼이 필요하다고 그렇게 고집을 부렸던 5천 달러짜리 정수탱크도 여기에서 끄고 켤 수 있다. 나의 소아성애 남편아, 이거나 먹어라. 너는 지금 네가 정수된 물을 마시고 있다고 생각하겠지? 다시 생각해보는 게 좋을 것이다. 쓸모 없음.

우리의 세탁기. 크고 빨간 색상의 LG 제품인데 우주정거장도 작동할 수 있을 정도로 많은 버튼이 달려있었다. 쓸모 없음.

우리의 건조기. 세탁기의 짝꿍 되시겠다. 사이먼이 세탁기와 함께 쓰겠다며 빨간색으로 색상을 맞추고 700달러를 추가로 지급했었다. 그때 나는 급히 밖으로 나가 차에 올라탄 뒤 다음 장면의 개요 작업을 하고 있었다. 쓸모 없음.

온수가열기 두 개가 나란히 놓여있었다. 성인 두 명이 있는 집에서 쓰기에는 너무 과하다. 아무리 사이먼이 30분씩 샤워를 한다고 해도. 쓸모 없음.

나는 점점 정신이 차분해지고 있었다. 심장박동도 느려졌고 손 떨림도 잦아들었다. 이 공간에 해결책이 있다면 나는 반드시 그것을 찾아내고야 말 것이다.

좁다란 선반 유닛이 하나 있었다. 세탁세제들과 각종 청소용품들, 다리미가 여기저기 흩어져있는데, 가장 아래 선반에 공구함과 손전등 하나가 나란히 놓여있었다. 손전등은 기다랗고 무거워서 제대로만 휘두른다면 곤봉 같은 역할을 할 수 있을 것 같았다. 나는 몸을 웅크리고 손전등을 집어 들었다. 손에 묵직하게 잡히는 것이 안심이 되었다. 최악의 경우 이걸로 어떻게든 최소한의 무장은 할 수 있을 것이다. 공구함을 들여다보았다. 기본적인 공구들인 스크루드라이버, 망치, 렌치 등이 있었다. 망치도 무기가 될 수 있겠다는 생각을 하며 일어서다가 문득 렌치에 시선이 고정되었다.

렌치. 크고 무거운 종류가 아니어서 나처럼 작은 손에 알맞은 크기였다. 그 날렵한 주둥이 부분은 가정용 나사와 볼트에 맞도록 설계되었다. 힘의 대결에서라면 이 렌치는 베개만큼이나 쓸모 없을 것이다. 하지만 지혜의 대결에서라면……. 나는 아랫입술을 깨물었다. 어떤 아이디어가 번뜩 떠올랐다.

'더 테라스.' 아무도 들어본 적 없을 내 소설 중 하나였다. 이곳에서 왼쪽으로 크게 세 걸음 옮기면 가지런히 쌓여있는 원고 더미들이 있다. 그 원고들 사이에는 '출판 불가능한' 여덟 편의 소설, 앞으로도 누구도 읽을 일이 없을 여덟 편의 소설이 박혀있다. 그 여덟 편의 소설은 재미 없는 것부터 끔찍한 것까지 다양했다. 말하는 귀뚜라미 이야기라거나 4백 페이지에 걸쳐 계속 혼잣말만 하는 폐경기 여성에 대한 책 등이 좋은 예이다.

'더 테라스'는 외로운 십대 소녀의 이야기다. 자신의 엄마가 집 안에서 일산화탄소 중독으로 죽어가는 동안 소녀는 테라스에서 책을 읽고 있었다. 범인은 그 소녀. 일산화탄소는 엄마에 대한 네 번째 살해 시도였고 첫 번째 성공이었다. 어찌 됐든, 에디터가 말하길 이 책은 지루한 데다가…… 또 뭐랬더라. 나는 입술을 오므리고 그 신중하게 다듬어 내놓은 거절의 말을 기억하려 애썼다. 그래 '불쾌하다'였다. 심리적으로 불쾌하다. 지루한 데다가 심리적으로 불쾌하기까지 하다. 나는 그 에디터 의견에 동의했었다. 지루하고 불쾌한 소설. 만약 우리 엄마가 이 책을 읽었다면 당장 나를 가장 가까운 정신병원에 처넣고 영원히 가둬뒀을 것이다.

'더 테라스'에서 소녀는 집 안에 일산화탄소를 퍼뜨린다. 소녀가 가진 살해 도구는 간단했다. 렌치와 온수가열기.

나는 30리터짜리 온수가열기 두 개를 향해 돌아섰다. 나에게 필요한 모든 것은 갖춰져 있다. 거대한 온수가열기 두 개와 공구함. 나는 돌아서서 쌓여있는 원고들을 바라본다. 아주 철저한 자료조사를 거쳐 써낸 죽음의 사용설명서. 그리고 저 캐비닛을 뒤져보면 온수가열기 사용설명서도 찾을 수 있을 것이다.

내가 할 수 있을까?

내가 하게 될까?

나는 렌치를 살며시 들었다가 공구함으로 다시 떨어뜨렸다.

지금 나는 사이먼이 아직 집에 있는지조차 알 수 없다. 그가 나를 가둔 뒤 시간이 얼마나 흘렀을까? 10분? 15분? 시간을 알 도리가 없다. 그가 이미 집을 나서 증거를 없애러 가는 중이라면, 아니면 베서니를 데리러 가는 길이라면 지금 이 집을 유독물질 캡슐로 만든다고 해도 내가 얻을 수 있는 것은 아무것도 없다. 오히려 나중에 나를 구하러 온 구조대를 위험에 빠뜨리게 할 뿐이다. 구조대가 온다는 가정하에 말이다.

나는 공구함에서 물러서 문에 기대었다. 내 등이 금속 표면을 따라 미끄러져 내려가고 엉덩이가 바닥에 부딪쳤다. 고개를 무릎에 파묻으며 극심한 공포감과 싸운다.

그때, 마치 신의 선물처럼 온수가열기가 작동하기 시작했다.

나는 고개를 들어 온수가열기를 응시했다. 기계가 웅웅거리고 물 흐르는 소리가 났다. 나는 숨을 참고 지금 내 남편이 단순히 손을 씻고 있는 것인지 아니면 샤워를 하는 것인지 생각을 해보았다.

나는 그가 지금 상황에서 샤워를 할 생각을 한다는 것에 충격을 받기도 하지만, 또 다른 한편으로 그 행동이 이해되기도 했다. 그가 아이를 데리고 도망갈 거라면 더욱 그렇다. 사이먼은 자기 몸에서 학교 냄새가 나는 것을 극도로 싫어한다. 구내식당 냄새, 십대 아이들의 땀 냄새 그리고 스쿨버스의 배기가스 냄새. 퇴근한 뒤에 가장 먼저 하는 일은 대개가 샤워였고, 욕실에서 혼자만의 애틋한 시간을 보내곤 했다. 한 번은 그에게 삼사십 분 동안이나 샤워기를 틀어놓고 뭘 하느냐고 물은 적이 있었다. 그는 여러 가지를 생각한다고 했다. 가장 좋은 아이디어들이 떠오르는 곳이 그곳이라고 했다.

도대체 무슨 대단한 아이디어를 떠올리는지 나는 결코 이해하지 못했다. 판타지 풋볼 결과 예측? 냉장고에 맥주를 더 효율적으로 넣는 방법? 하지만 사이먼이라는 인간을 새롭게 알게 됐으니 더 어두운 곳으로 생각이 미쳤다. 그가 떠올리는 '아이디어'라는 것이 실제로는 훨씬 더 흉악한 것일 수도 있겠다는 생각이 들었다.

물은 계속해서 흐르고 있다. 이제 삼사십 초 정도는 지났다. 그가 손 씻기라고 주장하는 대강 손에 물을 적시는 행위는 이제 끝났을 시간이다. 그가 지금 샤워부스 안에 있다면 30분의 시간이 나에게 보장되는 것이다. 그가 옷을 입고 짐을 챙기는 시간까지 더하면…… 아마 한 시간이 보장된다고 볼 수도 있겠다. 그는 서두르지 않을 것이다. 왜 서두르겠는가? 내가 여기에 갇혀있으니 그는 시간을 마음대로 쓸 수 있을 것이다.

나는 벌떡 일어서서 선반 쪽으로, 쌓여있는 원고들을 향해 몸을 돌렸다. 하지만 다음 결정을 앞두고 내 정신에 경련이 일다시피 했다. 앙상한 엉덩이를 바닥에 깔고 앉아 아무것도 하지 않고 가만히 기다릴 것인가? 아니면 집 안에 일산화탄소를 흘려보내 그를 죽이고 그가 다른 아이들에게 해를 가할 가능성을 없애 버릴 것인가? 그럼으로써 베서니의 순수함이 영원히 보호받도록 할 것인가?

나는 두 눈을 감고 그 과정을 하나하나 머릿속에서 그려보았다. 일산화탄소가 집 안에 들어차는데 걸릴 시간. 사이먼은 점점 졸음이 올 것이고 침대 위에 누울 것이다. 그리고 죽는다. 내가 베서니를 데리러 가지 않으면 엄마가 전화를 할 것이다. 내가 전화를 받지 않으면 점점 걱정이 되어 집으로 올 것이고, 엄마가 사이먼을 발견하여 경찰에 신고할 것이다. 베서니에게는 사이먼의 시체를 보지 못하게 하기 위해 베서니를 뒤뜰로 데리고 나가 경찰을 기다릴 것이다. 경찰이 도착하고 집을 수색하게 되면 나는 발견될 것이다.

나는 경찰에게 진실을 말해야 한다. 온수가열기가 저절로 오작동했다는 것을 경찰은 믿지 않을 것이다. 내가 온수가열기와 함께 갇혀있었는데 그 말을 믿을 리가 없다.

경찰이 이해해줄까? 그 행동을 정당방위로 인정해줄까? 아니면 나를 살인 혐의로 체포할까? 설령 내가 무죄로 밝혀진다 한들, 그 과정에서 나는 베서니의 양육권을 상실할지도 모른다.

하지만 그럴만한 가치는 충분히 있다. 사이먼보다야 우리 엄마가 양육권을 갖는 것이 낫기 때문이다. 그가 베서니나 다른 아이들에게 못된 짓을 하게 두느니 차라리 내가 감옥에 들어갈 위험을 무릅쓰는 것이 낫다. 혹시 내가 너무 늦은 것은 아닐까? 설마 그가 이미……

거기까지 생각이 미치자 욕지기가 치밀어 올랐다. 설마 아니겠지. 아이는 너무 어리다. 설마 그렇게까지 뒤틀린 취향을 가지고 있지는 않겠지. 나는 눈을 감고 그의 학교 학생들을 생각했다. 동시에 우리 동네의 아이들도 떠올렸다. 우리 집 잔디 위를 신나게 뛰어다니던 동네 아이들, 우리가 설치한 잔디 미끄럼틀에서 신나게 놀던 아이들, 핼러

윈이나 부활절에 우리 집 문 앞에서 해맑게 웃던 얼굴들이 떠올랐다.

법정 구속, 양육권 상실……. 나는 그 모든 위험을 무릅써야만 한다. 그를 내 딸에게서 혹은 다른 아이에게서 떼어놓을 수 있는 기회가 있다면, 나는 지금 당장 행동으로 옮겨야 한다.

나는 원고 다섯 더미를 옆으로 옮기고 나서야 '더 테라스' 원고를 발견했다. 페이지를 빠르게 넘기며 원고를 살폈다. 책 앞쪽 80퍼센트 가량은 소녀의 살해 시도가 실패하는 과정을 자세히 그렸었다. 그 장면들을 대강 훑어보면서 나는 열여섯 살의 내 자아가 얼마나 비뚤어져 있었는지를 정확하게 깨달았다. 나는 엄마가 이 정도로 싫었던 것일까? 이 정도로 냉정할 수 있었던 것일까? 여기에 있는 감정들 중 어디까지가 소설이고 얼마만큼이 진짜였을까?

나는 엄마에게 쌀쌀맞게 굴었던 것이, 엄마가 나의 육아 방식을 못마땅해하고 나를 아이에게서 떼어놓으려 했던 것 때문이라고 생각했었다. 하지만 지금, 십대 시절 나의 생각과 감정을 읽어나가면서 나는 우리가 서로 얼마나 달랐었는지를 다시금 상기한다. 내가 엄마 손에 자라던 시절, 엄마와 나 사이에는 따뜻한 포옹의 순간, 화기애애한 점심 식사, 감정의 공유 같은 것들이 부재했었다. 내가 무슨 말만 했다 하면 엄마는 정신과 의사의 돋보기부터 들이밀었다. 나의 감정과 동기들을 조목조목 검토하고 분석했다. 내가 일찍이 배운 것이 있다면 엄마에게는 무엇이든 감춰야 한다는 것이었다.

나는 페이지를 빠르게 넘겨 본격적으로 헬렌(이토록 본명과 흡사한 이름이라니)이 자료조사를 하는 섹션을 찾아 펼쳤다.

내 초기 소설들이 모두 그렇듯 과할 정도로 자세히 서술해 놓았다. 나의 철저한 자료조사의 결과물을 모두 보여줘야 한다는 불안한 필요성을 느꼈던 것이다. 나는 지금도 그때 조사했던 자료들의 내용이 또 렷이 기억이 난다. 당시에는 지금처럼 인터넷으로 모든 정보를 찾을 수 있는 시절이 아니었기에, 나는 실제로 배관공 한 명을 찾아가 원하는 정보들을 뽑아내야 했다.

그 사람은 내가 이상하다는 것을 느끼고 나에게 많은 질문을 퍼부어댔다. 그 정보를 가지고 무엇을 할 것인지, 내가 일산화탄소로 누구를 죽이는 일에 관심이 있다는 것을 우리 부모님이 알고 계신지. 하지만 그 모든 의심은 100달러짜리 빳빳한 지폐 한 장과 감사의 말에 그 사람의 이름을 넣어주겠다는 약속으로 극복했다. 나는 지금 열어둔 페이지에 손가락을 끼워놓은 채 페이지를 뒤로 넘겨보았다. 내가 감사의 말에 정말로 그를 언급했는지 보기 위해 이 귀중한 시간을 할애하고야 만다. 출판된 적 없는 이 책의 끝에서 두 번째 페이지에 다행히도 그 사람의 이름이 발견되었다. 스펜서 윌튼. 나는 안도의 한숨을 쉬었다. 약속은 지켰다. 나는 다시 핵심 페이지로 되돌아가서 거기에 쓰여 있는 내용을 꼼꼼히 살펴보았다. 내용을 확인하면서 나의 눈이 가끔씩 그 커다란 금속 탱크로 향했다.

좋은 소식이 있다면 온수가열기의 작동 원리가 지난 15년 동안 변하지 않았다는 것이다.

나쁜 소식은 내가 이제 곧 사이먼을 죽일 거라는 것이다.

나는 할 수 있다. 이 설명서를 따라 집 안으로 치명적인 가스를 흘려보낼 수 있다. 나는 지금 여기 밀폐된 공간에 있으므로 안전할 것이다. 나는 그를 죽이고 구조를 기다릴 수 있다.

나는 공구함 쪽으로 이동해 렌치를 집어 들었다.

나는 할 수 있다.

나는 할 것이다.

나는 원고를 내려놓고 첫 번째 온수가열기를 향해 몸을 기울였다.

57장

샬럿

샬럿은 마닐라 폴더에서 인쇄물을 꺼내 반들반들한 목재 테이블 건너로 살며시 미끄러뜨렸다. 4년 전 신문 1면에 실렸던 기사였다. 사진 속의 제니스 로스는 카메라를 똑바로 응시하고 있었다. 그 사진에서 절망감이 뿜어져 나온다. 사진 위에는 크고 굵은 글씨로 이런 표제가 붙어있다. "나의 책임입니다."

움직이는 건 제니스의 눈동자뿐이었다. 그녀의 눈이 사진을 봤다가 샬럿의 얼굴을 보고 다시 기사로 돌아갔다. 그녀의 혀가 입술 사이로 언뜻 보이다가 사라졌다. "오래된 기사군요."

"그렇게 오래되지는 않았어요." 샬럿이 대답했다. "그 일이 일어났던 날 아직도 기억 하시나요?"

제니스가 다시 샬럿을 보더니 꽉 다문 입으로 경멸적인 한숨이 새어 나왔다. "당연히 기억하지요. 그렇지만 전에도 말했듯이…"

"헬레나나 사이먼에 관해서라기 보다 선생님에 대해 여쭤보는 겁니다. 선생님의 관점에서 그날 무슨 일이 있었는지에 대해서요." 샬럿의 손톱 하나가 연필에 달린 지우개를 파고들었다. 그녀는 부드러운 목소리로 말하려 노력했다.

"왜요? 나에게 죄책감을 느끼게 하려고요?" 제니스가 여윈 가슴 위로 팔짱을 꼈다. 얼굴이 날카로워지고 허리가 쭉 펴졌다. 샬럿은 3주 전에 이 여인을 만났던 장면이 떠올랐다. 자신의 사무실 문가에 서서 샬럿의 모든 질문을 정중하게 거절하던 여인. 그때의 질문들은 사이먼과 베서니에 대한 사이먼의 행동에 관한 것들이었다. 하지만, 그때 제니스는 정신과 의사의 윤리강령만을 읊어댈 뿐이었다.

"저는 그냥 사실을 있는 그대로 이해하고 싶을 뿐이에요." 샬럿은 연필을 노트패드 옆에 조심스레 내려놓았다. "그 날로 저를 데리고 가주실 수 있나요?"

"이야기할 것이 많지 않아요." 제니스 로스가 기사를 내려다보다 손으로 집어 들어 올렸다. 그녀의 손가락이 종이의 모서리를 따라 움직였다. "오랫동안 그날에 대해 생각하지 않았어요. 내 말은······." 그녀가 다시 정정했다. "오랫동안 자세히 떠올려보지 않았어요." 그녀가 샬럿을 응시하며 말했다. "정말로 듣고 싶나요?"

"네." 샬럿이 고개를 끄덕였다. 그녀는 연필을 쥐고 싶었다. 가방 속에 든 녹음기를 꺼내고 싶었다. 하지만 지금 당장 둘 중 하나라도 집었다가는 이 여인이 겁을 먹고 달아날 수도 있다. 말하기를 주저하는 그 이야기를 당장에라도 멈춰 버릴 수 있다. "부탁드리겠습니다." 어쩌면 이 여인의 이야기가 샬럿에게는 전환점이 될 수도 있다. 어쩌면 이야기 속 무언가가 그녀에게 끝을 가져다줄 수도 있다.

긴 한숨이 흘러나왔다. 숨 이상의 것이 담긴 한숨이다. 제니스 로스가 입술을 적시고 두 눈을 사진으로 향했다. 그러고는 이야기를 하기 시작했다.

"때로 부모는 아이에게 지금 내가 필요하다는 느낌을 받을 때가 있어요. 그날도 그렇게 된 거였어요. 운전해서 집으로 가는 길이었는데 무언가가 나에게 헬레나 집에 들르라고 말하더군요. 그건 마치 신이 내 운전대를 붙잡아 오른쪽으로 꺾은 것처럼 확실한 느낌이었어요." 제니스가 어깨를 약간 으쓱 했다. "그래서 그렇게 했지요. 헬레나 집에 잠깐 들러 안으로 들어갔어요. 뭘 빌리고 싶다는 핑계를 댔었는데, 그게 뭐였는지는 기억이 안 나네요. 그렇지만 나는 정말로 단지 확인만 하려고 했을 뿐이에요. 그리고 헬레나는……." 그녀는 내적 갈등을 겪는 듯이 이야기를 잠시 멈췄다. 어떤 비밀을 두고 싸우고 있는 것 같았다. "헬레나는 집에 있었어요." 제니스가 마침내 말을 이어갔다. "베서니와 함께요."

"별일 없었나요?" 샬럿은 경찰이 찍은 사진들, 부검 결과서, 집의 설계도와 가스의 누출 경위를 떠올렸다.

"아무 일도 없었어요." 제니스가 무력하게 웃었다. "집을 나서면서 내가 약간 이상해졌다고 생각했었죠. 베서니도 괜찮았고 헬레나도 비교적 괜찮았고……." 비교적 괜찮았다니. 단어 선택이 조금 이상하다. 샬럿은 이 말을 머릿속에 체크해두었다.

"그런데 베서니를 데리고 가셨잖아요." 샬럿은 과감히 사건의 타임라인이 요약된 자신의 노트를 내려다보았다. "그때가 몇 시였나요?"

"맞아요. 내가 베서니를 데리고 갔어요." 제니스가 눈을 깜빡였다. 두 눈이 촉촉해졌다. "그때가… 아." 제니스가 손으로 두 눈을 문질렀다. 볼에는 기다란 눈물 자국이 남았다. "그때 4시가 조금 안 됐던 것 같아요."

샬럿은 인내심을 가지고 더 기다렸다.

"베서니 기분이 얼마나 좋았는지 몰라요. 차 뒷자리 카시트에 앉아 있었어요. 아이가 그날 있었던 일들을 조잘거렸지요. 뒤뜰에서 개구리 한 마리를 발견했다고요. 아이는 그 개구리를 키우고 싶었는데 헬레나가 안 된다고 했다고요." 제니스가 손을 뻗어 냅킨 한 장을 뽑으며 침을 꼴깍 삼켰다. 다시 말을 이어갈 때는 그녀의 목소리에 힘이 더 들어가 있었다.

"교통체증이 심해서 우리 동네에 들어서는 데만 20분 정도 걸렸어요. 북쪽 쇼핑센터를 지나가는데 아이가 아이스크림을 사달라고 하더군요. 거기 쇼핑센터에 제과점이 하나 있었는데 아이스크림 몇 가지를 팔았거든요. 예전에 한번 베서니를 데려간 적이 있었던 곳이었어요. 아이가 차창 밖을 보다가 간판을 본 것 같아요." 그녀가 고개를 돌려 커다란 창을 통해 밖을 내다보았다. 빛이 그녀의 목에 있는 촘촘한 주름들을 노골적으로 드러냈다. "세우지 말았어야 했는데…… 세웠어요. 그리고 차에서 내려 뒷문을 열었는데……." 그녀의 얼굴이 일그러지고 냅킨을 쥔 손이 바르르 떨렸다. "그때서야 아이의 신발을 제대로 봤어요."

"아이의 신발요?" 샬럿이 앞으로 몸을 기울였다.

"집에서 나오기 전 아이를 차에 태우려고 들어 안았을 때 낮 시간인데도 파자마를 입고 있었기 때문에 거기에만 신경이 쓰여서 신발은 제대로 보지 못했죠." 제니스가 몸을 똑바로 폈다. 조심스러운 손길로 냅킨을 반으로 접어 젖어있는 눈 아래를 가볍게 두드렸다. "헬레나가 저에게 급히 신발을 가져다줬었어요. 그때는 제대로 보지 않았었어요. 그때는 깨닫지 못했었죠." 그녀가 말을 멈추고 잠시 두 입술을 꽉 닫았다. "그때는 신발이 짝짝이라는 걸 깨닫지 못했었어요. 둘 다 컨버스였어요. 베서니가 핑크색 컨버스를 좋아했거든요. 그런데 두 짝 다 왼쪽 신발이었어요. 베서니는 오른발에 신발을 걸치고만 있었죠." 그녀가 손바닥을 폈다. "그래서 돌아갔어요." 그녀가 절망적인 패배의 얼굴을 하고 샬럿을 바라다보았다.

"돌아갔어요⋯⋯." 목이 막히는 것처럼 그 말이 나왔다. "다시 헬레나 집으로."

58장

작업을 끝내고 나는 뒤틀린 성취감을 맛보았다. 가스가 정상적인 루트에서 우리 집 환풍구로 경로를 바꾸자 쉬익 하는 소리가 났다. 이 얼마나 간단한 작업인지. 이렇게도 쉽게 눈에 보이지 않는 해를 가할 수 있다는 사실을 생각하면 놀라울 정도다. 나는 다리를 쭉 뻗고 바닥에 편안히 앉아 공기 냄새를 킁킁 맡아보았지만 별다른 냄새가 나지는 않았다. 일산화탄소가 무취의 성질을 가지고 있다는 사실을 생각하면 쓸모없는 짓이었다. 사이먼은 자신이 죽게 된 원인을 절대 알지 못할 것이다. 자기가 지금 죽고 있는지 조차 알지 못할 것이다. 그냥 바닥에 드러누운 뒤 깊은 잠 속으로 빠져들 것이다. 그렇게 끝.

이것도 그에게는 너무 관대한 처사다.

그럼에도 이것은 나에게 버거운 일이었다. 마지막 너트를 조이는데 손이 바들바들 떨렸다. 작업 중에 잠시 울음이 터져 나오기도 했다. 지금도 여러 감정들이 목 안쪽에서 북받쳐 오르는 것이 느껴진다. 그는 그토록 추악한 인간이었으나 나에게 딸을 준 사람이다. 아이를 빼앗을 것처럼 협박하긴 했지만, 그는 내 딸의 절반을 만든 사람이다. 아이의 눈이, 아이의 히죽거리는 웃음이 그를 닮았다. 이렇게 나는 내 아이의 아빠를 죽이는 것이다. 아이가 알게 된다면 나를 미워할까? 아니면 나를 용서해줄까?

나는 파일 캐비닛의 금속 표면이 등에 닿을 때까지 앉은 채로 뒤로 미끄러져 이동한다. 가스는 지금쯤 2층까지 퍼지고 있을까? 집 안에 가스가 들어차는 데 얼마나 걸릴까? 그가 죽는데 얼마나 시간이 걸릴까?

내 소설에서는 방 3개짜리 아파트에 가스가 가득 들어차는 데 15분이 걸렸다. 우리 집은 그보다 훨씬 크다. 하지만 이 온수가열기들 크기도 상당하다. 둘 모두 최대 출력으로 설정되어 있었다. 15분 정도면 합리적인 예상 시간이라고 생각한다.

나는 뒤로 손을 뻗어 머리를 문질러 보았다. 사이먼에게 붙잡혔던 두피가 아직도 얼얼하다. 시선이 콘크리트 바닥 곳곳에 흩어져있는 도구들로 향했다. 나는 조심스레 일어서서 몸을 숙이고 스크루드라이버, 커터칼, 렌치를 집었다. 증거들. 표백제 뚜껑을 연 뒤 연장들 위로 액체를 쏟아부었다. 선반에서 페이퍼타월 한 장을 뽑은 뒤 연장들을 하나하나 닦았다. 연장들은 공구함으로 되돌려 놓고, 사용한 페이퍼타월은 쓰레기통에 넣었다. 증거를 인멸하는 것이 부질없는 행동처럼 느껴지기는 하지만 정화되는 느낌도 들었다. 마치 내 심장에서 죄가 씻겨 내려가는 느낌이다.

나는 내가 범죄자가 된다면 완전 범죄를 할 수 있을 거라고 늘 생각했었다. 나는 무척 깔끔하고 매우 체계적인 사람이다. 그리고 지금 보다시피 결단력 있는 행동도 할 수 있는 사람이다. 그런데 원고를 들어 올리다가 손가락이 떨려서 하마터면 떨어뜨릴 뻔했다. 어쩌면 나는 얼음장처럼 차가운 사람까지는 아닐지도 모른다.

나는 페이지들을 조심스레 정렬하고 클립을 다시 끼웠다. 내 손이 커버 페이지 위에 잠시 경건하게 머물렀다. 나의 초기작 중 하나. 침실 구석에 놓인 싸구려 데스크톱 컴퓨터로 쓴 소설이었다. 소설을 쓰는 동안 음악을 불법 다운로드 받았다. 마릴린 맨슨과 나인 인치 네일스가 그 해의 내 삶을 지배했다. 마침내 소설을 탈고했을 때 나는 천하무적이 된 것만 같은 기분이었다.

지금 나는 그런 기분은 전혀 느끼지 못한다. 나 스스로가 나약하고 바보 같다고 느낀다. 두려움을 느낀다. 내가 내 남편을 죽여야 하는 현실, 내 남편이 괴물이었다는 현실. 나는 얼마나 오랫동안 그 신호를 무시해왔던 것일까? 얼마나 많은 실마리들을 놓쳤던 것일까? 나는 '더 테라스'를 원래 있던 원고 더미의 깊숙한 곳으로 되돌려 놓았다. 그러고는 퍼즐의 마지막 조각을 찾기 위해 뒤돌아 섰다. 온수가열기의 사용설명서.

나는 멀리 떨어진 곳에 위치한 파일 캐비닛 쪽으로 가서 그 파일을 찾기 위해 파일들을 하나씩 넘기기 시작했다. 파일들은 완벽하게 라벨링 되어 있었다. 이름이 적힌 흰색 스티커들이 카테고리 별로 분류되어 붙어있었다. 10분 전 나는 원하는 파일을 바로 찾았었다. 나의 빈틈없는 정리 능력의 효과가 입증된 셈이다. 이제 앞으로 몇 시간은 더 기다려야 하므로 나는 굳이 서두르지 않았다. 자간을 완벽하게 맞춰 쓴 글자들을 보니 마음이 평온해졌다.

이 캐비닛은 가정용품 전용 캐비닛이다. 가전제품, 품질보증서, 사용설명서 그리고 대체 부품들이 이 캐비닛에 전부 들어있었다. 공기여과기의 필터와 미국 환경보호국 보고서, 소화기 점검 기록표도 가지고 있었다. 나는 연기 감지기 파일을 여는 순간 어떤 걱정에 휩싸였다. 우리가 일산화탄소 감지기를 구매했던가? 우리 연기 감지기에 일산화탄소 감지 기능도 있었던가? 연기 감지기의 사용설명서를 찾아 꺼내는 데는 단 몇 초 밖에 걸리지 않았다. 나는 설명서를 펼쳤다. 휴우. 일산화탄소 감지 기능은 없었다. 만약에 연기 감지기를 구매한 사람이 나였다면 우리의 방귀까지 감지되는 걸로 구매했을 것이다. 신께 감사하게도 연기 감지기를 구매한 것은 내가 아니었다. 나는 연기 감지기 파일을 제자리에 놓고 다른 파일들을 계속 뒤적였다. 네댓 개의 파일을 넘기는데, 심장이 쿵 내려앉았다. 순식간에 몸이 얼어붙기 시작해 몸의 모든 근육들이 굳어버렸다. 내 눈이 그 라벨을 보고 또 보고, 보고 또 본다.

'비상 열쇠.'

나는 손을 뻗었다. 숨 쉬는 것 조차 두려워졌다.

59장

파일 안에는 우리 집 열쇠들의 완전한 복제품들이 들어있었다. 새까맣게 잊어버리고 있었다. 평소에 필요한 열쇠가 보이지 않을 때면, 갖다 쓸 수 있게 보관하고 있었다. 파일 안에는 흰색 종이가 두 장 들어있다. 종이에 단단한 힘을 주기 위해 마분지를 종이 뒤에 덧대 놓았다. 그리고 5년 전 온라인으로 구매한 접착식 포켓을 열쇠 이름 아래에 하나씩 붙였다. 금색 은색 열쇠들이 포켓 안에서 희귀한 동전처럼 반짝인다.

나는 포켓들 위로 손을 미끄러뜨렸다. 페이지 위에 아홉 개의 열쇠가 있었다. 우리의 안전 금고 열쇠가 있고, 엄마네 집 열쇠, 엄마 사무실 열쇠, 사이먼 학교 열쇠 등이 있었다. 다음 종이를 보았다. 하나라도 놓칠 새라 신중하게 읽으려 노력했다. 이번 종이에는 내 책상 서랍 열쇠가 있고, 야외 창고 열쇠가 있고…… 내 손가락이 세상에서 가장 아름다운 세 글자 위에서 멈춰 섰다. '안전실.' 나는 열쇠를 조심스레 끄집어냈다. 손바닥이 땀으로 흥건했다. 나는 마치 이 쇠붙이가 부서지기라도 할 것처럼 아주 살며시 그러쥐었다. 이제 나는 자유다. 달아날 수 있다. 나는 문을 향해 돌아선 뒤 열쇠를 단검처럼 앞으로 내밀고 한 발 내디뎠다. 그리고 한 걸음 더 나아가자 쇠붙이가 문손잡이와 만난다. 나는 두 눈을 질끈 감고 소용도 없는 기도를 빠르게 내뱉었다. 나의 죄를 용서하여 주시고 잠시 은총을 내려주시옵소서. 눈을 뜨고 열쇠를 밀어 넣었다. 열쇠가 쑥 미끄러져 들어갔다. 그리고 오른쪽으로 조심스레 돌렸다. 잠금장치가 열리며 내는 딸깍 소리에 나는 하마터면 소리를 지를 뻔했다.

나는 탈출의 가능성은 생각조차 해보지 않았다. 지금 이 거대한 새 가능성을 눈앞에 두고 나는 생각을 할 필요가 있다. 머리를 써야 한다. 나에게는 계획이 필요하다.

여기에서 나가면 바로 차고일 것이다. 만약 차고의 문을 열려고 한다면 소리가 너무 시끄러울 것이다. 당연히 나는 사이먼이 나의 탈출에 대해 새까맣게 모르고 집 안에만 있었으면 한다. 나는 눈을 감고 차고의 내부 구조를 떠올렸다. 사이먼의 작업대 위에 창문이 하나 있다. 창문으로 빠져나가 가장 가까운 집으로 뛰어가 도움을 요청할 수 있을 것이다. 아니면 도로의 차를 세워 운전자의 휴대전화를 빌려 경찰에 신고할 수 있을 것이다. 그리고……

나는 잠시 그 생각들을 중단했다. 우리 집은 지금 시한폭탄이 째깍거리는 죽음의 덫이다……. 내가 지금 이 순간 집에 없었다면 나는 결백을 주장할 수 있다. 나는 '단순 오작동'하는 온수가열기들을 바라보았다. 이것이 오작동이 아니고 내가 조작했다는 사실을 그 누구도 알 필요는 없지 않은가. 차고에서 빠져나간 뒤, 알리바이를 위해 누구의 도움도 없이, 그리고 교통수단의 이용 없이 베서니에게로 갔다가 몇 시간 후에 집으로 돌아와야 할 것이다. 그때 사이먼의 시체를 '발견'하는 것이다. 나는 그 비디오테이프들을 모두 숨기고, 베서니는 아빠의 범죄들에 대해 영원히 알 필요가 없을 것이다. 나는 재판이나 구속 같은 것들을 모면할 수 있을 것이다. 내 딸을 곁에 두고 우리의 삶을 계속 이어나갈 수 있을 것이다.

희망이 샘솟았다. 나는 혹시 필요한 것들이 있는지 주변을 둘러보았다. 건조기를 열고 안의 옷들을 뒤져 신축성 있는 바지와 티셔츠 하나를 꺼냈다. 더러운 파자마는 벗어 세탁기에 쑤셔 넣었다. 양말도 한 켤레 꺼내 신었다. 그리고 나는 계획의 첫 번째 단계에 착수했다. 베서니에게 가기. 엄마네 집까지는 2마일이 조금 넘는다. 차 없이 충분히 갈 수 있는 거리다. 안전실 바로 바깥에 바구니가 하나 있는데 거기에 신발이 있을 것이다. 집으로 들어가기 전에 흙이 묻은 지저분한 것들을 넣는 곳이다. 그 바구니에 무언가 있을 것이다. 맨발보다는 나은 무언가를 거기에서 찾을 수 있을 것이다.

문을 열기 전, 나는 열쇠들을 파일에 넣고 파일을 제자리에 놓은 뒤 캐비닛을 닫았다. 소독용 물티슈로 모든 곳을 닦은 다음 공간을 꼼꼼하게 살폈다. 내가 여기에 있었다는 흔적이 모두 사라진 것을 보며 만족감을 느꼈다.

나는 뒤로 돌아 온수가열기를 보았다. 그러고는 지금 모든 것을 멈출 기회를, 가열기 쪽으로 가서 다시 원래대로 되돌려놓을 마지막 기회를 나에게 주었다. 사이먼의 생명을 구한 뒤에 도망갈 수도 있을 것이다. 하지만 그가 엄마 집에 도착하기 전에 내가 먼저 갈 수 있을까? 그러지는 못할 것 같다. 어쩌면 여기에서 나갔을 때 그가 문 앞에서 기다리고 있을지도 모른다. 아니면, 내가 자유의 몸이 되어 경찰서에 갔다고 해도, 그가 이미 모든 증거들은 폐기하고, 나는 살인미수로 기소될 수도 있을 것이다.

온수가열기가 조용해지고 물 흐르는 소리가 멈췄다. 사이먼의 샤워가 끝난 것이다. 나는 양심은 안전실에 숨겨둔 채 문손잡이를 향해 손을 뻗었다.

차고는 어두웠다. 안전실의 전등 스위치를 끄자 그곳을 채우고 있던 빛의 흐름이 끊기고 어둠이 내려앉았다. 나는 문가에서 잠시 멈추고 귀를 기울였다. 어떤 움직임도 느껴지지 않았다. 나는 차고로 발을 내딛고 나서 안전실의 문을 닫았다. 그리고 어둠 속에서 조심스레 그 바구니를 찾아냈다. 바구니 속의 바람막이 재킷을 걷어내자, 남는 것은 단 하나뿐이었다. 사이먼의 러닝화 한 켤레.

차고의 창문은 커다란 정치 홍보 입간판으로 가려져있다. 사이먼이 집 앞뜰에 설치하기로 했던 것인데, 그대로 방치했던 것이다. 나는 입간판을 조심스레 바닥으로 내린 뒤 차 아래로 밀어 넣어버렸다. 하드보드지가 콘크리트 바닥 위에서 미끄러지는 소리가 예민한 내 귀에는 너무 시끄럽게 들렸다. 나는 왼쪽 발에 러닝화를 끼우고 오른쪽 신발까지 마저 신었다. 나의 두 발은 280사이즈 아디다스 운동화에 수월하게 미끄러져 들어갔다. 나는 운동화 끈을 조여 맨 뒤, 작업대 모서리를 잡고 몸을 들어 올려 목재 상판 위에 엉덩이를 올려놓았다. 두 발을 마저 들어 올린 뒤 무릎을 꿇고 창문의 잠금장치를 더듬거렸다. 잠금장치가 풀리자 창틀을 잡고 낑낑거리며 창문을 들어 올렸다. 내가 간신히 빠져나갈 수 있을 크기의 직사각형 공간이 열렸다.

이 정도면 충분하다. 발이 먼저 통과하고 이어 엉덩이가 창밖으로 빠져나갔다. 창밖으로 빠져나가는데 내 몸이 뒤쪽으로 기이하게 꺾였다. 그때 내 등이 금속으로 된 창턱에 고통스레 긁히고 말았다. 어색하게 바닥에 착지하는데 한쪽 러닝화가 돌돌 감아놓은 호스 위로 떨어지는 바람에 나는 볼품 없이 두 손을 뻗어 균형을 잡아야 했다. 이제 됐다. 나는 몸을 펴고 발을 내디뎠다. 눈에 띄지 않기 위해 차고의 측면을 끼고 움직였다. 열린 창문을 잠시 바라보았다. 내 손이 닿기에는 너무 높았다. 열어놓아도 상관 없을 것이다. 나는 등을 벽에 쓸며 이동했다. 그리고 차고의 측면에서 돌아 나왔다. 도로로 나갈까 잠시 고민하다가 포기했다. 나의 알리바이는 내 '가책의 질주'를 아무도 목격하지 못하는 데 달려있기 때문이다.

나는 가능한 한 빠르게, 그리고 조용히 집 뒤쪽 숲속으로 달려갔다.

60장

나는 운동에 소질이 없는 사람이다. 살면서 운동을 잘 했던 적이 단한 번도 없었다. 지금 나는 뒤뜰과 샛길들을 비틀거리며 달리고 있다. 두 다리만큼이나 두 팔도 기진맥진했다. 두 팔을 앞뒤로 흔드는 행위만으로도 엄청난 피로감에 시달렸다. 경련이 마치 칼로 쑤시는 것처럼 다가왔다. 나는 멈춰 서서 경련이 일어난 부위에 한 손을 올렸다. 내가슴은 미친 듯이 들썩이고 두 다리는 피로감에 후들거렸다.

나는 다시 출발했다. 내가 이 모든 것을 헤쳐나갈 수 있게 하는 유일한 힘은 베서니다. 잠시 후면 아이를 내 품에 안을 수 있을 것이고, 곧 모든 것이 괜찮아질 것이다.

나는 힘이 들어 걸을 때에도 가능한 한 빠르게 움직였다. 내 두 발이 사이먼의 큰 신발 안에서 헐떡거리고 있었고, 운동화가 닿는 부분에는 벌써 물집이 잡혔다. 나는 엄마를 만나서 할 이야기를, 목소리의 톤을, 얼굴의 표정을 연습하면서 이동했다.

"나보고 항상 운동 좀 많이 하라고 했잖아요. 그래서 조깅을 좀 했어요. 오늘 저녁 조금 일찍 먹어도 괜찮아요? 저녁 먹은 후 엄마가 베서니랑 나를 집에 데려다주면 되겠네요."

엄마는 항상 그렇듯 계속해서 질문을 퍼부을 것이다. 미소를 짓고 고개를 끄덕이면서도 짜증 난 기색을 감추지 못할 것이다. 내가 깜빡 잊고 지갑과 휴대전화를 가져오지 않은 것에 대해서도 잔소리를 할 것이다. 하마터면 일어날 수도 있었던 일들에 대해 하나하나 조목조목 따지고 들 것이다. 내가 왜 정신을 딴 데 팔고 다녀서는 안 되는지에 대해 훈계할 것이다. 나는 엄마이고, 나에게는 베서니가 있다는 것을 상기시킬 것이다. 말도 안 되는 가능성들을 계속해서 떠들어대는 엄마의 목소리는 점점 더 우월해지고 점점 더 거들먹거릴 것이다. 나는 이내 인내심을 잃고 짜증이 차오를 것이다. 그래도 이제 그런 것은 전혀 중요치 않다. 베서니가 내 품으로 다시 돌아올 것이므로, 엄마의 판단과 훈계로부터 멀리 떨어져 새 삶을 시작하기까지 불과 며칠 밖에 남지 않았으므로.

나는 숨을 깊이 들이마시고 베서니의 냄새와 아이 볼의 보드라운 피부와 곱슬거리는 머리카락을 떠올렸다. 이제 거의 다 왔다. 불과 몇 블록 밖에 남지 않았다. 아이를 만나면 이제 다시는 아이를 내 눈밖에 내놓지 않을 것이다.

이제 눈앞에 엄마 집의 하얀 울타리가 보이기 시작했다. 나는 힘겹게 앞으로 나아갔다. 옆구리가 타는 듯이 아팠다.

땅거미가 내리는 가운데 주방의 전등이 황금빛으로 도도히 빛나고 있었다. 나는 다시 뛰기 시작했지만 두 발이 콘크리트 바닥을 따라 질질 끌리는 느낌이었다. 다람쥐 한 마리가 길을 가로질러 쏜살같이 뛰어가고, 자동차 한 대가 다가왔다. 나는 잠시 기다렸다가 차가 지나가자마자 길을 건너 대문 안으로 들어갔다. 계단을 올라 현관문을 열어봤지만 잠겨있었다. 나는 벨을 눌렀다. 집에 있어야 하는데. 엄마가 베서니를 데리고 간 뒤 시간이 얼마나 지났는지 헤아려보았다. 1시간 반? 2시간?

나는 다급하게 벨을 다시 한번 눌렀지만 집 안에서는 어떤 희미한 소리도 들리지 않았다. 어디에 갔을까? 나는 포치에서 나와 집 뒤쪽으로 가보았다. 휴대전화가 있었으면 좋았을 텐데. 어쩌면 둘은 공원에 있을 수도 있을 것이다. 엄마가 나에게 메시지를 보내거나 전화를 했을지도 모른다. 어쩌면 도서관에 갔을 수도 있고, 아이스크림을 사러 갔을 수도 있다. 어쩌면. 어쩌면. 어쩌면. 엄마네 집 비상 열쇠를 가지고 왔어야 했다. 다른 열쇠들 사이에 그 열쇠가 있었는데, 멍청하긴.

뒷문도 잠겨있고 차고도 잠겨있었다. 나는 좌절감에 비명을 지를 뻔했다. 차고 안에 엄마 차가 있는지 알 도리는 없었지만, 엄마가 집에 있었다면 벨을 눌렀을 때 나왔을 것이다. 나는 앞 포치에 있는 흔들의자 중 하나에 털썩 앉았다. 그리고 기다렸다.

61장

샬럿

그녀의 휴대전화가 울렸다. 관심을 달라며 계속 울려대는 진동을 샬럿은 무시했다. 이 이야기 속의 무언가가 도움이 될 거라는 직감이 왔다. 샬럿은 이 나이 지긋한 여인이 어서 마음을 가다듬기를 기다렸다.

"차를 몰고 헬레나 집 진입로로 들어서는데 사이먼의 차가 있었어요." 제니스는 말을 계속하기 위해서는 공기가 필요하다는 듯 숨을 크게 들이마셨다. "잘됐다 싶기도 했어요. 처음에 헬레나 집에 들르기 전에 세탁소에……" 그녀가 스웨터의 목 부분을 잡아당겼다. "볼일이 있었는데 깜박했거든요. 베서니를 집 안으로 데리고 들어가서 사이먼에게 상황을 간략하게 말했어요." 그녀가 입을 꽉 다물자 수많은 미세한 주름들이 얼굴에 나타났다. "사이먼은 막 샤워를 끝내고 나왔는데 어쩐 일인지 좀 산만해 보였어요. 나는……" 그녀가 한 손을 들어 올려 얼굴을 감쌌다. 감정이 북받쳐 말하기가 힘들어 보였다. "나는 드라이클리닝 생각에 빠져있었던 것 같아요. 사이먼에게 말했죠. 헬레나가 베서니를 봐달라고 했는데 신발을 짝짝이로 줬다고요. 그랬더니 사이먼이 베서니는 자신이 볼 테니 아이를 두고 가라더군요." 그녀의 손이 떨리고 흐느낌이 새어 나왔다. "그래서 그렇게 했어요. 둘을 그곳에 남겨두고 나갔어요." 그녀의 눈이 샬럿의 눈과 마주쳤다. "그렇게 했던 나를, 내가 과연 용서할 수 있을지 모르겠어요."

"기사에서는 따님이 선생님 차를 타고 현장으로 갔다고 하던데요." 샬럿은 오려놓은 신문 기사를 꺼내 사실을 재차 확인하고 싶은 욕망과 싸웠다. "어떻게 그렇게 된 건지…"

"베서니를 내려준 뒤에 드라이클리닝 맡긴 옷을 찾으러 갔어요." 그녀의 얼굴이 상기되면서 당혹감과 죄책감이 뒤섞인 표정이 드러났다. "헬레나가 집에 와서 기다리고 있는지 몰랐어요." 그녀가 다시 종이를 내려다본다. "차도 막혔고, 세탁소에서 내 셔츠를 바로 못 찾았거든요. 실크 셔츠인데 결혼식에 입고 가려고 했던 거예요……." 그녀의 목소리가 작아지고 마른침을 삼켰다. "예상보다 늦게 집에 갔는데 헬레나가 포치 의자에 앉아있더군요. 나를 보는 표정이 너무…… 너무 행복해 보였어요." 그녀의 눈은 샬럿이 이해하고 있는지 살폈다. "그렇지만 헬레나가 차 문을 열었는데 베서니가 보이지 않았겠죠." 제니스의 손가락 관절들이 밝은 코랄 빛 입술을 지긋이 눌렀다. "헬레나의 그런 얼굴은 한 번도 본 적이 없었던 것 같아요. 나를 보는 그 표정. 마치 내가 무슨 범죄라도 저지른 것처럼 쳐다봤어요. 어린 아이를 자기 집에 도로 데려다 놓은 것이 범죄라는 듯이요."

어린 아이를 사이먼 팍스의 집에 도로 데려다 놓은 것. 일산화탄소와는 무관한 다른 무언가에 대한 두려움이 샬럿을 엄습했다. "그래서 따님이 선생님의 차를 빌려달라고 부탁했나요?"

"아, 아니요……." 제니스가 비통하게 고개를 흔들었다. "부탁 같은 건 필요하지 않았어요."

62장

"뭘 어쨌다고요?" 숨을 한 번 들이 쉴 때마다 공포가 커지고 불길이 거세졌다. 나의 정신이 금방이라도 과잉 흥분 상태에 빠질 것만 같았다.

"베서니를 너희 집에 내려주고 왔다고. 사이먼이랑 있어." 엄마가 어깨에 걸친 가방끈을 조금 더 잡아 올렸다. 엄마의 손에서 열쇠들이 반짝였다. "뭐 잘못됐니?"

나는 공포감에 휩싸여 아무것도 보이지 않았고, 두려움에 휩싸여 아무 생각도 할 수 없었다. 그러다가 어느 순간 앞으로 발을 내디뎠다고 생각했는데 어쩐 일인지 엄마의 열쇠들이 내 손에 들려있었다. 엄마가 한 손으로 다른 손을 붙잡고 있었고 얼굴은 화로 일그러져있었다. 그리고 입술이 움직인 듯싶더니 고함이 울려 퍼졌다. 하지만 나는 엄마의 소리가 들리지 않았다. 내게 들리는 것은 오직 둔탁하게 쿵쿵대는 내 심장박동 소리, 내 발이 자갈을 밟는 소리, 운전석으로 올라탈 때 들리는 가죽 시트의 끽끽거리는 소리뿐이었다.

나는 경적을 울리며 차를 몰고 갔다. 엑셀을 더 이상은 세게 밟을 수 없을 정도로 깊게 밟았다. 운전석이 너무 뒤쪽에 위치해 있어 두 다리를 쭉 뻗어야 했다. 차에 달린 거울들도 모두가 나에게 맞지 않는 상태였다. 나는 핸들을 꽉 붙잡았다.

나에게 보이는 건 베서니 얼굴뿐이었다. 입술로 올라가던 아이의 자그마한 손가락들. 후, 하며 불어 날리던 아이의 산만한 키스.

방향을 틀어 집 앞 거리로 진입하는데 구급차와 경찰차들이 보였다. 중간에 차를 세우고 내렸다. 서둘러 걸어가다가 무언가에 걸려 넘어졌다. 손바닥이 거친 아스팔트 바닥에 쓸려 피부가 벗겨지고 화끈거렸다. 나는 휘청이며 움직였고, 누군가의 몸을 밀치며 나아갔다.

진입로에 들어서는데 누군가의 두 팔이 내 허리를 감아 나를 막았고, 모르는 손들이 내 어깨를 붙잡았다. 나는 소리를 질렀다. 바람과 머리칼이 채찍처럼 내 얼굴을 때렸다. 나는 사람들에게 악을 썼다. 여기는 내 집이야. 당신들은 상관 하지 마. 나는 사람들에게 말했다. 집 안에 내 아이가 있어요. 그런데 나를 잡고 있던 남자의 얼굴이…… 나는 그 표정을 절대 잊지 못할 것이다. 굳어짐과 동시에 부드러워지던 남자의 얼굴. 나는 그 표정을 본다. 그리고 그것이 무슨 의미인지 이해한다.

나는 아이를 사랑한다. 아이 혼자 내버려두고 작업실에 있었을 때도, 정신병원에서 행복하게 글을 쓰고 있었을 때도, 내 화를 못 이겨 접시들을 바닥으로 내동댕이쳤을 때도 나는 아이를 사랑하고 있었다. 나는 아이를 사랑했다. 나는 아이를 사랑한다. 나에게는 아이가 필요하다. 나에겐 필요하다…… 필요하다…….

눈물 때문에 앞이 보이지 않았다. 내 비명 소리 때문에 다른 소리가 들리지 않았다. 나를 붙들고 있는 남자의 가슴을 내 주먹이 축 늘어질 때까지 때리기 시작했다. 남자가 나를 끌어안아 구급차로 데리고 갈 때까지 계속 그를 때렸다.

나는 그 남자에게 내 딸을 보게 해달라고 애원했지만 남자는 아무 말이 없었다.

63장

마크

여섯 시간의 적막이 흐른 뒤 헬레나가 방에서 나와 작업실을 지나 복도의 다른 쪽 끝으로 향했다. 그는 의자에 앉은 채 그녀가 노트패드를 손에 들고 터덜터덜 지나가는 모습을 올려다보았다. 그녀는 지나가며 그를 쳐다보지 않았다. 가만히 문 닫히는 소리가 났다. 그는 잠시 기다렸다.

적막.

그는 일어서서 그녀가 나온 방으로 갔다. 문은 열려있었다. 안을 들여다보는데 영화 감상 시설이 완비된 모습에 그는 깜짝 놀랐다. 매기가 보면 곧바로 사랑에 빠질만한 근사한 시어터룸이다. 그는 스위치를 탁 끄고 문을 닫았다. 손잡이에는 아직 열쇠가 꽂혀있었다. 그는 작업실로 되돌아와 소파에 편안하게 누운 채 천장을 물끄러미 바라보며, 헬레나가 지금 무슨 생각을 하고 있을지 생각해보았다.

"글을 쓸 거예요. 그동안 나를 혼자 있게 해줘요."

그녀를 혼자 두는 것과 방치하는 것 사이에는 미세한 차이가 있다. 일정 시점이 되면 그녀에게 음식과 약이 필요하고, 잠이 필요할 것이다. 그는 시계를 보고 지금 방해를 해야 할지 고민해 보았다. 그리고 그녀에게 샬럿 블랜튼과 그녀가 쓰고 있다는 기사에 대해 이야기 해 줘야 할지도 고민했다.

그는 몇 시간을 더 주기로 결론을 내렸다. 하지만 만약 그 시점까지 헬레나가 깨어있게 되면 먹을 것을 조금 가져다줄 것이다. 그는 결정을 내린 후 눈을 감고 느긋이 휴식을 취했다.

세 시간이 흘렀다. 노크 소리에 대답이 없다. 그는 손잡이를 조용히 돌려 문을 열고 고개를 빼꼼히 안쪽으로 기울여 넣었다. 복도의 불빛이 가장 먼저 비춘 것은 어린이용 전등 스위치였다. 스위치 주변으로 미녀와 야수가 춤을 추고 있었다. 벽은 모두 연분홍색이고 카펫은 크림색이었다. 그의 눈에 인형의 집 모서리가 보였을 때, 그는 곧바로 이해하게 된다. 그는 방 안으로 살며시 들어간 뒤 가만히 서서 헬레나를 내려다보았다. 수면등 하나가 그녀의 모습을 은은하게 비추고 있었다. 그녀의 몸은 말려있고, 한쪽 손은 노트의 위쪽을 집착적으로 붙잡고 있다. 언뜻 보았을 때 절반 정도까지 글로 채워져 있었다. 노트패드에서 떨어져 나온 다른 페이지들은 그녀 주변으로 여기저기 흩어져있다.

헬레나의 눈은 감겨 있고 몸은 축 늘어졌다. 그는 헬레나를 안아 올리려고 몸을 구부리다가 문득 멈춰 섰다. 이토록 평화로워 보이는 그녀를, 이토록 느슨하게 풀려있는 이마의 주름을, 이토록 차분한 그녀의 표정을, 힘주어 쥐지 않은 그녀의 편안한 두 손을 그는 두 달 만에 처음으로 보는 것 같았다. 그의 눈이 다시 노트를 향했다. 똑같은 내용이 열 줄 넘게 반복적으로 적혀있었다.

사랑해.

사랑해.

사랑해.

사랑해.

사랑해.

그는 바닥에서 담요 하나를 가져다가 그녀의 몸에 덮어주고 뒤로 물러섰다. 그리고 문을 가만히 닫고 작업실로 돌아가 소파에 다시 누워 눈을 감았다.

64장

러브스토리에는 일련의 필수적 구성 요소들이 있다. 일종의 성공 공식이다. '사랑+충실함 = 그 후로 오래오래 행복하게 살았답니다.' 나는 이번 생에 글을 쓸 만큼 썼고 또 읽을 만큼 읽은 터라, 그 공식이 성공을 가져다주는 경우는 극히 드문 반면, 그 공식을 어길 경우 대체로 실패로 이어진다는 사실을 깨닫게 되었다. 내 생각에 결혼도 그와 똑같다.

괴물을 사랑할 수 있는가? 나는 사랑했다. 나는 그를 사랑했으며, 그를 증오했다.

우리에게 충실함이 있었던가? 없었다. 나는 사이먼보다는 나의 책과 나의 단어들, 나의 인물들에 더 충실했다. 그는 나보다는 자신의 비밀과 범죄들, 성도착증에 더 충실했다.

'그 후로 오래오래 행복하게 살았답니다'가 있었는가? 나는 이 책의 앞부분에서 이미 그 가능성에 대해 이야기 했었다.

나는 베서니 방의 바닥에서 깨어났다. 목이 아팠다. 손을 들어 올리는데 종이 한 장이 손바닥에 붙어 딸려 올라왔다. 나는 흩어져있는 페이지들을 한 데 모으고 마지막 챕터로 돌아가 이 책의 마지막 장면을 썼다. 글을 쓰면서 소설의 마지막에 '끝'이란 단어를 정말 많이 써왔다. 그런데 이번의 '끝'은 내가 써본 모든 '끝' 중에서 가장 어려우면서도 가장 편안했다. 나는 그 글자를 반듯하게 적은 뒤 무릎 위에서 그 페이지를 미끄러뜨렸다. 종이가 펄럭이며 바닥으로 떨어져 다른 페이지들을 만났다.

끝났다. 나의 이야기. 시작부터 끝까지. 지난 6주 동안 나는 내가 그것을 말할 수 없을 거라고, 그 날로, 그 끔찍한 순간들로 다시 걸어 들어갈 수 없을 거라고 생각하며 지내왔다. 이제야 모두 끝내고 나니 마음이 한결 가벼워졌다. 마치 내 심장에서 그 순간들을 물리적으로 벗겨내 종이 위로 옮겨놓은 기분이었다. 자백을 하면 영혼이 깨끗해진다는 말이 있다. 나는 더 오래 전에 자백을 했어야 했다.

나는 눈을 감고 벽에 기대 앉아 두 다리를 쭉 뻗고 손가락 근육을 풀어주었다. 이야기를 끝냈으니, 이제 내가 하고 싶은 것은 한 가지만이 남아있다.

천천히 일어서려는데 허리가 저항을 했다. 몇 시간 내내 조였던 심장도 욱신거렸다. 나는 양 팔목을 꺾으며 천천히 복도로 걸어 나갔다. 작업실 앞을 지나가는데 마크의 코 고는 소리가 열린 문 사이로 나직이 흘러나왔다. 나의 예전 침실로 가서 화장실을 사용했다. 그러고는 세면대 앞에 서서 손을 씻으며 거울 속 내 두 눈을 들여다보았다.

준비 됐어?

나는 물을 잠그고 몸을 앞으로 기울여 거울 속 내 모습을 유심히 보았다. 마치 죽은 사람처럼 보였다. 상태가 훨씬 안 좋아졌다. 지금

이 순간 아프지 않은 유일한 곳은 내 정신뿐이다. 나는 화장대로 가서 가운데 서랍을 열고 거기에 들어있는 유일한 것을 꺼내 들었다. 액체가 든 자그마한 흰색 약병. 4온스의 평화. 4온스의 해방.

준비 됐어?

나는 약병을 화장대 위에 올려놓았다.

65장

마크

손길은 부드럽고 집요하게 그의 어깨를 눌렀다. 그는 화들짝 놀라며 깨어났다. 몸을 일으키는데 허리에서 고통스레 우두둑 소리가 났다.

"젠장." 헬레나의 목소리가 들리고 러그 위에서 두 발이 휘청이는 게 보였다. "깜짝 놀랐잖아요."

그가 어둠 속을 보려고 두 눈을 깜빡였다. "지금 몇 시요?"

"늦은 시간이에요. 글 다 썼어요. 읽어볼 수 있어요?"

그가 한쪽 발을 바닥으로 내리고 똑바로 몸을 세워 앉으며 손으로 허리 아래쪽을 지긋이 눌렀다. "지금요?"

"아니요, 스타인벡 씨. 내일 아침에요. 그냥 한번 물어보려고 깨웠어요."

이제 그의 눈에 많은 것들이 들어오기 시작했다. 헬레나의 치렁치렁 늘어진 짙은 색 머리카락, 안경의 윤곽. 그녀는 지금 손에 원고를 잔뜩 들고 방 한가운데 서 있다. 유령. 지금 그녀의 모습은 그렇게 보인다. 파자마는 그녀의 골격을 따라 축 늘어져있고, 종이를 움켜잡은 손가락들은 해골의 손가락처럼 보였다. "아닌 게 아닌 것 같은데."

"맙소사. 잠에서 깬 직후에는 바보가 되나 보네요. 그래요, 지금 읽어주면 좋겠어요."

그가 두 눈을 비비고 몽롱한 잠기운을 떨쳐냈다. "좋아요, 커피 좀 가져올게요."

그녀의 불을 피우는 손은 빠르고 주저하지 않았다. 불쏘시개가 타닥거리는 소리를 냈다. 이내 호박색 불꽃이 그을음을 내면서 작열하였다. 잠시 후 불길이 번지며 난로 안을 꽉 채웠다. "대단한데요." 그가 말했다. 머그잔 두 개를 들고 와 그녀에게 하나를 건넸다.

"고마워요." 그녀는 도자기 잔을 두 손으로 감싸 얼굴로 가져갔다. 그리고 향기를 깊게 들이마셨다. 타오르는 난롯불에 반사된 그녀의 머리카락이 적갈색을 띠었다. 그 빛을 받은 그녀는 이제 유령처럼 보이지도 않고 아파 보이지도 않았다. 오히려 아름답고 건강해 보였다. 불빛이 그녀의 얼굴에 마법을 부리고 있었다. 그는 소파에 편안히 앉아 쌓여있는 페이지들로 손을 뻗었다. 그녀도 편하게 앉아 머그잔을 들어 길게 한 모금을 마셨다. 그녀에게서 만족의 탄식이 작게 흘러나왔다. 하지만 그 소리를 받아주는 이는 없었다. 그의 눈은 페이지 위에 붙박여있었다. 글 속 그녀의 목소리는 무척이나 생생했다. 마치 그녀가 큰 소리로 글을 읽어주는 것만 같았다. 그는 커피는 새까맣게 잊은 채 편안히 자리를 잡고 읽어나가기 시작했다.

그가 글을 전부 읽고 나니 헬레나는 눈을 감은 채 머리를 가죽 소파 위에 기대고 있었다. 커피잔은 사라졌고 담요 한 장이 그녀 몸에 둘려 있었다. 난롯불은 잦아들어 온화한 빛이 뿜어져 나오고 있었다. 장작 하나가 움직이면서 작게 불꽃 터지는 소리가 났다. 그녀가 눈을 뜨고 그를 바라보았다. "다 읽었어요?"

그가 고개를 끄덕였다. 그는 무슨 말을 해야 할지 몰라 간신히 대답했다. "유감이오."

그녀가 한쪽 어깨를 으쓱해 보이고는 두 손으로 담요를 매만졌다. "글은 어땠어요?"

그는 마지막 페이지를 내려다보며 자신이 받은 느낌들을 자세히 생각해보려 했다. 자신의 감정들을 글의 내용으로부터 분리해보려 했다. "무척 강렬했소. 내가 썼다면 절대 이 정도로 못 썼을 거요."

"아 정말. 이제 내 앞에서 겸손 떨 필요 없어요." 그녀의 한쪽 입가가 올라갔다. 지금 그녀는 완전히 다른 사람처럼 보였다. 새로운 헬레나. 모든 짐들을 이 종이 위에 내려놓은 헬레나.

"아니오. 정말이오. 이건……" 그는 알맞은 말을 찾아보려 고민하고 있다. 이 글이 그를 사로 잡은 방식에 대해 제대로 표현할 수 있는 말을 찾으려 했다. "읽기가 힘들었소. 너무 생생해요. 고통스럽고. 그런 일을 겪는다는 걸 감히 상상도 할 수 없소. 그… 것을 발견하는 것, 거기에 반응하는 것 전부 상상할 수가 없소. 가슴이 찢어지는 일이에요, 헬레나."

그녀가 입술을 굳게 닫은 채 희미하게 웃으며 난롯불을 바라보았다. 고여있는 눈물에 두 눈이 반짝였다. 그녀는 숨을 깊이 들이쉬었다. 그의 눈에는 그녀가 지금 감정을 억제하고 있는 것이, 마음을 가다듬고 있는 것이 보였다. 그녀가 한 손으로 자신의 볼을 쓱 훔치고는 그를 다시 바라보았다. "샬럿 블랜튼과는 이야기 해봤어요? 버지니아 출신 이래요?"

"맞소." 그는 그 사무적인 통화를 떠올리며 고개를 끄덕였다. 마음속에서 갑자기 이 원고와 그 통화내용이 연결이 되었다. "그 여자가 당신과 이야기 하고 싶어 했소. 기사를 쓰고 있대요. 아마 사이먼에 대한 기사 같소."

헬레나가 입술을 비틀었다. 그가 익히 알고 있는 행동이다. 찡그림과 찌푸림 사이의 어디쯤인데, 그가 그녀에게 이제 쉴 때가 되지 않았냐고 물을 때마다 그 표정을 지어 보였었다. "그 여자와 이야기 하고 싶지 않아요. 해야 한다는 건 나도 알지만……." 그녀는 담요 안쪽에서 한쪽 발을 쓱 내밀더니, 난롯불을 향해 쭉 뻗으며 눈을 감았다.

1분이 지나고 2분이 지났다. 그녀가 다시 눈을 떴을 때 그녀의 표정은 달라져있었다. "내 이야기가 무슨 대단한 결론을 내줄 수 있는 것도 아니잖아요." 그녀가 그를 보았다. 샬럿 블랜튼 이야기는 이제 끝난 듯하다. "에필로그 써줄 거예요?"

그가 커피잔을 들었다. 잔은 차갑게 식어있었다. "에필로그? 거기에 뭘 쓰면 좋겠소?"

"나도 몰라요." 그녀가 아랫입술을 잡아당겼다. "당신이 생각하고 느끼는 뭐든 쓰면 될 것 같아요."

"좀 모호한데요." 그가 원고를 옆에 내려놓았다. "당신 책의 마지막 글이잖소. 내가 가볍게 생각할 수 있는 문제는 아닌 것 같소."

"내가 뭘 쓰라고 말한다면 그건 진짜가 아닌 거잖아요. 그냥 기다려봐요. 편집이랑 교정이 모두 끝날 때까지. 그러고 나서 당신 마음에 남는 게 뭔지 한번 들여다 봐줘요." 그녀가 입술에서 손을 떼고 그를 보았다.

"그 말의 의미는, 당신이 떠난 후를 말하는 거군요."

헬레나는 미동도 하지 않았다. "그래요. 그들에게 당신이 누구인지, 이 책에서 당신이 무슨 역할을 했는지 말해줘요. 내가 도움을 받았다는 걸 그들이 알게 된다 해도 나는 상관 없어요."

'그들.' 이 세계의 신들. 때론 뒤틀린 시선을 가진 눈동자들. 독자들, 비평가들. 그들은 어떻게 생각할까? 마크는 헬레나와의 개인적인 친밀감 때문에 그녀의 글을 왜곡해서 읽고 있는 것은 아닐까? 그들이 그녀를 헐뜯거나 비난하지 않을까?

"꼭 그렇게 해주세요. 나에게 많은 의미가 될 거예요."

그녀는 어린 나이 치고는 너무 많은 것을 아는 눈으로 그를 보았다. 그가 거절하지 못할 거란 걸 아는 눈으로 그를 보고 있다. 6주 전, 저 두 눈이 작업 제안을 수락해달라고 그에게 애원했었다. 그때 이후 너무 많은 일들이 일어났다. 한 사람의 일생, 말 그대로 그녀의 일생에 해당하는 일들이 일어났다. 그가 쓴 모든 챕터들은 마치 그가 직접 경험한 삶처럼 생생하게 느껴졌다. 지금 그녀를, 그녀의 분투를 이렇게 눈앞에서 보고 있자니…… 그는 그녀가 이만큼 해냈다는 사실이 놀라울 따름이다. "당연히 그렇게 하겠소."

그녀의 경직됐던 어깨가 풀렸다. "고마워요."

잠시 정적이 내려앉았다. 그는 방금 읽은 챕터들을, 이 집에서 일어났던 모든 일들을 떠올려보았다. 그리고 여위고 창백한 그녀 얼굴을, 움푹 꺼진 그녀의 눈 밑을 바라보며 말했다. "당신이 했던 일은 아이를 보호하기 위한 거였소. 어떤 엄마라도 똑같이 했을 거요."

그녀가 담요를 잡아당겼다. "모든 엄마들이 그러지는 않았을 거예요.” 그녀의 말이 맞을 수도 있다. 엘렌이라면 그랬을까? 모르는 일이다. 그날 무수히 많은 미세한 차이들이 셀 수 없이 다양한 다른 시나리오들을 만들어냈을 것이다. 그리고 그 중 대다수의 시나리오에서는 죽음을 피할 수 있었을 것이다. “내가 이기적이었어요. 나는 항상 그랬거든요.”

“당신은 아이를 사랑했어요.” 그가 단호하게 말했다. “아이를 위해서 싸운 거요. 그 날 일어난 일, 아이가 거기에 있었던 것 모두 사고였소.”

“알아요.” 그녀가 고개를 기울이고 한쪽 무릎을 들어 올려 가슴 앞으로 껴안았다. “알고 있어요.”

아이를 잃은 부모는 누구나 그 책임을 전부 자신에게 지운다. 설령 아이의 죽음이 그들과 아무런 관련이 없었다고 해도. 헬레나의 경우 화재를 일으킨 성냥에 불을 붙인 것이 헬레나 자신이었다. 그녀는 절대 자신을 용서하지 않을 것이다. 그 무게를 4년 간 짊어지고 여기까지 왔고, 죽을 때까지 그 짐을 짊어지고 갈 것이다. 그것이 우리의 인생이다. 인생은 우리에게 짐을 지우면서 그 짐의 무게 따위는 안중에도 없을 것이다. 우리는 그 짐을 짊어지거나 무너져 내리거나 둘 중 하나다.

“천국을 믿어요?” 그녀는 자신의 소매를 잡아당겨 두 주먹 위를 덮었다.

“믿소. 엘렌이 지금 거기에 있소. 내 못생긴 엉덩이를 기다리고 있을 거요.” 그가 미소 지으며 몸을 앞으로 기울이고 무릎 위에 팔꿈치를 올렸다. “그런 상상을 하곤 해요. 아내가 나를 혼내야 할 리스트를 가지고 있을 거라는 상상을.” 예를 들어 음주운전 같은 것. 그는 음주

운전 때문에 카운티 구치소에 하룻밤 수감됐었다. 그리고 그날 밤 내 내 아내의 실망 가득한 목소리를 쉼 없이 들어야 했다. 그 수치심 하나 면 충분했다. 그 수치심 때문에 그는 술병을 내려놓고 도움을 받기로 결정했었다.

"내가 베서니를 다시 만날 수 있을 거라고 생각해요?" 그녀의 목소 리가 그 어느 때보다 부드러웠다.

"만날 거라는 걸 알아요. 아이와 영원히 함께 할 거요." 그는 단호 하게 말했다. 말 한마디 한마디에 그의 온 마음을 담고 믿음을 담았다. 그녀가 고개를 돌려 그와 눈을 맞추었다. 아주 잠시 그녀의 입꼬리가 떨리며 살짝 올라갔다. 그녀에게 있어 그것은 입이 귀에 걸릴 정도의 웃음 만큼이나 큰 웃음이었을 것이다. 그도 그녀를 향해 웃어 보였다.

66장

마크

그는 늦은 아침까지 기다렸다. 태양이 떡갈나무 꼭대기까지 올라가고, 집 안이 훈훈해지고, 난방이 작동을 멈추고, 햇빛이 집 전면 창문으로 쏟아져 들어올 때까지 기다렸다가 헬레나에게 갔다. 그는 복도 끝에 있는 아이 방으로 가서 가볍게 노크를 한 뒤, 잠시 기다렸다가 문을 열었다.

처음 왔을 때는 보지 못했던 침낭을 사용 중이다. 그녀의 야윈 몸이 그 안에 모로 누워있고, 머리칼이 베개 위로 퍼져있었다. 두 눈은 감겨 있고, 두 손은 베개 아래로 들어가 있었다. 헬레나의 얼굴이 너무도 평온해 보여 그는 뒤로 물러섰다. 그녀를 깨우고 싶지 않았다. 밖으로 나가려 문으로 손을 뻗는데 봉투 하나가 눈에 들어왔다. 차곡차곡 쌓여 있는 원고들 위에 올려져 있었다. 봉투에는 그의 이름이 쓰여있었다.

그는 헬레나의 얼굴을 한 번 쳐다보고는 앞으로 발걸음을 옮겨 몸을 숙이고 봉투를 집어 들었다. 봉투를 열자 손글씨로 쓴 편지가 봉투 안에서 스르르 미끄러져 나왔다. 그는 첫 문장을 읽고는 무릎으로 넘어졌다. 바닥을 기어 그녀에게로 가 이불을 걷어냈다. 그녀의 숨이 제대로 쉬어지지 않는 것 같았다. 양털 이불이 그녀에게서 걷히자 그녀의 줄무늬 파자마가 모습을 드러냈다. 그런데도 그녀의 몸은 반응하지 않았다.

그녀 얼굴이, 그녀의 가슴이 미동도 하지 않았다. 모든 것이 너무나도 평온하고, 너무나도 고요했다. 그는 헬레나의 몸 아래로 두 손을 밀어 넣은 뒤 그녀를 자신의 가슴 쪽으로 들어 올렸다. 그리고 자신의 얼굴을 그녀의 얼굴에 파묻고는 그녀의 이름을 간신히 내뱉었다. 그의 두 팔 위에서 그녀가 축 늘어졌다.

그는 두 눈을 감고 그녀를 꽉 붙잡았다. 그녀의 몸은 차가웠다. 아무런 반응도 없다. 그는 흐느껴 운다.

마크에게,

당신에게 나를 발견하게 해서 미안해요. 미리 언질을 주지 못해서도 미안하고요.

나의 죽음을 슬퍼하지 말아주세요. 나의 삶을, 당신이 내 삶에 가져다준 그 짧막한 행복을 기뻐해주세요. 당신 덕분에 내 삶의 마지막 몇 달에 어떤 의미가 생겼어요. 한 사람이 다른 사람에게 줄 수 있는 최고의 선물을 당신이 나에게 주었어요. 평화를요. 아이가 죽은 후 내 삶에서 가장 행복했던 시간이었어요. 이제서야 내가 나 자신을 용서할 준비가 되었어요. 이 세상을 떠나기에 지금보다 더 좋은 때는 없을 거예요.

내가 먹은 약은 강력한 진정제예요. 버몬트 주의 조력자살 전문의에게서 처방 받았어요. 나는 자다가 죽게 될 거예요. 아무 것도 느끼지 않을 거예요. 당신이 이 글을 읽고 있을 때쯤이면 내 고통과 슬픔은 모두 끝이 나고, 나는 베서니와 함께 있을 거예요. 아이를 만지고 싶어 견딜 수가 없어요. 아이를 내 품에 안고 싶어 견딜 수가 없어요. 당신에 대한 이야기를, 마터의 새끼에 대한 이야기를, 당신이 나를 납치해 강제로 매튜 맥커너히 영화를 보게 하고 캔디와 초콜릿을 먹게 한 이야기를 아이에게 해주고 싶어 견딜 수가 없어요.

나는 샬럿의 얼굴을 볼 자신이 없어요. 그 여자의 이야기를 듣기에 나는 너무 이기적인 사람이거든요. 그 여자는 이제 결말을 찾고 있는 것 같아요. 그리고 자신의 순결을 앗아간 남자에 대해 더 자세히 알려고 하는 것 같아요. 그런데 나도 그 남자를 몰라요. 내가 아는 건 내 남편이에요. 내가 아는 건 내가 사랑했던 그의 모습들 뿐이에요. 내가 아는 건 내가 싫어했던 그의 모습들 뿐이에요. 하지만 그 어느 것도 그의 비밀에 대한 암시를 해주지 않았어요.

미디어룸에 더플백이 하나 있을 거예요. 거기에 그 비디오테이프들이 전부 들어있어요. 그 가방을 그 여자에게 전해주세요. 가방 위에 놓인 편지, 그리고 원고의 사본과 함께 전해주세요.

나의 이야기를 해줄 사람으로 당신보다 나은 사람은 찾지 못했을 거예요. 진심으로 말하건대 당신에게는 놀라운 재능이 있어요. 당신은 내가 살면서 읽은 최고의 작가 중 하나예요. 당신의 모든 책들 속에서 나는 영감을 발견했어요. 그리고 우리의 소설 속에서 나는 진실과 자기 용서를 발견했어요.

이 편지 봉투에 우리 이야기의 마지막 장면들에 대한 내용을 추가로 써서 동봉해 두었어요. 그 글은 오탈자 교정을 제외하고는 원본 그대로 유지해주면 좋겠어요. 그리고 내 책상에서 다른 챕터 몇 개를 더 찾을 수 있을 거예요. 그동안 써놓고 말하지 않았던 무작위의 기억들이에요. 당신에게 사이먼에 대한 이야기를 더 일찍 해주지 못해 미안해요. 당신이 진실을 모르는 채로 글을 쓰는 게 나에게는 중요했어요. 내가 나중에 발견하게 되는 진실들 때문에 그 전의 기억들이 더럽혀지지 않았으면 했어요. 내가 어쩌다 그렇게 바보 같을 수 있었는지를 독자들이 이해해줬으면 했어요. 내가 왜 그런 식으로 행동하고 반응했었는지를 독자들이 이해해줬으면 했어요.

나에 대해 잠시라도 슬퍼하거나 애도하지 말아주세요. 우리 모두 그때가 오고 있음을 알고 있잖아요. 나는 그냥 조금 서두를 필요가 있었던 것뿐이에요. 내 방식대로 떠나고 싶었던 거예요. 나 자신과 화해하고 그 느낌을 간직한 채로 가고 싶었던 거예요.

나는 지금 이 순간에도 아이의 미소를 느낄 수 있어요. 지금 이 순간에도 아이와 포옹하던 느낌이 생생해요. 어서 아이에게 가고 싶어요. 이 삶이 무엇이든 얼른 그것을 끝내버리고 싶어요. 천국이 있다면 나는 그곳으로 갈 준비가 되었어요. 지옥이 있다면 내가 그곳에 떨어질 운명은 아닐 거라 믿어요. 그리고 죽음이 그 무엇도 아닌 망각뿐이라면, 나는 이제 두 눈을 감고 그 공허 속으로 가라앉을 준비가 되었어요. 나는 사라질 준비가 되었어요. 이젠 이 세상에 작별을 고하고 죽을 준비가 되었어요.

당신은 좋은 사람이에요. 나에게 당신 같은 아버지가 있었다면 얼마나 좋았을까요. 당신 같은 남자와 결혼했다면 얼마나 좋았을까요. 서로에게 상처를 준 메일들을 주고받기 전으로 돌아가, 당신과 적이 아니라 친구가 될 수 있었다면 얼마나 좋았을까요. 베서니가 당신을 만나고 당신을 알 수 있었다면 얼마나 좋았을까요. 지금보다 더 오래 내가 당신을 알았다면 얼마나 좋았을까요.

당신의 우정에 감사해요. 당신의 글에 감사해요. 내 삶에서 가장 중요했던 과업을 도와줘서 고마워요. 그리고 내가 떠난 후 마지막 정리를 해주게 될 것에 정말 감사해요. 당신의 다음 책이 나오기를 하늘에서 손꼽아 기다리고 있을게요.

당신의 친구로부터,

헬레나 로스.

67장

케이트

케이트는 기어를 주차로 바꾼 뒤 천천히 차 문을 열고 밖으로 나갔다. 그리고 진입로 끝에 두 손을 주머니에 넣은 채 서 있는 남자와 눈이 마주쳤다. 케이트가 그를 향해 발걸음을 옮겼다. 그가 두 팔을 벌려 케이트를 가슴팍에 으스러뜨릴 듯 끌어안았다. 그녀는 흐느낌으로 가슴이 들썩였다. 눈물이 흘러넘쳐 그의 셔츠를 적셨다. 그의 볼이 그녀의 정수리를 누르고 있다. 그의 따뜻한 포옹은 지금 그녀를 쓰러지지 않게 하는 유일한 힘이다.

"아무 고통도 없었소." 그가 걸걸한 목소리로 말했다. "헬레나는 어젯밤 그냥 잠이 들었고 일어나지 않은 거요."

케이트가 울음을 삼키며 고개를 끄덕였다. "헬레나를 볼 수 있을까요?"

"원한다면." 그가 구급차를 향해 고갯짓을 했다. "저기에 있소."

헬레나를 두 눈으로 보기 전까지 케이트는 그 사실을 믿을 수 없었다. 죽음도 헬레나 앞에서는 한없이 약해 보이기만 했었다. 그녀가 없는 세상, 헬레나 로스의 책이 더 이상 나오지 않는 세상, 매주 받아야 할 이메일과 규칙이 없는 세상, 그녀의 의견이 없는 세상은 생각만 해도⋯⋯. 그 찰나의 순간 케이트는 문득 자신이 존재할 이유가 전부 사라져 버린 것만 같은 느낌을 받았다.

헬레나는 죽을 사람이 아니다. 떠날 사람이 아니다. 그럴 사람이 아니다. 그런데 그녀가 저기에 있다. 핏기 없는 그녀의 얼굴이 구급차 침대 위에 맥없이 늘어져있다.

케이트의 눈가로 눈물이 계속 새어 나왔다. 손을 뻗어 구급차 옆에 있는 바퀴 달린 침대를 붙잡았다. 너무 많은 감정들이 한 번에 북받쳐 올라왔다. 케이트의 심장은 아직 헬레나의 죽음에 대한 준비가 되어있지 않았다. 이건 아직 일어나서는 안 될 일이다. 그녀에게 준비할 시간이 더 있어야 했다. 헬레나의 죽음을 차분하고 침착하게 받아들일 수 있는 시간이 필요했다. 케이트의 입술이 떨렸다. 그녀는 두 입술을 굳게 다물었다.

"헬레나가 편지를 하나 남겼소. 읽어보면 도움이 될 거요. 나는 그랬거든요."

"편지요?" 케이트가 놀란 눈으로 뒤돌아보았다. "나한테요?"

그가 뒤로 손을 뻗어 주머니에서 봉투 하나를 꺼내 그녀에게 내밀었다. "여기." 그가 뒤로 물러서며 말했다. "집에 들어가 있겠소. 다 읽으면 언제든 들어와요."

케이트는 조심스레 봉투를 받아 구급차에서 멀어졌다. 구급대원들이 구급차에 올라타 헬레나의 침대를 고정하고 떠날 채비를 마쳤다. 케이트는 진입로를 따라 잠시 걷다가 콘크리트 바닥에 앉아 봉투에서 종이를 꺼냈다.

케이트에게,

내가 규칙을 만들었던 이유는 두려웠기 때문이었어요. 당신의 능력을 절대 의심하지 말아요. 나를 당신에게 상처를 준 작가, 그 외의 어떤 다른 방식으로도 생각하지 말아요. 나는 당신에게 끔찍한 인간이었어요. 부디 나를 용서해주세요. 모두 죄책감과 자기혐오에서 나온 행동이었어요. 그리고 이 마지막 편지에서 내가 당신의 상사 행세를 조금만 더 할 수 있게 허락해 주세요.

1. 안전실(다용도실)에 있는 파일 캐비닛 안에 내 유언장이 들어있을 거예요. 내 변호사가 유언집행인이에요. 변호사 정보는 폴더 덮개의 안쪽에 적혀있어요. 변호사에게 전화를 해주세요. 당신이 내 유언장 내용을 보고 놀라는 일이 없도록 특별히 이 편지에서 미리 알려줄게요. 내 재산은 전부 사이먼 팍스의 피해자들에 남길 거예요. 마크가 샬럿 블랜튼에게 비디오테이프들을 가져다줄 텐데, 그 여자에게 그 테이프들의 내용을 토대로 피해자들을 찾아달라고 부탁할 거예요. 피해자들은 대부분 같은 지역에서 살았을 거예요. 그러니 그 여자가 피해자들의 얼굴들을 최대한 많이 알아보기만을 바라고 있어요.

2. 다용도실에는 출판되지 않은 원고들도 있어요. 나 스스로 출판하기에 충분치 않다고 느꼈던 작품들이에요. 당신이 자유롭게 읽어보고 어떤 생각과 느낌이 드는지 살펴봐주세요. 당신은 언제나 내 글에 관해서 만큼은 나에게 솔직했었잖아요. 그와 똑같이 비판적인 방식으로 그 원고들을 읽어주세요. 혹시 거기에 괜찮은 작품이 있는 것 같으면 당신 마음껏 제안서를 써서 보내도 좋아요. 혹시 고쳐 쓸 부분이 있다면 마크에게 그 책의 공동 저자가 되어달라고 부탁해주세요. 이 일이 당신의 통상적인 업무

를 넘어서는 일이라는 것 알아요. 그래서 이 편지를 내 저작권에 대한 양도증서로 사용해, 그 책이 출판되면 당신에게 40% 수수료가 지급되도록 해주세요. 당신은 책에 대한 정확한 판단으로 돈을 받는 몇 안 되는 내가 믿을 수 있는 대리인이에요.

3. 마크와 공동 작업한 소설은 내가 계속해서 수정하고 고쳐쓰기를 해 왔어요. 그러니 지금쯤엔 꽤 매끄러운 글이 되었을 거예요. 이 책을 트리샤 프리전에게 출간 제안 해주세요. 그리고 이 책으로 생기는 수익은 나중에 샬럿이 찾게 될 피해자들을 위해 모두 쓰일 수 있도록 변호사에게 신탁해 주세요.

내가 지금 이 편지에 모든 사항을 담지 못했을 거라는 거 알아요. 그리고 당신은 여타의 문제에 대해 나 대신 최고의 선택을 할 능력이 있다는 것도 알고요. 어떤 문제에 직면하더라도 주저하지 말아요. 당신은 정답을 알고 있어요. 특히 나에 관해서는요.

감사해요. 이 말을 단 한 번도 제대로 해본 적이 없네요. 당신에게 쓰기에는 너무 약소한 말이지만요. 그렇지만 진심이에요. 나의 글과 나의 커리어를 위해 그동안 당신이 해준 모든 것들에 감사해요. 나를 이 업계에서 가장 유명한 사람 중 하나로 만들어주어서 감사해요. 나의 길잡이가 되어 준 것과 당신의 지혜에 감사해요. 내 삶의 많은 부분을 내가 사랑하는 일을 하며 보낼 수 있게 해주어서 감사해요. 정말 감사해요. 그동안 그 마음을 제대로 표현해본 적이 한 번도 없었네요…….

사랑을 담아,
헬레나 로스.

케이트는 편지를 한 번 더 읽었다. 그러고는 바닥에 드러누워 나뭇가지들을 올려다보았다. 뜨거운 눈물이 자꾸만 흘러나왔다.

'정말 감사해요. 그동안 그 마음을 제대로 표현해본 적이 한 번도 없었네요.'

케이트는 메이는 목으로 웃음을 터뜨렸다. 바보 같은 헬레나. 인생의 마지막 순간에서야 사람이 되었다.

68장

샬럿

전화기가 울리지만 그녀는 무시하고 펜을 계속 움직였다. 소형 녹음기에서 제니스 로스의 긴장한 목소리가 흘러나오고 있었다. 사이먼 팍스의 911 신고 시간에 밑줄을 그었다. 사이먼은 자신의 딸이 정신을 잃었고 깨워도 일어나지 않는다며 신고를 했다. 그러고 나서 그도 곧 정신을 잃은 것 같다. 샬럿은 녹음기를 멈췄다.

다섯 달에 걸친 작업 동안 여러 사실들을 체크하며 상황을 하나로 연결해보려 했지만 별다른 성과가 없었다. 그리고 지금은 눈앞에 여러 조각들이 놓여있지만 어떻게 이어붙여야 할지를 모르겠다.

노크 소리가 들려 돌아보니 편집장이었다. 사이먼 팍스 사건에 대한 인내심이 서서히 옅어지기 시작한 여자다. 그런데 오늘은 어쩐지 친절한 표정이다. "방금 접수부에서 전화 왔어. 프런트 데스크에 물건이 와있대."

그녀는 마지막 메모를 끄적이고는 맨발을 샌들에 끼워 넣고 일어섰다. 프런트 데스크에 도착하니 높게 쌓여있는 상자들이 눈에 들어왔다. "이게 다 제 거예요?" 그녀는 프런트 직원에게 묻고는 수령확인서에 서명을 했다.

"네. 이 봉투도 같이 왔어요." 직원이 두꺼운 봉투를 건넸다. 발신인의 이름을 보자 샬럿의 심장박동이 빨라졌다.

봉투를 든 채 샬럿은 상자들을 쳐다보았다. "급한 일이 있어서… 상자들 좀 제 사무실로 보내주실래요?"

샬럿은 대답을 기다리지 않고 다시 자신의 사무실을 향해 되돌아갔다. 황급히 봉투를 열고 두툼한 편지를 꺼냈다.

샬럿에게,

당신이 누구인지 몰랐어요. 알았더라면 피하지 않았을 거예요. 아니, 알았더라도 피했을 수도 있어요. 모르겠네요. 사이먼의 비디오를 본 건 4년 전이었어요. 그 이후로 전부 잊으려 애쓰면서 살아왔어요. 내가 도움이 될 수도 있었을 텐데 비겁하게 숨기만 했어요. 내 딸의 죽음을 애도하고 있었거든요. 그리고 죄책감과 싸우고 있었어요. 나는 악인인 동시에 피해자라고 스스로를 생각했어요. 나 자신에 집착한 나머지 당신과 같은 여성들을 보지 못했어요.

지난 4년을 바로잡을 수가 없네요. 스무 살로 되돌아 갈 수도 없고 사이먼이 괴물이 되기 전으로 돌아갈 수도 없어요. 내가 할 수 있는 유일한 일은 앞으로 나아가는 거예요. 그리고 당신에게 도움을 청하는 거예요. 이 편지와 함께 몇 가지 물건들이 도착할 거예요. 하나는 나와 사이먼에 대한 이야기를 담은 책 원고의 사본이에요. 그의 죽음에 대한 진실도 거기에 담겨있어요. 그 이야기를 당신에게 개인적으로 들려주지 못해 미안해요. 그리고 당신의 이야기를 직접 들어주지 못해 미안해요. 원고의 사본과 함께 상자가 몇 개 도착했을 거예요. 거기에 사이먼이 가지고 있던 비디오테이프들이 전부 들어있어요. 나는 그것들을 보지 못했어요. 그 테이프들이 그냥 평범한 기록들이기를 바라지만, 그중 대부분이 소아성애와 성폭행을 기록한 테이프들일 것 같아 무서워요. 사이먼의 노트북과 컴퓨터 하드 드라이브도 함께 보내요. 그 사람 비밀번호는 모르지만, 그의 유죄를 입증할만한 파일을 찾는 데 필요한 포렌식 분석을 맡기게 되면 그 비용은 제 유산에서 지급될 거예요.

당신이 이 편지를, 그 물건들을 받았다면 나는 말기 암 때문에 그리고 약물의 도움으로 이 세상에 없을 거예요. 죽음에서는, 이 생에서보다 내가 더 괜찮은 사람이길 바라고 있어요. 죽음에서는, 내가 사이먼의 잘못을 바로잡을 수 있길 바라고 있어요. 그리고 그렇게 하는 데 있어서 당신에게 도움을 청하려고 이 편지를 쓰고 있어요.

당신은 탐사보도 기자라고 알고 있어요. 당신의 일은 비밀을 찾아 파헤치고 조사하는 일이죠. 당신이 비디오테이프들과 사이먼 컴퓨터의 파일들을 이용해서 사이먼의 피해자들을 찾아주었으면 좋겠어요. 나의 유언집행인을 지정해두었어요. 당신이 그 기록에 있는 피해자들을 찾게 되면, 그 변호사가 피해자들에게 균등하게 보상을 해줄 거예요. 어린 아이의 순결을 보상해줄 방법은 없겠지만, 내가 그 사람들에게 해줄 수 있는 유일한 것이 있다면 금전적 보상뿐이에요. 돈, 그리고 그가 죽었다는 사실을 앎으로써 오는 마음의 평화를 주고 싶어요. 그렇게 조금이나마 피해자들의 고통에 도움이 되었으면 해요. 당연히 당신은 첫 번째 보상을 받는 피해자일 거예요. 다른 피해자들을 찾고 확인하는 데서 발생하는 비용들은 내 변호사가 전부 지급해줄 거예요. 시간에 대한 추가적인 보상이 필요하다면 그에게 요청해주세요.

글은 내가 밥벌이를 해온 수단인데도 당신에게는 무슨 말을 해야 할지 모르겠네요. 당신이 겪었던 일을 나는 절대 알지 못할 거예요.

나에게 연락해줘서 고마워요. 겁이 너무 많아 당신과 이야기해보지 못했던 것 미안해요. 바로 지금도 겁쟁이의 방식을 택해 당신에게 직접 말하는 대신 글로 쓰는 것에 대해 미안해요.

미리 인사할게요. 도와줘서 고마워요.

진심을 담아,

헬레나 로스.

편지의 마지막 몇 줄을 다시 읽었다. 편지를 책상 위에 올리는 손이 조심스러웠다. 그녀가 편지를 읽는 사이 사무실로 상자들과 함께 또 다른 편지 하나가 전달되었다. 그녀는 읽던 편지를 옆으로 치우고, 봉투에서 꺼낸 그 편지 앞에서 잠시 주춤한다. 편지지 위에 수표가 한 장 끼워져 있었기 때문이다. 안토니오 사코라는 뉴욕에 있는 헬레나의 유산 대리인이 쓴 것이다. 그녀는 일단 편지는 무시하고 수표를 쓱 훑었다. 그리고 그녀는 수표를 보고 또 보았다. 반듯한 글씨로 다닥다닥 붙여 쓴 연녹색 수표를 보는데 사무실의 소리가, 공기 중의 냉기가, 모든 것이 아득해졌다. 아주 또렷하게 써진 그녀의 이름, 그리고 믿기지 않는 금액. 1백만 달러.

삶이 단 한 순간에 이렇게나 바뀔 수 있다니, 이 얼마나 재미있는 일인지.

그녀는 수표를 조심스레 헬레나의 편지 아래로 숨겨놓았다. 그러고는 원고를 집어 들었다. 수백 페이지가 한 데 묶여있었다. 제목이 적힌 페이지는 단순했다. 그 페이지에는 책의 제목과 헬레나의 결혼 전 이름만이 적혀있었다.

『말할 수 없던 이야기』

헬레나 로스 지음

그녀는 의자에 편히 기댄 뒤 한쪽 발을 허벅지 아래로 밀어 넣었다. 그러고는 제목 페이지를 휙 넘겼다.

『말할 수 없던 이야기』 에필로그

독자 여러분께,

헬레나 로스는 남편과 아이가 죽고 4년이 흐른 뒤에 세상을 떠났습니다. 헬레나는 뉴런던 공동묘지의 딸 옆에 안치되었습니다. 그녀의 묘비는 간소했습니다. 말기 암 진단을 받은 직후에 자신이 직접 고른 것이지요. 대리석에는 이름과 출생일 및 사망일, 그리고 단 한마디가 적혀있습니다. '미안합니다.'

그녀는 세상을 떠나기 전 저에게 편지를 한 장 남겼습니다. 지금은 액자에 끼워 제 서재에 있는, 오래 전에 그녀에게서 받았던 첫 번째 편지 바로 옆에 두었습니다. 헬레나는 사랑하기 쉬운 여자는 아니었습니다. 그렇지만 그녀는 제 삶 속으로 걸어 들어왔습니다. 저는 제 삶의 남은 시간 내내 그녀를 그리워할 겁니다. 그녀의 이야기를 그리워할 겁니다. 참으로 보기가 쉽지 않았던 그녀의 미소를 그리워할 겁니다.

소설 속의 헬레나가 아닌 이야기 뒤의 '헬레나'라는 여자를 여러분도 알았더라면 참 좋았겠다는 생각이 듭니다. 물론 이 소설 속에서도 그녀의 모습을 엿볼 수 있긴 하지만, 이 이야기가 끝난 뒤에 달라진 헬레나의 모습은 볼 수 없으니까요. 제가 처음 헬레나를 만났을 때 그녀는 늘 예민하게 날이 서 있었고, 비탄과 죄책감으로 똘똘 뭉쳐있는 사람이었습니다. 그녀의 관심은 오직 하나뿐이었습니다. 바로 이 이야기를 하는 것이었지요. 헬레나는 자신의 범죄를 고백하고 그 동기를 설명하고 싶어했습니다. 많은 독자분들께, 특히 헬레나 로스를 사랑하는 독자분들께는 이 책이 실망스러울 수도 있을 것입니다. 이 에필로그에도 해피엔딩은 숨어있지 않습니다. 지금 여러분이 느끼고 있을 슬픔에 대한 해결책 같은 것도 없습니다. 헬레나의 다른 소설 대부분은 재미를 위해 쓰였죠. 이 책은 전적으로 다른 이유로 쓰였습니다. 이 책은 헬레나를 위해 쓰였습니다. 이 책은 그녀에 대한 단죄이며, 또한 용서이기도 합니다.

헬레나가 떠난 후 저는 헬레나가 부탁한 유언들을 여러 사람들에게 대신 전달했습니다. 말할 기회가 없었던 그녀의 마지막 말들이었죠.

이제 이 지면을 빌려, 제가 지금까지 전해왔던 메시지들 그 어떤 것보다 가장 중요한 메시지를 말하고자 합니다. 여러분, 독자 여러분이 그 누구보다 중요한 수취인입니다.

그녀의 이야기를 들어주셔서 감사합니다. 그녀의 결정들을 지지하지는 않더라도, 그녀의 작품을 지지해주셔서 감사합니다.

우리는 작가입니다. 우리의 삶은 우리가 사는 것이 아닙니다. 우리의 삶은 우리가 창조하는 인물들이 사는 것이지요. 이 책 속 인물은 지금까지 그녀가 창조한 인물들 가운데 그녀와 가장 닮은 인물이었습니다. 여러분이 그녀를 사랑하든 싫어하든, 그녀가 여러분에게 무언가를 느끼게 했다면 좋겠습니다. 그녀가 여러분의 마음을 건드렸다면 좋겠습니다. 이 책을 덮었을 때 여러분이 이 책에 쓰인 삶을 올바르게 이해해준다면 좋겠습니다.

헬레나. 천국에서 이 글을 읽고 있다면 우리가 당신을 사랑하고 또 몹시 그리워하고 있다는 걸 알아줘요.

당신의 친구로부터,
마크 포춘.

헬레나 로스 (1984-2017)

고스트라이터

초판 1쇄 2022년 11월 11일
초판 2쇄 2022년 12월 24일

지은이 앨러산드라 토레
옮긴이 김진희
펴낸이 김운태
기획·관리 박정윤
편집 김운태
디자인 정초희
일러스트 박종웅

펴낸곳 도서출판 미래지향
출판등록 2011년 11월 18일 제2013-000129호
주소 서울시 마포구 마포대로 53 B동 1603호
전자우편 kimwt@miraejihyang.com
대표전화 02-780-4842
팩스 02-707-2475
홈페이지 www.miraejihyang.com
ISBN 979-11-85851-21-1